조선후기 통신사 필담창화집 번역총서 35

長門癸甲問槎 坤下·
三世唱和·殊服同調集

장문계갑문사 곤하·삼세창화·수복동조집

조선후기 통신사 필담창화집 번역총서 35

長門癸甲問槎 坤下・三世唱和・殊服同調集

장문계갑문사 곤하・삼세창화・수복동조집

진영미 역주

보고사
BOGOSA

이 역서는 2008년도 정부재원(교육과학기술부 학술연구조성사업비)으로 한국연구재단의
지원을 받아 연구되었음(KRF-2008-322-A00073)

차례

◇ 수복동조집 殊服同調集

◇ 영인자료 [우철]

일러두기

1. 통신사 필담창화집 번역총서는 제1차 사행(1607)부터 제12차 사행(1811)까지, 시대순으로 편집하였다.

2. 각권은 번역문, 원문, 영인자료(우철)의 순서로 편집하였다.

3. 300페이지 내외의 분량을 한 권으로 편집하였으며, 분량이 적은 필담창화집은 두 권을 합해서 편집하고, 방대한 분량의 필담창화집은 권을 나누어 편집하였다.

4. 번역문에서 일본 인명과 지명은 한국 한자음 그대로 표기하고, 처음 나오는 부분의 각주에 일본어 발음을 표기하였다. 그러나 번역자의 견해에 따라 본문에서 일본어 발음대로 표기를 한 경우도 있다.

5. 번역문에서 책명은 『 』, 작품명은 「 」로 표기하였다.

6. 원문은 표점 입력하였는데, 번역자의 의견에 따라 표기하는 것을 원칙으로 하였지만, 가능하면 한국고전번역원에서 정한 지침을 권장하였다. 이 경우에는 인명, 지명, 국명 같은 고유명사에 밑줄을 그어 독자들이 읽기 쉽게 하였다.

7. 각권은 1차 번역자의 이름으로 출판되었는데, 최종연구성과물에 책임연구원과 공동연구원의 이름이 반드시 들어가야 한다는 한국연구재단의 원칙에 따라 최종 교열책임자의 이름으로 출판되는 책도 있다.

8. 제1차 통신사부터 제12차 통신사에 이르기까지 필담 창화의 특성이 달라지므로, 각 시기 필담 창화의 특성을 밝힌 논문을 대표적인 필담창화집 뒤에 편집하였다.

장문계갑문사 곤하

長門癸甲問槎 坤下

장문계갑문사(長門癸甲問槎)

1. 개요

『장문계갑문사(長門癸甲問槎)』는 1763년 정사 조엄(趙曮)·부사 이인배(李仁培)·종사관 김상익(金相翊) 등 통신사 일행이 덕천가치(德川家治, 도쿠가와 이에하루)의 습직(襲職)을 축하하기 위해 강호(江戶, 에도)로 향할 때, 장문(長門, 나카토, 현재의 야마구치겐)에서 농학대(瀧鶴臺)와 그의 아들 농고거(瀧高渠) 및 몇몇 일본 문사들이 조선의 제술관 남옥(南玉, 1722-1770), 서기 성대중(成大中, 1732-1809)·원중거(元重擧, 1719-1790)·김인겸(金仁謙, 1707-1772) 등을 만나 교유하면서 주고받은 필담·시편·서신 등을 모아 편찬한 필담창화집이다.

2. 저자 사항

『장문계갑문사』의 주된 저자는 농학대(瀧鶴臺, 다키 가쿠다이, 1709-1773)와 그의 아들 농고거(瀧高渠, 다키 고쿄, 1745-1792)이다.

농학대는 강호시대 중기의 유학자 겸 한시인(漢詩人)으로 장문국 추(萩)의 인두씨(引頭氏) 집안에서 태어나 본성(本姓)은 인두(引頭), 아명

은 구송(龜松)이었는데, 추번의(萩藩醫) 농양생(瀧養生)의 양자(養子)가
되어 농장개(瀧長愷)라고 하였다. 호는 학대(鶴臺)이고, 자는 미팔(彌八)
이다. 14세에 번교(藩校) 명륜관(明倫館)에 들어가서 소창상재(小倉尙
齋, 오구라 쇼사이)·산현주남(山縣周南, 야마가타 슈난)에게 배웠으며, 1731
년 강호에 가서 복부남곽(服部南郭, 핫토리 난카쿠)에게 배웠다. 뒤에 장
문 추번주(萩藩主, 하기한슈) 모리중취(毛利重就, 모리 시게타카 또는 시게나
리)의 시강(侍講)이 되었다. 평야금화(平野金華, 히라노 긴카)·태재춘대
(太宰春臺, 다자이 슌다이)·추산옥산(秋山玉山, 아키야마 교쿠잔) 등과 교분
이 두터웠다. 화가(和歌) 및 의학에도 정통하였다. 제술관 남옥은 삽정
평(澁井平)이 편한『가지조승(歌芝照乘)』에서 "농학대와 우리들은 사흘
동안 함께 있었는데, 매우 흡족하였다. 풍류의 소탕(疏宕)함과 운격의
초상(超爽)함을 아낄 만하여 지금에 이르도록 우리 네 사람[제술관과 삼
서기]은 서로 마주하게 되면 일찍이 (농학대에 대해) 말하지 않는 적이
없었다.[秋月云: 瀧鶴臺與僕輩, 三日相對, 歡洽殊深。愛其風流疏宕、韻格超
爽, 至今四人相對, 未嘗不言。]"라고 하였다. 저서로는『삼지경(三之逕)』·
『장문계갑문사(長門癸甲問槎)』등이 있다.

농고거는 강호시대 중-후기의 유학자 겸 한시인이다. 성은 농(瀧)이
고, 이름은 홍(鴻)이며, 자는 사의(士儀, 혹은 子儀), 호는 고거(高渠), 통
칭은 홍지윤(鴻之允)이다. 장문 추번(萩藩) 유학자인 농학대의 3남으로
추번의 번사(藩士)이다. 1773년 부친의 죽음으로 대를 이었고, 번주인
모리중취의 시강이 되었다. 저서로는『학대선생행장(鶴台先生行狀)』이
있다.

『장문계갑문사』에는 농학대와 농고거 부자 이외에도 초장대록(草場
大麓, 구사바 다이로쿠, 1740-1803)·산근남명(山根南溟, 야마네 난메이, 1742

-1793)·진겸호(秦兼虎, 하타 겐코, 1735-1785)·화지동교(和智東郊, 와치도코, 1703-1765)·내고옥대원(奈古屋大原, 나고야 다이겐, 1702-1781)·죽중준옥(竹中俊屋, 다케나카 슌오쿠)·향취태화(香取太華, 가토리 다이카) 등이 있다. 의관인 향취태화를 제외하고 모두 농학대의 생도로서 번학(藩學)에 소속된 학생들이다. 이들 가운데 널리 알려진 주요 작가만 간단히 살펴보면 다음과 같다.

초장대록은 강호시대 중-후기의 서예가 겸 한시인이다. 아명은 시랑(市郎)이고, 이름은 안세(安世), 자는 인보(仁甫), 호는 대록(大麓)이며, 통칭은 주장(周藏)이다. 초대록(草大麓)·초장안세(草場安世)·초안세(草安世)·초장주장안세(草場周藏安世)로도 알려져 있다. 명륜관(明倫館)의 편액 등을 휘호한 서예가 초장거경(草場居敬, 구사바 교케이)의 양자인 초장윤문(草場允文, 구사바 인분)의 아들이다. 1753년 10월 12일, 부친의 사망으로 14세에 대를 이었고, 장문 추번 번사로 명륜관의 조교(助敎)였다.

산근남명은 강호시대 중기의 유학자 겸 한시인이다. 성은 산근(山根)이고, 이름은 태덕(泰德), 자는 유린(有隣), 통칭은 육랑(六郎)이다. 산남명(山南溟)이라고도 하였다. 산근화양(山根華陽, 야마네 가요)의 아들이다. 장문 추번 번교인 명륜관의 학두(學頭)가 되었으며, 시강(侍講)으로 근무했다.

진겸호는 강호시대 중기의 유학자 겸 한시인이다. 본성(本姓)은 진(秦), 성은 파전(波田)이며, 이름은 겸호(兼虎), 자는 자웅(子熊, 士熊), 호는 숭산(嵩山), 통칭은 웅개(熊介, 熊助)이다. 진숭산(秦嵩山)·파다겸호(波多兼虎)·파다숭산(波多嵩山)이라고도 하였다. 장문 출신으로 파다수절(波多守節, 하타 슈세쓰)의 아우이다. 준재(俊才)로 추번 번교인 명륜관

의 장학생이 되었으며, 산근화양(山根華陽, 야마네 가요)에게 배웠다. 명화(明和, 1764-1771) 때 국로(國老) 익전씨(益田氏)를 유신(儒臣)으로 섬겼고, 조래학(徂徠學)을 신봉하였다.

화지동교는 강호시대 중기의 유학자 겸 한시인이다. 성은 화지(和智), 이름은 체경(棣卿), 자는 자악(子蕚), 호는 동교(東郊), 통칭은 구랑좌위문(九郎左衛門)이다. 대대로 모리가(毛利家)를 섬긴 화지자고(和智資高, 와치 스케타카)의 아들이다. 어려서 부친을 사별하고 11세의 나이로 출사하였다. 산현주남에게 배웠는데, 주남이 세자에게 시강(侍講)할 때 화지동교도 함께 배웠다. 1730년 강호에서 무고감(武庫監), 이어서 장기저감(長崎邸監), 계속해서 강호유수거역(江戶留守居役) 등을 역임하였다. 화지동교의 시는 명나라 시인 이반룡(李攀龍)을 모방하여 다양한 시체(詩體)를 구현하였으나, 만년의 작품은 왕세정(王世貞)의 시풍과 비슷하였다. 적생조래(荻生徂徠, 오규 소라이)가 그의 소년 시기의 시를 보고 감탄하며 '해내의 재(海內の才)'라고 칭송하였다.

내고옥대원은 강호시대 중기의 유학자 겸 한시인이다. 성은 내고옥(奈古屋), 이름은 이충(以忠), 자는 대하(大夏), 호는 대원(大原), 통칭은 구랑우위문(九郎右衛門)이다. 번교인 명륜관에서 산현주남에게 배웠고, 장문 추번 번사가 되었다. 장원검사역(藏元檢使役)·미정방검사잠역(未定方檢使暫役) 등을 역임하였다. 연가(連歌)와 다화회(茶話會)에 능하였다.

농학대를 중심으로 이들 대부분은 1763년 12월 28, 29, 30일 적간관(赤間關, 아카마가세키)에서 조선 사신을 접대하면서 필담과 창화를 하였다. 이듬해 1764년 5월 21일에는 농학대 혼자 회정(回程)하는 조선 문사들을 찾아와 시를 전하였으나, 이때 조선 문사들은 최천종(崔天宗)

피살사건으로 인해 수창을 폐하였기 때문에 시에 화답하지 못하였다. 그러나 서신을 주고받았다.

3. 구성 및 내용

『장문계갑문사』는 서문·성명·본문으로 구성되어 있다. 서문은 1764년 춘삼월에 산근화양(山根華陽, 야마네 가요, 1697-1771, 山根清이라 고도 함)이 지었고, 성명은 장문계갑문사성명(長門癸甲問槎姓名)과 한객 성명(韓客姓名)으로 구분되어 있다. 본문은 4권 4책에 걸쳐 수록되어 있는데, 권건상(卷乾上)에는 1763년 12월 28부터 30일 동안 적간관에서 농학대와 조선 문사와 주고받은 필담과 시편 및 서신이 수록되어 있고, 권건하(卷乾下) 전반부에는 그 이듬해 5월 20일 귀로에 적간관에서 농학대가 조선 문사들을 만나 주고받은 필담과 증별시가, 후반부에는 12월 29, 30일 농학대의 아들 농고거가 조선 문사와 주고받은 필담과 시문이 수록되어 있다. 권곤상(卷坤上)에는 12월 28일부터 30일 동안 적간관에서 초장대록·산근남명이 조선 문사와 주고받은 필담과 시문 이 수록되어 있고, 권곤하(卷坤下)에는 진겸호·초장대록·산근남명과 의 필담과 창화시 및 서신이 수록되어 있다.

『장문계갑문사』에서 주목되는 내용으로 농학대와 조선 문사들 사 이의 조래학(徂徠學)에 대한 논쟁을 들 수 있다. 조선 문사들이 정주학 을 주장하는데 반해 농학대는 조래학을 숭상하였다. 농학대는 정주(程 朱)를 주종으로 하지 않는다는 이유로 조선 문사에게 공격을 받게 되 자 정주학자 목하순암(木下順庵, 기노시타 준안의 제자였던 패원익헌(貝原益

軒, 가이바라 에키켄)의 예를 들어 정주의 학설에도 의심스러운 점이 있음을 지적하였다. 그러나 조선 문사가 정주학의 정통성을 계속해서 역설하자 농학대는 조선 문사들과의 사상 논쟁을 더 이상 깊이 있게 진전시키지 않았다. 『장문계갑문사』에 수록된 창화시의 내용을 보면, 사행 임무의 중요성과 노정의 험난함, 만남의 기쁨, 일본에 무사히 도착한 노고에 대한 위로와 칭송, 접대에 대한 감사함, 원유(遠遊)와 남아의 포부, 일본 명승지 소개와 그에 대한 자긍심, 글씨와 화답시 요청, 시 모임자리에서의 흥취, 양국 문사 간의 교유와 풍류, 양국 문사들의 필묵과 재주에 대한 찬사, 무사 귀국의 기원과 이별의 아쉬움 등등을 담아내고 있다.

4. 서지적 특성 및 자료적 가치

『장문계갑문사』은 4권 4책이며 간본(刊本)이다. 글 주변 사방에 단선 테두리가 있는 사주단변(四周單邊)이다. 서문과 성명 부분은 행마다 선이 있는 유계(有界)인데, 서문은 6행 10자이고, 성명 부분은 8행이며 글자수가 일정하지 않다. 서문과 성명 부분을 제외한 나머지 본문은 행 사이에 선이 없는 무계(無界)이며, 21행 22자이다. 주(註)는 소자(小字) 두 줄로 된 주쌍행(註雙行)이다. 판심(版心)은 상하백구(上下白口) 상내향단엽흑어미(上內向單葉黑魚尾)이고 판심제(版心題)는 '癸甲問槎'이다. 서문 첫머리 상단과 하단에 장서지인(藏書之印)이 찍혀 있고, 권건하 말미에 '明和二乙酉年(1765)秋九月長門明倫館藏版'과 권곤하 말미에 '明和三丙戌年(1766)秋八月長門明倫館藏版"이라는 간기(刊記)가

있다. 일본 도립중앙도서관(都立中央圖書館)에 소장되어 있다.

『장문계갑문사』에는 당시 유명한 장문의 대학자 농학대·초장대록·산근남명 등과 조선 문사들이 주고받은 필담과 시문 및 서신이 수록되어 있다. 1763,4년 통신사행 때 일본의 장문 지방을 중심으로 한 조일(朝日) 문사들 간 교유의 현장과 실체를 파악할 수 있는 귀중한 자료일 뿐만 아니라 필담과 서신을 통해 18세기 중기 일본의 고문사학(古文辭學)을 이해할 수 있는 자료이다. 특히 초장대록이 대판성(大坂城)·평안성(平安城)·비파호(琵琶湖)·부용봉(芙蓉峰)·함령(函嶺) 등 일본의 명승지에 대해 칠언절구 5편을 다섯 가지 서체로 써서 조선 문사에게 주며 비평을 구하였는데, 이에 남옥이 「오체서축평어(五體書軸評語)」라는 짧은 글과 함께 5편에 대해 일일이 시평을 해주었다. 일본 문사가 짓고 쓴 시에 대한 조선 문사의 시서평(詩書評)이라는 점에 주목할 필요가 있다.

장문계갑문사 곤하

『장문계갑문사』권4

통자
通刺

진숭산(秦嵩山)[1]

  교린정책이 변하지 않아 사신들께서 오셨습니다. 저처럼 도를 제대로 알지 못하는 천하고 용렬한 자가 망진(望塵)[2]의 소원을 이룰 수 있게 되었으니 진실로 만족스럽습니다. 지금 스승의 뒤꽁무니에 붙어 말석에서 버릇없이 모시면서 삼가 보잘것없는 시를 각각 한 편씩 올립니다. 엎드려 바라건대 바다와 같은 넓은 마음으로 읽어주신다면

---

1 진숭산(秦嵩山, 신 스잔) : 진겸호(秦兼虎, 신 겐코, 1735-1785) 강호시대 중기의 유학자. 진숭산(秦嵩山) 혹은 파다겸호(波多兼虎, 하타 겐코)라고도 한다. 성은 진(秦) 혹은 파전(波田), 이름은 겸호(兼虎), 자는 자웅(子熊) 혹은 웅개(熊介), 호는 숭산(嵩山). 준재(俊才)로 기대되어 추번(萩藩) 번교(藩校)인 명륜관의 장학생이 되었으며, 산근화양(山根華陽, 야마네 가요)에게 사사하였다. 명화(明和, 1764-1771) 때 국로(國老) 익전씨(益田氏)를 유신(儒臣)으로 섬겼고, 조래학(徂徠學)을 신봉하였다.

2 망진(望塵) : 진(晉)나라 반악(潘岳)이 권세가인 가밀(賈謐)에게 잘 보이려고, 그가 외출할 때를 기다리고 있다가, 수레 먼지가 일어나는 것을 보면 그때부터 허리를 굽히고 절을 하였다[望塵而拜]고 한다. (『진서(晉書)』「반악전(潘岳傳)」)

종신의 영광이겠습니다. 다시 무엇을 더하겠습니까? 저의 성은 진(秦)
이고, 이름은 겸호(兼虎)이며, 자는 사웅(士熊) 호는 숭산(嵩山)입니다.

제술관 남추월[3]께 드리다
奉呈製述官南秋月

대국의 진신사대부 뛰어난 재사로 추천되어	大國搢紳推上才
드디어 임금의 명령으로 그대 오시게 되었네	遂令辭命屬君來
서로 만나 점차 정신적인 사귐 절실해지니	相逢漸爲神交切
풍성에 붉은 기운 열리는 것 기이할 것 없다오	不怪豊城紫氣開

이곳이 풍성군(豊浦郡)[4]이기 때문에 풍성의 고사를 사용하였다.

진숭산의 시에 수응하다
口號酬秦嵩山

추월

석관의 산수 기이한 재사 잉태하여	石關山水孕奇才

---

3 남추월(南秋月) : 남옥(南玉, 1722-1770). 조선 후기의 문신. 자는 시온(時韞), 호는
추월(秋月). 남옥은 1763년의 통신사행 때 제술관으로 일본에 다녀왔고 이듬해 수안군수
(遂安郡守)에 임명되었다. 1770년(영조 46)에 최익남(崔益男)의 옥사 때 이봉환(李鳳
煥)과 친하다고 하여 투옥되어 5일 만에 매를 맞아 죽었다. 그는 김창흡(金昌翕)과 육유
(陸游)의 시풍을 추종하였고 서정성이 강한 시를 지었으며, 문장은 당송(唐宋) 고문(古
文)의 경향을 띠었다. 저술로는 『일관시초(日觀詩草)』·『일관창수(日觀唱酬)』·『일관기
(日觀記)』 등이 있다.
4 풍포군(豊浦郡, 도요우라군) : 산구현(山口縣)에 있었던 군(郡).

붓을 들고 시심 동하자 생각 줄지어 나네　　　操筆憶詩趁趁來

말이 아닌 정으로 방외의 교분 통하니　　　言外情通方外契

바다 구름 하늘가에서 환하게 웃네　　　海雲天末笑顔開

성용연[5]께 드리다
奉呈成龍淵

괴이하게 상서로운 기운 일동에서 일어나더니　　　怪得祥雲起日東

신선 탄 사신 배 아득히 서풍을 타고 왔네　　　仙槎縹渺御西風

파도 보았으니 매생의 흥취에 비길 만하고[6]　　　觀濤當擬枚生興

바다 밟았으니 노자의 웅위 겸하였네[7]　　　踏海兼存魯子雄

---

5 성용연(成龍淵) : 성대중(成大中, 1732-1809). 조선 후기의 문신. 본관은 창녕(昌寧).
자는 사집(士執), 호는 청성(靑城). 1753년(영조 29)에 생원이 되고, 1756년에 정시문과
에 병과로 급제하였다. 서얼이라는 신분적 한계 때문에 순조로운 벼슬길에 오르지 못할
처지였으나, 영조의 탕평책에 힘입어 1765년 청직(淸職)에 임명되었다. 1763년 통신사
행 때 조엄(趙曮)을 수행하는 정사서기로 일본에 다녀왔고, 1784년(정조 8)에 흥해군수
(興海郡守)가 되어 목민관으로서 선정을 베풀었다. 학맥은 노론 성리학파 중 낙론계(洛
論系)에 속하여 성리학자로서의 체질을 탈피하지는 못했으나, 당대의 시대사상으로 부
각된 북학사상(北學思想) 형성에 일익을 담당하였다. 저서로는 『일본록(日本錄)』과 『청
성집』이 있다.

6 파도 보았으니 매생의 흥취에 비길 만하고[觀濤當擬枚生興] : 한(漢)나라 매승(枚乘)
이 오객(吳客)과 초나라 태자(太子)의 문답 형식으로 지은 〈칠발팔수(七發八首)〉에, 광
릉(廣陵) 곡강(曲江)에 이는 파도의 장관을 멋지게 묘사한 내용이 나온다.

7 바다 밟았으니 노자의 웅위 겸하였네[踏海兼存魯子雄] : 노중련이 조(趙)나라에 가
있을 때 진(秦)나라 군대가 조나라의 수도 한단(邯鄲)을 포위했는데, 이때 위(魏)나라가
장군 신원연(新垣衍)을 보내 진나라 임금을 황제로 섬기면 포위를 풀 것이라고 말하였다.
이에 노중련이 "진나라가 방자하게 황제를 칭한다면 나는 동해를 밟고 빠져 죽겠다." 하
니, 진나라 장군이 이 말을 듣고 군사를 후퇴시켰다 한다.

진승산께 붓을 달려 지어주다
走謝秦嵩山

용연

많은 여의주 바다 동쪽에 뿌리니   十斛驪珠散海東

비단 돛 바람에 흔들리며 광채 나네   晶輝動耀錦帆風

적간관[8] 안에 외로운 거문고 소리   赤間關裡孤琴語

시단의 웅장한 고각소리와 섞이네   嬴和騷壇鼓角雄

원현천[9]께 드리다
奉呈元玄川

가을바람 부는 구월에 부산을 출발했는데   九月秋風發釜山

도중에 눈발 날리는데 강관을 건너네   雪飛中路度江關

호쾌한 유람이라 험난함 꺼리지 않겠지만   豪游縱不憚艱險

꿈속에 고향 그리는 심정 정녕 알겠구나   定識鄉心夢寐間

---

8 적간관(赤間關, 아카마가세키) : 장문주(長門州)에 속하고, 현재의 산구현(山口縣, 야마구치겐) 하관시(下關市, 시모노세키시)이다. 하관(下關) 혹은 마관(馬關)이라고도 한다.

9 원현천(元玄川) : 원중거(元重擧, 1719-1790). 호는 현천(玄川)·물천(勿天)·손암(遜菴)이고, 자는 자재(子才)이다. 1705년 사마시(司馬試)에 급제한 후 10여 년 뒤에 장흥고(長興庫) 봉사(奉事)를 맡았고, 1763년 통신사행 때 성대중(成大中)·김인겸(金仁謙)과 함께 서기(書記)로 발탁되어 일본에 다녀왔다. 사행 후 일기(日記) 형식의 『승사록(乘槎錄)』과 일본 문화 전반에 대한 백과사전적 문헌인 『화국지(和國志)』를 저술했다. 1771년에는 송라 찰방(松羅 察訪)을, 1776년에는 장원서(掌苑署) 주부(主簿)를 지냈고, 1789년 『해동읍지(海東邑誌)』 편찬에 이덕무(李德懋)·박제가(朴齊家) 등과 함께 참여했다.

승산께 수응하다
奉酬嵩山

현천

짙푸른 호수 빛 아름다운 산에 스며들어	湖光紺碧浸佳山
남쪽 바다의 명승지는 바로 적간관이로다	南海名區是赤關
이곳에 호걸 선비들이 많은 내력	此地由來多傑士
몇 마디 말로 다 알 수 있다오	可能盡識片言間

필어(筆語)

숭산: 저는 학대(鶴臺)[10]의 문인인데, 오늘 뒤에서 사단(詞壇)의 성대한 일을 엿보았을 뿐입니다. 통역하는 사람이 학대의 문인 여부를 물었기 때문에 이러한 답이 있는 것이다.

숭산: 제공들 모두 과거에 뽑혀서 지금의 직책에 있는 것입니까?

용연: 추월은 계유년(1753)에 등제하였는데, 전에는 결성태수(潔城太守)

---

10 학대(鶴臺) : 농학대(瀧鶴臺, 다키 가쿠다이, 1709-1773). 강호시대 중기의 유학자. 장문(長門) 추번(萩藩)의 인두씨(引頭氏) 집안에서 태어나 본성(本姓)은 인두(引頭, 인도), 아명은 구송(龜松)이다. 장성하여 농장개(瀧長愷)라고 하였다. 호는 학대(鶴臺), 자는 미팔(彌八). 추번의(萩藩醫) 농양생(瀧養生)의 양자(養子)가 되어 14세에 번교(藩校) 명륜관(明倫館)에 들어가서 소창상재(小倉尙齋, 오구라 쇼사이)·산현주남(山縣周南, 야마가타 슈난)에게 배웠으며, 1731년 강호에 나가서 복부남곽(服部南郭, 핫토리 난카쿠)을 사사하였다. 후에 장문 추번주(萩藩主, 하기한슈) 모리중취(毛利重就, 모리 시게타카 또는 시게나리)의 시강(侍講)이 되었다. 화가(和歌) 및 의학 등에도 정통하였다.

를 지냈고, 지금은 비서교리(秘書校理)입니다. 임인년(1722) 생입니다.

용연은 계유년(1753)에 사마에 병자년(1756)에 대책에 등제하였는데, 전에 은계독우(銀溪督郵)를 지냈습니다. 임자년(1732) 생입니다.

현천은 경오년(1750)에 사마였고 전에는 장흥랑(長興郎)을 지냈습니다. 기해년(1719) 생입니다.

숭산: 잘 알겠습니다. 제공들께서 일찍 과거에 급제하셨듯이 귀국의 현로(賢路)가 더욱 열려 있음을 우러러보게 됩니다. 또 여쭙건대, 무기(武技)[11]·방기(方技)[12] 및 동과(童科) 등 여러 시험도 아울러 시행합니까?

용연: 무기(武技)와 방기(方技) 모두 과거시험을 통해 뽑는 일이 있습니다만 동자는 아직 재목이 되지 않았으니 어찌 갑과에 등용하겠습니까? 다만 교관이 있어 초하루에 고강(考講)[13]하여 그 덕성과 기량을 양성할 뿐입니다.

숭산: 우리나라에는 진(秦)씨가 많은데 옛날 진시황의 후예라고 전해지고 있습니다. 귀국을 거쳐서 온 이래로 거의 2천년이나 흘렀습니다. 자손들이 구름처럼 연이어 나왔지만 먼 후손 가운데는 혹 출신을 알

---

11 무기(武技) : 무술(武術). 무기(武器) 다루기·주먹질·발길질·말달리기 따위의 무도(武道)에 관한 기술.
12 방기(方技) : 의술이나 점술 등의 기술.
13 고강(考講) : 경서(經書)를 외우는 것을 시험하는 것.

수 없는 자도 있습니다. 모르겠습니다만, 귀국에도 또한 진씨(秦氏)이면서 조상이 같은 자가 있습니까? 가르쳐 주십시오. 현천이 화운시를 쓰면서 나의 성을 묻기에 써서 보여주었다. 때문에 이런 말이 있게 되었다.

현천: 공께서는 진시황의 후예이십니까? 우리나라에도 또한 진씨(秦氏)가 있습니다만 진시황을 조상으로 하지는 않습니다.

숭산: 저의 성은 영진(嬴秦)[14]으로부터 나왔습니다. 비록 그렇다 해도 수 세기 전에 이미 혈통을 이어받은 자손이 끊어져 등(藤) 성이 되었기 때문에 지금 진(秦)이라고 칭하는 것은 또한 여(呂)의 영(嬴)[15]일 뿐입니다.

남추월께 드리다 전운을 쓰다
奉呈南秋月 用前韻

그대는 본래 영주에 오른[16] 학사의 재주였는데　　君本登瀛學士才

14　영진(嬴秦) : 영(嬴)은 진나라 임금의 성씨(姓氏).

15　여(呂)의 영(嬴) : 여(呂)는 여불위(呂不韋). 영씨인 진시황은 원래 여불위의 사생아였으므로 이처럼 말한 것으로 보인다. 여불위가 잉태한 첩을 진왕(秦王)에게 들여 시황(始皇)을 낳게 하였는데, 진왕은 그것을 모르고 시황에게 왕위를 계승시켰으므로 여씨(呂氏)의 영씨(嬴氏)가 된 것이다.

16　영주에 오른[登瀛] : 등주는 등영주(登瀛洲)의 준말. 선비가 영예를 얻은 것을 신선이 산다는 전설상의 산인 영주에 오르는 것에다 비긴 것이다. 당(唐) 태종(太宗)이 태자로 있을 때 방현령(房玄齡)과 두여회(杜如晦) 등 18인을 학사(學士)로 삼아 정사를 자문하자, 사람들이 그들을 부러워하여 '영주에 올랐다'라고 말했다. (『신당서』「저량열전(褚亮列傳)」)

신선 유람으로 다시 바다 동쪽을 향해 왔구려	仙游更向海東來
손에 나누어 쥔 구슬 나무 꽃 세 송이	手分珠樹三花朶
광채 찬란하게 자리에서 피어나리라	光彩燦然筵裡開

진승산의 시에 다시 화답하다
更報秦嵩山

추월

이역에서의 봉명[17] 재주 없음 부끄러운데	簪筆殊方愧不才
바람 안개 걷히어 신선 고을[18]에 왔다오	風烟收拾十洲來
적수의 현주[19] 얼마나 되는지	玄珠赤水知多少
온 좌석의 주옥같은 시[20] 눈부시게 빛나네	一席波斯照眼開

---

17 봉명[簪筆] : 관원이 관(冠)이나 홀(笏)에 붓을 꽂아서 서사(書寫)에 대비하는 것을 이르는 말로, 전하여 제왕(帝王)의 근신(近臣)이 된 것을 의미한다.

18 신선 고을[十洲] : 선인(仙人)이 산다고 하는 10개의 주. 곧 조주(祖洲)·영주(瀛洲)·현주(玄洲)·염주(炎洲)·장주(長洲)·원주(元洲)·유주(流洲)·생주(生洲)·봉린주(鳳麟洲)·취굴주(聚窟洲)를 말한다.

19 적수(赤水)의 현주(玄珠) : 황제(黃帝)가 적수(赤水) 북쪽에서 노닐다가 돌아오는 길에 현주(玄珠)를 잃어버렸는데, 아무도 찾지 못하는 중에 상망(象罔)만이 찾아냈다는 이야기가 있다. (『장자』「천지(天地)」)

20 주옥같은 시[波斯] : 고대에 중국인들이 진귀한 보석이 산출되는 나라라고 여겼던 곳으로, 페르시아를 가리킨다. 여기서는 진귀한 보석으로 곧 훌륭한 시구를 뜻하는 것으로 보인다.

용연께 다시 드리다 전운을 쓰다
再奉呈龍淵 用前韻

기자 나라의 관현악 일찍이 동쪽에 전해주어	箕邦絃管嘗傳東
태평시대 천세의 풍속을 숭상하였지	尙仰太平千歲風
금일 다시 남국의 가락 노래하면서	今日更歌南國調
부사산의 백설과 웅장함 다툴 만하리	堪爭白雪富峰雄

진승산의 시에 거듭 화답하다
重和秦嵩山

용연

봉래 바다 신선 인연 모두 동쪽에 있어	蓬海仙緣盡在東
예의 바른 사귐으로 고인의 풍도 알겠오	紵交兼識古人風
장문주(長門州)[21]의 문학 응당 많을 테지만	長門文學應多數
공자 주자의 글 읽음이 가장 훌륭하다오	讀孔朱書最是雄

---

21 장문주(長門州, 나가토슈) : 현재의 산구현(山口縣, 야마구치겐) 서반부 지역. 장문국
(長門國)·장문(長門)·장주(長州)라고도 하였고, 율령제(律令制) 하에서는 산양도(山
陽道)에 속하였다. 바다를 사이에 두고 한반도와 마주보는 위치에 있다. 조선 후기 통신
사행 가운데 1811년을 제외한 사행 때마다 사신 일행이 휴식을 취하거나 묵었던 남박(南
泊, 미나미도마리)·적간관(赤間關, 아카마가세키)·원산(元山, 모토야마) 등지를 관할
한 곳이며, 이곳 번주들은 통신사가 왕래하는 지역에 대한 비용[旅中御賄]이나 인마(人
馬) 동원, 숙소·역참·도로·다리 점검 및 지공(支供) 등을 담당하였다.

원현천께 거듭 올리다 전운을 쓰다
重奉元玄川 用前韻

붉은 기운 멀리 바다 산에 이어지더니　　　　　　紫氣遙連海上山
진인이 과연 서쪽 관문으로 들어 왔다오　　　　　眞人果爾入西關
임금이 지닌 덕망의 유래를 뉘라서 알랴　　　　　由來龍德誰能識
시문과 필묵 속에서 다만 변화를 볼 뿐　　　　　變化只看詞筆間

숭산의 차운시에 화답하다
和次嵩山

현천

봉래산 드높아 숭산을 마주하고 있어　　　　　　蓬岑落落對嵩山
서자[22]가 멀리서 관문 나설 생각했다오　　　　　徐子迢迢憶出關
아름다운 이름 듣고 그리움 더하는데　　　　　　嘉號聞來增緬憶
어느 때나 그대 바다 가운데에 이를까　　　　　何時君到海中間

남추월께 드리다
奉呈南秋月

멀리서 빙문하여 새 정치 축하하고　　　　　　　遙聘賀新政
성대한 의식으로 옛 맹약 다지네　　　　　　　　盛儀尋舊盟

---

22 서자(徐子) : 서불(徐市). 진시황(秦始皇) 때에 불사약(不死藥)을 구하기 위하여 동남
　동녀(童男童女) 5백 명을 데리고 동해의 삼신산(三神山), 곧 일본으로 들어갔다는 방사
　(方士).

이웃과의 친선은 왕의 덕망이요	善隣王者德
나라 빛냄은 사신의 영광이로다	華國使臣榮
바람이 고르니 비단돛 지나가고	風正錦帆過
날이 개니 채색 깃발 밝구나	日晴文旆明
금슬로 태평가 연주하니	絃歌太平奏
〈봉황조〉 소리 떨쳐 일어나네	振起鳳凰聲

고려 비파에 봉황조(鳳凰調)가 있다.

승산의 시에 세 번째 화답하다
三和嵩山

추월

초와 월[23]이 새로운 만남 시작하고	楚越開新面
제와 오[24]가 묵은 맹약에 임하였네	齊吳涖宿盟
강가 매화로 세모에 서글픈데	汀梅傷歲暮
소반의 귤로 겨울 꽃 사랑하네	盤橘愛冬榮
적수의 주옥같은 시[25] 빛나니	赤水玄珠耀
창주[26]의 백발 밝기도 하구나	滄洲白髮明

---

23 초(楚)와 월(越) : 초나라와 월나라. 『장자』 「덕충부」에 "서로 다른 것을 따지면 다 같이
뱃속에 있는 간(肝)과 담(膽)도 초월처럼 멀다 할 것이다."라고 하였는데, 초나라와 월나라
가 멀리 떨어져 있다는 의미이다. 여기서는 초나라는 일본을 월나라는 조선을 가리킨다.

24 제(齊)와 오(吳) : 제나라와 오나라. 위의 주에서 밝혔듯이 초월(楚越)과 같은 의미로
쓴 것이다. 곧 북쪽에 위치한 제나라는 조선을, 남쪽에 위치한 오나라는 일본을 가리킨다.

25 적수의 주옥같은 시[赤水玄珠] : 앞의 주19 '적수(赤水)의 현주(玄珠)'를 참조.

26 창주(滄洲) : 삼국시대 위(魏)나라 완적(阮籍)이 지은 「위정충권진왕전(爲鄭沖勸晉王
箋)」에 "창주를 굽어보며 지백에게 사례하고, 기산에 올라가 허유에게 읍한다.[臨滄洲而

장문주의 훗날 시권 속에	長門他日卷
그리운 것[27]은 진성이겠지	蒹露是秦聲

진성(秦聲)은 숭산의 성을 사용한 것이다.

필어(筆語)

숭산: 저는 어려서부터 유학에 뜻을 두었고 또 사방의 어진 사람들을 벗삼아 보려고 생각하였습니다. 비록 그렇다 해도 썩은 나무 같은 자질로는 그 기량이 되지 않을 뿐만 아니라 어버이께서 연로하시고 아우가 어려서 오직 아침저녁으로 보살펴야 하기 때문에 일찍이 봉토 밖의 땅을 밟아본 적이 없었습니다. 평소의 소원 두 가지 모두 이루지 못해 오래도록 한스러워하였는데 지금 은총을 입고 대국의 고상한 문사를 만나 뵐 수 있게 되어 본래의 뜻을 이루게 되었습니다. 감사함을 어찌 다할 수 있겠습니까? 바라건대, 군자의 말씀 한 마디를 받들어 경계의 지표[28]로 삼고자 합니다. 밝은 거울처럼 영롱하여[29] 피로한 기색은 아니지만 행여 시상(詩想)을 어지럽힐까 두렵습니다. 어떠하십니까?

謝支伯, 登箕山而揖許由]"라는 말에서 나온 것으로, 물가의 수려한 경치를 뜻하는 말이다. 남조(南朝) 제(齊)나라 시인 사조(謝朓)가 선성태수(宣城太守)로 나가서 창주의 정취를 마음껏 누렸던 고사가 전한다.

27 그리운 것[蒹露] : 『시경』「진풍(秦風)」〈겸가(蒹葭)〉에 "갈대가 창창하니, 흰 이슬이 마르지 않았도다.[蒹葭凄凄, 白露未晞.]"라고 한 데서 온 말로, 전하여 그리운 사람을 사모하는 것을 의미한다.

28 경계의 지표[韋弦之箴] : 위현(韋弦)은 위현지패(韋弦之佩). 부드러운 가죽과 팽팽한 활시위를 차고 다닌다는 뜻으로, 자신의 좋지 못한 성질을 고치는 경계의 표지로 삼음을 이르는 말이다.

29 밝은 거울처럼 영롱하여[明鏡] : 세정에 통달하고 청정하고 고결한 사람을 비유한다.

추월: 도를 구하는 뜻이 사람을 흠모하고 감탄케 하니, 어찌 한 마디 말로 구하심에 우러러 부응하지 않을 수 있겠습니까? 그러나 학문으로 나아감의 얕고 깊음과 타고난 기질의 강하고 유약함은 처음에는 자세히 보이지 않는 법이니 침을 마음대로 놓을 수 없습니다. 청컨대, 공의 기질과 나아갈 바를 듣고 나서야 일전어(一轉語)[30]를 내려 정문일침(頂門一鍼)으로 삼을 수 있을 것입니다.

숭산: 창포와 갯버들 같은 허약한 체질[31]이라서 고학(苦學)을 감당하지도 못하는데 학문에 무슨 조예가 있겠습니까? 오직 백고(伯高)[32]를 본받으려다가 얻지 못하니 마땅히 계릉(季陵 : 杜季良)을 본받아야 경박함에 빠지지 않는다고 말씀드릴 수 있을 것입니다. 과정(過庭)[33]의 가르침 또한 이와 같습니다. 문장을 잘하고 사물을 널리 아는 것은 평소 바라지 않은 것이 아니니 여력이 있을 때 하도록 하겠습니다. 공께

---

30 일전어(一轉語) : 선가(禪家)에서 쓰는 말로, 선기(禪機)를 드러내고 사람을 깨우치는 한마디 말.

31 창포와 갯버들 같은 허약한 체질[蒲柳弱質] : 포류는 창포와 갯버들의 합칭으로, 일찍 늙고 쇠하는 허약한 체질을 비유하는 말이다. 진(晉)나라 고열지(顧悅之)가 간문제(簡文帝)와 동갑이었는데도 이른 나이에 머리칼이 하얗게 세자 황제가 그 이유를 물으니, "신은 포류와 같은 체질이라서 가을이 가까워지기만 해도 벌써 낙엽이 지고 맙니다.[蒲柳之姿, 望秋而落。]"라고 대답한 고사가 전한다. (『세설신어』 「언어」)

32 백고(伯高) : 백고는 후한(後漢) 때의 선비 용술(龍述)의 자(字). 후한 마원(馬援)이 자기 조카 엄(嚴)과 돈(敦)에게, 용백고(龍伯高)를 배우다가 제대로 안 되더라도 이는 고니를 새기다가 제대로 안 되면 그래도 집오리 정도는 될 수 있는 격이어서 괜찮지만, 두계량(杜季良)을 배우려다 제대로 안 되는 날이면 이는 범을 그리려다가 되레 개를 그리는 꼴이 되어 안 된다고 하였다. (『후한서』 「마원전(馬援傳)」)

33 과정(過庭) : 과정(過庭)은 공자의 아들 백어(伯魚)가 뜰을 지날 적에[過庭], 부친으로부터 가르침을 받았던 고사에서 유래하여, 어른의 훈도를 받는 것을 뜻한다.

서는 만약 취할 것이 있으시다면 한 마디 더해주시고 그렇지 않으시
다면 고언(苦言)을 해주십시오. 감히 속마음을 드러내 보입니다.

추월: 훌륭한 부형(父兄)이 있음을 기뻐하십시오.[34] 또한 덕행을 먼저
하고 문예를 나중에 해야 근본이 되는 것을 안다고 할 수 있습니다.
"들어와서는 효도를 하고 나가서는 공손해야 한다. 여러 사람들을 널
리 사랑하되 어진 사람과 친해야 한다. 행하고서도 남은 힘이 있거든
글을 배운다."[35]라고 한 것은 성인의 도입니다. 스무 글자의 영부(靈符)
는 위로도 통하고 아래로도 통하여 일생동안 받아써도 다 쓰지 못할
것입니다.[36] 이밖에 별다른 방법은 없을 것 같습니다.

숭산: 드린 것을 살펴주시면 좋겠습니다. 화운시를 주시는 것은 어찌
생각이나 하겠습니까? 여러 차례 수고로움을 끼쳐드려 그저 부끄럽고
두려울 뿐입니다.

추월: 족하께서 덕을 귀하게 여기고 기예를 천하게 여기시니 그 뜻

---

34 훌륭한 부형(父兄)이 있음을 기뻐하십시오[樂有賢父兄] : 『맹자』「이루하(離婁下)」에
"조화된 인격의 소유자는 그렇지 못한 자를 길러 주고, 재능이 있는 자는 그렇지 못한
자를 길러 준다. 그래서 사람들은 훌륭한 부형이 있는 것을 기뻐하는 것이다.[人樂有賢
父兄也]"라고 하였다.

35 『논어(論語)』「학이(學而)」편에 나온다.

36 일생동안 받아써도 다 쓰지 못할 것입니다[一生受用不盡] : 『성리대전(性理大全)』 권
54 학(學)12 독서법(讀書法)2에 "학자가 『중용』・『대학』・『논어』・『맹자』 등 사서에 대
해서 실제로 공부에 착수하여, 구절마다 글자마다 침잠하며 자기의 일로 절실하게 여기
면서 투철하게 터득해 나간다면, 일생동안 받아써도 다 쓰지 못할 것이다.[學者於庸學論
孟四書, 果然下工夫, 句句字字, 涵泳切己, 看得透徹, 一生受用不盡。]"라고 하였다.

이 매우 좋습니다. 시모임 자리에서 창화한 것이 본래 아름다운 일은 아니지만 말이 통하지 않아 정과 뜻이 전해지지 못하니 오로지 졸작으로 필설을 대신합니다. 무슨 수고랄 게 있겠습니까? 실로 객수에 위안이 됩니다.

숭산: 마음은 이미 통하였으니 언외(言外)의 뜻을 들을 수 있겠습니까?

추월: 돌아가서 구하면 스승이 있을 것[37]입니다. 성인의 천 마디 만 마디 말씀을 마치 친히 경해(謦欬)[38]를 받드는 것처럼 한다면 한 마디 말로도 종신토록 행할 수 있는 말이 매우 많습니다. 제가 만 마디 말을 한들 어찌 말이 간단하면서도 뜻이 원대한 성현의 말씀과 같을 수 있겠습니까? 다만 『논어』·『맹자』·『중용』·『대학』을 열심히 읽으시면, 자신의 행동에 대해 통절하게 깨우치고 성찰하는 바가 있을 것입니다.

숭산: 삼가 가르침을 받들겠습니다. 감탄스럽습니다.

숭산: 화운시 가운데 풍유(諷諭)한 군자의 말에는 맛이 있습니다. 저의 평생의 소원도 이 말에 불과합니다. 때문에 추월선생께 가르침을

---

37 돌아가서 구하면 스승이 있을 것[歸而求之, 有餘師] : 『맹자』「고자하(告子下)」에 맹자가 조교(曹交)에게 답한 말에, "……人病不求耳, 子歸而求之, 有餘師。"라고 하였다.
38 경해(謦欬) : 윗사람에게 뵙기를 청할 때 자기가 있음을 알리기 위하여 하는 기침. 곧 인기척을 내는 헛기침. 혹은 윗사람을 공경(恭敬)하여 그의 기침 소리나 말씀을 이르는 말.

청한 것이며 또한 오직 그것뿐입니다. 만약 다시 한 마디 말씀을 더해 주시겠다면 그것을 큰 띠에 써주셨으면 합니다.

용연: 제가 해드리고 싶었던 말을 추월이 다하셨습니다. 진실로 정대한 영웅은 두려워하고 조심하는[39] 가운데 나오는데, 그렇게 되는 방법에 대해서는 공자와 주자의 글에 갖추어 있습니다. 돌아가셔서 구하면 스승으로 삼을 만한 점이 있을 것이며 그대의 뜻을 넓힐 수 있을 것입니다.

숭산: 권유해주는 말씀이 어찌 그리 절실한지요. 삼가 남쪽지방에서 먹는 것으로 사례하오니 한 번 드셔보십시오. 저 또한 작은 것을 들겠습니다. 귤을 갈라서 주었다.

용연: 그것이 아름다운 게 아니라 미인이 주니[40] 삼가 주신 귤[落爪][41]을 받도록 하겠습니다.

---

39 두려워하고 조심하는[戰兢臨履] : 항상 두려워하는 자세로 조심하는 것을 뜻한다. 『시경』「소아(小雅)」〈소민(小旻)〉에 "매우 두려워하고 조심하여 깊은 못에 임한 듯 얇은 얼음을 밟는 듯이 한다.[戰戰兢兢, 如臨深淵, 如履薄冰。]"라고 하였다.

40 그것이 아름다운 게 아니라 미인이 주니[匪汝爲美, 美人之貽] : 『시경』「패풍(邶風)」〈정녀(靜女)〉에 "들에서 띠 싹 선물하니 진실로 아름답고 특이하여라. 띠 싹이 고와서가 아니라 고운 당신이 준 것이라서라네. [自牧歸荑, 洵美且異。匪女之爲美, 美人之貽。]"라고 하였다.

41 주신 귤[落爪] : 두보의 〈맹동(孟冬)〉시에 "감귤 쪼개니 서리는 손톱에 떨어지고, 쌀밥 먹으니 눈빛은 숟가락에 번득이네.[破甘霜落爪, 嘗稻雪翻匙。]"라고 한 데서 유래하였다.

용연: 도가 이루어지지 않았는데 문으로 이름나는 것을 옛사람은 매우 경계하였습니다. 그대는 어찌 그리 시를 많이 지으십니까?

숭산: 시골구석에 사는 사람이라 군자와의 창수시를 거의 볼 기회가 없기 때문에 스스로 그만두지 못했습니다. 지은 시가 때로 고취(鼓吹)에 맞은 적이 있긴 하지만 어찌 고상한 음률이라고 말할 수 있겠습니까? 어지럽게 울려 귀를 따갑게 한다면 혹 무릉왕(武陵王)의 지정(池亭)에서의 금함[42]이 있을 수도 있습니다. 삼가 깨우침을 받들겠습니다.

용연: 앞서 드린 말씀은 농담입니다. 많을수록 좋은데 무슨 해될 것이 있겠습니까?

숭산: 우리 동방의 승경 가운데 부용봉과 비파호가 제일입니다. 이곳 산수가 하룻밤에 생겼다는 말이 전해지고 있는데 이 말은 믿기 어렵습니다. 그런데 수십 년 전에 세 봉우리 곁에 또 작은 봉우리 하나가 생겼습니다. 이것으로 살펴보면, 앞의 말이 어찌 반드시 잘못되었다고 하겠습니까? 또 귀국의 『통감(通鑑)』을 살펴보니, 고려 목종(穆宗) 때 탐라의 바다 속에서 산 하나가 용출하였는데 그때 구름과 안개가 칠일 밤낮을 어둡게 하였다고 합니다. 부용봉의 작은 봉우리가 용출

---

42 무릉왕(武陵王)의 지정(池亭)에서의 금함[武陵池亭禁] : 무릉왕(武陵王) 소기(蕭紀)가 못가에서 잔치를 베풀어 빈객을 접대하는데, 그때 연못 속 청개구리들이 울어대는 바람에 귀가 따가워 기분이 언짢아졌다. 이때 연회에 참석했던 심승소(沈僧昭)가 이런 광경을 보고 청개구리를 질책하여 울음을 그치게 했다는 이야기가 전한다. 무릉왕(武陵王) 소기(蕭紀)는 양(梁) 무제(武帝)의 아들이다.

한 것과 완전히 일치하니, 다른 산에 대한 설로 증거를 삼을 수 있습니다. 유독 호수에 대해서는 의심하지 않을 수 없습니다. 공께서는 아시는 것이 많고 견문이 풍부하십니다. 대개 귀국은 광대하니 호수에 대한 비웃음을 설명할 만한 것이 있을 것 같습니다. 가르쳐주십시오.

　용연: 제나라의 농지거리 말이니 군자가 취할 바가 아닙니다. 공께서는 도를 배우신 분인데 이런 질문을 하십니까? 홍몽한 기운이 한 차례 나뉘면서 형국이 모두 정해졌는데 어찌 이런 일이 있겠습니까?『통감』에 실린 것은 한때의 황당한 기록에 불과할 뿐입니다. 제가 어찌 감히 그것의 있고 없고를 말할 수 있겠습니까?

　숭산: 말씀을 하시면 가르침이 되었는데, 잘못 여쭈어 한 차례 유익함을 물리친 꼴이 되었습니다.

　현천: 우리나라의 진씨(秦氏) 중에는 무인이 많습니다만 이번 사행에는 안타깝게도 오지 못했습니다. 그대 집안의 계보가 비록 상세하지는 않지만 마땅히 집안에 전해 내려오는 말이 있을 것입니다. 본래 일본인입니까? 아니면 밖에서 왔습니까?

　숭산: 진씨 조상은 그대 나라로부터 왔다고 어제 이미 다 말씀드렸습니다. 붓을 잡고 시를 짓는데 침잠하신 사이에 혹 잊으셨는지요? 저의 집안에 전해내려 오는 말은 없어 물음에 제대로 답을 드리지 못해 부끄럽습니다.

현천: 어제 곁에서 듣지 못했기 때문입니다. 우리나라로부터 들어온 날이라면 어느 시대라고 할 수 있습니까?

숭산: 일본의 중애(仲哀)[43]와 응신(應神)[44] 두 왕조 때에 진씨가 가끔 귀래하였습니다. 지금과 거의 이천 년이나 떨어져 있어서 사적을 상세히 알 수 없습니다.

숭산: 한 해도 이미 저물었습니다.[45] 뒷날 모임을 기약하기 어려운데 어떻게 생각하십니까?

용연: 한 해가 다 갔습니다. 비바람이 처연하여 멀리 떠나온 사람의 회포 견딜 수 없군요. 다시 왕림하시어 편안히 필담을 나눌 수 있다면 어찌 위로되기만 하겠습니까?

현천: 우리나라의 자음(字音)은 기자로부터 나왔기 때문에 중국과 가

---

43 중애(仲哀) : 중애황(仲哀皇). 이름은 족중일본(足仲日本)이니, 무존(武尊)의 둘째 아들이며 어머니는 양도팔희(兩道八姬). 성무황이 아들이 없기 때문에 위를 이어받았다. 원년은 임신년(A.D.192)에 해당한다. 9년간 위에 있었고, 수는 52세이다.

44 응신(應神) : 응신황(應神皇). 이름은 예전(譽田)이니, 중애황의 넷째 아들이며 어머니는 신공황후. 원년은 경인년(A.D.270)에 해당한다. 병신년에 고구려가 처음으로 사신을 보냈고 계묘년에 백제가 재봉(裁縫)하는 여공(女工)을 보내니 의복(衣服)이 이때부터 있게 되었다. 갑진년에 백제가 또 경전(經傳)과 여러 박사(博士)들을 보냈으며 을사년에 백제가 왕자 왕인(王仁)을 보냈다. 위에 41년간 있었고, 수는 1백 11세이다.

45 한 해도 이미 저물었습니다[歲聿其莫] : 『시경』〈실솔(蟋蟀)〉에 "귀뚜라미가 마루에 있으니, 이 해도 드디어 저물었도다. 지금 우리가 즐기지 아니하면, 세월이 지나가 버릴 것이네.[蟋蟀在堂, 歲聿其莫。今我不樂, 日月其除。]"라고 하였다.

장 가깝습니다. 시(詩)·문(文)·부(賦)·사(辭) 등 온갖 체(體)들 모두 독법(讀法)과 운절(韻折)이 있습니다만, 성음을 함께할 수 없으니 애석할 뿐입니다. 학대(鶴臺) 선생이 현천에게 화운시를 높이 읊조리게 하여 이런 말이 있는 것이다.

숭산: 성률(聲律)이 기자에서 나왔으니 고아함을 탄상할 만하여 눈으로만 보아도 도가 있음을 알 수 있습니다.[46] 공들께서 바로 그 훌륭한 분들이신데 어찌 어음의 같고 다름을 논하십니까? 시부(詩賦)를 외우고 읊조리는 것과 같은 것은 대개 곧바로 반례(反例)로 형세를 달리할 뿐이니, 어찌 뜻을 해치는 것이 있겠습니까? 다만 시를 화답하면서 음으로 화답하지 못하는 것이 한스러울 뿐입니다.

현천: 화답한 시 가운데 고칠 것이 있으니 돌려주시면 좋겠습니다.

숭산: 조각구름이 어찌 맑은 하늘을 더럽힐 수 있겠습니까? 붓을 수고롭게 하지 마십시오.

현천: 저는 본래 시를 아름답게 짓지 못합니다. 또 매양 면전의 언어로 박실(樸實)한 말을 하고자 합니다. 기왕에 잘못이 있음을 알게 되면

---

46 눈으로만 보아도 도가 있음을 알 수 있습니다[目擊道存] : 『장자』「전자방(田子方)」에 자로(子路)가 일찍이 공자(孔子)에게 말하기를 "선생님께서는 온백설자(溫伯雪子)를 만나고자 하신 지 오래였는데 만나고 나서는 아무 말씀이 없으니 무슨 까닭입니까?"라고 하자, 공자가 이르기를 "그런 사람은 눈으로만 보아도 도가 있는 줄을 알 수 있으니 또한 말을 할 필요가 없는 것이다.[若夫人者, 目擊而道存矣, 亦不可以容聲矣。]"라고 한 데서 온 말이다.

비록 먼 곳이라 하더라도 다시 고칠 수 있는데, 하물며 일이 지극히
가까운 곳에 있어서이겠습니까?

숭산: 작은 잘못도 또한 고치는 것이 군자다운 사람이군요. 추월과
용연께서 저를 위해 한 마디 해주셨는데 공께서도 또한 그 점을 헤아
려주시겠지요?

현천: 이처럼 생각해주시다니 매우 고맙습니다. 육경(六經)은 곡식과
같아서 하루라도 먹지 않으면 굶주리게 되는데, 정자와 주자가 그것을
해와 별처럼 명확하게 밝혀놓았습니다. 뒤에 비록 성자(聖者)가 지은
것이 있다 해도 한 글자도 다시 더 보탤 필요가 없을 것입니다. 귀국의
사람들을 보면 혹 정자와 주자를 존숭하지 않고, 육구연(陸九淵)[47]을
주장하는 명나라 사람들의 그릇된 바를 행하는 사람들이 많습니다. 공
께서 만약 이 학문에 뜻이 있으시다면 반드시 『소학』을 먼저하고, 다
음으로 『대학』·『중용』·『논어』·『맹자』와 삼경(三經)을 한 다음, 정주
의 학설로 도움을 삼으십시오. 대본(大本)과 대원(大源)에 이르러서는,
정주는 입을 열면 문득 '경(敬)'자를 말하였는데, '경(敬)'이라는 글자는
한 마디로 말하면 좋아하고자 하는 것을 돕는 것[48]입니다. 구구한 뜻

---

47 육구연(陸九淵) : 중국 남송의 유학자. 존덕성(尊德性)을 위주로 하여 먼저 마음의 실
체를 깨닫는 것을 중시하였는데, "학문이란 진실로 근본을 알아야 하는 것이니, 만약 도
를 깨달으면 육경(六經)도 모두가 나의 마음을 밝히는 주석에 지나지 않을 뿐이다.[學苟
知本, 六經皆我注脚。]"라고 하였다.

48 좋아하고자 하는 것을 돕는 것[愛之欲助之] : 『논어』 「안연(顏淵)」편에 "그를 좋아하는
것은 그가 살아 있기를 원하는 것이고, 그를 싫어하는 것은 그가 죽기를 원하는 것이다.
[愛之欲其生, 惡之欲其死。]"라고 하였다.

스스로 그만두지 못하였습니다. 헤아려주십시오.

숭산: 가르침은 마땅히 따르겠습니다. 오직 명나라 사람이 그릇되었다는 말에 있어서만큼은 어찌 한 자리에서 의론할 수 있겠습니까? 오늘은 해가 다하였으니 훗날 반드시 묘론(妙論)을 들을 수 있을 것입니다. 어떠하십니까?

현천: 매우 좋습니다.

남추월께 드리다
奉呈南秋月

만 리 장풍과 큰 바다의 파도	萬里長風大海濤
구름 돛배 타고 가니 기상 얼마나 호쾌한가	雲帆駕去氣何豪
문성49은 사성50 근방에서 빛나고	文星近傍使星耀
영 땅 백설가51 멀리 부사산 눈과 함께 높구나	郢雪遙兼嶽雪高

---

49 문성(文星) : 문창성(文昌星) 또는 문곡성(文曲星)이라 하는데, 문운(文運)을 맡은 별이다.

50 사성(使星) : 한(漢)나라 화제(和帝)가 각 지방에 민정(民情)을 순찰하는 사신을 보내면서 미복으로 암행하게 하였는데, 두 사신이 익주(益州)에 들어가서 이합(李郃)의 집에서 자는데, 이합이 두 사람에게 묻기를, "두 분이 서울을 떠날 때에 조정에서 두 사신 보낸 것을 알고 오셨는가."라고 하였다. 두 사신이 놀래어 "우리는 듣지 못하였다. 어찌 아는가."라고 하니 이합이 하늘의 별을 가리키며 "두 사신별[使星]이 익주의 분야(分野)로 향하였기 때문에 천문(天文)을 보고 알았다."라고 하였다.

51 영 땅 백설가[郢雪] : 송옥(宋玉)의 「대초왕문(對楚王問)」에 어떤 사람이 영(郢) 땅에서 처음에 〈하리(下里)〉를 부르자 그 소리를 알아듣고 화답하는 사람이 수천 명이었는데,

벼슬살이로 남아의 원대한 포부[52]에 수응할 만하고	宦跡堪酬弧矢志
인간세상에서 도리어 봉황의 깃[53]을 보게 되었네	人間還觀鳳凰毛
나라의 어진 교화 다시 알고	更知邦土仁賢化
금슬로 여전히 기자조[54]를 전하네	琴瑟猶傳箕子操

숭산 수사의 시에 네 번째 수응하다
四酬嵩山秀士

추월

깊은 원류 수사[55]는 거친 파도 막을 수 있어도	深源洙泗障狂濤
여사인 문장은 호쾌하지 않다오	餘事文章未足豪
옥 다듬는 데는 쪼개어 갈아야 하고	攻玉元宜磋更切
산을 만들려면 아래부터 높이 쌓아야 하네	爲山須自下成高
공부 넓힘은 불 때는 것처럼 열정으로 하고	工夫推擴同燃火

〈백설가(百雪歌)〉를 부르자 화답하는 사람이 수십 명으로 줄었다고 한다. 따라서 영 땅의 〈백설가〉는 화답하는 사람이 적은 훌륭한 곡조를 뜻한다.

52 남아의 원대한 포부[弧矢] : 옛날에 남자아이가 태어나면, 앞으로 웅비(雄飛)하여 원대한 포부를 펼치라는 뜻으로, 뽕나무로 활을 만들고 봉초(蓬草)로 화살을 만들어 천지 사방에 쏘았던 풍속이 있었다. (『예기』「내칙(內則)」)

53 봉황의 깃 : 문재(文才)가 뛰어남을 비유한 것이다.

54 기자조(箕子操) : 주가 음탕하여 기자가 그를 간하였으나 주는 듣지 않고 기자를 가두었다. 어떤 사람이 버리고 떠나는 것이 옳다고 말하니, 기자는 말하기를 "신하가 되어 간하다가 듣지 않는다고 하여 버리고 떠난다면 이는 임금의 악을 드러내고 스스로 백성에게 환심을 사는 것이니 나는 그런 일을 차마 못한다."라고 하고, 곧 머리를 풀어 헤치고 거짓 미친 사람이 되어 종이 되었다가 마침내 숨어서 거문고를 타며 스스로 슬퍼했던 까닭에, 세상에서는 이 곡조를 기자조(箕子操)라고 전하고 있다.

55 수사(洙泗) : 노나라 곡부(曲阜)에 있는 수수(洙水)와 사수(泗水)를 아울러 일컫는 말. 공자가 이 지역에서 강학 활동을 하였으므로 유교 학문을 뜻하는 말이 되었다.

의리 연구는 세심하게 분석해야 하네　　　　　　義理研窮入析毛

한묵 마당에서 실천할 수 있는 것 구해　　　　　翰墨場中求實踐

한 가닥 거문고 줄 그대 위해 고르네　　　　　　一絃琴縵爲君操

도를 구하며 나에게 묻는 말이 있어, 기뻐하면서 이 시를 짓는다.

성용연께 드리다

奉呈成龍淵

만 리 산하에서 옛 맹약 묻는데　　　　　　　　　萬里山河問舊盟

대국의 문사들 모두 영웅호걸일세　　　　　　　大都文士總豪英

의관이 어찌 중화의 아름다움에 부끄럽겠는가　衣冠寧恥西華美

사명[56]은 바야흐로 동리[57]의 명성에 걸맞도다　辭命方稱東里名

시는 국풍을 외우니 동해의 표상[58]을 아는 것이요　詩誦國風知表海

몸은 조벽[59]을 품고 연성[60]을 점유하였다네　身懷趙璧占連城

---

56 사명(辭命) : 사신이나 사자가 명령(命令)을 받들어 외교(外交) 무대(舞臺)에서 응대(應對)하는 말.

57 동리(東里) : 『논어』에 이르기를, "외교 문서를 만들 적에 비침(裨諶)은 기초(起草)하고 세숙(世叔)은 토론하며, 행인(行人)인 자우(子羽)는 수식(修飾)하고 동리(東里)의 자산(子産)은 윤색(潤色)한다."라고 하였다.

58 동해의 표상[表海] : 계찰(季札)이 노(魯)에 이르자 노나라가 그를 위해 제시(齊詩)를 노래 부르니 듣고 말하기를 "아름답구나! 웅장한 목소리가, 마치 큰 바람 같구나. 동해의 표상하는 것은 강태공이로구나! [美哉, 泱泱乎! 大風也哉! 表東海者, 其大公乎!"라고 한 데서 유래하였다.

59 조벽(趙璧) : 조(趙)나라의 구슬. 조왕(趙王)이 얻은 화씨(和氏)의 구슬.

60 연성(連城) : 연성벽(連城璧). 『사기』「인상여전(藺相如傳)」에, "조(趙)나라 혜문왕(惠文王) 때에 초(楚)나라 화씨(和氏)의 구슬[璧]을 얻었는데, 진소왕(秦昭王)이 그 소문을 듣고 사람을 시켜 조왕(趙王)에게 편지를 보내어 열다섯 성(城)을 줄 터이니, 구슬을 양

| 장대한 마음으로 멀리 함관[61] 넘게 되면 | 壯心遙越函關去 |
| 다시 해 뜨는 동쪽 향해 봉황 울겠구나[62] | 更向朝陽作鳳鳴 |

진승산의 시에 화답하다
和秦嵩山

용연

강관의 구름 낀 숲에서 시맹을 묻는데	江關雲樹問詩盟
혜대와 하의[63] 찬란하게 빛나는구나	蕙帶荷衣粲粲英
완연히 물속에서 고의(古意)를 보았고	宛在水中看古意
도리어 방외에서 높은 명성 알게 되었네	却從方外識高名
날이 차가워 배들 은빛 물가에서 헤매는데	天寒舟楫迷銀渚
봄 돌아오면 안개노을 적성에 가득하겠지	春返烟霞滿赤城
산하가 초와 월로 나뉘어 있다 말하지 마오	莫道山河分楚越
빈연에서 황종 율관[64] 함께 울리며 기뻐하네	儐筵鐘律喜同鳴

보하라고 했다."라고 한 데서 유래하였다.

61 함관(函關) : 함관은 노자(老子)가 지나갔던 함곡관. 관령(關令) 윤희(尹喜)가 천문(天文)을 관측한 결과, 붉은 서기(瑞氣)가 관문 위로 떠 있음을 보고 노자가 그곳을 통과할 것을 미리 알았다는 고사가 전한다. 여기에서의 함관은 이두주(伊豆州) 남서부에 위치한 함령(函嶺)을 뜻하기도 한다.

62 다시 해 뜨는 동쪽 향해 봉황 울겠구나[更向朝陽作鳳鳴] : 『시경』「대아(大雅)」〈권아(卷阿)〉에 "저 높은 산봉우리 봉황이 울고, 해 뜨는 동쪽 산등성이 오동나무 서 있구나. [鳳凰鳴矣, 于彼高岡. 梧桐生兮, 于彼朝陽.]"라고 하였는데, 봉황은 태평시대에만 출현하고, 또 봉황이 깃들이는 오동나무 역시 원래 산등성이에는 나지 않는데 태평시대에만 그곳에 나온다고 한다.

63 혜대(蕙帶)와 하의(荷衣) : 하의는 연잎으로 만든 옷이고, 혜대는 혜초(蕙草)로 만든 띠로 다 신선이 입는 옷이다.

원현천께 드리다
奉呈元玄川

바다하늘에 아득히 떠 있는 목란주 　　　　　　海天縹渺木蘭舟
멀리서 삼신산과 신선 세계 십주를 묻네 　　　　遙問三山與十洲
한가로운 필담 빙례 그대 싫어하지 말게 　　　　筆禮閑談君莫厭
진인은 원래부터 신선유람 사모했다오 　　　　　秦人元自慕仙游

진승산의 시에 수응하다
酬秦嵩山

　　　　　　　　　　　　　　　　　　　　　　현천

오백 명의 사행원 창해의 배 함께 탔는데 　　　五百人同滄海舟
자욱했던 안개 다 사라지더니 영주 보이네 　　　長烟低盡見瀛洲
더구나 좌중에 진시황 때 사람 남아 있어 　　　坐間更有秦人在
우리 사행이 서불의 유람이라 믿고 있네 　　　自信吾行徐子游

필어(筆語)

숭산: 퇴석[65]공의 병세는 어떠합니까? 배에서 지내셔서 답답한 증세

---

64 황종 율관[鐘律] : 12율의 기본인 황종률(黃鐘律), 황종(黃鐘) 율관(律管).
65 퇴석(退石) : 김인겸(金仁謙, 1707-1772). 조선 후기의 문인. 자는 사안(士安), 호는
　퇴석(退石). 문벌이 훌륭한 집안에 태어났지만 그의 할아버지인 김수능(金壽能)이 서출
　이라 과거에 급제하고도 현감에 그쳤다. 14세 때에 아버지를 사별하고, 가난에 시달려
　학문에 전념하지 못하다가 47세 때인 1753년(영조 29)에야 사마시에 합격하여 진사가

가 있을 테니 제공들께서 조섭(調攝)을 도우셔야 할 것으로 생각됩니다. 저의 시를 드리고 싶은데 아직 다듬어 쓰지 못했습니다. 숙사로 돌아가실 때 속히 드리도록 하겠습니다. 번거로우시겠지만 공께서 전달해주시겠습니까?

추월: 천천히 보낸다고 어떠하겠습니까? 직접 배 안으로 보내심이 좋을 것 같습니다.

추월: 저의 화운시는 시라기보다 권면한 것입니다. 그대께서 독행에 뜻이 있어 기뻐서 은근히 그 말을 한 것입니다. 그대는 이러한 구구한 뜻을 받아들일 수 있겠습니까?

숭산: 감사드리고 싶었는데 아직까지 그러지 못해 실례한 것 같습니다. 시로 권장하고 징계하시다니 매우 존경하며 탄복합니다. 가르침을 받들 때마다 의로움을 지켜 몸가짐을 바르게 함에 소홀히 해서는 안 되겠다고 깊이 생각하였습니다.

추월: 존대인께서는 지금 추부(萩府)[66]에 계십니까?

되었다. 57세 때인 1763년 통신사행 때 종사관 김상익(金相翊)의 서기(書記)로 일본에 다녀왔다. 1764년 일본에 다녀온 기행사실을 가사 형식의 『일동장유가(日東壯遊歌)』로 남겼다. 그 뒤 지평현감(砥平縣監) 등의 벼슬을 지냈다. 저술로는 역시 일본 기행을 한문으로 지은 『동사록(東槎錄)』이 있다.

66 추부(萩府) : 현재의 산구현(山口縣, 야마구치현) 추시(萩市, 하기시) 일대.

숭산: 아버님은 본주(本州)의 북쪽 변두리 수좌(須佐)[67]에 계십니다. 아버님을 위해 세 분 선생께 한 마디 말씀을 청하고 싶었기 때문에 간략하게나마 서장(書狀)을 기록하였으니 함께 보셨으면 합니다.

아버님은 수좌읍에서 수령을 지내시면서 20여 년 가까이 자질구레한 일을 하셨습니다. 비록 아버님을 대방가에게 일컫기에는 족하지 않지만 또한 자못 정주학을 좋아하셔서 스스로 경애(敬愛)에 힘쓰시기를 칠십 년을 하루같이 하셨습니다. 금년 겨울에 연로하셔서 벼슬을 그만두시려고 제가 돌아올 날을 기다리고 계셨는데, 뜻하지 않게 귀국의 배가 일기[68]와 남도[69]에서 풍파에 막히는 바람에 이처럼 연말이 되고 말았습니다. 돌아보건대, 노인의 심사가 절박하여 우두커니 서서 기다리고 계실 것입니다. 엎드려 바라건대, 여러 공들께서 한 말씀 해주신다면 아버님께서는 덕의(德意)에 감격하시며 암송하기를 그만두지 않은 채 여생의 즐거움으로 삼으실 것입니다. 저의 효심은 어떻게 양성해야 합니까? 오직 입으로만 공양해야 하는지요? 아버님은 본래 박실(樸實)을 숭상하셨으니 어찌 말을 꾸미는 것을 높이 우러르시겠습니까? 헤아려주십시오.

---

67 수좌(須佐) : 현재의 산구현(山口縣, 야마구치현) 북동부 일대.

68 일기(壹岐, 이키) : 현재의 장기현(長崎縣, 나가사키겐) 일기시(壹岐市, 이키시)이다. 대마도와 함께 옛날부터 구주(九州) 본토와 한반도를 연결하는 해상교통의 중계지로서 역할을 담당해왔다. 일기도(壹岐島) 북부에 위치한 승본포(勝本浦, 가쓰모토우라)를 중심으로 대부분의 통신사행 때마다 조선 사신이 주로 이곳 용궁사(龍宮寺, 류구지)와 다옥(茶屋)에 묵었다.

69 남도(藍島, 아이노시마) : 축전남도(筑前藍島, 지쿠젠 아이노시마). 현재의 복강현(福岡縣, 후쿠오카겐) 조옥군(糟屋郡, 가스야군)에 속하며 상도(相島)라고 불린다. 대부분의 통신사행 때마다 조선 사신이 이곳 다옥(茶屋)에 묵었다.

추월: 시를 구하고자 하십니까? 아니면 다른 말을 구하십니까?

숭산: 아버님은 시 짓는 것을 좋아하지 않으시고 항상 인륜의 도를 밝힌 성인의 글을 읽으셨으니, 한 마디 요긴한 말씀을 해주시면 감히 그것을 가리지 않으시고 소원성취하신 것으로 여겨 기뻐하실 것입니다.

추월: 부친께서 낙건(洛建)[70]의 학문을 좋아하시고 그대는 시서(詩書)에 대한 견문이 있으시니, '위무잠경(衛武箴儆)'[71]은 부친께 올리고 '석가효근(石家孝謹)'[72]으로 숭산(嵩山)을 권면합니다. 추월이 진씨 부자를 위해 짧게 글을 지었다.

일본에는 예로부터 한묵을 하는 선비들이 많았는데 유독 정주의 학에 대해서만은 들은 것이 없습니다. 적관(赤關)[73]의 시모임 자리에서 진수재(秦秀才)를 보니 모습이 온화하고 기질이 공손하여 한결같이 마음을 둔 곳이 있는 것 같았습니다. 기왕에 도에 들어가는 방도를 구하

---

70 낙건(洛建) : 정주학(程朱學)을 말한다. 정자(程子)는 낙양(洛陽)에서 살고 주자(朱子)는 복건(福建)에서 살며 강학하였으므로 이렇게 말한 것이다.

71 위무잠경(衛武箴儆) : 춘추시대 위(衛)나라 무공(武公)이 95세의 나이에도 불구하고 나라 사람들에게 자신을 일깨워 주도록 좋은 말을 해 달라고[箴儆于國] 분부하였다고 한다.

72 석가효근(石家孝謹) : 석가(石家)는 만석군(萬石君)의 집안을 말한다. 한(漢)나라 석분(石奮)과 그의 네 아들이 모두 2천 석(石)의 관직에 이르렀으므로 경제(景帝)가 석분에게 내린 호(號)이다. 효근(孝謹)은 효성과 근신이다.

73 적관(赤關) : 적간관(赤間關, 아카마가세키)를 가리키며, 적마관(赤馬關)이라고도 한다. 장문주(長門州)에 속하고, 현재의 산구현(山口縣, 야마구치겐) 하관시(下關市, 시모노세키시)이다.

니 기쁜 마음으로 시를 지어 드리면서 힘써 나아가는 뜻을 대략 드러내었습니다. 지금 존대인께서 촛불을 잡고 글을 읽으시면서 정자와 주자의 말에 기뻐하신다는 말을 듣고 보니, 근원이 깊으면 그 흐름도 길다는 말을 믿을 수 있겠습니다. 수재(秀才)께서는 근본이 있으시니 저와 같은 과문한 자에게 말을 구할 필요가 없을 것입니다. 과정(過庭)[74]과 혼정신성(昏定晨省)은 집안을 벗어나지 않은 가르침이 있으니 기뻐하면서 또한 권면합니다.

숭산: 과찬의 말씀에 부끄러워 땀이 날 지경입니다. 가지고 돌아가 밤마다 등잔불 앞에서 독서를 하시는 아버님께 드리기 위해 훌륭하게 칭송해주신 말씀을 삼가 받들겠습니다. 감사합니다.

현천: 제가 매양 단아한 사람[端人]과 지행이 훌륭한 선비[莊士] 및 학식이 풍부하고 학업에 힘쓰는 사람을 마주하게 되면 문득 그 부형의 사랑을 보고 가르칠 수 있는지를 생각하는데, 지금 숭산을 보니 바로 훌륭한 자제이십니다. 하물며 존당(尊堂)께서 평소에 덕을 함양하신다고 들었음에랴! 의당 이처럼 훌륭한 아버지에게 이처럼 훌륭한 아들이 있는 것입니다.

숭산: 권유하신 말씀이 너무 지나치십니다. 덕의(德意)를 받들어 아

---

74 과정(過庭): 부친의 훈계라는 뜻. 공자의 아들 백어(伯魚)가 뜰을 가로질러 갈 때[過庭], 공자가 그를 불러 세우고 시(詩)와 예(禮)를 공부하라고 가르침을 내렸던 고사에서 나온 것이다.

버님께 보여드리면 응당 멀리서나마 도타운 정의에 예를 갖추실 것입니다.

현천: '한 치의 풀이 어찌 봄날 햇볕에 보답할 수 있으랴'[75]라는 이 말을 들으시면 공에게 또한 중대한 책임이 있음을 아실 테니 오직 학문 공부를 근면하고 정밀하게 하셔야 고당(高堂)의 염원에 부응하실 수 있을 것입니다. 저는 일찍 고아가 되어 이 글을 쓰면서 저도 모르게 눈물을 떨구었습니다. "한 치의 풀의 마음으로는 봄날의 햇볕에 보답하기 어렵네"라고 한 이 시구는 장적(張籍)[76]의 시입니다.

숭산: 이 사람이 어찌 천륜을 아니 행하겠습니까? 옳다 그르다 그것을 말해 무엇 하겠습니까? 가르침은 구원(丘園)[77]을 아름답게 빛내 응당 천추에 비칠 것이니 어찌 오직 석 달 봄날뿐이겠습니까?

현천: 효의(孝義)의 말씀은 모든 행실의 근원이니 노경에 이를 때까지 힘써야 합니다.

숭산: 가르침 감히 받들지 않겠습니까? 공께서는 안심하십시오.

---

75 한 치의 풀이 어찌 봄날 햇볕에 보답할 수 있으랴[寸草將何以報三春暉] : 당나라 시인 맹교(孟郊)의 〈유자음(游子吟)〉에 "한 치의 풀과 같은 자식의 마음을 가지고서, 봄날의 햇볕 같은 어머니의 사랑을 보답하기 어려워라.[難將寸草心, 報得三春暉。]"라는 구절이 있다. 『맹동야시집(孟東野詩集)』에는 '難將'이 '誰言'으로 되어 있다.

76 위의 시는 장적(張籍)의 시가 아닌 맹교(孟郊)의 〈유자음(游子吟)〉이라는 시이다.

77 구원(丘園) : 언덕과 동산. 『주역』에 나오는 말로서 위에 있는 임금을 비유. 임금에 의해서 자신이 빛나게 되었음을 말한다.

용연: 사람들이 훌륭한 부형이 있음을 즐거워하는데, 족하를 부러워하며 탄복할 것입니다.

숭산: 몹시 부끄럽습니다. 다만 마땅히 뜻을 받들 뿐입니다. 여백에 호를 써주셨으면 합니다.

용연: '그대도 자식 잘 길러, 착한 이를 닮게 하라[教誨爾子, 式穀似之]'[78]라고 하였는데, 존공(尊公)께서는 그것이 있으시고, '일찍 일어나고 늦게 자서, 그대 낳아준 부모 욕되게 하지 말라[夙興夜寐, 無忝爾所生]'[79]라고 하였으니 족하께서는 힘쓰십시오. 용연이 글을 지어 숭산에게 주었다.

숭산: 말씀이 간결하여 장황하지 않습니다. 『시경』을 배우지 않고서는 말할 수 없겠지요. 삼가 감사합니다.

서독(書牘) 이하는 돛을 푼 뒤에 보냈고 답장은 조관(竈關)[80]으로부터 왔다.

---

78 그대도 자식 잘 길러, 착한 이를 닮게 하라[教誨爾子, 式穀似之] : 『시경』「소아(小雅)」〈소완(小宛)〉에, "뽕나무벌레의 새끼를 나나니벌이 업고 가는구나. 그대도 자식 잘 가르쳐 착한 이를 닮게 하라.[螟蛉有子, 蜾蠃負之。教誨爾子, 式穀似之。]"라고 하였다.

79 일찍 일어나고 늦게 자서, 그대 낳아준 부모 욕되게 하지 말라[夙興夜寐, 無忝爾所生] : 『시경』「소아」〈소완(小宛)〉에 "내 날로 매진하거든 너도 달로 나아가라. 일찍 일어나고 밤늦게 자서 너를 낳아 준 부모를 욕되게 하지 말라.[我日斯邁, 而月斯征。夙興夜寐, 無忝爾所生。]"라고 하였다.

80 조관(竈關, 가마도세키) : 상관(上關, 가미노세키)을 가리킨다. 조문관(竈門關)이라고도 한다. 현재의 산구현(山口縣, 야마구치겐) 웅모군(熊毛郡, 구마게군) 상관정(上關町, 가미노세키초)이다. 강호시대 주방주(周防州)에 속하고, 뇌호내해(瀨戶內海, 세토나이카이)의 최서단(最西端)에 위치하여 항로상의 주요 항구로서 역할을 하였다.

남·성·원[81] 제공들께 올리는 글
奉呈南、成、元諸公書

저는 가신(家臣)의 신분으로 공자의 칠십 제자에게 부끄럽고 게다가 천견과 과문을 더한 처지인데, 엄연하게도 왕국의 훌륭하신 유학의 종주들과 사귈 수 있게 되었으니, 얼마나 다행입니까? 비록 두 나라의 문운(文運)이 흘러 서로 통하게 된 여파이긴 하지만, 중요한 것은 각위(各位)께서 도량을 너그럽게 하고 사랑을 널리 펴신 소치일 것입니다. 삼가 이에 대해 감사드립니다. 오직 석상에서 응접하며 크고 얇은 종이를 맡아 한두 마디의 짧은 말과 글 끝에 잠시 기교를 폈을 뿐인데 어찌 집안의 좋은 것을 엿볼 수 있었겠습니까?[82] 사사로운 마음으로는 비록 기왕 이와 같음에 겸연쩍기도 했지만, 베옷을 걸친 비천한 사람이라서 일찍이 수놓은 옷을 입은 화려한 사람들을 접대한 적이 없습니다. 설령 각위께서 좀 빌려주셨다 할지라도 때로 혹 두려움에 떠느라 사의(詞義)를 가슴속에 접하지 못하였을 것입니다. 옛말에 "오늘 일을 하지 않으면 내일 보배를 잊는다."[83]라고 하였으니, 저야말로 과

---

81 남(南)·성(成)·원(元) : 남(南)은 제술관 추월(秋月) 남옥(南玉)을, 성(成)은 정사서기 용연(龍淵) 성대중(成大中)을, 원(元)은 부사서기 현천(玄川) 원중거(元重擧)를 가리킨다.

82 집안의 좋은 것을 엿볼 수 있겠습니까[寧足以窺室家之好哉] : 춘추시대 노(魯)나라 대부(大夫) 숙손무숙(叔孫武叔)이 자공(子貢)을 공자(孔子)보다 훌륭하다고 한 데 대하여, 자공이 말하기를, "궁장에 비유하자면 나의 담장은 어깨에 닿을 정도여서 집 안의 좋은 것들을 다 엿볼 수 있지만, 부자의 담장은 여러 길이나 되어서 그 문을 통하여 들어가지 않으면 종묘의 아름다움과 백관의 많음을 볼 수가 없다.[譬之宮牆, 賜之牆也及肩, 窺見室家之好, 夫子之牆數仞, 不得其門而入, 不見宗廟之美、百官之富。]"라고 한 데서 온 말이다. (『논어』 「자장(子張)」)

83 오늘 일을 하지 않으면 내일 보배를 잊는다[今日不爲, 明日忘寶] : 『관자(管子)』에

연 한없이 유감스럽기만 하여 제멋대로 길고 짧은 시 여러 편을 선상
(船上)으로 보냅니다. 지난 무진년에 사신 배가 하루도 채 머물지 않
고 떠난 적이 있어, 우리들 가운데 용기를 내어 서신을 빠르게 보낸
자가 있었는데, 배의 장비를 갖추느라 정신없이 분주한 때임에도 각
자에게 마음의 글을 답신으로 남겨주셔서 다행스러웠습니다. 김공께
드릴 보잘것없는 시를 함께 올렸는데, 비록 아직까지 말씀을 받들지
못했지만, 저의 사우(師友)에게 주신 화운시 가운데 웅혼(雄渾) 온자
(蘊藉)한 것을 보고 그 사람됨이 그 시와 같다고 생각하여 이에 깊이
심취(心醉)했습니다. 병환은 어떠하십니까? 몹시 염려되니, 청컨대
이 뜻을 전해주십시오. 두 관문에서의 교유는 보현(普賢)[84]의 여울이
될 것입니다. 건너기가 가장 험난하니 풍파에 조심하십시오. 생이별
의 탄식을 무슨 말로 다 쓸 수 있겠습니까? 돈수합니다.

진숭산 족하께 감사하다
奉謝秦嵩山足下

일전의 만남은 보통 사람으로서는 생각하지 못한 일이었습니다. 춘
추시대 때 정자산과 계찰의 사귐[85]이 어찌 제가 몸소 뵈었던 일보다

"오늘 일을 하지 아니하면, 내일 재물이 달아난다[今日不爲, 明日亡貨]."라고 하였다.
84 보현(普賢) : 석가여래의 오른쪽에 위치. 이(理)·정(定)·행(行)의 덕을 맡아보며 여래
　의 중생제도의 일을 돕는 보살.
85 정자산과 계찰의 사귐[僑札之交] : 교(僑)는 정(鄭)나라의 자산(子産)을, 찰(札)은 오
　(吳)나라의 계찰(季札)을 가리킨다. 예전에 계찰이 자산에게 호대(縞帶)를 보내니, 자산
　이 또한 계찰에게 저의(紵衣)를 보내어 돈독한 우의를 다졌다.

행복하였겠습니까? 다만 하선(下船)할 때 그리움과 슬픔을 다시 제대로 펴지 못하여 떠날수록 슬픔이 더욱 깊어졌습니다. 상관(上關)[86]의 숙소에서 손수 쓰신 편지를 받았는데 뜻이 매우 정중하였습니다. 족하의 서로 함께 한 돈독함이 아니라면 어찌 이런 경우에 이를 수 있었겠습니까? 감사와 은혜를 말로 다할 수 없습니다. 주신 두 편의 시 모두 평담하면서도 고아한 맛이 있어 뜻하신 바가 있음을 알 수 있었고, 더욱이 장편은 강건함이 느껴지니 자리에서 수창한 시들과는 비교가 되지 않았습니다. 손님과 마주하며 붓을 휘두르는 것이 끝내는 시가(詩家)의 취할 바가 아님을 모두들 알고 있습니다. 족하께서는 이와 같은 이치를 아시는 분이니 진실로 시를 함께 말할 수 있습니다. 이번 사행은 그저께 이곳에 이르렀습니다. 오늘 앞으로 향해야 하는데 왕명을 받든 몸이니 감히 풍파를 두려워하겠습니까? 이처럼 멀리서 염려해주심을 입고 감사함과 부끄러움만 더할 뿐입니다. 퇴석(退石)의 화운시와 저희가 지은 수응시 모두 조강(朝岡)[87]씨에게 부탁하여 전합

---

86 상관(上關, 가미노세키) : 현재의 산구현(山口縣, 야마구치겐) 웅모군(熊毛郡, 구마게군) 상관정(上關町, 가미노세키쵸)이다. 강호시대 주방주(周防州)에 속하였고, 뇌호내해(瀨戸內海, 세토나이카이)의 최서단(最西端)에 위치하여 항로상의 주요항구로서 역할을 하였다.

87 조강(朝岡) : 조강일학(朝岡一學, 아사오카 이치가쿠). 강호시대 중기의 유학자. 씨(氏)는 기(紀), 초명은 국서(國瑞), 자는 백린(伯麟), 호는 난암(蘭菴). 우삼방주(雨森芳洲, 아메노모리 호슈)에게 배웠으며, 대마도 서기(書記)를 지냈다. 1748년 통신사행 때 진문역(眞文役)으로 활약하였고, 1763년 5월 통신사호행대차왜 도선주(都船主)로 조선에 건너왔으며, 1763년 통신사행 때에는 도선주왜(都船主倭)·호행도선주(護行都船主)·간사관(幹事官)으로서 대마도 도주를 보좌하며 대조선 외교임무를 수행하였다. 필담창화집에는 조강(朝岡)·아비류난암(阿比留蘭菴)·난계(蘭溪) 아비류씨(阿比留氏)·난암(蘭巖)이라고 하였고, 사행록에는 기국서(紀國瑞)·기번실(紀蕃實)·조강기번실(朝岡紀蕃實)이라고 하였다.

니다만, 어느 날에나 받아보실지 모르겠습니다. 돌아갈 때 그곳에 머물 수 있기를 몹시 기대하며 이만 줄입니다. 갑신년 1월 5일 조선의 길손 세 사람 돈수합니다.

제술관 추월께 드리다 전일 운을 거듭 쓰다.
奉贈製述官秋月 疊前日韻

아, 그대의 학문 바다는 파도처럼 솟구쳐	嗟君學海湧波濤
이역에서 명성 드날린 한 시대의 호걸일세	異域馳名一代豪
부절 옹위한 창룡[88]은 구름가에서 움직이고	擁節蒼龍雲際動
관문 넘은 붉은 기운은 해 주변에서 높구나	踰關紫氣日邊高
글 솜씨는 삼사[89]에 비견됨을 미리 보았고	已看摛藻比三謝
시 언급이 양모[90]에서 기원함을 알 수 있었네	可識言詩起兩毛
뜻 가는 대로 옆 사람 때로 나를 돌아보며	隨意傍人時顧我
줄 없는 거문고로 지음[91] 향해 연주하네	素絃唯向賞音操

---

88 창룡(蒼龍) : 28수(宿) 가운데 동방의 7수(宿)를 총칭하는 말.

89 삼사(三謝) : 남조(南朝) 송(宋)의 명시인 사영운(謝靈運)과 사혜련(謝惠連) 및 사조(謝朓)를 가리킨다.

90 양모(兩毛) : 전한(前漢) 시대 박사(博士)로서 『모시(毛詩)』를 전한 대모공(大毛公) 모형(毛亨)과 소모공(小毛公) 모장(毛萇)을 총칭하는 말로 여겨진다.

91 지음(知音) : 춘추시대 백아(伯牙)와 종자기(鍾子期)의 고사에서 비롯된 말로 자기의 마음을 잘 알아주는 친구, 곧 지기(知己)와 같은 뜻이다.

조포[92]에서 배안에 묵으며 진랑[93]이 거듭 부쳐온 시에 화답하다
舟宿竈浦, 和秦郎疊寄韻

추월

맑은 물 흐르는 봄 그늘, 순조로운 파도	澹沱春陰妥帖濤
두 관문 단번에 달리니 의기 온통 호기롭네	重關一踔意全豪
주방주[94]의 깃발 그림자는 먼 배 맞이하고	周防旗影迎颷逈
문자성[95]의 모습은 높은 망루와 닮았네	文字城容肖櫓高
솟은 해 휘영청 빛나 채익선 띄우고	出日輝輝浮鷁首
역풍 휙휙 불어치며 붕새 깃털 비웃네	排風拍拍笑鵬毛
조금 노닐어 시구 끝내 얻기 어려운데	少游詩句終難得
손님 마주하고 읊조리며 붓을 세워 잡네	對客吟成立筆操

---

92 조포(竈浦) : 조관(竈關, 가마도세키) 곧, 상관(上關, 가미노세키)을 가리킨다. 현재의 산구현(山口縣, 야마구치겐) 웅모군(熊毛郡, 구마게군) 상관정(上關町, 가미노세키초)이다. 강호시대 주방주(周防州)에 속하였고, 뇌호내해(瀨戶內海, 세토나이카이)의 가장 서쪽 끝에 위치하여 항로상의 주요항구로서 역할을 하였다.

93 진랑(秦郎) : 진겸호(秦兼虎, 신 겐코, 1735-1785) 강호시대 중기의 유자(儒者). 진숭산(秦嵩山) 혹은 파다겸호(波多兼虎, 하타 겐코)라고도 한다. 성은 진(秦) 혹은 파전(波田), 이름은 겸호(兼虎), 자는 자웅(子熊) 혹은 웅개(熊介), 호는 숭산(嵩山). 준재(俊才)로 기대되어 추번(萩藩) 번교(藩校)인 명륜관의 장학생이 되었으며, 산근화양(山根華陽, 야마네 가요)에게 사사하였다. 명화(明和, 1764-1771) 때 국로(國老) 익전씨(益田氏)를 유신(儒臣)으로 섬겼고, 조래학(徂徠學)을 신봉하였다.

94 주방주(周防州, 스오슈) : 현재의 산구현(山口縣, 야마구치겐) 동부 지역. 주방국(周防國, 스오노쿠니)・방주(防州, 호슈)라고도 한다. 율령제(律令制) 하에서는 산양도(山陽道, 산요도)에 속하였다.

95 문자성(文字城) : 남옥의 『일관기(日觀記)』「하(夏)」 12월 27일조에 의하면 "문자성(文字城)에는 기이한 돌이 많은데 적간관에서 나는 벼루는 이 성에서 나온 것"이라는 기록이 있다.

성용연께 드리다 전일의 운을 쓰다.

奉贈成龍淵 疊前日韻

시부로 잔치 열며 주맹(主盟)을 칭송하는데	詩賦開筵稱主盟
훨훨 나는 채색붓 한층 영예 드날리네[96]	翩翩彩筆轉蜚英
때맞춰 일찍 현자 부르는 조서에 응하였고	乘時早應徵賢詔
사명 받들어 비장한 각오[97]로 명성 이루었네	奉使堪成題柱名
호기로움에 장풍은 발해를 침노하는 듯하고	豪氣長風侵渤海
고향 생각으로 지는 달 강성에서 마주하네	歸心落月對江城
이곳에선 웅재와 짝이 될 훌륭한 분 드무니	雄才此地乏良偶
아아, 허리에 찬 외로운 검이 우는구나	嗟爾腰間孤劍鳴

조관의 배에서 진숭산의 멀리서 보내온 시에 화답하다

竈關舟所, 和秦嵩山遙贈韻

용연

문장으로 진과 오나라 맹주 다툼 하더니	文章聊踐晉吳盟
가을 국화 봄날 난초[98] 가까이 꽃 피우네	秋菊春蘭近發英

---

96 영예 드날리네[蜚英] : 비영은 비영등무(蜚英騰茂)의 준말. 명성과 실제가 훌륭하게 서로 부합되는 것을 뜻한다.

97 비장한 각오[題柱] : 한(漢)나라 사마상여(司馬相如)가 장안(長安)으로 들어가면서 촉(蜀) 땅의 승선교(昇仙橋)의 기둥에 "대장부가 사마(駟馬)를 타지 않고는 다시는 이 다리를 지나지 않으리라."라고 썼다는 고사에서 온 말로 비장한 각오를 말한다.

98 가을 국화 봄날 난초[秋菊春蘭] : 봄에는 난초가 좋고 가을에는 국화가 좋다는 뜻. 곧 각각 아름다움이나 재주 등이 있을 때 비유하는 말. 초나라 굴원의 〈구가(九歌)〉에 "봄날 난초와 가을 국화여! 오랫동안 끊임없이 영원하구나. [春蘭兮秋菊, 長無絶兮終古。]"라고 하였다.

붕새 날개로 세상의 기세 처음 점유하고 　鵬翼初占寰外勢
표범 무늬로 두남[99]의 명성 새로 알았네 　豹文新識斗南名
매화 핀 꿈속 이별로 안개 낀 물가 희미하고 　梅花別夢迷烟渚
죽엽 속 고향 생각으로 물가 성에 머무네 　竹葉歸心滯水城
겸가[100] 노래 끊어져 사람 보이지 않는데 　唱斷蒹葭人不見
한 밤중 거룻배는 거센 조수로 우는구나 　二更篷屋迅潮鳴

원현천께 드리다
奉贈元玄川

천리 밖으로 웅비하니 　雄飛千里外
빼어난 기운 무리들과 다르구나 　逸氣不當群
바닷길에서 처음 솟는 해 맞이하고 　海路迎初日
고향 생각 실어 저녁 구름 보내네 　鄕心送暮雲
용을 보고 나의 징조에 따르고 　見龍從我兆
봉황을 보고 그대 문장 감상하네 　覩鳳賞君文
어찌 반드시 붓을 잡으랴 　何必須投筆
이방에서 성대한 공훈 세우는데 　異方立盛勳

---

99 두남(斗南) : 북두성 이남이라는 뜻으로 중국 전체 또는 온 세상을 가리킨다. 당(唐)
나라 적인걸(狄仁傑)이 "북두 이남에서 오직 그 한 사람뿐이다.[北斗以南, 一人而已。]"
라는 평가를 받았다는 데서 유래하였다.
100 겸가(蒹葭) : 『시경』「진풍(秦風)」〈겸가(蒹葭)〉.

승산의 단율에 화답하다
次韻嵩山短律

현천

그대에게 지란[101]의 지조 있어	子有芝蘭操
탱자와 가시나무 같은 사람 아니네	人非枳棘群
등롱에 밤비 들이치는데	篝燈侵夜雨
누런 책 들고 가을 구름 마주하네	緗帙對秋雲
오전[102]에 밭가는 농기구 있고	五典存耕具
삼여[103]에 글 짓는 것 같구나	三餘同績文
지금 보니 근면하여 터득하였으니	今看勤酒得
그대 화훈(華勳)[104]을 드러내시게	許爾見華勳

김퇴석께 드리다
奉贈金退石

임금의 사절 멀리 일본에 임하였는데	玉節遙臨日本州

---

101 지란(芝蘭) : 『공자가어(孔子家語)』권4 육본(六本)에 "선인과 함께 지내는 것은 난초 향기 그윽한 방에 들어가는 것과 같으니, 오래 있다 보면 난초 향기가 나지 않는 것은 바로 자기 자신이 그 향기와 동화되었기 때문이다.[與善人居, 如入芝蘭之室, 久而不聞 其香, 卽與之化矣。]"라고 하였다.

102 오전(五典) : 삼분오전(三墳五典), 곧 중국 상고시대의 서책들을 말한다.

103 삼여(三餘) : 학문을 하는 데 가장 좋은 세 가지 여가(餘暇)로, 해의 나머지[歲之餘] 인 겨울, 날의 나머지[日之餘]인 밤, 때의 나머지[時之餘]인 음우(陰雨 : 비올 때)이다.

104 화훈(華勳) : 요순과 같은 훌륭한 군주나 혹은 영화로운 공적 등을 가리키는 말. 화는 중화(重華)로 순(舜)임금을 칭하고 훈은 방훈(放勳)으로 요(堯)임금을 칭하는데, 요임금 은 공로가 크다 하여 방훈이라 하고 순임금은 요임금을 이어 거듭 빛났다 하여 중화라 하였다.

왕가의 상객은 본래 명류(名流)였다오	王家上客素名流
아침에는 경전 들고 보문각[105]에서 모셨고	執經朝侍寶文閣
저녁에는 시 지으러 위봉루[106]에 올랐다지	裁賦夕登威鳳樓
태평성세에 거듭 뽑히게 되어	爲許盛時當重選
또 큰 바다에 떠서 호방하게 유람하네	且浮大海作豪游
가슴 속에서 홀연 명월주[107] 빛을 내더니	懷中忽發明珠色
밤에 뜬 달 적수 가에 쌍으로 걸렸네	夜月雙懸赤水頭

부쳐온 진숭산의 시에 차운하다
次秦嵩山見寄韻

퇴석

병마 속에 적마[108] 고을 지나가는데	病裏經過赤馬州
시단에서 풍류 접하지 못해 한스럽네	騷壇恨不接風流
봉래산 서쪽 길손에게 시로 뜻을 부쳐왔는데	將詩寄意萊西客
배 위 다락 병상에 누워 그대 그리워하네	伏枕懷人柁上樓

---

105 보문각(寶文閣) : 고려시대 경서를 강론하고 장서(藏書)를 맡아보던 관청. 1116년(예종11) 경연(經筵)을 열고 시부를 짓도록 하기 위해 세운 것이다. 본래 송(宋)나라에서 처음 시작되었다.

106 위봉루(威鳳樓) : 고려시대의 누각. 왕부(王府)의 누각으로서 이곳에서 문무백관과 백성들의 조하(朝賀)를 받기도 하고 과거의 방(榜)을 내걸어 급제를 하사하는 등 경사스러운 일을 많이 행하였다. 시 짓는 일은 보문각에서 주로 이루어졌다.

107 명월주[明珠] :『회남자』「설산훈(說山訓)」에 따르면, 명월주는 대합에서 나오는 진주 비슷한 구슬로 밤에도 환히 비친다고 한다. 대개 아름다운 시구를 비유하는 말이다.

108 적마(赤馬) : 적마관(赤馬關), 곧 적간관(赤間關, 아카마가세키)을 가리킨다. 장문주(長門州)에 속하고, 현재의 산구현(山口縣, 야마구치겐) 하관시(下關市, 시모노세키시)이다. 하관(下關) 혹은 마관(馬關)이라고도 한다.

구름 파도 끝없이 바라보며 아득함을 근심하고	極目雲濤愁渺漠
동산에 솔 국화 가득하여 넉넉한 노닒 부럽네	滿園松菊羨優游
특별히 청명절에 돌아갈 테니	歸期別在淸明節
훗날 달 뜬 포구에 있기로 기약하세	後約相留月浦頭

가행(歌行) 1편, 추월·용연·현천께 드리다
歌行一篇, 奉呈秋月、龍淵、玄川

발해 밖 부사산과 금강산	富嶽金剛溟渤外
두 웅자 병립하여 조선과 일본을 표상하네	兩雄竝立表韓桑
어떤 사람이 일찍이 금강산 고개에 오르더니	有人嘗上金剛嶺
다시 바다 동쪽을 향해 옷자락 걷어올렸다네	更向海東褰衣裳
은하수에 떠 있는 사신 배 북두성 꿰뚫고	仙槎銀漢貫星斗
밝은 햇살 아래 채색 깃발 용무늬 빛나네	文旗白日耀龍章
장년인 세 분 사신 장성과 익성[109] 점유하고	長年三老占張翼

천문을 관장하는 사람은 장성(張星)과 익성(翼星)을 일본 분야(分野)로 여겼다.

신선산 한 번 바라보니 바다 망망하구나	神山一望海茫茫
홀연 낭간[110]과 옥수[111]를 보니	忽見琅玕與玉樹
광채 적수 가에서 찬연하네	光彩燦然赤水傍

---

109 장성(張星)과 익성(翼星) : 이십팔수(二十八宿)를 사방으로 나누어 한 방위마다 칠수 (七宿)가 있는데, 남방의 칠수 가운데 장성과 익성이 있다.

110 낭간(琅玕) : 봉황이 쪼아 먹는다는 죽실(竹實) 혹은 경실(瓊實)을 말한다.

111 옥수(玉樹) : 아름다운 나무라는 뜻으로, 사람의 훌륭한 인품이나 뛰어난 재능을 비유 한다.

중류에서 노 저으니 더욱 쉬 지나가고	中流擊楫轉容與
흥취 일어 품은 뜻 다시 드날리네	興來心地更飛揚
이번 사행 원해서 간 것이라 하셨으니	自道此行適我願
장사가 어찌 이향이라고 마음 아파하랴	壯士何傷在異鄕
공자는 주유하며 얽매이는 것[112] 싫어하였으니	孔聖周流惡匏繫
동서남북 또한 어찌 일정했겠는가?	東西南北又何常
한나라 태사공은 장쾌한 유람[113] 뒤에	漢家太史壯游後
천년 역사에 찬란한 빛 있었다네	千秋竹帛有輝光
날 돌아보며 그대 관대하다고 말하고	顧吾且道汝自寬
시문과 필적 마주하며 잠시 기뻐하였지	相對詞毫暫罄歡
처음에는 만날 수 없는 이문[114] 같더니	始若李門不可接
잠깐 사이에 금란지교[115]가 되었네	須臾交誼若金蘭

112 얽매이는 것[匏繫] : 포계(匏繫)는 한곳에만 매달려 있는 것을 말한다. 공자가 불힐(佛肹)의 부름을 받고 가려고 하니, 자로(子路)가 말리자 공자가 "내가 어찌 뒤웅박과 같겠는가? 어찌 한 곳에 매달려 있어 먹지 못하겠는가?[吾豈匏瓜也哉? 焉能繫而不食?]"라고 탄식하였다. 『논어』「양화(陽貨)」)

113 한나라 태사공은 장쾌한 유람[漢家太史壯游] : 사마천이 한 경제(漢景帝) 연간에 용문(龍門)에서 태어나 10여 세에 고문(古文)을 다 통하고, 20여 세에는 웅지(雄志)를 품고 천하를 유람하고자 하여 남으로 강회(江淮)·회계(會稽)·우혈(禹穴)·구의(九疑)·원상(沅湘) 등지를 유람하고, 북으로 문수(汶水)·사수(泗水)를 건너 제로(齊魯)의 지역에서 강학하다가 양초(梁楚) 지역을 거쳐 돌아왔다고 한다.

114 이문(李門) : 도리문정(桃李門庭)의 뜻. 문 앞에 수많은 현사(賢士)들이 모여듦을 비유한 말. 당나라 때 적인걸(狄仁傑)이 일찍이 수십 인의 인재를 천거하여 모두 명신(名臣)이 되었으므로, 혹자가 적인걸에게 말하기를 "천하의 도리가 공의 문에 다 있다.[天下桃李, 悉在公門矣。]"라고 하였다.

115 금란지교(金蘭之交) : 서로 마음을 알아주는 붕우간의 우정을 뜻하는 말. 『주역(周易)』「계사전(繫辭傳)」상(上)에 "두 사람이 마음을 같이 하면 쇠도 자를 수 있고, 그런 사람들의 말에서는 난초 향기가 풍겨 나온다.[二人同心, 其利斷金, 同心之言, 其臭如蘭。]"라고 하였다.

금과 슬 어우러져 현학이 내려오고 　琴瑟已和降玄鶴

고려에는 현학금(玄鶴琴)이 있다.

생황을 부니 다시 봉새 난새 춤추네 　吹笙復是儀鳳鸞

나에게 수많은 주옥같은 시 지어주는데 　投吾萬顆傾龍室

어찌 쌍옥반[116]을 갚을 수 있을까? 　安得報之雙玉盤

엄동에 하늘 가득 눈발 펄펄 흩날리는데 　隆冬密雪霏霏下

봄바람에 앉아 있는 듯 추위를 모르겠네 　身坐春風不識寒

아아, 쓸쓸한 향촌의 외로운 서생 　嗟是寒鄉一孤生

대방가와 통성명하며 이름 돌아보니 부끄럽구나 　通名大方恥顧名

곰과 범의 모습이나 개와 양의 자질이라 　熊虎之皮犬羊質

나의 이름은 겸호(兼虎)이고 자는 사웅(士熊)이라고 한다.

독서와 학문 모두 이루지 못하였다오 　讀書學文總不成

무슨 뜻으로 하늘은 좋은 인연 아끼지 않고 　何意良緣天不慳

가인을 만나 나의 마음 전할 수 있게 하였나 　得遇佳人移吾情

좋은 인연 만나기 어렵고 또 오래하기 어려워 　良緣難遇又難久

홀연 수레를 명하여 동경으로 향하네 　忽然命駕向東京

길 가다보면 부사산 승경 볼 수 있으니 　行行可見富嶽勝

원기가 성하여 맑은 하늘 트였네 　元氣鬱勃徹大淸

위에는 천지가 시작된 이래 눈 쌓여 　上封太始以來雪

눈 속에 신선 창정(蒼精)[117]을 타리라 　雪中仙□駕蒼精

---

116 쌍옥반(雙玉盤) : 옥으로 만든 소반. 소반의 미칭. 한(漢)나라 장형(張衡)의 시 〈사수시(四愁詩)〉에 "미인이 나에게 금으로 된 낭간을 주었는데, 무엇으로 쌍옥반 보답할 수 있을까? [美人贈我金琅玕, 何以報之雙玉盤。]"라고 하였다.

117 창정(蒼精) : 용의 이름. 옥은 창정지제(蒼精之帝)의 준말. 봄이나 동방을 맡은 신을 가리킨다. 여름을 맡은 신은 적정(赤精), 가을은 백정(白精), 겨울은 흑정(黑精)이다.

유람 온 서불의 뜻 알 수 있으니	可識來游徐子意
이 산 진실로 부용성[118]이라네	此山眞是芙蓉城
기화요초 붙잡고 옥풀 걷어올리니	祛瑤華兮襫瓊艸
비단 같은 글 솜씨 이곳에서 발휘하리라	詞章文錦此經營
하늘 노을 같은 시상으로 의장[119]을 돌리니	霞思天想廻意匠
봉황과 신룡의 변화 종횡무진하는구나	鳳矯龍變極縱橫
천지 사방에 펼쳐 손끝에서 헤아리고	展之六合指端度
궁상 가락에 올리니 지상에서 울리네	擲之宮商地上鳴
이로부터 동방의 평판 치솟으면	從是東方聲價踊
무슨 일로 원유[120] 가운데 이런 사행하랴!	何事遠游得此行
북해 곤어와 남쪽 붕새[121]에 어찌 견주며	北鯤南鵬人那比
태장과 수해의 걸음[122] 뉘라서 다투랴	太章竪亥孰應爭

---

118 부용성(芙蓉城) : 전설 속에 나오는 선경(仙境). 옛날에 석만경(石曼卿)이란 사람이
죽은 뒤에 하늘나라에서 부용성주(芙蓉城主)가 되었다는 전설이 있다.

119 의장(意匠) : 물품(物品)의 외관상 미감을 주기 위하여, 그 형상·색채·맵시 또는
그들의 결합 등을 연구하여 거기에 응용한 장식적인 고안(考案)을 말하는데, 여기서는
문장의 구상을 뜻한다. 작문(作文)할 때의 견사(遺辭)와 명의(命意)는 마치 장씨(匠氏)
의 구상과 같다는 데서 온 말이다.

120 원유(遠游) : 멀리 유람하는 것을 뜻한다. 전국시대 초나라 굴원(屈原)이 소인들의
참소를 당해 조정에서 축출된 뒤에 어디에도 호소할 길이 없자 선인(仙人)과 함께 천지를
두루 돌아다니며 소요하는 내용으로 지은 사부(辭賦) 〈원유(遠游)〉가 있고, 남조(南朝)
송(宋) 때에 종병(宗炳)이 산수(山水)를 매우 좋아하여 원유(遠遊)하기를 좋아하였다는
고사도 전한다.

121 북해 곤어와 남쪽 붕새[北鯤南鵬] : 『장자(莊子)』「소요유(逍遙遊)」에 "북쪽 바다에
는 곤(鯤)이라는 물고기가 있어 그 크기가 몇 천 리나 되는지 알 수가 없고, 이 고기가
변화하여 붕(鵬)이라는 새가 되는데, 붕새의 등 넓이는 또 몇 천 리나 되는지 알 수가
없다. …… 붕새가 남쪽 바다로 옮겨 갈 때에는 물결을 치는 것이 삼천 리요, 회오리바람
을 타고 구만 리를 올라가 여섯 달을 가서야 쉰다."라고 하였다. 영웅호걸이 웅대한 포부
를 펴는 것을 뜻한다.

알겠도다, 아침 햇살 선명하고 윤택한 나라 　　　因識朝暉鮮潤國

가까이 부상과 함께 대명을 우러르고 있음을 　　　近與扶桑仰大明

승산의 장가편에 차운하다
次嵩山長歌篇

추월

인생 백년 길지 않아 괴로운데 　　　人生百年苦不長

강건한 몸으로 봉래 부상에서 수응하네 　　　及身強健酬蓬桑

적규[123]와 백리[124]로 말수레 타고 　　　赤虯白螭駕驂服

붉은 노을 푸른 혜초로 치마를 재단하네[125] 　　　丹霞碧蕙裁帔裳

웃음 띤 채 문 나서며 노정 개의치 않고 　　　一笑出門不計程

주조(朱鳥)[126] 날갯짓하며 깃발 받드네 　　　朱鳥翼翼承旟章

일찍이 허무에 빠진 서랑[127] 이야기 전했고 　　　曾傳徐郎入虛無

---

122 태장과 수해의 걸음[太章竪亥] : 태장(太章)과 수해(竪亥)는 모두 우(禹)의 신하로서 걸음을 잘 걷는 사람이다. 『회남자(淮南子)』「추형훈(墜形訓)」에, "우가 태장을 시켜 동극(東極)에서 서극(西極)까지를 재게 하였더니 2억 3만 3천 5백 리 75보(步)였고, 수해를 시켜 북극(北極)에서 남극(南極)까지 재게 하였더니 2억 3만 3천 5백 리 75보(步)였다."라고 하였다.

123 적규(赤虯) : 신선이 몰고 다니는 붉은 용.

124 백리(白螭) : 『초사(楚辭)』〈섭강(涉江)〉에 "청룡 타고 백룡 몰고서, 중화와 함께 요포에서 놀리라.[駕靑虯兮驂白螭, 吾與重華遊兮瑤之圃.]"라고 하였다.

125 푸른 혜초로 치마를 재단하네[碧蕙裁帔裳] : 혜초로 만든 치마[蕙裳]는 연잎으로 만든 옷[荷衣]과 함께 세상을 피해 사는 은사의 고고한 모습을 뜻한다. 『초사(楚辭)』〈구가(九歌)〉〈소사명(少司命)〉에 "연잎 옷에 혜초 띠 매고 갑자기 왔다가 홀연히 떠나네.[荷衣兮蕙帶, 儵而來, 忽而逝.]"라고 하였다.

126 주조(朱鳥) : 주작(朱雀)으로 남방을 맡은 별.

다시 바다로 사라진 사양[128]에 대해 말하네	更道師襄歸渺茫
대륙에서 이미 궁해 나의 말 웅크리니	大陸旣窮余馬跼
태을 신선 배 내 곁으로 오는구나	大乙仙舟來我傍
이때는 겨울이라 바람 기세 강하여	是時天冬風力勁
구름 돛 한 차례 매달자 유유히 드날리네	雲颿一擧悠以揚
낙락한 별빛은 바닷속 인어굴 비추고	落落星照鮫人窟
창창한 달은 풍이[129] 마을에서 솟네	蒼蒼月出馮夷鄕
왕의 신령으로 바다 비추니 고요하고	王靈燭海海爲靜
고래와 악어 파도 삼키고 만드는 일 예사롭네	鯨呑鼉作歸尋常
붓을 들자 때때로 비바람 이르러	落筆時時風雨至
조개 속 눈물구슬 차가운 빛으로 변하네	老蚌泣珠遁寒光
비로소 물상을 위해 바다 넓음을 알고	始知爲物海惟寬
우물에서 하늘 보는 구구함에도 기뻐하네	井觀區區差可懽
종벽산[130] 앞에 돛배 부들 떨어져 있고	鍾碧山前落帆蒲
기양[131] 포구에 흔들리는 목란주 정박하네	岐陽浦口停撓蘭

127　서랑(徐郞) : 서불(徐市). 진시황(秦始皇) 때에 불사약(不死藥)을 구하기 위하여 동남동녀(童男童女) 5백 명을 데리고 동해의 삼신산(三神山), 곧 일본으로 들어갔다는 방사(方士).

128　사양(師襄) : 춘추(春秋)시대 노(魯)의 악관(樂官)이었던 사양자(師襄子). 『논어』「미자(微子)」에 "경쇠 치던 양은 바다로 들어갔다."라고 하였다.

129　풍이(馮夷) : 수신(水神). 『장자(莊子)』에 "풍이가 얻어서 대천에 노닌다.[馮夷得之, 以游大川。]"라고 하였다.

130　종벽산(鍾碧山) : 종벽산(鐘碧山). 대마 부중(府中)에 있는 만송원(萬松院)의 산호(山號)이다.

131　기양(岐陽) : 기주(岐州)・일기주(壹岐州). 지금의 일기도(壹岐島, 이키노시마). 구주(九州) 북방 현해탄(玄海灘)에 접해 있고, 복강현과 대마도의 중간에 위치하고 있는 섬. 장기현(長崎縣) 일기시(壹岐市)의 1시(市) 체제로 되어 있다. 대마도와 함께 옛날부

아침에 남전[132] 출발하여 저녁에 적성[133]이라 　　朝發藍田暮赤城

높이 나니 붉은 난새 곁마 부럽지 않네 　　高翔不羨驂紫鸞

내일 고삐 잡고 도도[134]를 향하려니 　　明日縋維指桃都

오늘 저녁 머리 감고 유반[135]을 기약하네 　　今晚濯髮期洧盤

십주와 삼신산 물어볼 수 없고 　　十洲三山不可問

오직 눈서리 차가운 부사산만 있네 　　唯有富士霜雪寒

추연[136] 이후로 많이 생겨나더니 　　鄒衍以後多誕生

원교와 방호[137]라 억지로 이름 붙였네 　　員嶠方壺遂强名

진과 한나라의 어리석은 군주의 부질없는 짓 　　秦漢癡君夢徒牽

터 구주(九州) 본토와 한반도를 연결하는 해상교통의 중계지로서 역할을 담당해왔다.

132 남전(藍田) : 남도(藍島, 아이노시마). 축전남도(筑前藍島, 지쿠젠 아이노시마). 현재의 복강현(福岡縣, 후쿠오카겐) 조옥군(糟屋郡, 가스야군)에 속하며 상도(相島)라 불린다.

133 적성(赤城) : 적간관(赤間關, 아카마가세키). 장문주(長門州)에 속하고, 현재의 산구현(山口縣, 야마구치겐) 하관시(下關市, 시모노세키시)이다. 하관(下關) 혹은 마관(馬關)이라고도 한다.

134 도도(桃都) : 『술이기(述異記)』에, "동남쪽에 도도산(桃都山)이 있는데, 그 위에 큰 나무가 있어서 이름을 도도(桃都)라고 한다. 가지와 가지 사이가 8천 리나 되는데, 그 위에 천계(天鷄)가 있다. 해가 처음 뜨면 먼저 이 나무를 비추고, 천계가 울면 천하의 닭이 다 운다."라고 하였다.

135 유반(洧盤) : 유반(洧槃)이라고도 한다. 전설 속에 나오는 물 이름으로 엄자산(崦嵫山)에서 발원한다고 한다. 굴원(屈原)의 〈이소(離騷)〉에, "저녁에 궁석(窮石)에 돌아가 휴식함이여! 아침에는 유반에서 머리 씻는다."라고 하였고, 『문선』 주(注)에, "유반은 물 이름이다."라고 하였다.

136 추연(鄒衍) : 전국시대 제(齊)나라 음양가(陰陽家). 추연은 음양(陰陽)의 소식(消息)으로 괴우(怪迂)의 변화가 일어남을 깊이 관찰하였고, 중원(中原) 지방을 '신주적현(神州赤縣)'이라고 일컫기도 하였다.

137 원교(員嶠)와 방호(方壺) : 신선이 산다는 섬으로 발해(渤海)의 동쪽에 있다는 오도(五島) 가운데 두 섬. 오도는 대여(岱興)·원교(員嶠)·방호(方壺)·영주(瀛州)·봉래(蓬萊) 등 다섯 선산(仙山).

선약 만들지 못했는데 어찌 신선 부러우랴	安羨眞人丹未成
산 아래에 진나라 사람 있다고 하던데	山下曰有秦餘人
혹시 나를 맞이하여 흉금을 털어놓으려나	惝然迎我披襟情
나에게 신선 땅이 금강산에 있는지 묻고는	問我仙區有金剛
나에게 이 산이 옥경이라고 자랑하네	誇我此山爲玉京
금강산이 무엇과 같은지 내가 말하리라	我道金剛果何似
천상 세계 가로지른 일만 이천 봉우리	一萬二千橫紫淸
삼한만이 맑은 기운 오로지 할 수 있어	可但三韓專淑氣
오악마저도 참된 정기 옮겨갔다네	却令五嶽移眞精
온통 푸른 유리 빛 만폭동	一碧玻璨萬瀑洞
억만 송이 부용꽃 중향성	億朶芙蓉衆香城
깃옷에 금 부절 차림으로 금방 와서	羽衣金節儵而來
노을 먹고 정수 마시며[138] 백영에 오르네	餐霞吸髓登魄營
하늘 스친 학 한 마리 누대 위를 돌고	摩霄一鶴臺頂盤
가을바람 부니 구룡은 물 밑에 잠겨있네	吹商九龍泓底橫
골짜기 속에는 이름 모르는 줄기 자라고	谷中産莖未知名
언덕의 두루미들 일정하게 울지 않네	崖腹胎禽不常鳴
계림의 왕자 떠나간 뒤 돌아오지 않고	雞林王子去不返
영랑 술랑의 붉은 글씨 남석행[139]만 있네	永逑丹書南石行
해내 삼십육 개의 명산 가운데	海內三十六名山

---

138 노을 먹고 정수(精髓) 마시며[餐霞吸髓] : 선도(仙道)를 수련하는 법으로, 신선의 생활을 가리킨다. 『한서(漢書)』「사마상여전(司馬相如傳)」에 "밤이슬을 마시고 아침놀을 먹는다.[呼吸沆瀣兮餐朝霞]"라고 하였다.

139 남석행(南石行) : 영랑(永郎) 등이 삼일포 남쪽 벼랑에 '술랑도남석행(逑郎徒南石行)'이라고 새겼다는 여섯 글자로 된 붉은 글씨를 말한다.

어느 것이 금강산과 영수를 다툴까 　　　　　　　誰與金剛靈秀爭

부사산, 부사산, 한갓 높기만 하니 　　　　　　　富士富士徒崔嵬

그대 진실로 제나라 사람인지 안광 밝지 않네 　　子誠齊人眼未明

진승산의 가행에 수응하다
酬秦嵩山歌行

　　　　　　　　　　　　　　　　　　　　　　　용연

신선 수레 석목진[140] 궁구하여 　　　　　　　螭駕窮析津

용검[141]을 부상에 걸었다오 　　　　　　　　　龍劍挂扶桑

북두성과 남기성 광채 어지러운데 　　　　　　北斗南箕光彩眩

천손[142]은 구름 비단치마 다 짰네 　　　　　　天孫織罷雲錦裳

넓도다, 지축을 돌림이여! 　　　　　　　　　　廓焉回地軸

밝구나, 하늘 문장 갈라냄[143]이여! 　　　　　　煥乎分天章

은하수 물가에 홀로 서서 　　　　　　　　　　表獨立兮河漢渚

동해를 굽어보니 혼망함 열리네 　　　　　　　俯視東海闢混茫

봉래산 선인 다투어 서로 읍하고 　　　　　　蓬島眞人競相揖

140　석목진(析木津) : 하늘의 석목성(析木星) 별자리에 속한 곳.

141　용검(龍劍) : 보검(寶劍)의 이름. 진(晉)나라 장화(張華)가 두성(斗星)과 우성(牛星)
　　사이에 자기(紫氣)가 뻗치는 것을 보고 뇌환(雷煥)을 시켜 땅을 파서 석함(石函) 가운데
　　있는 칼 용천과 태아(太阿) 두 자루를 얻었다고 한다. (『진서(晉書)』「장화전(張華傳)」)

142　천손(天孫) : 천제(天帝)의 손녀라는 뜻으로, 직녀성(織女星)의 별칭.

143　하늘 문장 갈라냄[分天章] : 소식(蘇軾)의 「한문공묘비(韓文公廟碑)」에, "공이 옛날
　　용을 타고 백운향에 노닐면서, 손으로 은하수 긁어 하늘 문장 갈라내니, 직녀가 공을
　　위해 구름 치마를 짰도다.[公昔騎龍白雲鄕, 手抉雲漢分天章, 天孫爲織雲錦裳。]"라고
　　하였다.

선문[144]과 안기생[145] 내 곁에 모이네	羨門安期集余傍
완연히 물속에 있는[146] 저 사람 누구인가	宛在水中彼何人
흰 얼굴에 큰 키[147] 풍모 준수하네	白而長身婉淸揚
후황의 아름다운 귤나무 사모해 찾아왔는데[148]	后皇嘉樹橘來服
그대 어찌하여 몸을 누추한 마을에 두었는가	爾何置身茅葦鄕
요화(瑤華) 캐고 캐어도 한 움큼 차지 않고	採採瑤華不盈掬
천지 사방 노니는데도 무상하기만 하네	天地四方遊無常
아름다운 빛 혜초와 연잎 옷에 찬란히 비추니	英華照爛蕙荷衣
어떻게 밝은 달빛 줄까	何以贈之明月光
북방 사람 가슴속 관대하여	北方之人胸憶寬
하루만 보아도 사귀어 기뻐하네	一日相看交已歡
비취와 명월주 생각하지 않고	翡翠明珠非思存
깊은 산골 난초와 마음 함께 하고 싶네	願與同心幽谷蘭
큰 못에 용과 뱀 숨어 있고	大澤藏龍蛇

---

144 선문(羨門) : 옛날 선인(仙人)인 선문자고(羨門子高)를 말하는데, 진시황(秦始皇)이 일찍이 동해(東海)에 노닐면서 선인 선문의 무리를 찾았다고 한다.

145 안기생(安期生) : 동해의 선산(仙山)에서 살았다는 고대의 전설적인 선인(仙人)의 이름.

146 완연히 물속에 있는[宛在水中] : 『시경』「진풍(秦風)」〈겸가(蒹葭)〉에 "저기 저 사람이, 물가에 분명 있도다. 물길 따라 좇아가려는데, 완연히 물속 모래톱에 있네.[所謂伊人, 在水之湄. 遡游從之, 宛在水中坻.]"라고 하였다.

147 흰 얼굴에 큰 키[白而長身] : 한유「공좌승묘지(孔左丞墓誌)」명(銘)에 이르기를 "흰 낯빛 큰 키에, 웃음 적고 과묵했네.[白而長身, 寡笑與言.]"라고 하였다.

148 후황의 아름다운 귤나무 사모해 찾아왔는데[后皇嘉樹橘來服] : 후황(后皇)의 가수(嘉樹)는 황천(皇天) 후토(后土)가 내놓은 나무 중에 특히 멋있는 나무라는 말이다. 초(楚)나라 굴원(屈原)의 시 〈귤송(橘頌)〉에 "후황의 가수인 귤나무가 남쪽의 이 땅을 사모해 찾아왔네.[后皇嘉樹橘徠服兮]"라고 하였다.

높은 오동에 고니와 난새 깃들었네	高梧峙鵠鸞
구름길 고삐 매지 않아 시원하고	雲衢快放轡
신선과일 소반에 올려 풍성하네	仙果饒登盤
이때는 삼양(三陽)[149]이 시작되어	是時三陽發
끝없는 바다에 음침한 찬 기운 도는구나	窮海闢陰寒
낭랑히 읊조리며 북곽선생[150] 길이 생각하고	朗詠長懷北郭生
지인은 천고에 이름 없음을 귀히 여기네	至人千古貴無名
문장에 신기 있음을 한 치 마음도 아는데	文章有神寸心知
당에 가득한 미인들이여 뉘와 뜻이 통할까[151]	滿堂美人誰目成
구름수레 무지개 덮개 서로 나타났다 사라졌다	雲車霓盖互明滅
하늘가에서 우두커니 서있으니 정회 시름겹구나	佇立天際勞我情
참창(攙搶)[152]과 형혹성은 모난 곳을 거두고	攙搶熒惑戢芒角
칠성(七星)과 삼신(三辰)은 옥경에 벌여있네	七星三辰羅玉京
마고선녀[153] 떠나간 뒤 바다먼지 미미하고	麻姑去後海塵細

---

149 삼양(三陽) : 양효(陽爻)가 셋인 『주역(周易)』의 태괘(泰卦)를 가리킨다. 동짓달인
11월부터 양효가 아래에서 하나씩 생겨 올라와서 정월에 이르면 양효가 셋이 되므로 새해
정월이 되었음을 뜻한다.

150 북곽선생 : 북곽(北郭)은 귀곡선생(鬼谷先生)을 가리킨다. 이름은 왕후(王詡). 북곽
선생은 동해 조주(祖洲)에 불사초 양신지(養神芝)가 있어, 한 뿌리만 먹으면 생명을 살릴
수 있다고 하여 진시황으로 하여금 서복(徐福)을 시켜 구해 오도록 하였다는 고사가 있
다. 1백세를 살았다고 하며, 저서로는 『귀곡자(鬼谷子)』가 있다.

151 당에 가득한 미인들이여 뉘와 뜻이 통할까[滿堂美人誰目成] : 초사(楚辭) 〈구가(九
歌)〉에 "당에 가득한 미인들이여, 갑자기 유독 나와 뜻을 통하도다[滿堂兮美人, 忽獨與
余兮目成.]"라고 한 데서 유래하였다.

152 참창(攙搶) : 혜성(彗星). 천참성(天攙星)과 천창성(天搶星)을 가리킨다. 옛날 사람
들은 이 별을 흉조를 알리는 요성(妖星)으로 여겨, 이 별이 낮에 빛나면 병화(兵禍)가
일어날 조짐이라고 하였다.

153 마고선녀[麻姑] : 마고(麻姑)는 한나라 환제(桓帝) 때의 선녀(仙女) 이름. 옛날 신선

노중련이 밟았던 곳[154] 하늘 바람 맑구나	魯連蹈處天風淸
높이 올라 성대하여 신비롭게도 비 쏟아지니	高馳穆穆神哉沛
기갈로 오직 옥로(玉露)의 정수를 구하네	飢渴惟求玉露精
양지바른 언덕에 새벽빛 만 리나 열리니	陽阿曙色萬里開
적마성[155]에서 그대와 함께하기를 기약하네	與子期兮赤馬城
갖옷과 베옷은 사절의 막사에서 얼음처럼 맑고	裘褐氷淸節使幕
창과 장식깃[156]은 용양[157] 진영에서 눈처럼 바랬구나	矛英雪凋龍驤營
시원스레 바람 수레[158] 들어올리고	冷冷風馭擧
아득히 달빛 실은 뗏목 가로지르네	渺渺月槎橫
장차 천리 걸음 가려고	將展千里步
먼저 구고(九皐)에서 울음 우네[159]	先徹九皐鳴
북문의 눈비 속에서 누가 나를 꽃 피울까[160]	北門雨雪孰華予

인 마고는 동해가 세 번이나 뽕나무 밭으로 변한 것을 보았을 정도로 오래 살았다고 한다.

154 노중련이 밟았던 곳[魯連蹈處] : 노중련(魯仲連)은 전국시대 제(齊)나라의 고사(高士). 위(魏)나라의 신원연(新垣衍)이 무도한 진(秦)나라를 황제로 받들고자 하자 이를 허락하지 않고 동해에 빠져 죽으려 하였다.

155 적마성(赤馬城) : 적마관(赤馬關) 곧 적간관(赤間關, 아카마가세키)을 가리킨다. 장문주(長門州, 나가토슈)에 속하고, 현재의 산구현(山口縣, 야마구치겐) 하관시(下關市, 시모노세키시)이다. 하관(下關) 혹은 마관(馬關)이라고도 한다.

156 창과 장식깃[矛英] : 『시경』〈청인편(淸人篇)〉은 군사가 국경에서 오래도록 돌아오지 못한 것을 읊은 시인데, 그 시에 "두 창에 붉은 장식깃을 거듭 매달고서[二矛重英]"라고 하였다.

157 용양(龍驤) : 진(晉)나라 용양장군(龍驤將軍) 왕준(王濬)이 큰 배를 건조(建造)하여 오(吳)나라를 정벌한 고사가 있다.

158 바람 수레[風馭] : 전설 속에 나오는 수레로, 바람을 타고 몰아가는 신선 수레.

159 구고(九皐)에서 울음 우네[先徹九皐鳴] : 구고는 아홉 언덕 땅. 『시경』「소아(小雅)」〈학명(鶴鳴)〉에, "학이 구고(九皐)에서 우니, 그 소리가 하늘에 들린다[鶴鳴于九皐, 聲聞于天。]"라고 하였다.

나를 좋아하는 이와 손잡고 가리라[161]　　　　　　惠而好我携手行

연릉의 검[162], 자산의 모시[163]　　　　　　　　　延陵之劍子産紵

이 도(道)에선 당시 사람들 다투지 않네　　　　此道時人無所爭

서로 그리워하는 상관(上關)의 밤　　　　　　相思相憶上關夜

물 건너 문채 눈동자에 어려 밝구나　　　　　隔水文采纈眼明

숭산의 장가에 차운하다
次嵩山長歌韻

　　　　　　　　　　　　　　　　　　　　현천

그대 동해 양지에서 태어나　　　　　　　　　君生東海陽

유상[164]을 궁구할 뜻 두었지　　　　　　　　有志窮榆桑

---

160 누가 나를 꽃 피울까[孰華予] : 굴원의 초사 〈산귀(山鬼)〉에 "세월이 저물었는데 누가 나를 꽃 피울까 [歲旣晏兮孰華予]"라고 하였다.

161 나를 좋아하는 이와 손잡고 가리라[惠而好我携手行] : 『시경』 「패풍」 〈북풍(北風)〉에, "북풍이 차갑게 불어오고, 눈이 성하게 내리도다. 나를 좋아한 이와 더불어 손잡고 함께 떠나리라. 행여 늦출 수 있으랴. 이미 급해졌도다.[北風其涼, 雨雪其雱。惠而好我, 携手同行。其虛其邪, 旣亟只且。]"라고 하였다.

162 연릉(延陵)의 검[延陵之劍] : 연릉은 춘추시대 오(吳)나라 계찰(季札)의 봉호. 계찰이 상국(上國)으로 사신가는 길에 서(徐)나라 임금을 잠깐 찾아보았는데, 서나라 임금이 계찰의 보검(寶劍)을 보고는 그것을 갖고 싶어 하면서도 차마 말을 못하였다. 그러자 계찰은 마음속으로 그 칼을 그에게 주기로 약속하고 떠났었는데, 그 후 계찰이 사명을 마치고 돌아오는 길에 다시 그곳에 들르니 서나라 임금이 이미 죽었으므로, 계찰이 "내가 처음에 마음속으로 이미 허락한 것이니, 그 사람이 죽었다 해서 내 마음을 변할 수 없다."라고 하고, 그 칼을 그의 묘수(墓樹)에 걸어두고 떠났다고 한다.

163 자산(子産)의 모시[子産紵] : 오(吳)의 계찰(季札)이 정(鄭)의 자산(子産)에게 호대(縞帶)를 보내니, 자산이 또한 계찰에게 저의(紵衣)를 보내었다. 곧 깊은 우의(友誼)를 표하기 위해 건네는 물건을 뜻한다.

164 유상(榆桑) : 상유(桑榆). 해가 질 적에 그 빛이 뽕나무와 느릅나무 위에 머물러 있으

아득히 주왕[165]의 수레 생각했고	緬懷周王車
때로 우제의 의상[166]을 꿈꾸었네	時夢虞帝裳
어질고 의로운 쟁기로 일찍 애쓰고	仁耒義耜夙勤苦
꽃술 입에 머금어 문장 지어내네[167]	含英嚼華擒文章
때로 머리 들고 먼 바다 바라보니	有時矯首望遠海
사방 천지가 다 망망하구나	上下四方都茫茫
독서 엄숙하여 몸소 훈도하는 듯	讀書儼若親薰炙
양양(洋洋)한 성현이 곁에 있는 듯	洋洋聖賢如在傍
이따금 뚜렷하게도 계합함이 있고	往往犂然而有契
기이함 자신하여 정신 양양하네	自信自奇神揚揚
한스러운 것은 북학을 펼 수 없어	所恨不能展北學
수족(水族) 마을에 묻혀 살고 있음이라	屈首埋頭蛟蜃鄕
남국의 사람들 그대를 알지 못해	南國之人不汝知
나는 기러기 눈길 보내도 그저 그렇지	飛鴻送目祇尋常
하늘을 찌를 듯한 울창한 만장(萬丈)의 기운	鬱鬱衝斗萬丈氣

므로, 빌려서 서쪽을 칭하기도 하고 또한 늙은 나이를 비유하여 쓰기도 한다.

165 주왕(周王) : 팔준마(八駿馬)를 타고 천하를 유력했던 주나라 목왕(穆王)을 지칭한다.

166 우제의 의상[虞帝裳] : 우순(虞舜)이 천하를 다스릴 적에 신하가 이목과 팔다리가 되어 도와주기를 바라며, 상의(上衣)에는 밝게 비치는 것을 상징하는 일월(日月)과 성신(星辰), 진정(鎭靜)을 상징하는 산(山), 변화를 상징하는 용(龍), 문채를 상징하는 꿩[華蟲]을 그리고, 하상(下裳)에는 효도의 의미를 취하여 종묘의 술 그릇[宗彛], 정결함을 취하여 마름[藻], 밝음을 취하여 불[火], 백성을 기르는 의미를 취하여 쌀[粉米], 결단하는 의미를 취하여 도끼[黼], 분명하게 구분하는 의미를 취하여 기(己) 자가 서로 등진 모습의 불(黻)을 오색으로 수놓아서 입었다고 한다. (『서경』「우서(虞書)·익직(益稷)」)

167 꽃술 입에 머금어 문장 지어내네[含英嚼華擒文章] : 한유(韓愈)의 「진학해(進學解)」에 "향기 물씬한 미문(美文)에 흠뻑 젖고, 그 꽃술을 입에 머금고 씹어서, 문장을 지으니, 그 책이 집안에 가득하다.[沈浸醲郁, 含英咀華, 作爲文章, 其書滿家。]"라고 하였다.

풍성[168]의 오래된 이끼에 차가운 빛 드리웠네	豊城古苔垂寒光
소화인의 예법 관대함을 반갑게 듣고	喜聞華人禮數寬
스스로 시문을 가지고 기쁨 펴도록 하네	自贄詩文容敷懽
편언으로 언약함에 가슴속 기약 허허로워	片言卽契襟期虛
초은사[169] 지어주니 유란곡[170]을 노래하네	詞贈招隱歌幽蘭
산호와 게 윤기 올라 밝은 달빛 비치는데	珊�彩騰暎明日
벽오동 가지마다 외로운 난새 깃들었네	碧梧枝亞跱孤鸞
황홀하게도 하늘엔 구름 절로 흐르고	恍如天空雲自流
명월주[171] 그치지 않고 옥쟁반에 쏟아지네	明珠不停瀉玉盤
흔연히 가슴속 기이함 토해내니	欣然吐出胸中奇
옥항아리 환히 트여 맑은 이슬 차갑네	洞徹玉壺凉露寒
이 놀이 평생에 으뜸이라 스스로 말하고	自謂斯遊冠平生
이별하며 지은 시 뒤에 이름자 써 넣네	旣別有詩翻注名
그대 의심하지 말고 돌아가 구하면[172]	須君勿疑歸而求
뜻이 있는데 명성 이루지 못함 무슨 걱정이랴	有志何憂名不成
수신 제가는 일상적인 일이요	脩身齊家日用事
시서 육예는 인정에 근본을 두었네	詩書六藝原人情
높은 곳은 낮은 곳, 먼 곳은 가까운 곳부터인데[173]	升高自卑遠自邇

---

168 풍성(豊城) : 산구현(山口縣)에 있던 풍포군(豊浦郡, 도요우라군).

169 초은사 : 회남(淮南) 소산(小山)이 지은 초사(楚辭).

170 유란곡 : 거문고 곡명. 초(楚)의 송옥(宋玉)이 쓴 〈풍부(諷賦)〉 시구에 유란곡(幽蘭曲)을 지었다는 내용이 나온다.

171 명월주[明珠] : 『회남자』 「설산훈(說山訓)」에 따르면, 명월주는 대합에서 나오는 진주 비슷한 구슬로 밤에도 환히 비친다고 한다. 대개 아름다운 시구를 비유하는 말이다.

172 돌아가 구하면[歸而求] : 『맹자』 「고자하(告子下)」에 맹자가 조교(曹交)에게 답한 말에, "그대 돌아가 구하면 남은 스승이 있을 것이다[子歸而求之, 有餘師]."라고 하였다.

다리로 실제 땅을 발돋움함에 뉘와 더불어 겨룰까?	脚蹻實地誰與京
세인들 학문한답시고 모두 가까운 것을 홀시하는데	世人爲學皆忽近
낮게는 구지[174]에 들고 높게는 대청(大淸)이라네	低入九地高大淸
허공에 얽어매어 뚫고 밖을 좇아 달리니	架虛鑿空殉外騖
황홀한 백년 한갓 정신이 피곤할 뿐이네	恍惚百年徒疲精
주인옹 불러와 영대(靈臺)[175]에 자리 잡고	喚來主翁位靈臺
'물(勿)'자를 깃대 삼아 예성(禮城)에 세우네	勿字爲旗竪禮城
어찌 사장(詞章)을 암송하는 무리처럼	豈如記誦詞章輩
이단에 빠져들어 어지러이 매달리랴	浸淫異端紛營營
그대 보니 발을 붙이는데 때로 인연하지 않고	見君着脚時未因
곧바로 시서를 일삼아 분주히 종횡으로 하네	徑事詩書頗奔橫
시문 같은 작은 기예도 오히려 근원이 있거늘	詩文小藝尙有源
갑자기 구하면 전문적으로 울리기 어렵다네	驟求難以專門鳴
도(道)에는 소견이 있어 말이 곧 공교하고	於道有見言乃工
종률과 색태도 이같이 추진해 가야지	鐘律態色推是行
하물며 덕은 없고 재주만 있음에랴	況復無德而有才
특히 모순이 생겨 분쟁을 초래하리라	別生矛戟來紛爭
내가 이 노래 지어 대도(大道)를 노래함은	我作此歌歌大道

---

173 높은 곳은 낮은 곳, 먼 곳은 가까운 곳부터인데[升高自卑遠自邇] : 『중용장구(中庸章句)』 제15장에 "군자의 도는 비유하자면 마치 먼 데를 가려면 반드시 가까운 데로부터 시작하며, 높은 데를 오르려면 반드시 낮은 데로부터 시작하는 것과 같다.[君子之道, 辟如行遠必自邇, 辟如登高必自卑。]"라고 하였다.

174 구지(九地) : 땅의 가장 낮은 곳.

175 영대(靈臺) : 주나라 문왕(文王)이 만든 것으로, 요사스런 기운이나 길한 조짐을 관찰하기도 하고, 때때로 여기에 노닐면서 피로도 푸는 곳인데, 백성들이 문왕의 덕을 사모하여 '영대'라 불렀다.

도는 인간세상에서 해처럼 밝아서라네　　　　道在人間如日明

남·성·원[176] 세 분 공께 드리는 글
與南、成、元三公書

초대록(草大麓)[177]

지난번 출항하시던 날 저녁 여러 공들의 장편 화운시와 벼루 여섯 개 및 붓 네 자루가 손 안에 들어온 뒤 조관(竈關)[178]에서 보내주신 서신과 시를 조강(朝岡)[179]씨로부터 전달받았습니다. 이에 몸을 단정히

176　남(南)·성(成)·원(元) : 남(南)은 제술관 추월(秋月) 남옥(南玉)을, 성(成)은 정사서기 용연(龍淵) 성대중(成大中)을, 원(元)은 부사서기 현천(玄川) 원중거(元重擧)를 가리킨다.

177　초대록(草大麓) : 초장대록(草場大麓, 구사바 다이로쿠, 1740~1803) 강호시대 중-후기의 서예가. 아명은 시랑(市郞), 이름은 안세(安世), 자는 인보(仁甫), 호는 대록(大麓), 통칭은 주장(周藏). 명륜관(明倫館)의 액(額)을 휘호한 서예가 초장거경(草場居敬, 구사바 교케이)의 양자인 초장윤문(草場允文, 구사바 인분)의 아들. 1753년 부친의 사망으로 14세에 집안의 대를 이었다. 장문(長門) 추번(萩藩) 번사(藩士)이며, 번교(藩校)인 명륜관의 조교(助敎)가 되었다. 1763년 통신사행 때 적간관(赤間關)과 상관(上關)에서 조선 사신을 영접하며 제술관 남옥(南玉), 서기 성대중(成大中)·원중거(元重擧)·김인겸(金仁謙) 등 조선 문사와 교유하였다.

178　조관(竈關, 가마도세키) : 상관(上關, 가미노세키)을 가리키며, 현재의 산구현(山口縣, 야마구치겐) 웅모군(熊毛郡, 구마게군) 상관정(上關町, 가미노세키초)이다. 강호시대 주방주(周防州)에 속하였고, 뇌호내해(瀨戶內海, 세토나이카이)의 가장 서쪽 끝에 위치하여 항로상의 주요항구로서 역할을 하였다.

179　조강(朝岡) : 조강일학(朝岡一學, 아사오카 이치가쿠). 강호시대 중기의 유학자. 씨(氏)는 기(紀), 초명은 국서(國瑞), 자는 백린(伯麟), 호는 난암(蘭菴). 우삼방주(雨森芳洲, 아메노모리 호슈)에게 배웠으며, 대마도 서기(書記)를 지냈다. 1748년 통신사행 때 진문역(眞文役)으로 활약하였고, 1763년 5월 통신사행대차왜 도선주(都船主)로 조선에 건너왔으며, 1763년 통신사행 때에는 도선주왜(都船主倭)·호행도선주(護行都船主)·간사관(幹事官)으로서 대마도 도주를 보좌하며 대조선 외교임무를 수행하였다. 필담창화집에는 조강(朝岡)·아비류난암(阿比留蘭菴)·난계(蘭溪) 아비류씨(阿比留氏)·

하고 편지봉투를 열었는데 글자마다 뜻이 간절하고 돈독하였습니다. 성대한 뜻을 깊이 받든 이래 오랜 세월 동안 헤어져 있으면서 한 마디 글도 쓰지 못하였으니 태만한 죄에 대해 사죄할 바를 모르겠습니다. 사명을 받든 일이 이미 끝나 사신 배가 돌아간다고 하니 감히 하례 드립니다. 저 안세(安世)는 지난날 여러 차례 가르침을 받들었고 마음 터놓고 사귀면서 말씀으로 깨우쳐 주셨으니 얼마나 다행스러운지요? 고인의 이른 바 '수레를 잠깐 기울였어도 마치 오래된 벗을 사귄 것 같다'는 말을 어찌 믿지 않을 수 있겠습니까? 비록 그렇다 하더라도 군자께서 널리 두텁게 사랑하시지 아니하였다면 또한 어찌 이와 같은 것을 얻을 수 있었겠습니까? 근래 공들께서 서쪽으로 돌아가신다는 말을 들었습니다. 마땅히 달려가 뵙고 잘 모셔야 하는데 달리 공사(公事)가 있고 직무에 얽매어 관문에서 붉은 기운을 다시 바라볼 수 없게 되었으니 유감스러움이 적지 않습니다. 어찌 하늘의 좋은 인연에 대한 인색함이 또한 이와 같습니까? 조선과 일본은 이역(異域)이고 멀리 천연 요새 바다로 한계가 있으니 어느 때나 다시 한 집에서 서로 만나 담소 나누며 옛 맹약을 지킬 수 있겠습니까? 인간 세상에 헤어지고 만나는 일이 물 위의 부평초뿐만이 아니니 어찌할 수 없습니다. 인하여 회포를 술회한 시편을 여러 공들께 올립니다. 학대(鶴臺)[180]께서는 번

난암(蘭巖)이라고 하였고, 사행록에는 기국서(紀國瑞)·기번실(紀蕃實)·조강기번실(朝岡紀蕃實)이라고 하였다.

180 학대(鶴臺): 농학대(瀧鶴臺, 다키 가쿠다이, 1709-1773). 강호시대 중기의 유학자. 장문(長門) 추번(萩藩)의 인두씨(引頭氏) 집안에서 태어나 본성(本姓)은 인두(引頭, 인도), 아명은 구송(龜松)이다. 장성하여 농장개(瀧長愷)라고 하였다. 호는 학대(鶴臺), 자는 미팔(彌八). 추번의(萩藩醫) 농양생(瀧養生)의 양자(養子)가 되어 14세에 번교(藩校) 명륜관(明倫館)에 들어가서 소창상재(小倉尙齋, 오구라 쇼사이)·산현주남(山縣周南,

주의 명을 받들어 다시 상관에 마중 나가 배알하게 될 테니 재회의
기쁨을 다하실 수 있을 것입니다. 연분이 얕지 않아 실로 흠모하고 부
러운 바입니다. 남명(南溟)[181] · 자의(子儀)[182] · 숭산(嵩山)[183] 또한 모두
굴레에 얽매어 있어 맞이할 수 없으니 서로 함께 머리만 긁적거린 채
주저할 뿐입니다. 고향이 날로 가까워지고 있어 공들의 금의환향하는
기쁨을 알 수 있습니다. 천금처럼 귀하신 몸 자애하십시오. 이만 줄입
니다. 붓을 내려놓으니 슬퍼집니다. 돈수재배합니다.

야마가타 슈난)에게 배웠으며, 1731년 강호에 나가서 복부남곽(服部南郭, 핫토리 난카
쿠)을 사사하였다. 후에 장문 추번주(萩藩主, 하기한슈) 모리중취(毛利重就, 모리 시게
타카 또는 시게나리)의 시강(侍講)이 되었다. 화가(和歌) 및 의학 등에도 정통하였다.

181 남명(南溟) : 산근남명(山根南溟, 야마네 난메이, 1742-1793). 강호시대 중기의
유학자. 산남명(山南溟) · 산근태덕(山根泰德, 야마네 다이토쿠). 성은 산근(山根), 이름
은 태덕(泰德), 자는 유린(有隣), 통칭은 육랑(六郎). 산근화양(山根華陽, 야마네 가요)
의 아들. 장문(長門, 나가토, 현재의 야마구치겐) 추번(萩藩, 하기한) 번교인 명륜관의
학두(學頭)가 되었으며, 시강(侍講)으로 근무했다.

182 자의(子儀) : 농고거(瀧高渠, 다키 고쿄, 1745-1792). 강호시대 중-후기의 유학자.
농홍(瀧鴻)이라고도 한다. 성은 농(瀧), 이름은 홍(鴻), 자는 사의(士儀, 子儀), 호는 고
거(高渠), 통칭은 홍지윤(鴻之尤). 장문(長門, 현재의 야마구치겐) 추번(萩藩) 유학인인
농학대(瀧鶴臺)의 3남. 추번 번사(藩士). 안영(安永) 2년(1773, 영조 49) 부친의 죽음으
로 집안의 대를 이었고, 번주인 모리중취(毛利重就)의 시강(侍講)이 되었다.

183 숭산(嵩山) : 진겸호(秦兼虎, 신 겐코, 1735-1785) 강호시대 중기의 유학자. 진숭산
(秦嵩山) 혹은 파다겸호(波多兼虎, 하타 겐코)라고도 한다. 성은 진(秦) 혹은 파전(波
田), 이름은 겸호(兼虎), 자는 자웅(子熊) 혹은 웅개(熊介), 호는 숭산(嵩山). 준재(俊才)
로 기대되어 추번(萩藩) 번교(藩校)인 명륜관의 장학생이 되었으며, 산근화양(山根華陽,
야마네 가요)에게 사사하였다. 명화(明和, 1764-1771) 때 국로(國老) 익전씨(益田氏)를
유신(儒臣)으로 섬겼고, 조래학(徂徠學)을 신봉하였다.

추신
別副

지난날의 벼루 여섯 개가 빈관에 그대로 있습니다. 비록 보잘것없는 물건이지만 문방사우(文房四友) 가운데 하나이니 가지고 가신다면 얼마나 좋겠습니까? 바다와 같은 헤아림으로 경솔함과 부족함을 꾸짖지 않으셨으면 합니다.

일찍이 황공하게도 동행(東行) 5장에 평점(評點)을 해서 주셨는데, 지금 고쳐 쓴 것을 공에게 드립니다.

추월께 드리다
呈秋月

신선 배 멀리 흰 구름 끝을 생각하니	仙槎遙憶白雲端
세상에 서로 만나기 어려움 알겠구나	了識人間相見難
바라보며 몇 번이나 오늘을 탄식했던가	瞻望幾回今日嘆
담소로도 옛날의 기쁨 어찌할 수 없구나	笑談無奈昔時歡

용연께 드리다
呈龍淵

손잡고 즐겁게 사귄 지 이미 해를 넘기더니	握手交歡已隔年
사신 깃발 다시 적간관 가를 지나가네	旌旗再過赤關邊
돌아가는 때는 곳곳마다 봄날이라 좋을 테니	歸時處處春應好
모르겠다. 시낭 속에 시 몇 편이나 있을지	不識囊中詩幾篇

현천께 드리다
呈玄川

늦은 봄날 하늘가에서 그리움 깊은데	春暮天涯思萬重
새 울고 꽃 져 외로운 봉우리 적막하구나	鳥啼花謝寂孤峰
나그네 수심 밤새도록 밝은 달에 부치더니	愁心一夜寄明月
관문의 담묵송(淡墨松)을 높이 비추는구나	高照關門淡墨松

적마관(赤馬關)에 담묵송이 있다.

퇴석께 드리다
呈退石

지난번 공께서 관문에 계시던 날 병마가 빌미가 된 이후로 회복되어 평소의 모습을 찾게 되었다니 매우 위안이 됩니다. 생각건대, 사명을 받든 일을 끝내고 사신 행차가 서쪽으로 돌아가는데 제가 관직에 얽매이다보니 나가 뵐 수 없게 되었습니다. 아아, 하늘이 좋은 인연을 빌려주지 않아서 평소의 소원을 이룰 수 없게 되었습니다. 이를 어찌하겠습니까? 그런대로 시 한 편을 지어 공께 바칩니다. 돌아가는 길이 머니 부디 몸조심하십시오.

병을 안고 푸른 강줄기 건넜는데	抱疴曾過碧江干
돌아가는 관문에는 봄이 한창일세	歸去關門春已闌
무한한 붉은 노을, 푸른 산 빛	無限紅霞青嶂色
다시 노닐 승경 눈 속에서 보는 듯하네	再遊勝似雪中看

초대록께 답을 올리다
奉復草大麓案下

배가 적마관에 도착하게 되면 마땅히 전날의 놀이를 다시 할 것이라고 여겼습니다. 학대(鶴臺)께서 소매 속에서 주옥같은 글을 꺼내 주셨습니다. 사리(詞理)가 창랑(鬯朗)하여 읊조리는데 마치 마주하고 있는 것 같았습니다. 다만 오랜 세월 동안 헤어져 있었는데 끝내 오붓하게 대화를 나누지 못하게 되어 몹시 슬프고 울적합니다. 주신 시에 화답을 해야 하지만 사사로운 의리[184]로 편안하지 못한 점이 있어 다시 한묵(翰墨)을 일삼을 수 없게 되었습니다. 학대께서 제 마음을 구체적으로 잘 알고 계시니 들으시고 용서하셨으면 합니다. 저희들이 한 해를 넘기고 돌아가는데 앞에 큰 바다가 세 곳이나 있다보니, 그대께서 친히 섭양과 휴식을 게을리 하지 말라고 염려해 주셨습니다. 벼루에 대해서는 이미 앞에서 한 말이 있으니 그대로 남겨두셨으면 합니다. 종이 몇 폭을 드립니다. 제현(諸賢)들께 드리기 위해 옛 관소에 내려갔으나 감사의 뜻을 다하지는 못하였습니다. 오직 학문에 힘쓰고 자애하여 기대하는 뜻에 부응하시기를 바랍니다. 마음으로 통하였으면 합니다. 갑신년 5월 21일.

주신 오언절구 또한 잘 받았습니다.

몹시 부끄럽지만 장지(壯紙) 14장·화전(花箋) 12폭·화간(花簡) 20폭

---

184 사사로운 의리[私義] : 1764년 통신사행 때 대판에서 최천종(崔天宗)이 피살된 일로 삼사신(三使臣)이 조정의 문초와 처단을 염려하고 있던 터라 제술관과 서기 등은 이후 의리상 한묵으로 오락을 삼을 수 없어 일본문사들의 시에 화운하지 않았다.

을 드립니다.

남시온(南時韞)[185]

성사집(成士執)[186]

원자재(元子才)[187]

김사안(金士安)[188] 등 돈수.

제술관과 세 분 서기께 드리는 글
與製述官、三書記書

산남명(山南溟)[189]

장문주의 국학 생도인 저 태덕[190]은 감히 조선국 제술관 남(南) 공과 서기 성(成)·원(元)·김(金) 세 분 공들께 공손히 아룁니다. 엎드려 생각건대 사명을 받든 일을 마치고 장대한 깃발이 서쪽으로 돌아가게

---

185 남시온(南時韞) : 제술관 추월(秋月) 남옥(南玉)을 가리킨다. 시온(時韞)은 그의 자이다.

186 성사집(成士執) : 정사서기 용연(龍淵) 성대중(成大中)을 가리킨다. 사집(士執)은 그의 자이다.

187 원자재(元子才) : 부사서기 현천(玄川) 원중거(元重擧)를 가리킨다. 자재(子才)는 그의 자이다.

188 김사안(金士安) : 종사관서기 퇴석(退石) 김인겸(金仁謙)을 가리킨다. 사안(士安)은 그의 자이다.

189 산남명(山南溟) : 산근남명(山根南溟, 야마네 난메이, 1742-1793). 강호시대 중기의 유학자. 성은 산근(山根), 이름은 태덕(泰德), 자는 유린(有隣), 통칭은 육랑(六郎). 산근화양(山根華陽, 야마네 가요)의 아들. 산남명(山南溟)·산근태덕(山根泰德, 야마네 다이토쿠)이라고도 한다. 장문(長門, 나가토, 현재의 야마구치겐) 추번(萩藩, 하기한) 번교인 명륜관의 학두(學頭)이며, 시강(侍講)으로 근무했다.

190 태덕(泰德) : 산남명의 이름.

되었는데, 왕복 만리 길에 기거가 편안하고 행복하심은 곧 하늘이 두 나라를 두텁게 돌보았기 때문입니다. 지난겨울에 제가 적관(赤關)[191]에 서 용절(龍節)[192]을 맞이하면서 한편으로는 기쁘기도 했지만 한편으로 는 두렵기도 했습니다. 처음 제 생각으로는 대국의 성대한 위의를 뵙 고 또 군자의 풍채를 접하여 한 차례 돌보아주심을 얻었으면 했습니 다. 다행히 백락(伯樂)[193]의 편달(鞭撻)을 입게 된다면 비록 제가 노둔 한 말과 같아서 천리를 달릴 수 없고 겨우 한 걸음 나아갈 수 있을 정도라도 만족스럽게 생각하려고 했습니다. 이 때문에 미리 뛸 듯이 기뻤던 것입니다. 사신들이 온다기에 사관(舍館)을 미리 정했고 음식 물도 약간 구비해 두었습니다. 유사(有司)가 접대하라는 명을 다그치 자, 저라는 사람은 형편없고 예의를 갖출만한 여유가 없어 군자를 모 실 수 없을 것 같은 생각이 들어 스스로 부끄럽고 후회스러워 두려움 으로 전전긍긍하며 몸 둘 바를 몰랐습니다. 처음에는 섭공(葉公)이 용 을 좋아한다[194]는 말을 듣고 내심 스스로 믿을 수 없어 터무니없는 거 짓이 이 지경에 이르렀다고 생각하였는데, 비로소 이 이야기가 저를

---

191 적관(赤關) : 적간관(赤間關, 아카마가세키)를 가리키며, 적마관(赤馬關)이라고도 한다. 장문주(長門州)에 속하고, 현재의 산구현(山口縣, 야마구치겐) 하관시(下關市, 시모노세키시)이다.

192 용절(龍節) : 용을 그려 넣은 사신의 부절(符節). 일본은 물이 많은 나라여서 용절을 가지고 갔다. 『주례(周禮)』「지관(地官)·장절(掌節)」에 "산국(山國)엔 호절(虎節), 토국 (土國)엔 인절(人節), 택국(澤國)엔 용절(龍節)을 쓴다."라고 하였다.

193 백락(伯樂) : 중국 춘추 전국시대(기원전 5세기경) 천리마(千里馬)를 잘 감정한 명인 이다.

194 섭공(葉公)이 용을 좋아한다[葉公好龍] : 섭공호룡(葉公好龍)의 고사. 초(楚)나라 섭공자고(葉公子高)가 용을 좋아해서 손이 닿는 곳마다 용 그림을 새겼는데, 진짜 용이 소문을 듣고 그 집에 내려오자 섭공이 혼비백산하여 도망쳤다는 설화.

기만하지 않았음을 알게 되었습니다. 마지못해 여러 유생들을 좇아 마지막에 이르러 빈관에서 모시면서도 어찌 군자의 널리 사랑하시는 깊은 마음을 생각이나 했겠습니까? 시 짓는 모임 자리에 모여 함께 종주(宗主) 역할을 하면서[195] 붓으로 혀를 대신하시더니, 보잘것없는 시를 드렸는데 주옥처럼 아름다운 화답시를 주셨습니다. 마음의 소리가 서로 통하여 잠깐 교분을 텄는데도 마치 오래전부터 알고 있는 사이 같았습니다. 이후로 저의 마음은 가라앉았고, 처음의 두려움이 온통 기쁨으로 바뀌었습니다. 아아, 군자는 쉬이 감화시키는 덕으로 고루한 사람도 버리지 않으시니 어찌 그리 너그럽고 포용력이 있으십니까? 이 모임은 마치 일순간과 같아서, 여러 날 탁상을 맞대고 앉아 덕에 취하고 가르침에 배부르게 되는 것과는 달리 자리에서의 창수로는 마음속의 곡절함을 다 펼 수 없을 것입니다. 출항한 뒤에 또 거친 시나마 지어 별도로 세 분께 각각 드렸는데, 열흘이 되기도 전에 화답시 여러 편이 하루도(河漏渡)[196]로부터 이르렀습니다. 동쪽을 향해 멀리 절을 하고 몸을 단정히 한 뒤 읽어보니 모두가 넘실거리는 바닷가의 소리였는데, 게다가 배를 돌려 돌아가는 날에도 다시 만나자고 정감과 의리가 올올이 담긴 두터운 말씀을 더하셨으니, 저에게 무슨 행운

---

195 함께 종주(宗主) 역할을 하면서[共歃牛耳] : 공삽우이(共歃牛耳)는 회맹(會盟)할 때 소의 귀를 잡고 피를 받아 함께 삽혈(歃血)하는 모습으로 문단에서 맹주(盟主) 역할을 수행하는 것을 말한다.

196 하루도(河漏渡) : 가로도(加老島, 가로시마). 안예주(安藝州)에 속하고, 현재의 광도현(廣島縣, 히로시마) 오시(吳市, 구레시) 창교도(倉橋島, 구라하시지마)의 남쪽 끝에 있는 녹도(鹿島)로 추정된다. 창교도와 녹도의 연결부분에 가로도(加老渡, 가로토), 곧 녹로도(鹿老渡, 가로토)가 있다. 가유도(可留島)라고도 하고, 기번실(紀蕃實)은 하루도(河漏渡)라고 했다.

이 있어 이처럼 군자께서 뭇사람들을 포용하시는 넉넉함을 입게 되었
는지 알 수 없습니다. 기쁨이 망극합니다. 근래 수레를 돌려 돌아가신
다는 말을 듣고 착찹하기만 합니다. 부친께서 연로하시고 또 병환이
있어서 제가 조섭하느라 겨를이 없기 때문에 다시 뵙고 모시지 못하
게 되었습니다. 약속을 저버린 죄를 면할 길을 모르겠습니다. 여러 공
들께서는 소인을 믿지 않으시고 마치 장사치처럼 잇속을 좇다가 얻으
면 그만두는 것이라고 여기실 터이니 어찌 마음속으로 부끄럽지 않을
수 있겠습니까? 새가 천리를 나는데 새장 굴레를 폐하지 않으면 어찌
황학의 날개를 좇아 다시 요지(瑤池)의 물을 마실 수 있겠습니까? 갈망
을 이기지 못해 풀밭에서 벌레 울음소리 그칠 수 없어 변변치 못한
시 한 편을 공들께 올립니다. 군자의 넓은 도량에 힘입어 물리치지 않
으신다면 다행이겠습니다. 붓은 뜻을 드러내지 못하고, 글은 말을 다
하지 못했습니다만, 나머지는 학대(鶴臺) 옹이 뜻을 전달할 것입니다.
삼가 헤아려 주십시오. 큰 덕망으로 천리 바닷길 풍파를 잠재울 수 있
으시기를 바랍니다. 돈수재배합니다.

작별하며 남추월께 드리다
贈別南秋月

상서로운 바람으로 호송하니 목란주 가볍고	祥風護送木蘭輕
사명 받든 공 이루어 한양으로 향하네	奉使功成向漢京
하늘 위에서 홍곡의 날개 좇기 어려운데	天上難隨鴻鵠翼
인간세상에서 누가 봉새 난새 소리 들으랴	人間誰聽鳳鸞聲
천년의 구름비 속에서 어느 아침에 모이더니	千秋雲雨一朝會

만 리 산천 양쪽 땅에 정회 가득하네   萬里山河兩地情
멀리 풍성을 바라보니 붉은 기운 걸려 있어   遙望豊城懸紫氣
부질없이 외로운 검 갑 속에서 울게 하네[197]   空敎孤劍匣中鳴

작별하며 성용연께 드리다
贈別成龍淵

아득히 바다 한쪽으로 떠가는 사신 배   縹緲浮槎海一方
막혀 은하수에 오르지 못해 한스럽네   隔來恨不上河梁
곡 중의 양류[198] 어찌 원망함 다하랴   曲中楊柳怨何盡
소매 속 혜초 난초 정을 잊을 수 없네   袖裡蕙蘭情敢忘
노와 위[199]처럼 유달리 선린 좋아했으니   偏喜善隣如魯衛
조선과 일본으로 구분한다고 뭐 그리 대수랴   寧妨別域限韓桑
금강산의 옥, 부사산의 눈   金剛之玉富峯雪
서로 비추어 청사의 빛 오래도록 남으리   相映長留竹帛光

---

197 멀리 풍성(豊城)을⋯⋯울게 하네[遙望豊城懸紫氣, 空敎孤劍匣中鳴] : 풍성(豊城) 땅
에 묻힌 용천(龍泉)과 태아(太阿)라는 두 보검이 밤마다 두우(斗牛) 사이에 자기(紫氣)를
발산하였다는 전설이 있다. 풍성은 산구현(山口縣)에 있던 풍포군(豊浦郡, 도요우라군).
198 곡 중의 양류(楊柳) : 고대의 악부의 하나인 〈절양류곡(折楊柳曲)〉을 연상한 것이다.
버들가지를 꺾으면서 이별하는 아쉬운 정을 노래하였다.
199 노(魯)와 위(衛) : 노나라는 주공(周公)의 봉국(封國)이고 위나라는 강숙(康叔)의 봉
국인데, 주공과 강숙은 형제간으로 『논어』 「자로(子路)」에 "노와 위의 정사는 형제간이
다.[魯衛之政, 兄弟也。]"라고 하였다.

작별하며 원현천께 드리다

贈別元玄川

은하수의 지기석[200] 가지고 돌아오니	銀漢支機携得歸
사신 깃발에 빛이 있구나	使臣旌節有光輝
산과 강을 밟은 노고 어찌 다하랴	山河跋跋勞何極
관사에서 맞이하는 기약 이미 어긋났네	舍館逢迎期已違
객로의 안개꽃으로 시상이 동하고	客路煙花詩思動
고국의 구름안개 꿈속에 나는구나	故園雲霧夢魂飛
각각 하늘이라, 바다 밖으로 이별하면	各天一別滄溟外
어쩔 수 없이 서신[201] 드물겠구나	無奈雁魚音信稀

작별하며 김퇴석께 드리다

贈別金退石

돌아가는 배 잠시 조관의 지경에 매어두고	歸舟暫繫竈關圻
자리에서 모시는데 선악 뉘랴 알 수 있을까	仙樂陪筵誰得聞
만 리 장쾌한 유람으로 한나라 사절 좇고[202]	萬里壯遊從漢節

---

200 지기석(支機石) : 직녀(織女)가 베를 짤 적에 베틀을 괸다는 돌.

201 서신[雁魚音信] : 어안(魚雁) 혹은 인홍(鱗鴻). 한(漢)나라의 소무(蘇武)가 흉노(匈奴)의 땅에서 비단에 쓴 편지를 기러기의 발에 매어 무제(武帝)에게 보냈다는 고사(故事)와, 옛날 사람이 먼 곳에 두 마리의 잉어를 보냈는데 그 뱃속에서 흰 비단에 쓴 편지가 나왔다는 고사(故事)를 인용한 것이다.

202 만 리 장쾌한 유람으로 한나라 사절 좇고[萬里壯遊從漢節] : '만 리 장쾌한 유람[萬里壯遊]'은 사마천이 한나라 경제(景帝) 연간에 용문(龍門)에서 태어나 10여 세에 고문(古文)을 다 통하고, 20여 세에는 웅지(雄志)를 품고 천하를 유람하고자 하여 남으로 강회(江淮)·회계(會稽)·우혈(禹穴)·구의(九疑)·원상(沅湘) 등지를 유람하고, 북으로 문수

대방의 성대한 의식은 주나라 문치에 속하네 　　大邦盛禮屬周文

구주의 동쪽으로 부상에 솟은 해를 접하고 　　九州東接扶桑日

팔도의 서쪽은 발해의 구름과 연하였네 　　八道西連渤海雲

그대처럼 사행하여 복명할 수 있으면 　　行矣如君能反命

능연각[203] 위에 공훈 힘써 드러내리라 　　凌烟閣上勤功勳

산남명께 답하다
復山南溟

추월·용연·현천·퇴석

　배가 하관[204]에 도착하면 마땅히 다시 맑은 위의를 받들게 되어 크게 위안이 될 것이라고 여겼는데, 어찌 좋은 인연이 이어지지 않고 끝내 영세도록 어긋남이 될 것이라 생각이나 하였겠습니까? 한 맺힘을 말할 수 없었는데, 바로 농학대를 만나 서신과 시편을 받고, 또한 손에 가득 접하고 보니 구구함에 조금이나마 위안이 되었습니다. 하물며 정중한 뜻을 부치셨고 전아한 말씀을 보내주셨음에랴! 더욱이 이

(汶水)·사수(泗水)를 건너 제로(齊魯)의 지역에서 강학하다가 양초(梁楚) 지역을 거쳐 돌아왔다는 것을 염두에 둔 표현이며, '한나라 사절 좇고[從漢節]'는 한(漢) 무제(武帝) 건원(建元) 2년(B.C.139)에 장건(張騫)이 대월지(大月氏)에 사신으로 가게 되어 수행원 1백여 인을 거느리고 장안(長安)을 떠났던 것을 염두에 둔 표현이다.

203 능연각(凌煙閣) : 당나라 때 공신들의 화상(畫像)을 보관하던 곳이다. 태종(太宗)은 천하를 통일한 다음 정관(貞觀) 17년(643) 장손무기(長孫無忌) 등 24명의 공신을 그린 화상을 이곳에 보관하게 하였다. 이후로 공신들의 화상을 보관해 두는 곳의 대명사로 쓰이게 되었다.

204 하관(下關, 시모노세키) : 장문주(長門州)에 속하고, 현재의 산구현(山口縣, 야마구치겐) 하관시(下關市, 시모노세키시)이다. 마관(馬關)이라고도 한다.

역에서 새로 사귀는 것은 갑자기 얻을 수 있는 것이 아닌데 저희들이
이미 많은 것을 입지 않았습니까? 은혜와 감사함이 끝이 없습니다. 즉
시 화운시를 지어드리면서 아울러 이별의 회포를 풀어야 마땅하건만,
겪은 일[205]이 예사롭지 않아 못남을 지켜야하는 도리를 깨뜨릴 수 없
어 그 뜻을 저버리지 않을 수 없습니다. 학대께서 다 아시는 바이니
상세히 들으셨을 것으로 생각되어 번거롭게 진술하지 않겠습니다. 바
다구름 텅 빈 하늘에서 쓸쓸하니 사모하는 마음 더욱 깊습니다. 다만
학업을 힘써 닦고 숙야(夙夜)에 더럽힘이 없도록 하시어 먼 외국에서
의 기대에 부응하시기를 바랄 뿐입니다. 이만 줄입니다.

제술관 남추월께 드리는 글
贈製述官南秋月書

진숭산

　근자에 사신 배가 조관으로 돌아왔다는 말을 들었는데, 산과 바다
에서의 긴 여정에 배와 수레가 별 탈 없이 임금의 사명을 마쳤으니
지극히 축하드립니다. 엎드려 생각건대 조선은 비록 오래된 나라이지
만 문화가 유신(維新)하고[206] 선비들이 많아[207] 나라에 큰 빛이 있습니

205　겪은 일[所遭] : 1764년 통신사행 때 대판에서 최천종(崔天宗)이 피살된 사건을 이르
　　는 말이다. 통신사 일행이 강호로부터 돌아오던 중, 4월 7일 밤 대판에서 상방(上房)
　　도훈도(都訓導) 최천종이 대마번의 통역 영목전장(鈴木傳藏, 스즈키 덴조)에 의해 살해
　　되었다. 강호막부는 최천종 피살 사건이 양국의 교린 관계에 미칠 영향 때문에 감독관을
　　대판에 파견하여 진상 규명과 사후처리에 힘썼고, 결과 5월 2일 통신사측 54명이 형장에
　　입회한 상태에서 영목전장이 처형되었다.
206　비록 오래된 나라이지만 문화가 유신(維新)하고[大韓雖舊邦, 文化維新] : 『시경』「

다. 하물며 다시 공과 같이 천부적 자질이 뛰어난 분이 한 시대에 독보적으로 해내(海內)를 웅시(雄視)함에 있어서랴! 지금 또한 특별히 뽑히시어 중대한 임무를 맡고 계시니 명망이 더욱 아름답습니다. 저 같은 소인배가 어찌 문득 공손히 절을 올릴 수나 있겠습니까? 그런데도 나날이 반갑게 대해주셨고 권유해주시는 말씀이 차근차근하여 이르지 않음이 없었으니, 군자께서 사람을 사랑하심이 이 정도인 줄 미처 생각지 못했습니다. 또한 배를 정박하고 수응해 주심에 정의(情義)가 간절하고 자상할 뿐만 아니라 존숭하고 장려함이 몹시 커서 제 낯이 불처럼 붉어졌습니다. 유독 금강산과 부사산을 병칭하게 된 것은 한갓 우리 동해[일본]의 승경을 말하면서 제공들의 북산(北山)[208]의 탄식을 위로하고자 해서였습니다. 어찌 추기(鄒忌)와 서공(徐公)의 무애(無崖)의 설[209]에서 허물을 본받아 신선 방호(方壺)로 자처했겠습니까?

대아(大雅)」〈문왕(文王)〉에 "주나라는 비록 오래된 나라이지만, 그 명이 오직 새로웠도다.[周雖舊邦, 其命維新。]"라고 하였다.

207 선비들이 많아[多士濟濟] : 『시경』 「대아(大雅)」〈문왕(文王)〉에 "제제히 많은 선비여, 문왕이 이들 때문에 편안하도다.[濟濟多士, 文王以寧。]"라고 하였다. 제제(濟濟)는 많고 성한 모습이다.

208 북산(北山) : 《시경(詩經)》 소아(小雅) 북산(北山)에, 다른 관원들도 많은데 불공평하게 자기만 잘나서 혼자 고생한다[獨賢勞]고 한탄하는 대목이 나온다.

209 추기(鄒忌)와 서공(徐公)의 무애(無崖)의 설[鄒、徐無崖之説] : 『전국책(戰國策)』 「제책(齊策)」에 나오는 추기조감(鄒忌照鑑) 고사. 전국시대 제나라 대신(大臣) 추기(鄒忌)가 아내와 첩 그리고 손님으로부터 자신이 성 북쪽에 사는 서공(徐公)보다 잘 생겼다는 말을 들었으나 실제 서공을 대면하고 보니 자신이 서공보다 못생겼고 모두들 잇속이 있어 자신을 속였음을 알고, 자신이 겪었던 일을 제나라 위왕(威王)에게 말해 그로 하여금 가까운 사람들이 아첨하는 말을 하기를 좋아한다는 사실을 깨닫도록 하였다. 이후 제나라 관리와 백성들이 직접 위왕의 여러 가지 잘못을 얘기해주고 위왕이 이를 듣고 고쳐나감에 따라 제나라는 날이 갈수록 강성해졌다고 한다. 무애(無崖)는 규범을 따르지 않는 터무니없는 행동을 말한다.

비록 그렇다 해도 산 아래와 산 위에는 금은과 진귀한 것들이 절로
풍성하여 유독 하늘의 일주(一柱)이고 바다의 삼신산이라는 승경뿐만
이 아니니, 혹 저기 일만이천봉의 수려함과 견준다면 또한 어찌 전왕
(滇王)[210]이 스스로를 비유했던 유형이겠습니까? 요컨대 저는 글솜씨
에 익숙하지 않아 흡사 잘못된 말[魏盈][211]에 좀 휩쓸린 듯하여, 애석
하게도 사마(駟馬)도 혀에는 미칠 수 없으니[212] 스스로 자책할 뿐입니
다. 우리나라에 경서가 비로소 널리 퍼지기 시작하였다고 하였는데,
비록 왕인(王仁)[213]씨로부터 시작하여 이후 천년이 되었지만 근원이
멀고 유파가 나뉘어져 집집마다 각각 다른 설이 있어 참으로 무리가
많습니다.[214] 만약 혹 남과 북이 서로 긍지가 있다면 저계야(褚季野)와
손안국(孫安國)의 의론[215]이 있을 뿐이니 누가 그 사이에서 지공(支

---

210 전왕(滇王) : 장왕(莊王). 서기 전 277년 진(秦)이 초(楚)를 공격하여 검중(黔中) 일
　　대를 정복하자, 초로 돌아가는 길이 막힌 장교(庄蹻)는 전지(滇池) 지역에 터를 잡고 전
　　국(滇國)을 세우고 스스로를 장왕이라고 하였다.

211 잘못된 말[魏盈] : 꾸짖는 모든 말. 이간하는 말.

212 사마(駟馬)도 혀에는 미칠 수 없으니[駟不及舌] : 『논어』에 "말이 혀에서 나오면 사
　　마(駟馬)도 따라잡을 수 없다.[駟不及舌]"라고 하였다.

213 왕인(王仁) : 아직기(阿直岐)와 더불어 일본에 건너가 문자를 가르쳤던 백제 문사(文士).

214 참으로 무리가 많습니다[寔繁有徒] : 『서경』「중훼지고(仲虺之誥)」에 "어진이를 홀대
　　하고 권세가에게 붙는 무리가 실로 많다.[簡賢附勢, 寔繁有徒。]"라고 하였다.

215 저계야(褚季野)와 손안국(孫安國)의 의론[褚孫議] : 『세설신어(世說新語)』「문학(文
　　學)」에 저계야는 하북 사람의 학문을 연종광박(淵綜廣博)하다고 하고 손안국은 하남사
　　람의 학문을 심통간요(深通簡要)하다고 하자 지도림이 그 말을 듣고 북인이 책을 보는
　　것은 마치 밝은 곳에서 달을 보는 것 같고 남인이 학문을 하는 것은 창문 틈으로 해를
　　보는 것과 같다고 하였다.[褚季野語孫安國云: 北人學問, 淵綜廣博, 孫答曰: 南人學
　　問, 深通簡要。支道林聞之曰: 聖賢固所忘言。自中人以遷, 北人看書, 如顯處視月; 南
　　人學問, 如牖中窺日。] 저계야(褚季野)는 저부(褚褒)이며 양적인(陽翟人)이다. 하남(河
　　南)에 살았고, 매우 명망이 높아 사후에 시중(侍中)과 태부(太傅)로 추증되었다. 손안국

公)²¹⁶이 되겠습니까? 오직 제공들의 귀중한 덕업을 저희들이 몹시 우러러 바라보고 있을 뿐입니다. 다행히 한 차례 훌륭한 시편을 얻었는데 큰 구슬[拱璧]²¹⁷에 해당하여 기쁩니다. 어찌하면 스스로 보물을 엮어 궤를 팔 수 있는²¹⁸ 방책이 될 수 있겠습니까? 이는 비록 지나친 염려일 수도 있겠지만, 또한 감히 부용의 승경을 뽐내어 자랑의 도구로 삼을 생각이 아니었음을 밝힙니다. 고명께서 비추어 살펴주시기를 원하면서 감히 거리낌 없이²¹⁹ 제 속마음을 쏟아내었습니다. 지금 저의 스승께서 돌아가는 배를 맞이하고 계시기에 박차고 일어나 공을 좇고 싶습니다만 부친께서 연로하시고 또 환우가 있어 아침저녁으로 살피는 것도 오히려 미치지 못할까 걱정입니다. 하물며 4백 리 머나먼 길이겠습니까? 기약한 바를 이루지 못해 매우 원망스럽고 한스럽습니다. 청컨대, 거친 시 한 편으로 작별을 대신하는 형편을 살피시고 가

(孫安國)은 손성(孫盛)이며 태원인(太原人)이다. 손성은 어려서부터 학문을 좋아하였다. 저서로『위씨춘추(魏氏春秋)』20권,『진양추(晉陽秋)』32권,『문집(文集)』10권이 있다.

216 지공(支公) : 지도림(支道林, 314-364). 동진(東晉)시대의 고승(高僧). 본명은 지둔(支遁), 자(字)로 행세하였다. 속성은 관(關), 25세에 출가. 현묘한 담론이 많이 전한다. 사안(謝安)·왕희지(王羲之)와 교유하였고, 장자의 '소요유(逍遙遊)' 해석으로 유명하다.

217 큰 구슬[拱璧] : 두 손을 마주 쥘 정도로 큰 구슬[大璧].『좌전(左傳)』에 '나에게 공벽을 주었다.[與我其拱璧]'에서 인용된 것으로, 주로 선물을 받고 치사하는 데에 쓰이는 문자임.

218 보물을 엮어 궤를 팔 수 있는[綴餙鬻櫝] :『한비자』에 나오는 매독환주(買櫝還珠)의 고사이다. 빈 궤만 사고 궤 속에 들어있는 진주는 돌려주는 것으로 물건을 볼 줄 모르거나 취사선택(取捨選擇)을 제대로 할 줄 모르는 것을 비유하는 말이다.

219 거리낌 없이[不敢蔕芥] : 사마상여(司馬相如)의 〈상림부(上林賦)〉에, "초나라에는 칠택이 있어, 그 중에 하나인 운몽택은 사방이 구백 리인데, 운몽택 같은 것 여덟아홉 개를 삼키어도 가슴속에 조금도 거리낌이 없다.[楚有七澤, 其一曰雲夢, 方九百里, 呑若雲夢者八九, 其於胸中曾不蔕芥。]"라고 하였다.

엽게 여겨주십시오. 우러러 바라보지만 미칠 수 없어 우두커니 서서 길게 탄식할 뿐입니다. 이만 줄입니다.

서기 성용연께 드리는 글
贈書記成龍淵書

적수에서의 만남은 꿈속의 신선유람이었습니다. 이별 후 그 일을 생각하면 오직 '누구에게 매달리며 누구에게 의지하겠습니까[220]와 같습니다. 그러나 또한 약간의 시편이 완연히 수중에 있으니, 어찌 저들의 금은 칠보나 경장(瓊醬)[221] 옥식(玉食)[222]처럼 한갓 눈에 스쳐도 어떤 조짐도 없는 것과 같겠습니까? 상관(上關)에서 아름다운 수응시를 더해주셔서 찬란한 문채와 금옥처럼 울리는 소리가 눈에 어리고 정신에 이르러 황홀함이 진정되는 듯하더니 다시 가경(佳境)에 들어감을 깨닫고 얼마나 유쾌하였겠습니까? 은혜에 감사하며 탄복합니다. 돌아가실 때를 기다렸다가 감사드리려고 하였는데 남공(南公)에게 고할 수 있는 사람을 얻지 못했습니다. 하나의 봉역(封域)이 4백 리나 되어 마음은 가는데 몸이 따르지 못해 모두가 꿈일 뿐입니다. 조용히 생각해보니, 여러 공들께서는 벼슬에 오른 훌륭하신 선비로 직위가 귀하고 거하신 곳이 높으시니, 저와 같은 소인은 한 차례 가까이 만나 뵙

---

220 누구에게 매달리며 누구에게 의지하겠습니까[誰因誰極] : 『시경』「용풍(鄘風)」〈재치(載馳)〉에 "대국에 하소연하고 싶다마는, 누구에게 매달리며 누구에게 의지할꼬.[控于大邦, 誰因誰極。]"라고 하였다.

221 경장(瓊醬) : 장생불사할 수 있는 선약의 일종.

222 옥식(玉食) : 맛있고 좋은 음식.

는 것으로도 이미 족하다고 생각합니다. 어찌 여러 번 나아가 뵈며
대방가(大方家)를 거듭 욕되게 할 수 있겠습니까? 오직 공께서 일전에
말씀하신 선연(仙緣)이라는 것이 영원히 끊어지게 되었으니 선연(仙緣)
은 공의 시 속의 말이다. 유감스러움이 어찌 그치겠습니까? 옛사람들은 새
로 아는 것을 즐거워하고 생이별을 슬퍼하였는데 하물며 새로 알고서
생이별을 하게 되었으니 그것을 일러 무엇이라 하겠습니까? 저의 율
시 한 편에 나머지 탄식을 발하여 평생의 탄식으로 둘 뿐입니다. 이
에 삼가 올립니다. 다른 것은 저의 스승의 필설에 있을 것입니다. 이
만 줄입니다.

서기 원현천께 드리는 글
贈書記元玄川書

처음 알현하지 않았을 때에는 시편으로 창수하는 것이 아무리 군자
와 사귄다 해도 순식간에 휘갈겨 쓴 짧은 시로 어찌 가슴속의 오묘한
뜻을 엿볼 수 있고, 혹은 태양 아래나 구름 사이에서 응대하며 빠름을
다투는데 어떻게 대인을 뵙고 대방께 가르침을 청하여 감주(紺珠)[223]의
도움으로 삼을 수 있을지, 아마도 얻기 어려울 것이라 여겼습니다. 그
런데 다행히 공을 모시고 한 차례 두드리게 되었으니 귀를 잡아당겨
얼굴을 마주하고 친절히 가르쳐주셔서 평소 바라던 것 이상이었습니
다. 어떤 기쁨이 이와 같겠습니까? 삼가 생각건대, 공의 학문은 이락(伊

---

223 감주(紺珠) : 손으로 만지면 기억이 되살아난다는 불가사의한 감색의 보주(寶珠)로,
    이는 당(唐)나라 때 장열(張說)이 다른 사람에게서 선사받은 것이라고 한다.

洛)²²⁴의 연원에 지극하시어 옛날 철인(哲人)을 평가하고 후진(後進)을 다그쳐서 최자(崔子)²²⁵의 천 년 전 명성과 칭예가 오늘날에도 자자(藉藉)하도록 하셨습니다. 최충(崔沖)은 고려 목종(穆宗) 때 학사입니다. 당시 학자 가운데 십이공도(十二公徒)가 있었는데 최충의 무리가 가장 흥성하였습니다. 귀국의 학교의 흥성은 대개 최충으로 말미암아 시작되어 그때 사람들이 해동공자라고 말했습니다. 저처럼 망령되고 용렬한 사람이 어떻게 한두 번 뵙는 사이에 본말을 다 알 수 있겠습니까? 다만 가르쳐주신 바, 육경(六經)²²⁶으로 넓혀주셨고 효제(孝弟)²²⁷로 요약해주셨으니, 아아, 얼마나 지극하십니까! 대개 나라를 다스리는 구경(九經)은 수신(修身)으로부터 시작하는데, 서적이 극히 방대하지만 항상 육경(六經)을 믿게 됩니다.²²⁸ 옛날 학문이 그렇긴 한데, 광박하긴 하나 요체가 없고 화려하긴 하나 전아하지 않아서, 성문(聖門)에서는 모두가 자로의 비파²²⁹일 뿐입니다. 그런데 또한 군자는

---

224 이락(伊洛) : 이락관민(伊洛關閩)으로 이수(伊水)와 낙수(洛水), 관중(關中)과 민중(閩中)이다. 이수에는 명도(明道) 정호(程顥), 낙수에는 이천(伊川) 정이(程頤)가 강학하였고, 관중에는 횡거(橫渠) 장재(張載), 민중에는 회암(晦庵) 주희(朱熹)가 강학하였다. 여기서는 정주학(程朱學)을 가리킨다.

225 최자(崔子) : 최충(崔沖, 984-1068). 고려의 문신 겸 학자. 자는 호연(浩然), 호는 성재(惺齋)·월포(月圃)·방회재(放晦齋)이고, 본관은 해주(海州)이다. 구재학당(九齋學堂)을 세워 유학을 보급하고 인재를 양성함으로써 문교(文敎)의 진흥과 사학(私學) 발전에 크게 공헌하여 해동공자(海東孔子)로 칭송되었다.

226 육경(六經) : 『시(詩)』·『서(書)』·『예(禮)』·『악(樂)』·『역(易)』·『춘추(春秋)』.

227 효제(孝弟) : 『논어』에 "효와 제는 인을 행하는 근본이다.[孝弟爲仁之本]"라고 하였다.

228 서적이 극히 방대하지만 항상 육경(六經)을 믿게 됩니다[載籍極博, 老信六經] : 『사기』「백이전(伯夷傳)」에 "유학자에 있어서 책은 극히 많지만, 그래도 육예를 참고하고 믿는다[儒者載籍極博, 猶考信於六藝。]"라고 하였다.

229 자로의 비파[由之瑟] : 공자(孔子)가 이르기를 "유의 비파를 어찌하여 나의 문에서 타느냐?[由之瑟, 奚爲於丘之門?]"라고 하였다. 유(由)는 자로(子路)의 이름으로, 자로는 성격이 급하고 용맹을 좋아한 나머지, 비파를 타도 북방(北方)의 살벌(殺伐)한 소리가

질박할 뿐이라고[230] 말하였으니, 안을 귀하게 여기고 밖을 천하게 여긴 것입니다. 마음을 운용하는 은미함에서 확충하는 공을 요구하는 것[231] 과 부도(浮屠)의 직지(直指)[232]의 견해 중에서 어느 것을 택하겠습니까? 우리나라는 수십 년 전에 물조래(物徂徠)[233]라는 자가 나와 고학(古學) 을 크게 제창하여 등동야[234]·현주남[235]같은 자가 있고 기타 고족제자(高

났기 때문에 공자가 그처럼 말한 것이다. (『논어』「선진(先進)」)

230 군자는 질박할 뿐이라고[君子質而已矣] : 춘추시대 위(衛)나라 대부(大夫) 극자성 (棘子成)이 말하기를, "군자는 질실하면 그만이지, 어찌 문식할 필요가 있겠는가.[君子 質而已矣, 何以文爲。]"라고 하였다. (『논어』「안연(顏淵)」)

231 마음을 운용하는 은미함에서 확충하는 공을 요구하는 것[擴充之功於運寸之微] : 『맹 자(孟子)』「사단장(四端章)」에 "모두 확대하여 채울 줄 안다.[知皆擴而充之]"라는 구절 에서 나온 것으로 맹자가 말한 "흩트러진 마음을 거두고 사단을 확충한다.[收放心擴充四 端]"는 것이며, 사단은 사람이 나면서부터 마음속에 갖고 있는 측은(惻隱)·수오(羞惡)· 사양(辭讓)·시비(是非)라는 네 가지 단서(端緒)를 말한다.

232 직지(直指) : 선종(禪宗)에서 오도(悟道)를 나타내는 '직지인심, 견성성불(直指人心, 見性成佛)'에서 온 말로, 즉 좌선(坐禪)하여 자기의 본성(本性)을 밝게 볼 때에 본래의 면목이 나타나서, 마음 밖에 부처가 따로 없고 자기 마음이 바로 부처임을 깨닫게 되는 것을 말한다.

233 물조래(物徂徠) : 적생조래(荻生徂徠, 오규 소라이, 1666-1728). 강호시대 전-중 기의 학자·사상가. 이름은 쌍송(雙松), 자는 무경(茂卿), 호는 조래(徂徠) 또는 훤원(蘐 園), 통칭은 총우위문(惣右衛門). 물무경(物茂卿) 혹은 물쌍백(物雙栢)이라고 일컫기도 한다. 강호(江戶) 출신. 적생방암(荻生方庵, 오규 호안)의 차남. 부친의 칩거에 의해 25 세까지 상총(上總, 가즈사, 현재의 지바겐)에서 살았다. 삼하(三河, 미가와) 물부씨(物部 氏, 모노노베우지)를 선조로 하여 성(姓)을 고쳐서 물(物, 부쓰)이라고도 한다. 가업은 의술(醫術)이었다. 원록(元祿, 겐로쿠) 3년(1690)에 강호에 돌아왔고, 임춘재(林春齋)· 임봉강(林鳳岡)·유택길보(柳澤吉保, 야나기사와 요시야스) 등을 섬겼다. 주자학을 '억 측에 의거한 허망한 설(說)에 불과하다'고 갈파하고 주자학에 입각한 고전 해석을 비판하 였으며, 고대 중국의 고전독해 방법론으로 고문사학(古文辭學, 蘐園學)을 확립하였다.

234 등동야(滕東野) : 안등동야(安藤東野, 안도 도야, 1683-1719). 강호시대 전-중기의 유학자. 등동벽(藤東壁)이라고도 한다. 본성(本姓)은 대소(大沼, 오누마), 이름은 환도 (煥圖), 자는 동벽(東壁), 통칭은 인우위문(仁右衛門). 하야(下野, 시모쓰케, 현재의 도 치겐) 출신. 중야휘겸(中野撝謙, 나카노 기켄)·적생조래(荻生徂徠, 오규 소라이)에게

足弟子)가 뒤를 이어 나와 일정 지역에 붉은 깃발을 일으켜 세우고 천하를 호령하더니, 마침내 사문으로 하여금 마치 해가 중천에 다시 뜨는 것과 같이 하였습니다. 어느 날 공께서 저의 스승과 함께 말씀 나누시는 것을 보았는데 천하의 문장을 지극히 다하셔서 '풍부하도다, 그 말씀이여!'[236]라고 제가 비록 입으로 말씀드리지는 않았지만 마음속으로 믿고 있었습니다. 그러나 제가 가까이하는 것으로는 대개 가르치는데 또한 방법이 여러 가지가 있다[237]는 것입니다. 저는 실로 망령되고 용렬하여 족히 합당한 것을 말하지 못하고 대략 가르침을 받들 소이를 펴보았습니다만 다시 공의 논지를 듣고 싶습니다. 힘입은 바는 군자는 사람을 가르치는 것을 게을리 하지 않는다[238]는 것입니다. 영광스런 귀국길을 전송할 수 없게 되었습니다. 일[239]이 남공(南公)에게 잘될 것입니다. 진(秦)과 호(胡)처럼 멀리[240] 이별하게 되니, 시가 어찌 정을 다할

배웠다. 적생조래의 초기 제자로 훤원학파(蘐園學派)의 세력을 넓혔다. 후에 유택길보(柳澤吉保, 야나기사와 요시야스)를 섬겼다.

235 현주남(縣周南) : 산현주남(山縣周南, 야마가타 슈난, 1687-1752). 강호시대 전-중기 고문사학파(古文辭學派)의 유학자. 현효유(縣孝孺)라고도 한다. 이름은 효유(孝孺), 자는 차공(次公), 자호는 주남(周南), 통칭은 소조(少助). 주방(周防, 스오, 현재의 야마구치젠) 출신. 산현양재(山縣良齋, 야마가타 료사이)의 차남. 보영(寶永) 2년(1705) 19세 때 강호에 나와 적생조래(荻生徂徠, 오규 소라이)를 사사(師事)하였다.

236 풍부하도다, 그 말씀이여[富哉, 言乎] : 『논어』「안연(顏淵)」에 나온다.

237 가르치는데 또한 방법이 여러 가지가 있다[敎亦多術矣] : 『맹자』「고자 하(告子下)」에, "가르치는 방법은 여러 가지인데, 내가 가르치는 것을 탐탁지 않게 여기는 것도 가르치는 방법이다.[敎亦多術矣, 予不屑之敎誨也者, 是亦敎誨之而已矣。]"라고 하였다.

238 사람을 가르치는 것을 게을리 하지 않는다[誨人不倦] : 공자가 이르기를 "성이나 인에 대해서는 내가 감히 자처하랴만, 하려고 노력하기를 싫어하지 않고, 남 가르치기를 게을리 하지 않음에 있어서는 그렇게 한다고 이를 수 있다.[若聖與仁, 則吾豈敢, 抑爲之不厭, 誨人不倦, 則可謂云爾已矣。]"라고 하였다. (『논어』「술이(述而)」)

239 일 : 최천종 변고를 뜻하는 것으로 보임.

수 있겠습니까? 이만 줄입니다.

　별도로 아룁니다. 지난 날 공의 배가 동도로 향하자 저희들도 또한 돌아왔습니다. 돌아와서 제공들께서 지어주신 것을 아버님께 드렸습니다. 아버님께서 삼가 받들어 읽으시고 뛸 듯이 기뻐하셨습니다. 또 말씀하시기를 "아아, 네가 노둔한데 스스로를 헤아리지 못하고 귀한 손님을 응접하였구나. 네가 간 뒤로 밤낮으로 '윗분께 삼가해야 하는데' 싶은 염려를 견딜 수 없었는데 어르신께서 사람에게 잘 대해주셔서 외람되게도 너를 가르칠 만하다고 여기셨구나. 또 나를 늙었다고 하지 않고 황공하게도 이처럼 주신 시문을 받게 되었으니 은덕이 몹시도 크구나!"라고 하셨습니다. 곧장 보기 좋게 꾸며 곁에 걸어두고 아침저녁으로 보며 암송하시기를 몸소 가르침을 받든 것처럼 하셨습니다. 또한 그 뜻이 깊고 절실하여 오직 진림의 격문[241]과 매승의 〈칠발〉[242]뿐만이 아니라 병세 또한 마땅히 나아질 것이니, 이보다 큰 다행이 다시는 없을 것입니다. 이에 남(南)·성(成)·원(元) 제공께 삼가 감사의 말씀을 받들어 올립니다.

240　진(秦)과 호(胡)처럼 멀리 : 진(秦)과 호(胡)는 중외(中外)와 같다. 서로 떨어진 거리가 매우 멀 때 비유적으로 쓰는 표현이다.

241　진림(陳琳)의 격문 : 진림은 삼국시대 위(魏)나라 사람으로, 건안칠자(建安七子) 중 한 사람이다. 그가 원소(袁紹)의 밑에 있을 적에 격문(檄文)을 지어 조조(曹操)의 죄상을 나열하며 신랄하게 꾸짖었는데, 원소가 패망하여 조조에게 귀순하였을 때에, 조조가 그의 문재(文才)를 아껴 처벌하지 않고 기실(記室)로 삼았던 고사가 전한다. (『삼국지』권 21, 위서(魏書), 「진림전(陳琳傳)」주(註))

242　매승의 〈칠발〉 : 한(漢)나라 시인 매승(枚乘)의 〈칠발(七發)〉이라는 글을 읽으면 강해(江海)의 기가 막힌 경관(景觀)을 멋지게 표현해서 질병까지도 낫게 된다고 한다.

서기 김퇴석께 드리는 글
贈書記金退石書

얼굴을 보지 못하고 말하니 소경이라 이를 만합니다. 기왕에 가까이 모시고 있는 사람도 오히려 그러한데 하물며 공과 저는 이역이나 멀리 떨어져 있고 가깝다 해도 물과 육지로 떨어져 있음에랴! 막히고 단절되어 있어 모습을 뵐 수 없을 뿐만 아니라 뒤에서 일어나는 먼지로 인해 또한 바라볼 수도 없으니 어찌 하겠습니까? 비록 그렇다고 해도 종자기(鍾子期)가 어찌 백아(伯牙)를 본 뒤에 '양양(洋洋)'과 '아아(峨峨)' 곡조243를 감상하였겠습니까? 또한 거문고 소리를 듣는 것이 어찌 자연에 가까운 마음의 소리를 듣는 것과 같겠습니까? 적관(赤關) 관소에서 어떤 사람이 말하기를 "공께서는 박학다재한데 더욱이 시에 심원하여 시상이 솟구치는 듯 시 백 편을 지어내시는데, 혹 쇠그릇을 치는 것[擊鉢]244을 솔선하시고 경릉왕(竟陵王)의 과제245도 어려워하지 않습니다."라고 하였습니다. 그러고 보니, 지난날 공께서 타신 배

---

243 종자기(鍾子期)가 어찌 백아(伯牙)를 본 뒤에 '양양(洋洋)'과 '아아(峨峨)' 곡조 : 춘추시대 거문고의 명인 백아(伯牙)와 그 연주를 가장 잘 이해했던 친구 종자기의 고사에서 유래한 것이다. 백아(伯牙)가 높은 고산(高山)을 염두에 두고 연주하자 종자기(鍾子期)가 "아아(峨峨)하여 태산과 같다."고 하였고, 유수(流水)에 뜻을 두고 연주하자 다시 "양양(洋洋)하여 강하와 같다."라고 하였다.

244 쇠그릇을 치는 것[擊鉢] : 양(梁)나라의 경릉왕(竟陵王)이 밤에 여러 학사(學士)들을 모아 시회(詩會)를 열고 사람을 시켜 동발(銅鉢)을 치면서 시를 재촉하였는데, 소문염(蘇文琰)이 동발 소리가 끝남과 동시에 사운시(四韻詩)를 완성하였다고 한다. (『남사(南史)』「왕승유전(王僧孺傳)」)

245 경릉왕(竟陵王)의 과제 : 남제(南齊) 때 경릉왕(竟陵王) 소자량(蕭子良)이 항상 밤이면 문인 학사들을 초청하여 술 마시며 시를 짓게 하면서, 촛불 1촌(寸)이 타는 동안에 사운시(四韻詩)를 짓도록 하였다.

가 광릉(廣陵) 서쪽에 정박하고 있을 때 공께서 병으로 아직 기동도
하지 못하셨는데 주옥같은 시 수십 편을 채 하루가 지나지도 않아 주
셨습니다. 공손히 암송해보니 금옥과 비단이 각각 그 조화를 다한 듯
하였습니다. 편찮으신 중에도 오히려 이와 같은데 하물며 건강하실
때임에랴! 다만 상림(上林)²⁴⁶의 호탕한 생각만 중히 여기고 토원(兎
園)²⁴⁷의 빠르고 급함을 가벼이 여긴다면 청련(青蓮 : 李白)이 시를 지
을 때 고심하지 않은 것²⁴⁸을 어찌 칭송할 수 있겠습니까? 그러나 또
한 이번 사행이 창졸간에 이루어지다보니 아직까지 시 짓는 것을 보
지 못한 것이 한스러울 뿐입니다. 직접 만나면 마음이 통하는 게 세상
사람들의 사귐이 그러합니다만, 이전의 약속만 지켜진다면 마음으로
만나 뵙는다고 어찌 유쾌하지 않겠습니까? 일전에 화답시 속에 '훗날 서로 적
마관 가에 머물기로 하였네[後約相留赤馬頭]'라는 시구가 있다. 부친의 노환 때문에
본래의 소망이 갑자기 어긋나게 되어 몹시 유감스럽습니다. 보잘것없
는 시 한 편으로 심회의 만분의 일이라도 펼치니, 쏟아지는 보배로운
시구를 취하는데 다함이 없도록, 청컨대 수응시 한 편을 아끼지 마십
시오. 이만 줄입니다.

---

246 상림(上林) : 상림원(上林園). 상림원은 진(秦)·한(漢)시대 때 장안(長安)에 있던 황
　　제의 정원.
247 토원(兎園) : 한(漢)나라 때 양나라 효왕(孝王)이 토원(兎園)에 추양(鄒陽)·매승(枚
　　乘)·사마상여 등 당대의 우수한 사부가를 불러 함께 놀 때 함박눈이 내리자 사마상여에
　　게 붓을 주고 눈을 주제로 글을 지으라 하니, 사마상여가 글을 지어 바쳤다고 한다.
248 시를 지을 때 고심하지 않은 것[不用意] : '불용의(不用意)'는 한유(韓愈)의 〈기최이
　　십육입지(寄崔二十六立之)〉 시에 "문장은 물을 뒤집듯 쉽게 이루어, 애당초 뜻을 기울이
　　지 않는다.[文如翻水成, 初不用意爲。]"라고 한 데서 온 말이다.

남추월께 드리다
贈南秋月

대국 유학의 종장이요 대국의 광영이며	大國儒宗大國榮
시단에서 한 시대의 최고로 빼어난 인재라네	詞壇一世領干城
교린으로 사령(辭令)[249]의 중요함을 알았고	隣交方識辭令重
먼 곳 임무에 본래 임금 명령 가볍지 않았다오	遙役原非恩命輕
진눈깨비 내릴 땐 나그네 됨이 한스럽고	雨雪來時爲客恨
꽃 피고 새 우는 귀로에 봄날 아쉬워하는 정일세	鶯花歸路惜春情
이별 후 삼성과 상성의 간격[250] 말하지 마오	莫言別後參商隔
사해의 유학하는 선비들 모두 형제라네	四海斯文共弟兄

성용연께 드리다
贈成龍淵

세상에서 한 번 이별하면 만날 기약 드문데	人間一別會期稀
전에 한 말 지금 이미 어긋났으니 어쩔 수 없네	無奈前言今已違
기러기 서신 산과 바다로 아득함을 슬퍼하고	鴻信海山悲縹渺
객성은 남과 북으로 밝은 빛 떨어져 있구려	客星南北隔光輝
일찍이 북과 깃발 좇아 관서에서 마주하였는데	曾從旗鼓關西對

---

249 사령(辭令) : 응대(應對)하는 말.

250 삼성과 상성의 간격[參商隔] : 서로 멀리 떨어져 있는 것을 뜻하는 말. 삼성(參星)은 동쪽 하늘에 있고 상성(商星)은 서쪽 하늘에 있어서, 각각 뜨고 지는 시각이 다른 관계로 영원히 서로 만날 수가 없는 데에서 유래되었다. (『춘추좌전(春秋左傳)』「소공원년(昭公元年)」)

드디어 명성을 태양 아래 일본에 날렸네　遂使聲名日下飛
풍모와 자태 반악처럼 아름다울251 뿐만 아니라　不獨風姿潘岳美
이르는 곳마다 수레에 시편 가득 싣고 돌아가리　詩篇到處滿車歸

공의 풍모와 위의가 품위가 있고 통창하기 때문에 언급한 것이다.

원현천께 드리다
贈元玄川

봄 지난 뒤 산에 두우252 울음소리 슬픈데　杜宇聲悲春後山
천 리에서 사신 배 돌아간다는 말 얼핏 들었네　仄聞千里使槎還
이별로 하늘가에서 흘릴 눈물 애석해하니　別離遙惜各天淚
꿈속에 부질없이 훗날 모습 남아있겠지　夢寐空留他日顔
시권으로 바다 나라에 명성 전해졌고　詩卷傳名高海國
비단옷으로 득의하여 고향 산천 향하네　錦衣得意向鄕關
알겠도다, 그대 복명하는 성대한 조회에서　知君反命盛朝會
예의로 대접하여 응당 위 반열에 있을 것임을　禮待定應居上班

---

251 풍모와 자태 반악처럼 아름다울[風姿潘岳美] : 진(晉)나라 반악(潘岳)이 잘 생겨, 그의 미모에 반한 부녀자들이 그가 타고 가는 수레에 과일을 던져서 수레에 과일이 가득 쌓였다는 고사가 전한다. (『세설신어(世說新語)』「용지(容止)」)

252 두우(杜宇) : 옛날 촉(蜀)나라에 이름이 두우(杜宇)인 망제(望帝)라고 불린 임금이 있었는데, 죽어서 두견이가 된 뒤 봄철만 되면 밤낮으로 슬피 운다는 전설이 있다. 촉혼(蜀魂)·촉조(蜀鳥)·귀촉도(歸蜀道)·두백(杜魄)·두우(杜宇)·망제혼(望帝魂)이라고도 한다.

김퇴석께 드리다

贈金退石

| 기자의 땅 사신들 모두 영웅으로 | 箕域使臣都是雄 |
| 고금의 높은 명성 김공에게 모였네 | 高名今古屬金公 |

신라 때 김암(金巖)[253]은 일본에 사신 왔고, 또 당나라에서 스승에게 나아가 음양가의
술법을 배우고 돌아와 사천박사(司天博士)가 되었다.

배 안에 앉아서 별들의 징후 분별하였고	舟船坐辨星辰象
시와 부로 나라 풍속 가서 살펴보았네	詩賦往觀邦土風
형체 밖 사귐으로 정 얕지 않아	形外締交情不淺
하늘가 이별이라 한스러움 끝이 없네	天涯爲別恨何窮
봉황과 난새를 본래 어찌 세속에서 감상하랴!	鳳鸞本豈世中賞
푸른 하늘에 울리는 소음(韶音)[254]을 들을 뿐	只聽韶音響碧空

---

253 김암(金巖, ?-?) : 신라 중기의 무관·방술가(方術家). 김유신(金庾信)의 적손(嫡孫)
인 윤중(允中)의 서손(庶孫)이다. 어려서부터 천성이 총명하였고, 신선사상에 심취하여
방술을 배워 장생불사하는 방사(方士)가 되려고 하였다. 한때 이찬(伊湌)이 되어 당나라
에 가서 숙위(宿衛)로 지냈는데, 그때 중국의 음양술에 관심을 가지고 스승을 찾아가
천문·지리·역수(曆數) 등을 배웠다. 당나라에서 귀국하여 사천대박사(司天大博士)가
되었으며 천문·역수 등을 맡아 보았다. 이어 양주(良州)·강주(康州)·한주(漢州) 태수
를 역임하였다. 술법으로 이적을 보이기도 하였는데, 한번은 황충(蝗蟲)이 서쪽에서 날
아와 패강진 일대를 덮쳐 백성들이 농사를 근심하게 되자, 산마루에 올라가 향을 피우고
주문을 외며 하늘에 기원하니 갑자기 비바람이 일어나 황충이 모두 죽었다고 한다. 779
년(혜공왕 15)에는 왕명에 따라 일본에 사신으로 갔는데, 일본의 광인왕(光仁王)이 그의
도술이 높음을 알고 억지로 더 머무르게 하였다. 그때 당나라 사신 고학림(高鶴林)도
일본에 건너와 김암과 만났는데, 전부터 아는 사이라 서로 반기니, 이를 본 왜인들이
김암이 중국에도 널리 알려진 인물임을 알고 감히 더 머무르게 하지 못하자 돌아오게
되었다.

254 소음(韶音) : 소(韶)는 순(舜)의 음악(音樂). 『서경(書經)』 「익직(益稷)」에 "순 임금의
음악이 아홉 번 연주되자, 봉황새가 와서 춤을 추었다.[簫韶九成, 鳳凰來儀。]"라는 말이
있다.

진숭산께 답하는 글
復秦嵩山書

소화(小華) 사객(四客)

물과 뭍을 오가는 중에도 마음은 늘 적마(赤馬)[255]에 있었습니다. 돌아가는 배가 이곳에서 쉬고 있는데, 관소에 찾아온 사람은 학대(鶴臺) 한 사람뿐이었습니다. 비록 제현들의 필찰이 수중에 들어오긴 하였지만 서신을 마주하고 보니 시름이 흘러나와 침울한 마음이 오래갔습니다. 다만 부모님을 정성껏 모시며 기쁨을 더해드려야 한다는 사실을 알고 이로 인해 저희들 마음이 위로되긴 하였습니다. 서쪽 바다가 이미 시야에 들어왔으니 이로부터 배를 돌리는데 기한이 있습니다. 불행히 지난 역사에 없었던 변고를 만나, 천하 후세 사람들이 이에 대해 의론할 것이며, 사상(使相)께서도 죄를 기다리고 있으니, 같은 일행으로 황송하기 그지없어 감히 죄 없는 사람처럼 편안히 지낼 수 없게 되었습니다. 비록 아름다운 시를 받았지만 감히 화답을 올릴 수 없습니다. 이로부터 하늘은 같지만 남과 북으로 나뉘게 되니 결국 소식을 접할 수 없게 될 것입니다. 오직 덕으로 자애하시기를 바랍니다. 말이 거칠고 졸렬한데 그것을 장황하게 말씀 드린다면 얼굴이 붉어져 스스로 이길 수 없을 것입니다. 나머지 말은 대략 학대의 필담 속에 있으니 이만 줄입니다. 살펴주시기를 바랍니다.

---

255 적마(赤馬) : 적마관(赤馬關), 곧 적간관(赤間關, 아카마가세키)을 가리킨다. 장문주 (長門州)에 속하고, 현재의 산구현(山口縣, 야마구치겐) 하관시(下關市, 시모노세키시) 이다. 하관(下關) 혹은 마관(馬關)이라고도 한다.

『문사(問槎)』전편(前篇) 선출(先出)

명화(明和) 3년 병술년(丙戌年) 추팔월(秋八月)

장문(長門) 명륜관(明倫館) 장판(藏版)

長門癸甲問槎 坤下

《長門癸甲問槎》卷之四

通刺　　　　　　　　　　　　　　　　　　　　　　秦嵩山

隣交不渝, 皇華儼臨, 賤劣如僕, 跛鼈道左, 得遂望塵之願, 固足矣。而今附尾敝師, 漫陪席末, 謹上巴調各一篇。伏惟海涵大量, 枉賜高覽, 終身之榮, 復何加焉? 僕姓秦, 名兼虎, 字士熊, 號嵩山。

奉呈製述官南秋月

大國搢紳推上才, 遂令辭命屬君來。相逢漸爲神交切, 不怪豐城紫氣開。【此地豐浦郡, 故用豐城事。】

口號酬秦嵩山　　　　　　　　　　　　　　　　　　秋月

石關山水孕奇才, 操筆憶詩趁趁來。言外情通方外契, 海雲天末笑顔開。

奉呈成龍淵

怪得祥雲起日東, 仙槎縹渺御西風。觀濤當擬枚生興, 踏海兼存魯子雄。

走謝秦嵩山　　　　　　　　　　　　　　　　　　龍淵

十斛驪珠散海東，晶輝動耀錦帆風。赤間關裡孤琴語，嬴和騷壇鼓角雄。

奉呈元玄川

九月秋風發釜山，雪飛中路度江關。豪游縱不憚艱險，定識鄉心夢寐間。

奉酬嵩山　　　　　　　　　　　　　　　　　　　玄川

湖光紺碧浸佳山，南海名區是赤關。此地由來多傑士，可能盡識片言間。

筆語

嵩山：僕爲鶴臺門人，今日在後，窺見詞壇盛事已。【因通辭者，問以鶴臺門人否，故有此答。】

嵩山：諸公皆以選擧居今職乎？

龍淵：秋月癸酉登第，前經潔城太守，今帶秘書校理。壬寅生。
龍淵癸酉司馬丙子對策登第，前經銀溪督郵。壬子生。
玄川庚午司馬，前經長興郞。已亥生。

嵩山：奉諭。諸公早登高第，瞻仰貴邦賢路益開耳。又問，武技、方技及童科諸試并行乎？

龍淵: 武技、方技皆有科揀, 童子未成材, 焉用科甲? 只有敎官, 月朔考講, 養其德器耳。

嵩山: 吾國秦氏者多, 傳稱往昔秦皇裔, 經貴邦來爾來殆二千載, 子孫雲仍, 遙胄或有無知出自者。不知貴邦亦有秦氏而同其祖者乎? 見敎。【玄川當書和詩, 問余姓, 書而以示之。故有此言。】

玄川: 左右是始皇裔否? 我國亦果有秦氏, 而不祖秦氏。

嵩山: 鄙姓出自嬴秦。雖然, 數世前旣絕血胤而爲藤姓, 故今稱秦, 亦呂之嬴耳。

奉呈南秋月【用前韻】

君本登瀛學士才, 仙游更向海東來。手分珠樹三花朶, 光彩燦然筵裡開。

更報秦嵩山   秋月

簪筆殊方愧不才, 風烟收拾十洲來。玄珠赤水知多少, 一席波斯照眼開。

再奉呈龍淵【用前韻】

箕邦絃管嘗傳東, 尙仰太平千歲風。今日更歌南國調, 堪爭白雪富峰雄。

重和秦嵩山　　　　　　　　　　　　　　　　　龍淵

蓬海仙緣盡在東, 紵交兼識古人風。長門文學應多數, 讀孔、朱書
最是雄。

重奉元玄川【用前韻】

紫氣遙連海上山, 眞人果爾入西關。由來龍德誰能識, 變化只看詞
筆間。

和次嵩山　　　　　　　　　　　　　　　　　　玄川

蓬岑落落對嵩山, 徐子迢迢憶出關。嘉號聞來增緬憶, 何時君到海
中間。

奉呈南秋月

遙聘賀新政, 盛儀尋舊盟。善隣王者德, 華國使臣榮。風正錦帆過,
日晴文斾明。絃歌太平奏, 振起鳳凰聲。【高麗琵琶有《鳳凰調》。】

三和嵩山　　　　　　　　　　　　　　　　　　秋月

楚、越開新面, 齊、吳泣宿盟。汀梅傷歲暮, 盤橘愛冬榮。赤水玄
珠耀, 滄洲白髮明。長門他日卷, 蕭露是秦聲。【秦聲用嵩山姓。】

筆語

嵩山: 僕自小少志斯文, 且思友四方賢者。雖然, 朽木之質, 不唯其
器不成, 親老弟幼, 唯事定省, 故未嘗得蹈封外地。素願兩不遂, 永以
爲恨, 而今籍天寵靈, 得接大邦文雅高士, 足以酬素志也。感謝何已?
伏冀得奉君子一言, 而爲韋弦之箴。雖明鏡不疲, 唯懼亂藻思, 如何?

秋月: 求道之意, 令人欽歎, 豈不欲以一言仰副盛索? 而進學之淺深, 稟質之剛柔, 始未詳覰, 未可泛下針砭。請聞尊氣質與所造詣, 庶得下一轉語爲頂門鍼。

嵩山: 蒲柳弱質, 不堪苦學, 何造詣之有? 唯謂效伯高不得, 不宜效季陵, 而陷輕薄矣。過庭之訓, 亦如此。強文博物, 非無素望, 附諸餘力。公若有所取, 則加一言, 如有不取, 則爲苦言, 敢布腹心。

秋月: 樂有賢父兄。又能先德行而後文藝, 可謂知所本矣。"入則孝, 出則悌。泛愛衆而親仁。行有餘力, 則以學文", 是聖門。二十字靈符, 徹上徹下, 一生受用不盡, 此外恐無別法。

嵩山: 所呈唯幸經電覽耳。何圖賜高和? 屢勞君子, 不堪慚懼。

秋月: 足下貴德而賤藝, 其意甚善。席上和唱, 本非美事, 而言路未通, 情志未流, 聊以拙作以代筆舌。何勞之有? 實慰羈愁。

嵩山: 情志旣通, 言外之意, 可得聞否?

秋月: 歸而求之, 有餘師。聖人千言萬語, 如親承謦欬, 則一言可以終身行之者, 甚多。鄙雖萬言, 何能如聖賢之語約而指遠? 但熟讀《論》、《孟》、《庸》、《學》, 儘有痛切警省處。

嵩山: 謹領高喩。感歎。

嵩山: 高和中所諷諭君子之言有味哉。僕生平之願，不過此言，所以
請<u>秋月先生</u>敎誨，亦唯是已。如更加一言，倂書諸紳。

龍淵: 僕之所欲言者，<u>秋月</u>盡之矣。眞正大英雄，從戰兢臨履中出來，
其作成之方，具在<u>孔</u>、<u>朱</u>書。子歸而求之，有餘師矣，敢以廣子之意。

嵩山: 誘言何其切也? 謹謝南土薄味，請試嘗之。僕亦引小者。【剖橘
貽之。】

龍淵: 匪汝爲美，美人之貽，謹領落爪之賜。

龍淵: 道未成而文有名，古人之所深戒也。君何出詩之多乎?

嵩山: 寒鄕鄙人，希見君子唱酬，不能自休。草雖時當鼓吹，寧得謂
之文雅音哉? 亂鳴聒耳，則或有<u>武陵</u>池亭禁。謹領喩。

龍淵: 前言戲之耳。多多益善，何害何害?

嵩山: 我東方之勝，<u>芙蓉峰</u>、<u>琵琶湖</u>爲第一矣。傳道此山水一夜生，
此說難信。而數十年前，三峰側又生一小峰。以是考之，則前說奚必
繆悠? 且案貴國『<u>通鑑</u>』，當<u>高麗</u> <u>穆宗</u>時，耽羅海中湧一山，其時雲
霧晦冥七晝夜云，一與芙蓉小峰湧出事合符，他山之說，可以取證。
獨於湖水，不能無疑，公博識多見，蓋貴國廣大，若有爲湖水解嘲者。
見敎。

龍淵: 齊諧之言, 君子所不取也。公學道者, 而猶爲是問耶? 鴻濛一判, 形局皆定, 夫焉有此事哉? 『通鑑』所載, 不過一時荒唐之記, 僕何敢言其有無耶?

嵩山: 吐言爲敎, 失問却一益。

玄川: 我國秦氏多武人, 今行惜不從來。尊之世系, 雖不詳, 宜有家中流傳之言。本日本人耶? 抑自外來耶?

嵩山: 秦氏祖自貴邦來, 昨旣悉之, 把筆沈吟間, 或忽忘乎? 敝家無流傳言, 違高問, 慚愧。

玄川: 昨日未及傍聽故耳。自吾邦入來之日, 在何時何代云耶?

嵩山: 當日本 仲哀、應神二朝, 秦氏往往來歸。距今殆二千歲, 事蹟不可詳知。

嵩山: 歲聿其莫, 後會難期, 高意如何?

龍淵: 歲行盡矣。風雨凄然, 遠人之懷, 益不自耐。如復賜臨, 穩討毫談, 何慰如之?

玄川: 我國字音, 出於箕子, 故於中國最近。詩、文、賦。辭等, 百體具有讀法、韻折, 惜乎不能與同聲音耳。【鶴臺先生使玄川高吟和詩, 因有此言。】

<u>嵩山</u>: 聲律出於箕子, 古雅可歎賞也, 目擊道存。諸公其人, 則奚論
言音同否? 如詩賦誦吟, 蓋直下反例異勢耳, 何有害意? 只恨和詩而
不和音。

<u>玄川</u>: 和章有可改者, 幸還投。

<u>嵩山</u>: 片雲何穢大清? 勿勞橡筆。

<u>玄川</u>: 僕素乏藻彩, 且每欲以面前語, 發樸實辭。旣知有誤, 雖遠可
復, 況事在至近乎?

<u>嵩山</u>: 小誤尙且改之, 君子之人乎? <u>秋月</u>、<u>龍淵</u>, 爲僕賜一言, 公亦
思諸?

<u>玄川</u>: 示及於此意, 甚感甚感。六經如菽粟, 一日不食則餒, <u>程</u>、<u>朱</u>
爲之發揮, 昭如日星。後雖有聖者作, 無用一字更添。見貴邦之人, 或
不尊<u>程</u>、<u>朱</u>, 多爲明人主陸者所誤。尊若有意於此學, 必以『小學』
爲先, 次『大學』·『庸』·『語』·『孟』·三經, 而加以程、朱說翼
之。至於大本、大源, 則程、朱開口, 輒說敬字, 敬之一字, 可以一言
蔽之矣, 愛之欲助之。區區之意, 自不能但已, 諒之。

<u>嵩山</u>: 高誨當服膺。唯至爲<u>明</u>人所誤之言, 豈一席上之議哉? 今日
窮日力, 後必將與聞妙論, 如何?

<u>玄川</u>: 甚善。

奉呈南秋月

萬里長風大海濤，雲帆駕去氣何豪。文星近傍使星耀，郢《雪》遙兼嶽雪高。宦跡堪酬弧矢志，人間還覿鳳凰毛。更知邦土仁賢化，琴瑟猶傳箕子操。

四酬嵩山秀士　　　　　　　　　　　　　　秋月

深源洙、泗障狂濤，餘事文章未足豪。攻玉元宜磋更切，爲山須自下成高。工夫推擴同燃火，義理研窮入析毛。翰墨場中求實踐，一絃琴縵爲君操。【有求道問寡之語，喜而賦此。】

奉呈成龍淵

萬里山河問舊盟，大都文士總豪英。衣冠寧恥西華美，辭命方稱東里名。詩誦《國風》知表海，身懷趙璧占連城。壯心遙越函關去，更向朝陽作《鳳鳴》。

和秦嵩山　　　　　　　　　　　　　　　龍淵

江關雲樹問詩盟，蕙帶荷衣粲粲英。宛在水中看古意，却從方外識高名。天寒舟楫迷銀渚，春返烟霞滿赤城。莫道山河分楚、越，儈筵鐘律喜同鳴。

奉呈元玄川

海天縹渺木蘭舟，遙問三山與十洲。筆禮閑談君莫厭，秦人元自慕仙游。

酬秦嵩山　　　　　　　　　　　　　　　　　　玄川

五百人同滄海舟, 長烟低盡見瀛洲。坐間更有秦人在, 自信吾行徐子游。

筆語

嵩山: 退石公貴恙如何? 想舟居鬱陶之所致也, 諸公宜助調攝。欲呈鄙詩, 未得繕寫, 歸舍速贈。煩公致達乎?

秋月: 緩送何妨? 直致舟中, 恐好。

秋月: 僕和章不以詩而以勉者。喜君有志於篤行, 微發其言。君能領此區區之意乎?

嵩山: 欲謝未謝, 似失禮者。詩以勸誡, 敬服敬服。每奉敎言, 深思義方之不可以忽矣。

秋月: 尊公今在萩府否?

嵩山: 家翁在本州北鄙須佐。僕願爲翁請三先生一言, 故略記其狀, 併祈照覽。

翁宰於須佐邑, 殆二十年, 割鷄細事。雖不足稱諸大方, 又頗好程、朱學, 敬愛自勉, 七十年如一日。今冬將告老, 期以僕歸日, 不圖貴舟阻風于岐于藍, 及此歲杪, 顧老心迫切, 佇立以竢。伏冀諸公贈賜一言, 翁當感戴德意, 拜誦不置, 爲餘年娛, 僕孝養何? 唯甘旨之於其口哉? 翁素尙樸實, 則奚其飾言仰高哉? 諒之。

<u>秋月</u>: 欲求詩乎? 抑求他語乎?

<u>嵩山</u>: 翁不好作詩, 常讀聖門名敎語, 願賜一要言, 非敢擇之, 從問訴實已。

<u>秋月</u>: 翁喜<u>洛</u>、<u>建</u>之學, 子有詩書之聞, '衛武箴儆', 奉獻大庭; '石家孝謹', 申勉<u>嵩山</u>。【秋月爲秦氏父子小題。】

<u>日東</u>自古, 多翰墨士, 而獨<u>程</u>、<u>朱</u>之學未有聞。<u>赤關</u>詩所見<u>秦秀才</u>, 貌溫而氣恭, 一似有所存者, 旣而求入道之方, 喜而贈詩, 略示勉進之意。今聞其尊大人, 秉燭讀書, 悅<u>洛</u>、<u>閩</u>之言, 源濬流長, 信乎! 秀才之有所本, 不必求言於寡聞如我者。過庭、晨昏, 當有不出家之敎, 深喜之, 又以奉勖。

<u>嵩山</u>: 過獘慚汗。携歸以供翁之夜燈, 謹領衮褒之賜。感謝。

<u>玄川</u>: 僕每對端人、莊士、博學勤業之人, 輒想見其父兄之愛而能敎, 今見<u>嵩山</u>, 正賢子弟也。況聞尊堂養德有素! 宜是父之有是子也。

<u>嵩山</u>: 誘言甚過。敢領德意示翁, 應遙拜高誼。

<u>玄川</u>: 寸草將何以報三春暉? 聞此語, 知賢亦任大責重, 唯勸學精工, 可以副高堂之念矣。僕早孤人也, 書此不覺淚下。"難將寸草心, 報得三春暉", 此<u>張籍</u>詩也。

<u>嵩山</u>: 斯人也而何其不天也? 是乎非乎, 其謂之何? 誨言倂以賁丘

園, 應映照千秋, 豈唯三春哉?

<u>玄川</u>: 孝義言也, 百行之源, 至老勉之。

<u>嵩山</u>: 敢不奉敎? 公其安之。

<u>龍淵</u>: 人樂有賢父兄, 爲足下艷歎。

<u>嵩山</u>: 慚愧。只當領意。請餘白記貴號。

<u>龍淵</u>: '敎誨爾子, 式穀似之', 尊公有之; '夙興夜寐, 無忝爾所生', 足
下勉之。【<u>龍淵</u>題贈<u>嵩山</u>。】

<u>嵩山</u>: 可謂要言不煩。不學《詩》, 無以言者乎? 謹謝。

書牘以下, 解纜後贈之, 報章自竈關來。
奉呈<u>南</u>、<u>成</u>、<u>元</u>諸公書
　僕也家臣之分七十子之所恥也, 加之淺見寡聞, 何幸而得交於儼然
<u>王國</u>大儒宗哉! 是雖二邦文運流通之餘乎, 要之各位寬度泛愛之所致
也。謹此感謝。唯其席上應接, 掌大薄蹠, 以試機發於片言、隻辭末耳,
寧足以窺室家之好哉? 私心雖旣慊然於其如此乎, 裋褐鄙人, 未嘗接黼
繡之華, 縱各位爲少假借, 時或振懾詞義不接胸中。古云, "今日不爲,
明日忘寶", 僕果然遺憾不已, 長短數篇, 漫貢貴舟。往年戊辰, 使鷁不
日而張, 我人有飛書賈餘勇者, 艤裝鞅掌際, 各自賜報, 幸留高意。奉
呈<u>金公</u>, 巴調附上, 雖未奉譽欵, 觀賜諸弊師友, 高和中雄渾薀藉, 想其

人猶其詩也，深此心醉。貴恙如何？不堪勞念，請致此意。兩關之交，爲普賢灘。利涉最難，風波是愼。生別之嘆，書何盡言？頓首。

奉謝秦嵩山足下

日者之遇，匪夷所思。春秋僑札之交，何幸於吾身親見之？但下舟時，不克更展瞻悵，去而益深。上關之次，承手書，意寄鄭重。非足下相與之篤，何以及此？感荷不容言。惠及二詩皆平雅有味，以驗志之所存，而長篇尤覺陡健，非坐間酬唱之比。儘知對客揮毫，終非詩家之所取，足下知此道者，信可與言詩也。此行再昨到此。今日前向，而王命在躬，敢以風波爲畏哉？承此遠念，只增感愧。退石和章及僕輩所奉酬者，竝托朝岡氏奉傳，不知何日入照。千萬留俟歸時，奉攄不悉。甲申元月五日，朝鮮三客頓謝。

奉贈製述官秋月【疊前日韻】

嗟君學海湧波濤，異域馳名一代豪。擁節蒼龍雲際動，踰關紫氣日邊高。已看摛藻比三謝，可識言詩起兩毛。隨意傍人時顧我，素絃唯向賞音操。

舟宿竈浦，和秦郎疊寄韻　　　　　　　　　　　　　秋月

澹沱春陰妥帖濤，重關一踔意全豪。周防旗影迎颷逈，文字城容肯櫓高。出日輝輝浮鷁首，排風拍拍笑鵬毛。少游詩句終難得，對客吟成立筆操。

奉贈成龍淵【疊前日韻】

詩賦開筵稱主盟，翩翩彩筆轉蚩英。乘時早應徵賢詔，奉使堪成題

柱名。豪氣長風侵渤海, 歸心落月對江城。雄才此地乏良偶, 嗟爾腰間孤劍鳴。

竈關舟所, 和秦嵩山遙贈韻　　　　　　　　　　　　龍淵

文章聊踐晉、吳盟, 秋菊春蘭近發英。鵬翼初占寰外勢, 豹文新識斗南名。梅花別夢迷烟渚, 竹葉歸心滯水城。唱斷蒹葭人不見, 二更篷屋迅潮鳴。

奉贈元玄川

雄飛千里外, 逸氣不當群。海路迎初日, 鄉心送暮雲。見龍從我兆, 覯鳳賞君文。何必須投筆, 異方立盛勳。

次韻嵩山短律　　　　　　　　　　　　　　　　玄川

子有芝蘭操, 人非枳棘群。籌燈侵夜雨, 緗帙對秋雲。五典存耕具, 三餘同續文。今看勤酒得, 許爾見華勳。

奉贈金退石

玉節遙臨日本州, 王家上客素名流。執經朝侍寶文閣, 裁賦夕登威鳳樓。爲許盛時當重選, 且浮大海作豪游。懷中忽發明珠色, 夜月雙懸赤水頭。

次秦嵩山見寄韻　　　　　　　　　　　　　　　退石

病裏經過赤馬州, 騷壇恨不接風流。將詩寄意萊西客, 伏枕懷人柁上樓。極目雲濤愁渺漠, 滿園松菊羨優游。歸期別在清明節, 後約相留月浦頭。

歌行一篇, 奉呈秋月、龍淵、玄川

富嶽、金剛溟渤外, 兩雄竝立表韓、桑。有人嘗上金剛嶺, 更向海東褰衣裳。仙槎銀漢貫星斗, 文旗白日耀龍章。長年三老占張、翼,【司天家以張、翼爲日本分野。】神山一望海茫茫。忽見琅玕與玉樹, 光彩燦然赤水傍。中流擊楫轉容與, 興來心地更飛揚。自道此行適我願, 壯士何傷在異鄕。孔聖周流惡匏繫, 東西南北又何常。漢家太史壯游後, 千秋竹帛有輝光。顧吾且道汝自寬, 相對詞毫暫馨歡。始若李門不可接, 須臾交誼若金蘭。琴瑟已和降玄鶴,【高麗有玄鶴琴。】吹笙復是儀鳳鸞。投吾萬顆傾龍室, 安得報之雙玉盤。隆冬密雪霏霏下, 身坐春風不識寒。嗟是寒鄕一孤生, 通名大方恥顧名。熊虎之皮犬羊質,【僕名兼虎, 字曰士熊。】讀書學文總不成。何意良緣天不慳, 得遇佳人移吾情。良緣難遇又難久, 忽然命駕向東京。行行可見富嶽勝, 元氣鬱勃徹大淸。上封太始以來雪, 雪中仙□駕蒼精。可識來游徐子意, 此山眞是芙蓉城。袺瑤華兮襭瓊艸, 詞章文錦此經營。霞思天想廻意匠, 鳳矯龍變極縱橫。展之六合指端度, 擲之宮商地上鳴。從是東方聲價踴, 何事遠游得此行。北鯤、南鵬人那比, 太章、豎亥孰應爭。因識朝暉鮮潤國, 近與扶桑仰大明。

次嵩山《長歌篇》　　　　　　　　　　　　　秋月

人生百年苦不長, 及身强健酬蓬、桑。赤虯、白螭駕驂服, 丹霞、碧蕙裁岐裳。一笑出門不計程, 朱鳥翼翼承旃章。曾傳徐郞入虛無, 更道師襄歸渺茫。大陸旣窮余馬蹐, 大乙仙舟來我傍。是時天冬風力勁, 雲騕一擧悠以揚。落落星照鮫人窟, 蒼蒼月出馮夷鄕。王靈燭海海爲靜, 鯨呑鼉作歸尋常。落筆時時風雨至, 老蚌泣珠遁寒光。始知爲物海惟寬, 幷觀區區差可懂。鍾碧山前落帆蒲, 岐陽浦口停撓蘭。

朝發藍田暮赤城，高翔不羨驂紫鸞。明日絏維指桃都，今晚濯髮期洈盤。十洲、三山不可問，唯有富士霜雪寒。鄒衍以後多誕生，員嶠、方壺遂强名。秦、漢癡君夢徒牽，安羨眞人丹未成。山下曰有秦餘人，愀然迎我披襟情。問我仙區有金剛，誇我此山爲玉京。我道金剛果何似，一萬二千橫紫淸。可但三韓專淑氣，却令五嶽移眞精。一碧玻瓈萬瀑洞，億朵芙蓉衆香城。羽衣金節儵而來，餐霞吸髓登魄營。摩霄一鶴臺頂盤，吹商九龍泓底橫。谷中産莖未知名，崖腹胎禽不常鳴。雞林王子去不返，永、述丹書南石行。海內三十六名山，誰與金剛靈秀爭。富士、富士徒崔嵬，子誠齊人眼未明。

酬秦嵩山歌行　　　　　　　　　　　　　　　龍淵

螭駕窮析津，龍劍挂扶桑。北斗南箕光彩眩，天孫織罷雲錦裳。廓焉回地軸，煥乎分天章。表獨立兮河漢渚，俯視東海闊混茫。蓬島眞人競相揖，羨門安期集余傍。宛在水中彼何人，白而長身婉淸揚。后皇嘉樹橘來服，爾何置身茅葦鄉。採採瑤華不盈掬，天地四方遊無常。英華照爛蕙荷衣，何以贈之明月光。北方之人胸憶寬，一日相看交已歡。翡翠、明珠非思存，願與同心幽谷蘭。大澤藏龍蛇，高梧峙鵁鸞。雲衢快放轡，仙果饒登盤。是時三陽發，窮海闊陰寒。朗詠長懷北郭生，至人千古貴無名。文章有神寸心知，滿堂美人誰目成。雲車霓盖互明滅，佇立天際勞我情。攙搶、熒惑戢芒角，七星、三辰羅玉京。麻姑去後海塵細，魯連蹈處天風淸。高馳穆穆神哉沛，飢渴惟求玉露精。陽阿曙色萬里開，與子期兮赤馬城。裘褐氷淸節使幕，矛英雪凋龍驤營。冷冷風馭擧，渺渺月槎橫。將展千里步，先徹九皇鳴。北門雨雪孰華子，惠而好我携手行。延陵之劍子産紵，此道時人無所爭。相思相憶上關夜，隔水文采繾眼明。

次嵩山長歌韻　　　　　　　　　　　　　　　　　玄川

君生東海陽, 有志窮榆桑。緬懷周王車, 時夢虞帝裳。仁耒義耜夙
勤苦, 含英嚼華摛文章。有時矯首望遠海, 上下四方都茫茫。讀書儼
若親薰炙, 洋洋聖賢如在傍。往往犁然而有契, 自信自奇神揚揚。所
恨不能展北學, 屈首埋頭蛟蜃鄕。 南國之人不汝知, 飛鴻送目祇尋
常。鬱鬱衝斗萬丈氣, 豐城古苔垂寒光。喜聞華人禮數寬, 自贅詩文
容敷懽。 片言卽契襟期虛。詞贈《招隱》歌《幽蘭》。珊瑚彩騰暎明日,
碧梧枝亞跱孤鸞。恍如天空雲自流, 明珠不停瀉玉盤。欣然吐出胸中
奇, 洞徹玉壺凉露寒。自謂斯遊冠平生, 旣別有詩翻注名。須君勿疑
歸而求, 有志何憂名不成。脩身齊家日用事, 詩書六藝原人情。升高
自卑遠自邇, 脚蹈實地誰與京。世人爲學皆忽近, 低入九地高大淸。
架虛鑿空殉外騖, 恍惚百年徒疲精。喚來主翁位靈臺, 勿字爲旗豎禮
城。豈如記誦詞章輩, 浸淫異端紛營營。見君着脚時未因, 徑事詩書
頗奔橫。詩文小藝尙有源, 驟求難以專門鳴。於道有見言乃工, 鐘律
態色推是行。 況復無德而有才, 別生矛戟來紛爭。 我作此歌歌大道,
道在人間如日明。

與南、成、元三公書　　　　　　　　　　　　　　草大麓

嚮解纜夕, 諸公高和長篇、六硯、四筆落掌, 爾後竈關華牘、瓊章,
自朝岡氏達。乃盥嗽開緘, 字字懇篤。深辱盛意, 爾來一別三春, 不脩
片辭, 怠慢之罪, 不知所謝。伏惟使事已竣, 鴒首言旋, 敢賀敢賀。不
佞安世, 幸往日得數承警咳, 心交晤語, 古人所謂傾蓋如故, 豈不信
哉? 雖然乎, 非君子汎愛之厚, 則亦何得如此也? 頃聞大旆西回, 當奔
走執謁, 而別有公事, 拘于卑職, 不能再望紫氣於關門, 遺憾不尠。何
天之慳良緣, 亦如此乎? 韓、桑異域, 天塹遙限, 何時復得相會于一堂

上, 談笑尋舊盟? 人世離合, 萍水不啻, 未如之何也已! 因述鄙懷一章, 奉呈各位。鶴臺奉藩命, 復迎謁於上關, 得罄再會之歡, 緣分不淺, 實所欽羨也。南溟、子儀、嵩山亦咸因羈紲, 不得逢迎, 相共搔首踟躕已矣。貴梓日近, 公等錦衣之喜, 可知也。千金之身自愛。書不盡言, 投筆悵然。頓首再拜。

別副

往日六硯, 留在賓館。雖薄物乎, 文房一友, 若得攜去, 則何幸如之? 海函之量, 莫罪輕劣。

曾辱賜評點贈行五章, 今茲改寫呈左右。

呈秋月

仙槎遙憶白雲端, 了識人間相見難。瞻望幾回今日嘆, 笑談無奈昔時歡。

呈龍淵

握手交歡已隔年, 旌旗再過赤關邊。歸時處處春應好, 不識囊中詩幾篇。

呈玄川

春暮天涯思萬重, 鳥啼花謝寂孤峰。愁心一夜寄明月, 高照關門淡墨松。【赤馬關有淡墨松。】

呈退石

嚮公在關門日, 二豎作祟, 爾後審平復之狀, 攸慰攸慰。伏惟奉使

竣事, 龍節西回, 僕所拘卑官, 不得執謁。嗚乎, 天不假良緣, 素願不
竟, 其謂之何? 聊賦一章, 奉呈左右。歸路尙遙, 萬萬自重。

抱疴曾過碧江干, 歸去關門春已闌。無限紅霞靑嶂色, 再遊勝似雪
中看。

奉復草大麓案下

舟到赤馬, 謂當復續前遊。鶴臺袖致瓊函, 詞理坌朗, 捧詠如對。但
永世一別, 竟失握話, 甚覺忡黯。宜仰和高韻, 而私義有不安者, 不得
復事翰墨。鶴臺具知鄙衷, 幸聞而恕之。僕輩經年復路, 三海在前, 君
親一念食息靡弛。硯石旣有前言, 玆以勉留, 些些紙幅, 仰塵淸案。爲
奉諸賢, 暫下舊館, 略謝不盡。惟望懋學自愛, 以副相待之意而已。伏
惟神會。甲申五月二十一日。

書惠五絶句, 亦領受之了。
壯紙十四帳, 花箋十二幅, 花簡二十幅汗呈。

南時韞

成士執

元子才

金士安 等頓首

與製述官、三書記書　　　　　　　　　　　　　　　山南溟

長門國學生徒, 不佞泰德, 敢恭告朝鮮國製述官南公及書記成、
元、金三公梧右。伏惟奉使竣事, 大旆西歸, 往還萬里, 起居綏福, 乃
是天眷之所以厚于二國也。客冬僕迎龍節於赤關也, 一則以喜, 一則

以懼。其初妄意，希觀大國之盛儀，且接君子之丰采，以得一顧，幸被
<u>伯樂</u>鞭，則雖如僕駑駘不能千里，而僅進一步而足矣，是所以豫雀躍
也。及皇華來也，舍館已定，饔餼稍備，有司促接對之命，竊謂小人無
狀，不閑於禮，恐不能侍君子，自愧自悔，戰競股栗，不知所厝。始聞
<u>葉公</u>好龍之說，不能內自信焉，以爲是乃妄誕及于此，始知其說之不
欺我也。强從諸儒未至，執謁于賓館，豈意君子汎愛之深？互會文壇，
共歃牛耳，代舌以筆，投瓜獲琚，心聲相通，須臾交誼如舊知，而後吾
心降矣，初之懼一歸于喜也。嗚呼，君子以易化之德，不棄固陋，何其
寬容也？斯會不啻一頃刻之間，累日連榻，醉于德、飽於敎，然而席上
唱酬，不能悉舒心中之曲折。解纜之後，又敍燕詞，別呈各位，不經
旬[256]，而報章數篇，至自河漏渡。東向遙拜，盥漱讀之，則皆泱泱乎，
表海之音哉，加之縷縷情義之厚命，以回棹之日再會，不知僕有何幸，
蒙君子容衆之餘若斯也。欣抃罔極。頃者聞軒輈言旋，於我心則有憮
憮焉。家翁老且病，僕以攝介不遑之故，不能重奉執謁。負約之罪，不
知所謝。諸公當謂小人之不信也，猶如賈人逐利，得則止者，豈可不
心愧焉乎？飛鳥千里，籠緤不弛，曷能隨黃鶴之翼，再飲瑤池之水？渴
望弗勝，草間虫鳴不可已也，蠅鼃一章奉上左右。 所賴君子之多恕，
幸莫擯焉。筆不稱意，書不盡言，餘賴<u>鶴翁</u>之致意已。伏請亮察。千
里海路，冀愼風波泰德。頓首再拜。

<u>贈別南秋月</u>

祥風護送木蘭輕，奉使功成向<u>漢京</u>。天上難隨鴻鵠翼，人間誰聽鳳
鸞聲。千秋雲雨一朝會，萬里山河兩地情。遙望<u>豊城</u>懸紫氣，空敎孤

---

256 원문에는 '句'로 되어 있으나 '旬'으로 바로잡는다.

劒匣中鳴。

贈別成龍淵

縹緲浮槎海一方，隔來恨不上河梁。曲中楊柳怨何盡，袖裡蕙蘭情敢忘。偏喜善隣如魯、衛，寧妨別域限韓、桑。金剛之玉富峯雪，相映長留竹帛光。

贈別元玄川

銀漢支機携得歸，使臣旌節有光輝。山河跋跋勞何極，舍館逢迎期已違。客路煙花詩思動，故園雲霧夢魂飛。各天一別滄溟外，無奈雁魚音信稀。

贈別金退石

歸舟暫繫竈關圻，仙樂陪筵誰得聞。萬里壯遊從漢節，大邦盛禮屬周文。九州東接扶桑日，八道西連渤海雲。行矣如君能反命，凌烟閣上勤功勳。

復山南溟　　　　　　　　秋月、瀧淵、玄川、退石

舟到下關，謂當復奉淸儀，政以慰幸，豈意良緣未續，遂成永世之違耶？恨結不可言，卽逢瀧君 鶴臺，承惠札及華作，亦足以當一握，稍慰區區。 況其屬意之鄭重， 遺辭之典雅！ 尤非異域新知之所可遽得者，僕輩之蒙賜，不已多耶？ 荷謝無已。宜卽奉和兼敍別懷，而顧所遭非常，拙守難破，不得不孤負此義。鶴臺所悉知也，想當詳聞，姑不煩陳之。海雲寥廓，懷仰盒深。只望勉修業學，夙夜無忝，副此遠外之期。不宣。

贈製述官南秋月書　　　　　　　　　　　　　　秦嵩山

聞頃大旆歸來竈闕, 山海長程, 舟車不驚, 王事此竣, 至祝。伏惟大韓雖舊邦, 文化維新, 多士濟濟, 大有國光。況復有天資英邁若公者, 而獨步一世, 雄視海內! 今也優擢重任, 名望益劭。僕小人輩, 豈所輒得下拜哉? 而日枉賜靑眄, 誘言循循, 無所不至, 不圖君子愛人, 至於斯也。且舟次貴酬, 不唯情義懇倒, 其崇奬過當, 使人赧顏如火。獨至金剛、芙蓉幷稱者, 徒說吾東海之勝, 將慰諸公北山之嘆耳。奚其效尤於鄒、徐無崖之說, 以神仙方壺自處哉? 雖然, 山下山上, 金銀珍怪, 自然豐腴, 不獨天一柱、海三山之勝, 則或比彼一萬二千之麗秀, 亦豈滇王自喩之類也乎? 要之, 鄙人不嫺于辭, 似有少觸魏盈者, 惜乎, 駟不及舌, 內自訟已。因謂吾邦聖經始敷也, 雖自王仁氏, 爾後千載, 源遠流分, 家說戶論, 寔繁有徒, 如或南北相矜持, 有褚、孫議, 誰爲支公於其間哉? 唯說公德業之貴, 僕輩仰望之甚。幸有得一咳唾, 喜以當拱璧。如何其自綴餻鬻櫝之計之爲? 是雖甚過慮, 亦以明非敢衒芙蓉之勝, 以爲誇詡之具也。所願高明照鑒, 不敢蔕芥, 僕心亦寫。今弊師迎歸槎也, 將躍起從之, 而家翁老且病, 朝夕尚恐不及, 況四百里之遠乎? 所期不遂, 快恨可知。請憐察蕪詩一篇, 以代面別。瞻望不及, 佇立長嘆耳。不宣。

贈書記成龍淵書

赤水之遇, 夢中仙游哉。別後尋思其事, 復唯彷彿乎誰因誰極。然亦詩篇若干, 宛然在手, 惡如彼金銀七寶, 瓊醬玉食, 徒遇目無兆者哉? 加之上闕瑤酬, 燦爛其文, 鏗鏗其音, 眼過神至, 恍惚始定, 覺再入佳境, 何其愉快也? 感嘆恩意。將待歸時謝, 而不得如告南公者。一封域猶四百里, 獨神往形不接, 均是夢也已。靜言思之, 諸公魏然, 靑

雲之士, 職位貴、樓居高, 僕也小人, 一被容接, 意旣足矣。何數數進見, 重辱大方哉? 唯公日者, 所謂仙緣者永絶,【仙緣公詩中語。】遺憾何已? 古人樂新知、悲生別, 況新知而生別, 其謂之何? 鄙律一篇, 發歎餘已已, 而置終身之歎已。謹玆奉呈。佗在敝師筆舌。不宣。

贈書記元玄川書

始未執謁也, 竊謂詩篇唱酬, 雖其交也君子, 走筆短詠, 寧足窺其府奧, 或日下雲間, 應對競捷, 何爲於見大人, 願請敎言於大方, 以爲紺珠助, 唯恐難得。而幸陪下風, 一叩之, 則耳提面命, 大過素望, 何喜如之? 恭惟公學極伊、洛之源, 抙隲羣哲, 橐鑰後進, 使崔子, 千載之名稱, 籍籍于今日。【崔沖 高麗 穆宗時學士。當時學者有十二徒, 沖徒爲最盛。貴國學校之興, 蓋由沖始, 時謂海東孔子。】妄庸如僕, 何得知端倪於一再覯際哉? 但所敎博之以六經, 約之以孝弟, 嗚呼, 何至也? 蓋治國九經, 自修身始, 載籍極博, 老信六經。古之學爲然, 而博而無要, 華而不典, 其於聖門, 均是由之瑟而已。然亦謂'君子質而已矣', 貴內賤外。要擴充之功於運寸之微, 與浮屠直指之見, 何撰? 吾邦數十年前, 物徂徠者出, 大倡古學, 而有若縢東野, 有若縣周南, 其他高足繼踵, 而起樹赤幟于一方, 號令天下, 終使斯文, 如日再中矣。日觀公與敝師言, 極天下文章, '富哉, 言乎!', 僕雖口未發, 心竊信之。而其於僕也, 唯其近者, 蓋敎亦多術矣。僕實妄庸, 亡言足當者, 略陳其所以領敎, 而願再聞高旨。所賴君子, 誨人不倦。不得拜送榮歸。事訴南公。一別秦、胡, 詩豈盡情哉? 不宣。

別申。往日貴舟東也, 僕等亦歸。歸則以諸公所題贈, 授家翁。翁拜受捧讀, 欣喜踊躍, 且云, "嗟, 汝小子駑駘, 不自揣, 應接大賓。自汝往矣, 夙夜不堪上愼之念, 而長者善遇人也, 謬以汝爲可敎, 又不以

余老耄, 而辱受此賜, 恩德莫大焉。" 卽裝潢挂諸坐右, 朝觀夕誦, 如親奉教諭, 且其意深切, 不唯陳《橄》、枚《發》, 則疾亦當尋愈, 不復大幸哉。敬兹奉展謝辭於南、成、元諸公。

贈書記金退石書

未見顏色而言, 謂之瞽。旣侍者猶爾, 況公之與僕, 遠乎異域, 近乎水陸! 隔絶不唯不見顏色, 後塵且不得望之, 其如之何? 雖然, 子期豈見伯牙而後, 賞其洋洋峨峨者哉? 且聞其琴音, 奚如聞其心聲之近自然也? 赤關館中, 或云: "公博學多才, 尤深于詩, 藻思如湧, 百篇立成, 或擊鉢爲率, 竟陵王之課, 無敢難焉。" 藉此思之, 往日貴舟, 泊廣陵西, 公疾猶未起, 而瑤和數什, 不日賜之。拜誦之, 則金玉綺綵, 各極其造。呻吟之餘, 猶如此, 況貴體佳時乎! 若夫徒爲重上林之蕩思, 而輕兎園之捷急, 則青蓮不用意何足稱矣? 然亦恨此行倉卒, 未見其織錦者已。面會心通, 世交爲然, 前約若果, 則自心而面, 豈不愉快哉? 【日者高和中, 有後約相留赤馬頭'句。】以家翁老病之故, 素望忽違, 不堪遺憾。鄙律一章, 奉展心緒萬分之一, 明珠千斛, 取之不竭, 請莫惜酬一片。不宣。

贈南秋月

大國儒宗大國榮, 詞壇一世領干城。隣交方識辭令重, 遙役原非恩命輕。雨雪來時爲客恨, 鶯花歸路惜春情。莫言別後參、商隔, 四海斯文共弟兄。

贈成龍淵

人間一別會期稀, 無奈前言今已違。鴻信海山悲縹渺, 客星南北隔

光輝。曾從旗鼓關西對，遂使聲名日下飛。不獨風姿潘岳美，詩篇到處滿車歸。【公風儀開暢，故及之。】

贈元玄川

杜宇聲悲春後山，仄聞千里使槎還。別離遙惜各天淚，夢寐空留他日顏。詩卷傳名高海國，錦衣得意向鄉關。知君反命盛朝會，禮待定應居上班。

贈金退石

箕域使臣都是雄，高名今古屬金公。【新羅時，金巖聘日本，又就師于唐，學陰陽家術，及還爲司天博士。】舟船坐辨星辰象，詩賦往觀邦土風。形外締交情不淺，天涯爲別恨何窮。鳳鸞本豈世中賞？只聽韶音響碧空。

復秦嵩山書　　　　　　　　　　　　　　小華四客

水陸往還，意常耿耿於赤馬。歸帆茲稅，館中來見者，獨鶴臺一人。雖諸賢筆札，落在手中，對書流悵，爲之黯然者久之。但審得侍彩增喜，是庸仰慰僕等。西海已入望，從此返棹有期。而不幸遭往牒所無之變，將使天下後世議之，使相俟罪，一行惶惑，不敢以平人自居，雖奉瓊緘，未敢攀和。從此一天南北，遂無聲聞可接，惟冀以德自愛。蕪語荒卒，將有登諸粧繡之示，媿刺不自勝。餘辭略在鶴臺筆談中，不宣。仰希崇照。

《問槎》前篇先出

明和三丙戌年秋八月

長門　明倫館藏版

삼세창화

三世唱和

삼세창화(三世唱和)

1. 개요

『삼세창화(三世唱和)』는 1763년 정사 조엄(趙曮)·부사 이인배(李仁培)·종사관 김상익(金相翊) 등 통신사 일행이 덕천가치(德川家治, 도쿠가와 이에하루)의 습직(襲職)을 축하하기 위해 강호(江戶, 에도)로 향할 때, 그 이듬해 미장(尾張, 오와리)에서 송평군산(松平君山, 마쓰다이라 군잔)이 그의 아들 곽산(霍山, 가쿠잔)·손자 남산(南山, 난잔) 등을 데리고 조선 문사를 찾아가 접대하면서 필담과 시문을 주고받았는데, 그 시문과 필담을 모아 동년 6월에 경도(京都, 교토)에서 간행한 필담창화집이다.

2. 편자 사항

『삼세창화』의 편자는 송평군산(松平君山, 1697-1783)이다. 송평군산은 강호시대 중기 미장주(尾張州, 尾張國)의 유학자로 서실감(書室監)을 지냈다. 씨(氏)는 송평(松平)이고, 이름은 수운(秀雲)이며, 자는 사룡(士龍), 호는 군산(君山)·용음자(龍吟子)·부춘산인(富春山人)·이은정(吏隱

亭)·군방동(群芳洞)·합잠와주인(盍簪窩主人) 등이다. 아명은 미지조(弥
之助)·태랑조(太郎助)이고, 통칭은 태랑좌위문(太郎左衛門)이며, 원군산
(源君山)·원운(源雲, 겐운)으로 불리기도 하였다.

17세 때 한시를 짓는 등 젊어서부터 시재가 있었고, 또한 유학에도
관심이 많았다. 1748년 52세 때 미장주 명고옥(名古屋)의 성고원(性高
院, 쇼코인)에 머물고 있던 통신사 일행을 아들 곽산과 함께 찾아가 교
유하였으며, 이때 창화한 시가 『한인창화시(韓人唱和詩)』에 수록되어
있다. 1764년 68세 때도 미장 번주의 명을 받들어 통신사를 접대하면
서 2월 3일[往路]과 3월 29일[歸路] 성고원에서 아들 곽산과 손자 남산
을 데리고 조선의 제술관 남옥(南玉), 서기 성대중(成大中)·원중거(元重
擧)·김인겸(金仁謙) 및 반인(伴人) 홍선보(洪善輔) 등과 만나 시를 창화
하였고, 이때의 창화시가 『삼세창화』와 『갑신한인창화(甲申韓人唱和)』
에 수록되어 있다. 제술관 남옥은 군산의 사람됨이 매우 고아하고 진
실하며 시와 글씨 또한 볼만하다고 했다.

조선 후기 문신 윤광심(尹光心)이 편한 『병세집(幷世集)』에 개환(芥
煥)·합리(合離)·서원창(西原彰)·향천경기(香川景記)·덕력양필(德力良
弼)·성야동정(星野東亭)·강전의생(岡田宜生)의 시와 함께 원운(源雲, 군
산)의 시가 1수 수록되어 있다. 군산은 장서가(藏書家)로도 유명하여 서
고에 3천 7백여 책을 수장하고 있었다. 저서로는 『연중행사고실고(年中
行事故實考)』·『기부지략(岐阜志略)』·『장주부지(張州府志)』·『농양지략
(濃陽志略)』·『폐추집(幣帚集)』·『마장어문고어장서목록(馬場御文庫御藏
書目錄)』·『순하일과(巡河日課)』·『길소행기(吉蘇行記)』·『미양산물지(尾
陽産物志)』·『악부심원(樂府尋源)』·『박람록요(博覽錄要)』 등이 있다.

군산의 아들 곽산과 손자 남산에 대해 간단히 살펴보면 다음과 같다.

　송평곽산(松平霍山, 마쓰다이라 가쿠잔, 1719-1786)은 강호시대 중기의 유학자로 원곽산(源霍山)이라고도 하였다. 성은 원(源), 이름은 무(武)·충무(忠武), 자는 순신(純臣), 호는 곽산(霍山)이며, 통칭은 삼좌위문(三左衛門)이다. 미장 명고옥의 유학자 송평군산의 장남으로 1764년 46세 때 부친과 함께 조선 사신을 접대하였다. 저서로 『곽산시집(霍山詩集)』이 있다.

　송평남산(松平南山, 마쓰다이라 난잔, 1745-?) 역시 강호시대 중기의 유자(儒者)로 원남산(源南山)이라고도 하였다. 성은 원(源), 이름은 언(彦), 자는 백방(伯邦), 호는 남산(南山)이다. 군산의 손자이고, 곽산의 아들이다. 1764년 성고원에서 20세의 나이로 조부 및 부친과 함께 조선 문사들에게 시를 주고 화답시를 받았다.

3. 구성 및 내용

　『삼세창화』는 서문과 소인(小引) 그리고 본문으로 구성되어 있다. 서문은 1764년 초여름 낭화(浪華, 나니와, 오사카)에서 추월 남옥이 지었고, 소인은 군산 자신이 쓴 일종의 짧은 형식의 서문이다. 본문은 크게 왕로(往路)와 귀로(歸路)로 구성되어 있는데, 중간에 부록이 있고, 후반부에는 이별하면서 준 증별시가 수록되어 있다.

　본문 내용을 살펴보면, 먼저 1764년 음력 2월 3일 강호(江戶, 에도, 지금의 동경)로 향하던 도중에 성고원에서 군산이 조선의 제술관 남옥, 서기 성대중·원중거 등을 방문하여 주고받은 시와 간단한 필담이 수록되어 있고, 이어 군산의 아들 곽산이 조선 문사들과 주고받은 시와

필담이 수록되어 있으며, 다음으로 군산의 손자 남산이 조선 문사와 주고받은 시가 수록되어 있다. 본문 중간에 군산의「남추월께 드리는 글[與南秋月書]」과 남옥·성대중·원중거가 함께 답한「원군산께 답하는 글[奉復源君山書]」이 부록으로 수록되어 있다. 다음으로 동년 3월 29일 조선으로 돌아가는 길에 다시 성고원에서 군산·곽산·남산 등이 조선의 제술관과 삼서기 및 반인 홍선보 등과 주고받은 필담과 시가 순차적으로 수록되어 있다.

창화시와 서신의 내용을 보면, 사행 노정의 험난함, 일본에 무사히 도착한 것에 대한 위로, 원유(遠遊)와 남아의 포부, 일본 명승지 소개와 그에 대한 자긍심, 시 모임자리에서의 흥취, 군산·곽산·남산 삼세(三世) 예찬, 양국 문사 간의 교유와 풍류, 양국 문사들의 필묵과 재주에 대한 찬사, 이별의 아쉬움 등을 담고 있다. 필담은 양국문사들 간의 통성명을 하는 부분과 명나라 말기의 영향을 받은 일본 문단의 폐단에 대한 지적 등 두 차례 나온다.

4. 서지적 특성 및 자료적 가치

『삼세창화』는 권수 구분이 없는 불분권(不分卷) 1책이며, 간본(刊本)이다. 권미(卷尾)에 간기(刊記)가 보이는데 그 간기에 의거하면, 『삼세창화』는 1764년 6월 길일(吉日)에 평안서림(平安書林)의 팔목치병위(八木治兵衛)와 미장서림(尾張書林)의 진전구병위(津田久兵衛)가 판각하였고, 군산의 문인(門人) 원정경(源正卿)과 강전신천(岡田新川)이 교감하였다. 남옥의 서문 뒤에는 '文學士章'과 '南玉之印'이라는 인기(印記)가

찍혀 있고, 이어 나오는 군산의 소인에는 '張藩書室監章'과 '秀雲之印'
이라는 인기가 나란히 찍혀 있다.

　『삼세창화』는 1764년 통신사행 때 미장 명고옥 문사인 군산이 그의
아들·손자와 함께 조선의 제술관 및 삼서기와 주고받은 시문 및 필담
을 수록한 필담창화집으로, 필담창화집 가운데 삼대(三代)의 창화시가
온전하게 수록된 유일한 예이다. 따라서 이 필담창화집을 통해 일본
에서의 한문학 교육의 세습과 세대별 한문학 수준을 가늠해 볼 수 있
는 좋은 자료라고 할 수 있다.

삼세창화 전

원씨의 『삼세창화』 시권에 쓰다
題源氏三世唱和卷

군산[1] 노인에게는 대나무와 오동나무에 깃든 난새가 있고, 파릇하게 싹이 난 난초가 있다.[2] 삼대가 이와 같은데도 군산의 근력은 오히려 쇠하지 않아 아들과 손자를 이끌고 사원 누각에서 객을 맞이하였다. 이것이 『삼세창화』가 이루어진 까닭이다. 한 집안의 삼 세대가 석

---

1 군산(君山) : 송평군산(松平君山, 마쓰다이라 군잔, 1697-1783). 강호시대 중기 미장번(尾張藩)의 유학자. 미장주 서실감(書室監). 원군산(源君山)·원운(源雲, 겐운)이라고도 한다. 아명은 미지조(弥之助)·태랑조(太郎助), 이름은 수운(秀雲), 자는 사룡(士龍), 호는 군산(君山), 통칭은 태랑좌위문(太郎左衛門). 그밖에도 용음자(龍吟子)·부춘산인(富春山人)·이은정(吏隱亭)·군방동(群芳洞)·합잠와주인(盍簪窩主人) 등 많은 호가 있다. 17세 때 한시를 짓는 재능을 보였다. 관연(寬延) 원년(1748) 52세 때 미장주(尾張州) 성고원(性高院)에 머물렀던 조선 사신을 아들 곽산(霍山)과 함께 방문, 교유했다. 이때 창화한 시가 『한인창화시(韓人唱和詩)』에 수록되어 있다. 명화(明和) 원년(1764) 68세 때에도 미장주 번주의 명을 받들어 조선 문사를 접대하였다.

2 대나무와 오동나무에 …… 난초가 있다[有竹梧之鸞, 有苗芽之蘭] : 훌륭한 자손을 비유적으로 표현한 말. 한유(韓愈)의 「전중소감마군묘명(殿中少監馬君墓銘)」에 "물러나와 태자 소부를 뵈니, 푸른 대나무와 벽오동나무에 난새와 고니가 머물러 있는 것 같아서, 그 가업을 잘 지킬 분으로 여겨졌다.[退見少傅, 翠竹碧梧, 鸞鵠停峙, 能守其業者也。]"라고 하였다.

상에서 함께 육 천리 밖의 사람들과 시문을 수답하였으니 이는 매우 기이한 일이다. 훗날 금화3가 이를 때 군산이 무탈하고 남산(南山)4에게 다시 아들과 손자가 있어 모두 그 집안의 대를 이으면서 〈녹명〉5 시 짓는 연회석에 함께 참여할 수 있게 된다면 이는 장차 '오세창화'가 될 수 있을 것이다. 내가 비록 먼 곳에 있지만 오히려 풍모를 우러러 보면서 경하드릴 수 있을 것이다.

갑신년(1764) 초여름에 낭화 강가에서 추월6 쓰다.

---

3 금화(金華) : 한(漢)나라 때의 신선 금화자(金華子) 황초평(黃初平)을 말한다. 황초평은 나이 15세 때 양(羊)을 먹이러 나갔다가 도사(道士)를 만나 금화산(金華山) 석실(石室)로 들어가 40년간 도를 닦고 신선이 되었다고 한다.

4 남산(南山) : 송평남산(松平南山, 마쓰다이라 난잔, 1745-?). 강호시대 중기의 유자(儒者). 원남산(源南山, 겐 난잔)·원언(源彦, 겐 히코)이라고도 한다. 성은 원(源), 이름은 언(彦), 자는 백방(伯邦), 호는 남산(南山) 통칭은 소태랑(小太郞)이며, 송평씨(松平氏)로 서실감(書室監) 군산(君山)의 손자이다. 1764년 조선 사신이 2월 3일과 3월 29일 미장주(尾張州) 명고옥(名古屋) 성고원(性高院)에 묵을 때 20세의 나이로 조부 원군산(源君山) 및 부친 원곽산(源霍山)과 함께 조선의 제술관 남옥(南玉), 서기 성대중(成大中)·원중거(元重擧)·김인겸(金仁謙) 등과 수창하였다.

5 녹명(鹿鳴) : 사신(使臣)의 노고를 위로한 내용의 시 〈사모(四牡)〉가『시경』「소아」'녹명지십(鹿鳴之什)'에 속해 있기 때문에 이른 말이다.

6 추월(秋月) : 남옥(南玉, 1722-1770). 조선 후기의 문신. 자는 시온(時韞), 호는 추월(秋月). 남옥은 1763년(영조 39) 통신사행 때 제술관으로 일본에 다녀왔고, 이듬해 수안군수(遂安郡守)에 임명되었다. 1770년(영조 46)에 최익남(崔益男)의 옥사 때 이봉환(李鳳煥)과 친하다고 하여 투옥되어 5일 만에 매를 맞아 죽었다. 김창흡(金昌翕)과 육유(陸游)의 시풍을 추종하고 서정성이 강한 시를 지었으며, 문장은 당송(唐宋) 고문(古文)의 경향을 띠었다.『일관시초(日觀詩草)』·『일관창수(日觀唱酬)』·『일관기(日觀記)』등의 방대한 저술을 남겼다.

『삼세창화』 서문[『三世唱和』小引]

갑신년 봄[甲申春]

조선국 사신이 우리 고을 성고원[7]에 묵었을 때, 내가 명을 받들어 빈관을 좀 도우면서 제술관 남추월 및 세 분 서기와 창화를 하였는데, 장남 무[8]와 손자 언[9]이 자리 오른쪽에서 함께 모셨다. 추월이 붓을 들고 쓰기를 "삼대가 한 자리에서 각각 아름다운 시편을 주시니 희대의 진귀한 일입니다."라고 하였다. 아아, 이 말은 불후의 영예로 여길 만하다. 마침내 시를 모아 책으로 만들어『삼세창화』라고 하고, 판각하는 사람에게 시켜 세상에 간행토록 하였다. 이 때문에 그 말을 서술하여 서문으로 삼는다.

군산 쓰다.

---

7 성고원(性高院, 쇼코인) : 미장주(尾張州)에 속하고, 현재의 애지현(愛知縣, 아이치겐) 명고옥시(名古屋市, 나고야시)에 있다. 대부분의 통신사행 때 조선 사신이 이곳에 묵었다.

8 무(武) : 원무(源武, 겐부). 자는 순신(純臣), 호는 곽산(霍山). 원군산(源君山)의 아들.

9 언(彦) : 원언(源彦, 겐히코). 자는 백방(伯邦), 호는 남산(南山) . 원군산(源君山)의 손자.

『삼세창화』

문인 원정경[10] · 강전의생[11] 공동 교정

갑신년(1764) 2월 3일, 조선국 사신이 우리 고을에 묵게 되자 제자
(諸子)들과 함께 모였다.

통자
通刺

사신이 동쪽으로 향한다는 말을 듣고 고개를 내민 채 기다린 지 삼
추(三秋)가 지난 것 같습니다. 지금 사신들이 무탈하게 저희 고을에 이

---

10 원정경(源正卿, 미나모토 세이케이, 1737-1802) : 강호시대 중기의 무인 · 유학자. 자
　는 자상(子相), 호는 창주(滄洲) · 녹운거주인(綠雲居主人). 기곡창주(磯谷滄洲, 이소가
　이 소슈)로 알려져 있다. 대대로 미장번(尾張藩)에서 무직(武職)에 종사하였다. 미장주
　의 송평군산(松平君山, 源君山, 源雲)을 사사하여 문장으로 이름이 났고, 남도(藍島)의
　구정로(龜井魯)와 병칭되었다. 강전신천(岡田新川)과 함께 스승 송평군산의『삼세창화』
　를 교정하였고, 저서로는『미장국지(尾張國志)』가 있다.

11 강전의생(岡田宜生) : 강전신천(岡田新川, 오카다 신센, 1737-1799). 강호시대 중-후
　기의 유학자. 성은 강전(岡田), 이름은 의생(宜生), 자는 정지(挺之), 호는 신천(新川),
　통칭은 선태랑(仙太郎), 별호는 창원(暢園) · 삼재(杉齋) · 감곡(甘谷)이다. 송평군산(松
　平君山, 마쓰다이라 군잔)에게 경술(經術)을 배웠고, 시문으로도 유명하다. 1764년 통신
　사행 때 명고옥(名古屋) 성고원(性高院)에서 조선의 제술관 남옥(南玉), 서기 성대중(成
　大中) · 원중거(元重擧) · 김인겸(金仁謙), 반인(伴人) 홍선보(洪善輔), 양의(良醫) 이좌
　국(李佐國) 등과 교유하였고, 이때 주고받은 시와 필담이『표해영화(表海英華)』와『갑
　신한인창화(甲申韓人唱和)』에 수록되어 있다. 또한 기곡창주(磯谷滄洲, 源正卿)와 함
　께『삼세창화(三世唱和)』를 교정하기도 하였다. 제술관 남옥은 강전의생의 시를 두고
　당시(唐詩)의 유풍이 있다고 칭찬하였다. 조선 후기 문신 윤광심(尹光心)이 편한『병세
　집(幷世集)』에도 그의 시 2수가 수록되어 있다. 1783년 나고야 번교(藩校)인 명륜당(明
　倫堂) 교수를 지내면서 번의 학정(學政)을 총괄하였고, 1792년에 독학(督學, 學頭)를,
　이어 역사편찬소(歷史編纂所) 계술관(繼述館) 총재를 지냈다. 저서로는『병수록(秉穗
　錄)』·『기인영(畸人詠)』등이 있다.

르러 훌륭하신 인품을 받들 수 있게 되었으니 얼마나 기쁘겠습니까? 저의 성은 원이고, 이름은 수운이며, 자는 사롱이고, 호는 군산입니다. 달리 합잠와주인이라고도 일컫습니다. 집안은 송평씨로 곧 장번 서실 감입니다. 오늘 번주의 명을 받들어 빈관 일을 좀 돕다가 족하의 가르침을 얻게 되어 매우 영광입니다.

제술관 남추월께 드리다
呈製述官南秋月

군산

부상[12]에 들어 한없이 동쪽으로 가니	路入扶桑東又東
만 리 바다하늘 사신별이 통하네	海天萬里使星通
삼신산 달빛 속 수레[13]에서 밤 지내고	畫熊夜宿三山月
한식날[14] 바람 타고 채익선 아침에 떠가네	彩鷁朝飛五雨風
들판 관소에 꽃 피어 필마를 멈추고	野舘花開停匹馬
배다리에 구름 일어 무지개 건너네	舟梁雲起度飛虹
시 읊으며 이곳 지나가면 고개 돌릴 테니	行吟此去應回首
쌓인 눈 속에 팔엽 부용[15] 있으리라	八葉芙蓉積雪中

12 부상(扶桑) : 부상(榑桑)·부목(榑木)이라고도 한다. 전설상 해 돋는 곳에서 자란다는 신목(神木)으로 여기서는 일본을 가리키는 말이다.
13 수레[畫熊] : 화웅은 수레의 식(軾)을 곰의 형상으로 꾸민 화려한 수레를 말한다. 『후한서』「여복지(輿服志)」에 "삼공(三公)과 열후(列侯)는 녹교(鹿較)·웅식(熊軾)에 검은 깃발을 단 수레를 탑승한다."라고 하였다.
14 한식날[五雨] : 오우(五雨)는 한식(寒食)을 가리키는데, 동지(冬至)부터 1백 5일이면 한식이 되기 때문에 일컫는 말이다.

원군산의 시에 수응하다
奉酬源君山

추월

도엽[16] 동쪽 성고원[17] 깊고도 깊은데	性院深深稻葉東
소나무 숲 시골길과 멀리 통하네	萬松村逈遠相通
산천은 수려하여 하늘에 비 기운 새롭고	山川秀媚天新雨
누대의 경관은 높고 낮아 밤바람 있네	樓觀高低夜有風
이른 봄날 강성에서 날아가는 기러기 소리 듣고	春早江城聞去鴈
무지개 드리운 햇살 따사로운 다리나루 지나네	日暄橋渡過垂虹
봉래산 신선 노인 두터운 눈썹 흰데	蓬萊仙老厖眉皓
삼대가 한 자리에 앉아 교분을 맺네	三世論交一席中

추월이 씀 : "한 자리에서 삼대가 각각 아름다운 시편을 주시니 진실로 희대의 진귀한 일입니다. 연세는 어떻게 되십니까?"

군산이 써서 답함 : "정축년 생으로 예순여덟입니다."

추월이 또 곁에 씀 : "경하드립니다."

15　부용(芙蓉) : 부사산(富士山, 후지야마). 부산(富山)이라고도 한다. 비유적 표현으로 팔엽(八葉)·팔엽봉(八葉峰)·백설(白雪)·부악(富嶽)·용악(蓉嶽)·함담봉(菡萏峯)이라고도 한다. 본주(本州, 혼슈) 중부 산리현(山梨縣, 야마나시겐)과 정강현(靜岡縣, 시즈오카겐)의 태평양 연안에 접해 있다.

16　도엽(稻葉, 이나바) : 미장주(尾張州)에 속하고, 현재의 애지현(愛知縣, 아이치겐) 도택시(稻澤市, 이나자와시)이다. 애지현의 북서부, 농미평야(濃尾平野) 중앙부에 있다. 강호시대에는 어월역(於越驛)과 명고옥(名古屋) 사이에 있는 마을로 도엽촌(稻葉村, 이나바무라)이라고도 했다.

17　성고원(性高院, 쇼코인) : 미장주(尾張州)에 속하고, 현재의 애지현(愛知縣, 아이치겐) 명고옥시(名古屋市, 나고야시)에 있다. 대부분의 통신 사행 때 조선 사신이 이곳에 묵었다.

다시 추월께 화답하다
再和秋月

군산

사신수레 처음 큰 바다 동쪽을 건너	星軺初度大洋東
선린으로 빙문하니 참으로 기쁘구나	最喜善隣聘問通
제나라 노중련은 일찍이 바다에 빠지려 했고[18]	齊國仲連曾踏海
연릉계자는 곧장 나라의 풍속을 살폈다지[19]	延陵季子正觀風
붓을 드니 맑은 시상은 옥빛 연이은 듯	把毫淸藻光聯璧
주미 휘두르니[20] 고담은 무지개 기운 토하는 듯	揮塵高談氣吐虹
내일 아침 봉래도를 지나가게 되면	明日若過蓬島去
요대가 얼마간 채색구름 속에 있으리라	瑤台多小彩雲中

---

18 제나라 노중련은 일찍이 바다에 빠지려 했고[齊國仲連曾踏海] : 제(齊)나라의 장수 노중련(魯仲連)이 일찍이 조(趙)나라에 머물러 있을 적에 진(秦)나라가 조나라를 공격해 정세가 위급하였는데, 노중련이 진나라는 예의를 버리고 살인만을 일삼는 무도한 나라임을 역설하면서, 만약 진나라가 칭제(稱帝)한다면 자신은 동해(東海)에 빠져 죽을 것이라고 하여 그 일을 중지시켰던 일이 있다. (『사기』「노중련열전(魯仲連列傳)」)

19 연릉계자는 바로 나라의 풍속을 살폈다지[延陵季子正觀風] : 연릉계자는 연릉에 갔던 오(吳)나라의 공자(公子)인 계찰(季札)을 가리킨다. 계찰이 예악에 밝아 노(魯)나라로 사신 가서 주(周)나라 음악을 듣고 열국(列國)의 치란흥쇠(治亂興衰)를 알았다고 한다.

20 주미(塵尾) 휘두르니 : 청담(淸談)을 나누는 것을 말한다. 주미는 사슴의 꼬리털로 만든 먼지떨이인데, 옛날에 청담을 하던 사람이나 또는 승려들이 담론할 때에 그것을 휘둘렀다고 한다.

군산이 다시 지어준 시운에 멀리서 수응하다
遙奉酬君山疊贈韻

추월

미장주[21]의 초승달 절집 누대 동쪽에 떠 있는데	尾州纖月佛樓東
고아한 운율 소탈한 심금, 한 바탕 웃음 통했지	雅韻疎襟一笑通
만난 곳에서 다만 필묵의 빚에 수응했을 뿐인데	逢處只酬毫墨債
이별하고 나면 끝내 노성한 풍모 생각나겠지	別來終憶老成風
매화 핀 절 안에서는 샘물에 빗물 더해지고	梅花寺裡泉添雨
함담 봉우리[22]에는 무지개 햇살 쏟아지네	菡萏峰顚日射虹
긴 노정에 마음 쓰느라 시를 모두 폐하였는데	長路關心詩總廢
그대 위해 시 지어 바다구름 속으로 부치노라	爲君題寄海雲中

---

21 미장주(尾張州, 오와리슈) : 현재의 애지현(愛知縣, 아이치현) 서부 지역. 미장(尾張)·미장국(尾張國)·미양(尾陽)·장주(張州)라고도 한다. 율령제(律令制) 하에서는 도카이도(東海道)에 속하였고, 1871년 폐번치현(廢藩置縣) 정책에 의해 명고옥현(名古屋縣)이 되었다가 다음해 애지현으로 개칭하였으며, 구(舊) 삼하국(三河國) 지역을 통합하였다. 조선 후기 대부분의 사행 때마다 사신 일행이 휴식을 취하거나 묵었던 기(起)·명고옥(名古屋)·명해(鳴海)·도엽(稻葉) 등지를 관할한 곳이기도 하다. 따라서 이곳 번주들은 통신사가 왕래하는 지역에 대한 비용[旅中御賄]이나 인마(人馬) 동원, 숙소·역참·도로·다리 점검 및 지공(支供) 등을 담당하였고, 특히 명고옥에서는 조선 사신과 일본 문사들 간에 필담과 시문을 활발하게 주고받았다.

22 함담 봉우리[菡萏峰顚] : 함담봉(菡萏峰)으로 부사산(富士山, 후지산)을 비유적으로 표현한 말이다. 부사산의 비유적 표현으로 함담봉 이외에도 부용(芙蓉)·팔엽(八葉)·팔엽봉(八葉峰)·백설(白雪)·부악(富嶽)·용악(蓉嶽) 등이 있다. 본주(本州, 혼슈) 중부 산리현(山梨縣, 야마나시겐)과 정강현(靜岡縣, 시즈오카겐)의 태평양 연안에 접해 있다.

서기 성용연[23]께 드리다
呈書記成龍淵

군산

만 리 안개 파도, 만 리 하늘	萬里烟波萬里天
신선배로 사명 받든 한나라 장건일세	仙査奉使漢張騫
마침 생각나네, 객관에서 외로이 잠든 밤	正思客館孤眼夜
지는 달 곁에서 계림을 꿈꾸었던 일이	夢入雞林落月邊

원군산의 시에 화답하다
奉和源君山

용연

저물녘 잉어 휘장 여니 북두 남쪽 하늘에	鱣帷晚闢斗南天
아들 봉황 손자 붕새 차례로 나네	雛鳳孫鵬次第騫
문 앞에서 명함 주는 것 기다리지 않아도	不待門前投孔刺
높은 명성 이미 주고 물가에서 알았다오	高名已識股河邊

앞서 주고(洲股)[24]에 도착하여 원창주(源滄洲)[25]로 인해 이미 높은 명성을 들었기 때

---

23 성용연(成龍淵) : 성대중(成大中, 1732-1809). 조선 후기의 문신. 본관은 창녕(昌寧). 자는 사집(士執), 호는 청성(靑城). 1753년(영조 29)에 생원이 되고, 1756년에 정시문과에 병과로 급제하였다. 서얼이라는 신분적 한계 때문에 순조로운 벼슬길에 오르지 못할 처지였으나, 영조의 탕평책에 힘입어 1765년 청직(淸職)에 임명되었다. 1763년에 통신사 조엄(趙曮)을 수행하여 일본에 다녀왔고, 1784년(정조 8)에 흥해군수(興海郡守)가 되어 목민관으로서 선정을 베풀었다. 학맥은 노론 성리학파 중 낙론계(洛論系)에 속하여 성리학자로서의 체질을 탈피하지는 못했으나, 당대의 시대사상으로 부각된 북학사상(北學思想) 형성에 일익을 담당하였다. 저서로는 『일본록(日本錄)』과 『청성집』이 있다.

24 주고(洲股, 스노마타) : 강호시대 미농국(美濃國)에 속하고, 현재의 기부현(岐阜縣) 대원시(大垣市) 묵오정(墨俣町, 스노마타초)이다. 묵오(墨俣, 墨股)에서 경천(境川) 본

문에 말한 것이다.

다시 용연의 시에 화답하다
再和龍淵

군산

대장부의 출처 푸른 하늘에 달려 있는데	丈夫出處在蒼天
문상에서 어찌 민자건을 구하랴[26]	汝上何求閔子騫
지기는 응당 천 리의 간극이 없는 법	知己應無千里隔
그리워하며 늘 그곳 해변에 닿고 싶었소	相思常欲到那邊

군산이 다시 지어준 시운에 화답하다
奉和君山疊贈韻

용연

수려한 부용봉 봄 하늘에 솟아 있는데	芙蓉秀色聳春天

류가 장량천(長良川)에 합쳐지므로 주고(洲股) 또는 주오(洲俣)라고 하였다. 조선 후기 대부분의 통신사행 때 조선 사신이 낮에 이곳에서 쉬었다.

25 원창주(源滄洲) : 원정경(源正卿, 미나모토 세이케이, 1737-1802) 강호시대 중기의 무인·유학자. 성은 원(源), 이름은 정경(正卿), 자는 자상(子相), 호는 창주(滄洲)·녹운 거주인(綠雲居主人). 대대로 미장번(尾張藩)에서 무직(武職)에 종사하였다. 미장주의 송평군산(松平君山, 源君山, 源雲)을 사사하여 문장으로 이름이 났다.

26 문상에서 어찌 민자건을 구하랴[汝上何求閔子騫] : 벼슬을 그만두고 은거하고 싶은 마음을 말한다. 계씨(季氏)가 공자의 제자인 민자건을 비(費) 땅의 수령으로 삼으려 하자, 민자건이 "다시 한 번 나를 부르러 온다면, 나는 필시 노(魯)나라를 떠나 제(齊)나라의 문수(汝水)가에 있게 될 것이다.[如有復我者. 則吾必在汝上矣.]"라고 말한 고사에서 유래하였다. (『논어』「옹야(雍也)」)

아득한 구름 사이로 학 한 마리 나네　　　縹緲雲間一鶴騫
그립구나, 이름 난 고을의 좋은 밤 모임에서　尙憶名州良夜會
고목 매화나무 곁 멋진 수염[27] 난 신선이　仙翁髭髮古梅邊

서기 원현천[28]께 드리다
呈書記元玄川

군산

산 넘고 물 건너는 사행의 노고 사양 않고　　旌節不辭跋涉勞
기꺼이 충성과 믿음 있으니 풍랑을 겁낼손가　肯將忠信怯風濤
내일 아침 봉래산을 향해 떠나게 되면　　　明朝若向逢丘去
옥나무[29] 꽃 비단옷에 점점이 날리리라　　琪樹花飛点錦袍

---

27 멋진 수염[髭髮] : 송(宋)나라 때 정이(程頤)가 부주(涪州)에서 귀양살이를 하고 돌아
왔을 적에 기모(氣貌)와 용색(容色)과 자발(髭髮) 등이 모두 전보다 좋아졌으므로, 문인
(門人)이 그 까닭을 묻자 학문의 힘이었다고 대답한 데서 온 말이다.

28 원현천(元玄川) : 원중거(元重擧, 1719-1790). 자는 자재(子才)이고, 호는 현천(玄
川)·물천(勿天)·손암(遜菴)이다. 1705년 사마시(司馬試)에 급제한 후 10여 년 뒤에 장
흥고(長興庫) 봉사(奉事)를 맡았고, 1763년 통신사행 때 성대중(成大中)·김인겸(金仁
謙)과 함께 서기(書記)로 발탁되어 일본에 다녀왔다. 사행 후 일기(日記) 형식의『승사록
(乘槎錄)』과 일본 문화 전반에 대한 백과사전적 문헌인『화국지(和國志)』를 저술했다.
1771년에는 송라찰방(松羅察訪)을, 1776년에는 장원서(掌苑署) 주부(主簿)를 지냈다.
1789년『해동읍지(海東邑誌)』편찬에 이덕무(李德懋)·박제가(朴齊家) 등과 함께 참여
했다.

29 옥나무[琪樹] : 신선 세계에 있다는 옥수(玉樹). 손작(孫綽)의 〈천태산부(天台山賦)〉
에 "천 길 높이 건목에서 해가 지고, 기수에는 반짝반짝 구슬이 매달렸어라.[建木滅景於
千尋, 琪樹璀璨而垂珠.]"라고 하였다.

원군산의 시에 화답하다
奉和源君山

현천

구장[30]으로 당에 오르는 수고 사양치 않음은	不辭鳩杖上堂勞
바다 파도 건너는 우리 사행 때문이라네	爲是吾行涉海濤
어르신께서 자손들 곁에서 붓 휘두르니	翁自揮毫兒在座
남은 향기 담박하게 검은 도포에 스며드네	餘香淡泊襲烏袍

통자
通刺

저의 성은 원(源)이고, 이름은 무(武)이며, 자는 순신(純臣)이고, 호는 곽산(霍山)[31]입니다. 집안은 송평씨(松平氏)입니다.

---

30 구장(鳩杖) : 대신이 나이 70이면 임금이 옥장(玉杖)을 하사하고, 8,90에는 노인에게 음식물을 조심하라는 뜻에서 먹이에 체하지 않는 비둘기 모양이 새겨진 한 자[尺] 길이의 옥장을 주는데, 여기서는 그만큼 나이가 들었음을 드러낸 것이다.

31 곽산(霍山) : 송평곽산(松平霍山, 마쓰다이라 가쿠잔, 1719 – 1786). 강호시대 중기의 유학자. 원곽산(源霍山) · 원무(源武, 겐부)라고도 한다. 성은 원(源), 이름은 무(武) · 충무(忠武), 자는 순신(純臣), 호는 곽산(霍山), 통칭은 삼좌위문(三左衛門)이다. 미장(尾張) 명고옥(名古屋藩) 유학자 송평군산(松平君山)의 장남. 저서로『곽산시집(霍山時集)』이 있다. 명화(明和) 원년(1764) 46세 때 미장주 번주의 명을 받들어 조선 사신을 접대하였다.

추월께 드리다
呈秋月

곽산

계림 사신이 우리 고을 성에 오시니 　　　　雞林詞客郡城來
오래된 전각 등불 밝혀 객을 맞이하네 　　　古殿燈華邀客開
오늘 하늘가 맑게 개어 경색 좋은데 　　　今日天涯晴色好
그대 본래 사신별로부터 온 재사였네 　　　知君本自使星才

곽산의 시에 화답하다
和霍山

추월

순씨 집안[32] 부자가 취성[33]처럼 오니 　　荀家父子聚星來
들 절집에 봄날 등불이 객석을 비추네 　　野寺春燈照席開
알고 있었지, 뜰 앞 시례의 가르침[34]으로 　已識庭前詩禮教
자손들[35] 원래 범상치 않은 재주였음을 　鳳毛元是不凡才

---

32 순씨 집안[荀家] : 후한(後漢) 때 문인 순숙(荀淑)의 집안을 뜻한다. 그가 문장이 뛰어
　났을 뿐 아니라 여덟 아들이 모두 재덕이 출중하여 순씨팔룡(荀氏八龍)으로 일컬어졌다.
　여기서 순가를 말한 것은 군산이 아들 곽산과 손자 남산을 데리고 왔기 때문이다.

33 취성(聚星) : 덕망과 재주를 갖춘 선비들의 회합함을 뜻하는 말. 후한(後漢) 때 문인
　진식(陳寔)이 아들과 손자를 데리고 순숙(荀淑)의 집에 가 순숙(荀淑)의 여덟 아들과 함
　께 모이자 하늘에 덕성(德星)이 모이는 상서(祥瑞)가 나타났다. 이때 나라의 태사(太史)
　가 보고 500리 안에 현인들이 회합했을 것이라고 보고하였다. (『후한서(後漢書)』「순숙
　열전(荀淑列傳)」)

34 뜰 앞 시례(詩禮)의 가르침 : 공자가 아들 이(鯉)에게 '시를 배우지 않으면 말을 할
　수 없다.[子嘗獨立, 鯉趨而過庭, 曰: '學詩乎?' 對曰: '未也.' 不學詩, 無以言.]'라고
　하였다. (『논어』「계씨(季氏)」)

용연께 드리다
呈龍淵

곽산

하늘가에서 새 사신별 처음 보았는데	天涯初見使星新
강산 곳곳마다 풍경 친숙하네	處處江山風景親
이번 사행 중에 좋은 경치 많을 테니	此去客中饒勝槩
시구에서 문득 이방인을 그리워하리	却懷文藻異鄉人

곽산의 시에 화답하다
和霍山

용연

비파호의 물빛 봄 되어 새로운데	琵琶水色入春新
갈매기는 인연 따라 절로 친하네	鷗鷺隨緣自可親
소중한 미산처럼 가학이 있어[36]	珍重眉山家學在
성대함으로 조선 사신 대접하네	壯觀還待小華人

---

35 자손들[鳳毛] : 봉모는 봉황의 깃털로 선대처럼 뛰어난 자질을 지닌 자손을 가리키는 말이다. 왕소(王邵)는 진(晉)나라의 명재상이었던 왕도(王導)의 다섯째 아들인데, 당시 권신이었던 환온(桓溫)이 왕소를 일컬어 "봉모를 지니고 있다."라고 칭찬하였다. (『세설신어(世說新語)』「용지(容止)」) 여기서는 곽산(霍山)을 비유한 말이다.

36 소중한 미산처럼 가학이 있어[珍重眉山家學在] : 미산(眉山)은 북송(北宋)시대에 소순(蘇洵) 가문의 고향을 가리킨다. 소순이 원래 문장가로 명성이 높았는데, 그의 두 아들인 소식(蘇軾)·소철(蘇轍) 또한 문장가로 명성이 높아서 삼부자(三父子)가 모두 당송팔대가(唐宋八大家)에 들었다. 삼소(三蘇)는 곧 원군산과 그의 아들과 손자를 비유적으로 표현한 것이다.

현천께 드리다
呈玄川

곽산

조선의 명가 바다 밖에 전해졌는데	上國名家海外傳
경물은 변함없고 산천은 의구하네	物華不改舊山川
내일 아침 이곳을 떠나 봄빛 만나리니	明朝此去逢春色
일본의 제일 부용 부사산이라오	第一芙蓉日本天

곽산의 시에 화답하다
和霍山

현천

임금의 부절과 조서 해외에 전하는데	王節天書海外傳
물 다하고 구름 일어나는 산천 곁이로다	水窮雲起傍山川
긴 대 숲 용림 아래에서 사람을 만나	逢人修竹榕林下
일광이 솟는 중에 무성[37] 하늘을 묻네	出日光中問武天

제가 지난 가을에 사신이 동쪽으로 향한다는 말을 듣고 목을 빼고 기다린 지 오래되었는데 지금 여러 군자들께서 만 리나 되는 해로와 육로를 지나 탈 없이 이곳에 이르게 되어 거듭 축하드립니다. 저는 성은 원이요, 이름은 언이며, 자는 백방이고, 호는 남산[38]입니다. 집안은

---

37 무성(武城) : 동도(東都)를 말한다.

38 남산(南山) : 송평남산(松平南山, 마쓰다이라 난잔, 1745-?). 강호시대 중기의 유자

송평씨로 곧 서실감 군산의 손자입니다. 저는 젊어서부터 가업을 실추시킬까 염려되어 늘 글을 읽고 시를 배웠는데 다행히 내빙하신 여러 군자들을 만나 배알하게 되었으니 뛸 듯한 기쁨을 어찌 그칠 수 있겠습니까? 이는 비록 못난 사람이 훌륭한 분을 마주함[39]과 같지만 감히 보잘것없는 시를 써서 군자께 바칩니다. 화운시를 내려주셔 길이 가보로 삼도록 해주셨으면 합니다.

추월께 드리다
呈秋月

남산

계림의 나그네 부상을 향해	雞林旅客向扶桑
신선 돛 달고 해로와 육로로 멀리 왔네	遙挂仙帆海陸長
역정으로 말 달려 사절을 머물게 하니	馳馬郵亭停使節
갈림길에 지은 시가 해낭[40]에 가득하네	裁詩岐路滿奚囊

(儒者). 원남산(源南山, 겐 난잔) · 원언(源彥, 겐 히코)이라고도 한다. 성은 원(源), 이름은 언(彥), 자는 백방(伯邦), 호는 남산(南山), 통칭은 소태랑(小太郎)이며, 송평씨(松平氏)로 서실감(書室監) 군산(君山)의 손자이다. 1764년 조선 사신이 2월 3일과 3월 29일 미장주(尾張州) 명고옥(名古屋) 성고원(性高院)에 묵을 때 20세의 나이로 조부 원군산(源君山) 및 부친 원곽산(源霍山)과 함께 조선의 제술관 남옥(南玉), 서기 성대중(成大中) · 원중거(元重擧) · 김인겸(金仁謙) 등과 수창하였다.

39 못난 사람이 훌륭한 분을 마주함[蒹葭對珠樹] : 두 사람의 풍모가 워낙 현격하게 차이가 난다는 뜻의 겸사이다. 삼국시대 위(魏)나라 명제(明帝) 때 하후현(夏侯玄)과 황후의 동생 모증(毛曾)이 함께 자리에 있는 것을 보고 사람들이 "억새풀이 옥나무 옆에 기대어 있는 것과 같다.[蒹葭倚玉樹]"고 평했다는 고사가 있다. (『삼국지(三國志)』「하후현전(夏侯玄傳)」)

40 해낭(奚囊) : 시초(詩草)를 넣는 주머니. 당나라 시인 이하(李賀)가 명승지를 돌아다니

연기 머금은 채 흔들리는 은촛대 이미 보았고 　已看銀燭含烟動
이슬 맺혀 향기로운 관사 매화 한가히 마주하네 　閑對官梅帶露香
이날 저녁 그대는 채색붓 휘둘러 　此夕知君揮彩筆
다시 봄빛으로 고당을 비추겠지 　更敎春色照高堂

먼 하늘에 떠 있는 사신별 함께 가리키더니 　共指使星浮遠天
서로 만나 하룻밤 이곳에서 머무는구나 　相逢一夜此留連
흔연히 마주하여 즐기는 가운데 　欣然自對交歡裏
담론으로 상객의 어짊을 알겠구려 　談論偏知上客賢

남산의 시에 화답하다
和南山

추월

남아의 큰 뜻과 사업[41] 봉래 부상에 있어 　懸弧志業在蓬桑
한혈[42] 천리마로 멀리까지 달려 왔네 　汗血天駒步驟長
대 오동 어린 가지들 무용복 차림으로 연이었고 　梧竹孫枝連舞服

며 지은 시를 해노(奚奴, 종)가 가지고 다니던 주머니에 넣었던 고사가 전한다. (『당서(唐書)』「이하전(李賀傳)」)

41　남아의 큰 뜻과 사업[懸弧志業]: 현호(懸弧)는 뽕나무 활을 걸다는 뜻. 상호봉시(桑弧蓬矢). 옛날에 사내아이가 태어나면 뽕나무로 활을 만들고 쑥대로 화살을 만들어 천지 사방에 대고 쏘면서, 큰 뜻을 품고 웅비(雄飛)하라고 기원했던 데에서 나온 말이다. (『예기(禮記)』「내칙(內則)」)

42　한혈(汗血): 하루 천리를 간다는 좋은 말의 별칭. 옛날 중국 한(漢)나라 장군 이광리(李廣利)가 대완왕(大宛王)의 머리를 베고 그가 타던 좋은 말을 얻었는데, 땀이 피 흐르듯 하였기 때문에 그렇게 불렀다고 한다.

봉황과 난새의 새끼 깃털은 반낭을 비추네[43]　　　鳳鸞雛羽映鞶囊

정신은 가을물처럼 맑고 깨끗함 다투는데　　　神精秋水爭淸徹

입가에는 봄 난초 머금어 향기 토해내네　　　牙頰春蘭吐馥香

더욱 기쁜 것은 상 앞의 문약[44] 장엄하여　　　更喜床前文若壯

여남의 고회[45]에서 승당[46]을 허락하였음이라　　　汝南高會許升堂

형형한 눈빛 봄 하늘을 비추더니　　　炯然眉眼照春天

촛불 켜고 한 자리에 앉아 시모임하네　　　隔燭詩筵一榻連

대기만성이란 모름지기 스스로 힘써야 하니　　　大器晩成須自勉

그대의 재주와 능력 현인 본받기에 합당하네　　　似君才力合希賢

---

43 대 오동 어린 가지들 …… 반낭을 비추네[梧竹孫枝連舞服, 鳳鸞雛羽映鞶囊] : '대 오동 어린 가지들'과 '봉황과 난새의 새끼 깃털'은 훌륭한 자손들로 군산의 아들과 손자를 염두에 둔 표현이며, '무용복 차림'은 노래자(老萊子) 고사를 염두에 둔 표현이다. '반낭' 은 가죽으로 만든 주머니로 옛날 관리들이 허리에 두르고 인수(印綬)를 넣는 데 썼다. 방낭(傍囊)이라고도 한다.

44 문약(文若) : 문약은 순욱(荀彧)의 자(字). 후한 때 조조(曹操)를 도와 공을 세웠다. 순욱은 팔룡(八龍)이라고 부를 만큼 뛰어난 여덟 명의 자식을 둔 순숙(荀淑)의 손자. 원 군산의 손자인 남산을 염두에 둔 표현이다.

45 여남(汝南)의 고회(高會) : 여남월단(汝南月旦). 후한(後漢) 때 여남인(汝南人) 허소 (許劭)가 그의 종형 허정(許靖)과 함께 명성이 높았는데, 향당(鄕黨)의 인물들을 비평하 기 좋아하여 매월 초하룻날이면 함께 모여 인물들의 품제(品題)를 바꾸어 발표했다고 한다.

46 승당(升堂) : 당(堂)에 오르는 것으로 학문이 정대하고 고명한 경지에 이르렀음을 뜻한 다.

용연께 드리다
呈龍淵

남산

처음 일천 기병 좇아 서쪽에서 왔을 때	初從千騎自西來
일찍이 높은 명성과 장한 기상 들었다네	曾聽高名又壯哉
연진[47]에서 고개 들어 때로 기품 그리워했는데	擧首延津時望氣
업하[48]에서 마주하며 홀연 재주를 보았네	對人鄴下忽看才
화려한 누각에서 시 이야기하니 그윽한 정 흐르고	談詩畫閣幽情發
타향에서 붓을 휘두르니 나그네 수심 일어나네	揮筆他鄉旅思催
멀리 넓은 바다와 격해 있다고 그대 탄식 마오	遙隔滄溟君莫歎
북쪽에서 날던 기러기, 서신 가지고 돌아올 테니	北飛鴻鴈繫書回

채색 붓 휘날리며 한나라시대를 존숭했건만	彩筆翩翩漢代尊
뛰어난 재주와 호방한 기운 몇 사람이나 있을까	雋才豪氣幾人存
다행히 수레 탄 귀한 분 이곳에 투숙하여	幸逢高駕因投宿
거마 타고 옛 절집 문을 왕래하였다네	車馬往來古寺門

---

47 연진(延津) : 이별 후에 다시 만날 장소. 진(晉)나라 때 뇌환(雷煥)이 용천(龍泉)과 태아(太阿)라는 두 보검을 얻어 그 중 하나를 장화(張華)에게 주었는데, 후에 장화가 주살(誅殺) 당하자 그 칼의 소재를 알 수 없다가 뇌환이 죽은 뒤 그 아들이 칼을 가지고 연평진(延平津)을 지날 때 칼이 갑자기 손에서 벗어나 물에 떨어져 사람을 시켜 물속을 찾게 하였더니, 두 마리 용이 서리어 있을 뿐이고 보검은 보이지 않았다고 한다. 이것을 '연진검합(延津劍合)' 또는 '연진지합(延津之合)'이라 하여 다시 합하게 되는 인연을 뜻한다. (『진서(晉書)』「장화전(張華傳)」)

48 업하(鄴下) : 삼국시대 때 조조(曹操)의 도읍. 지금 하남성 임장현(臨漳縣). 문장가로 조조와 그의 아들 조비(曹丕)와 조식(曹植)이 있다.

남산의 시에 화답하다
和南山

용연

마름 물가의 봄빛이 사람 좇아오더니	蘋洲春色逐人來
남쪽 초나라의 노래 참으로 기이하구나	南楚騷音信異哉
순씨 마을에선 문약의 묘함을 일찍 추대했고[49]	荀里早推文若妙
왕씨 가문에선 자안의 재주 먼저 헤아렸네[50]	王門先數子安才
만나 신령스런 눈동자 밝음을 기뻐했는데	相逢已喜靈眸炯
잠시 이별로 나그네길 재촉하자니 근심스럽네	少別還愁客路催
한밤중 필담에도 정이 나하시 않아	半夜毫談情未了
붉은 격자창 촛불 아래서 돌아감 몹시 더디네	紅櫺燭下久遲回

그대 집안 시와 예를 존숭하더니	詩禮君家有所尊
노성하여 전형이 남아 있음을 알겠네[51]	老成猶識典刑存
늘 정갈한 마음으로 타고난 덕성 닦아	尋常洒掃躋天德
몽매한 아이 길러 성인의 문에 들게 하네	養得童蒙入聖門

---

49 순(荀)씨 …… 추대했고[荀里早推文若妙] : 순숙(荀淑)은 후한 때의 사람으로 자는 계화(季和)이다. 행실이 뛰어났고 박학다문하였으며, 아들 여덟을 두었는데, 모두 재명(才名)이 있어서 당시 '순씨팔룡(荀氏八龍)'이라 불렸다. 문약은 순욱(荀彧)의 자, 순욱은 동한(東漢) 헌제(獻帝) 때 사람으로 조조(曹操)의 모사가 되어 많은 공을 세웠다.

50 왕씨 가문에선 …… 재주 먼저 헤아렸네[王門先數子安才] : 자안은 초당(初唐)의 문장가인 왕발(王勃)의 자(字). 그는 6세에 이미 글을 지었으며, 초당의 사걸(四傑 : 왕발(王勃)·양형(楊炯)·노조린(盧照隣)·낙빈왕(駱賓王)임) 가운데 한 사람이다.

51 노성하여 …… 알겠네[老成猶識典刑存] : 전형은 법도(法度) 혹은 모범. 자제나 제자가 그 부형이나 스승의 전통을 계승한다는 뜻으로 쓰이고, 『시경(詩經)』「대아(大雅)」〈탕(蕩)〉에, "비록 노성한 사람은 없으나 오히려 전형은 남아있다[雖無老成人 尙有典刑]." 라고 한 데서 유래하였다.

현천께 드리다
呈玄川

남산

사신 배 바다에 뜬지 이미 해가 지났는데	仙槎浮海已經年
제현들 탈 없이 아름다운 연석에 앉아 있네	無恙諸賢坐綺筵
상머리에서 주미 휘두르며[52] 흥을 발하더니	揮塵床頭能發興
세속 밖의 마음 논하며 현묘한 이치 이야기하네	論心物外共談玄
계단 앞 기이한 나무는 모두 푸른 빛 머금었고	階前琪樹皆含綠
정자 위 푸른 등불은 홀연 연기를 토해내네	亭上靑燈忽吐烟
이곳을 떠나 부용에 쌓인 백설을 보시거든	此去芙蓉看白雪
화답시로 멀리서 영중의 노래[53] 지어 주오	和歌遙贈郢中篇

남산의 시에 화답하다
和南山

현천

만나기 어려워 하루가 일 년 같았는데	逢場難得日如年
한 차례 읍하고 만나자마자 이별연이라네	一揖相看是別筵

---

52 주미 휘두르며[揮塵] : 청담(淸談)을 나누는 것을 말한다. 주미는 고라니의 꼬리털로
   만든 먼지떨이인데, 옛날에 청담을 하던 사람이나 또는 승려(僧侶)들이 이것을 가졌으므
   로 이른 말이다.
53 영중의 노래[郢中篇] : 송옥(宋玉)의 「대초왕문(對楚王問)」에 어떤 사람이 영(郢) 땅
   에서 처음에 〈하리(下里)〉를 부르자 그 소리를 알아듣고 화답하는 사람이 수천 명이었는
   데, 〈백설가(百雪歌)〉를 부르자 화답하는 사람이 수십 명으로 줄었다고 한다. 따라서
   영 땅의 〈백설가〉는 화답하는 사람이 적은 훌륭한 곡조를 뜻하는 동시에 상대방의 시를
   높여서 일컬은 것이다.

빈관은 하염없이 등불 그림자 차갑고	賓館依依燈影冷
강성은 막막하여 나무 광채 현묘하네	江城漠漠樹光玄
구름 걷힌 북두성 아래서 초승달 보았는데	雲開北斗看新月
물 다한 남쪽 바다에서 저녁안개 마주했네	水盡南溟對夕烟
내일이면 다시 관문이라 객수 끝이 없어	明日重關愁渺渺
말 앞에서 부질없이 원유편[54] 지으리라	馬前空賦遠遊篇

부록

남추월께 드리는 글
與南秋月書

미장주[55]의 말단 관료 송평 원운[56]은 조선국 추월 남공께 재배하고

---

54 원유편(遠遊篇) : 초나라 굴원(屈原)이 자신의 방직(方直)한 행실이 세상에 용납되지 않아서 참녕(讒佞)에 시달려도 호소할 곳이 없자, 이에 선인(仙人)과 함께 천지를 두루 돌아다니는 내용을 소재로 하여 〈원유편(遠游篇)〉을 지었던 데서 온 말이다.

55 미장주(尾張州, 오와리슈) : 현재의 애지현(愛知縣, 아이치현) 서부 지역. 미장(尾張)·미장국(尾張國)·미양(尾陽)·장주(張州)라고도 한다. 율령제(律令制) 하에서는 도카이도(東海道)에 속하였고, 1871년 폐번치현(廢藩置縣) 정책에 의해 명고옥현(名古屋縣)이 되었다가 다음해 애지현으로 개칭하였으며, 구(舊) 삼하국(三河國) 지역을 통합하였다. 조선 후기 대부분의 사행 때마다 사신 일행이 휴식을 취하거나 묵었던 기(起)·명고옥(名古屋)·명해(鳴海)·도엽(稻葉) 등지를 관할한 곳이기도 하다. 따라서 이곳 번주들은 통신사가 왕래하는 지역에 대한 비용[旅中御賄]이나 인마(人馬) 동원, 숙소·역참·도로·다리 점검 및 지공(支供) 등을 담당하였고, 특히 명고옥에서는 조선 사신과 일본 문사들 간에 필담과 시문을 활발하게 주고받았다.

56 송평 원운[松平源雲] : 송평군산(松平君山, 마쓰다이라 군잔, 1697-1783). 강호시대 중기 미장번(尾張藩)의 유학자. 미장주 서실감(書室監). 원군산(源君山)·원운(源雲, 겐운). 아명은 미지조(弥之助)·태랑조(太郎助), 이름은 수운(秀雲), 자는 사룡(士龍), 호는 군산(君山), 통칭은 태랑좌위문(太郎左衛門). 그밖에도 용음자(龍吟子)·부춘산인

글을 받듭니다. 마침 사신이 탄 수레가 저의 관하에 이르게 되어 비로
소 훌륭하신 풍모를 접하게 되었습니다. 특히 반갑게 대해주셔서 감
사함과 은혜로움 망극합니다. 먼 길을 떠나심에 탈 없이 이미 동도(東
都, 江戶)에 이르셨다니 매우 기쁘고 위안이 됩니다. 전날 밤 만나 환
담을 나누면서 삼대가 한 자리에 있다고 크게 기려주셨습니다. 칭송
과 찬미가 이에 이른 것은 아버지와 아들 및 손자에게 영원토록 없어
지지 않을 영예로움입니다. 다만 빈관 안에 사람들이 많아 정신없다
보니 고상한 회포를 다하지 못한 것이 한스럽습니다. 사신이 탄 수레
가 장차 출발하려고 할 즈음에 우연히 관사에 일이 있어 잠시 별관에
가느라 고별인사도 못 나누고 훗날도 기약하지 못해 유감스러움이 진
실로 많습니다. 그 날 공과 용연·현천 두 군께서 주신 화운시 세 통을
정신없는 사이에 곁에 있던 사람이 가지고 가버려 찾을 길이 없어서
한없이 탄식하였습니다. 그리하여 대마도 강자[57]에게 부탁하였습니

(富春山人)·이은정(吏隱亭)·군방동(群芳洞)·합잠와주인(盍簪窩主人) 등 많은 호가
있다. 17세 때 한시를 짓는 재능을 보였다. 관연(寬延) 원년(1748) 52세 때 미장주(尾張
州) 성고원(性高院)에 머물렀던 조선 사신을 아들 곽산(霍山)과 함께 방문, 교류했다.
이때 창화한 시가 『한인창화시(韓人唱和詩)』에 수록되어 있다. 명화(明和) 원년(1764)
68세 때 미장주 번주의 명을 받들어 조선 문사를 접대하였다.

57 강자(岡子) : 강전신천(岡田新川, 오카다 신센, 1737-1799). 강호시대 중-후기의 유
학자. 성은 강전(岡田), 이름은 의생(宜生), 자는 정지(挺之), 호는 신천(新川), 통칭은
선태랑(仙太郎), 별호는 창원(暢園)·삼재(杉齋)·감곡(甘谷)이다. 송평군산(松平君山,
마쓰다이라 군잔)에게 경술(經術)을 배웠고, 시문으로도 유명하다. 1764년 통신사행 때
명고옥(名古屋) 성고원(性高院)에서 조선의 제술관 남옥(南玉), 서기 성대중(成大中)·
원중거(元重擧)·김인겸(金仁謙), 반인(伴人) 홍선보(洪善輔), 양의(良醫) 이좌국(李佐
國) 등과 교유하였고, 이때 주고받은 시와 필담이 『표해영화(表海英華)』와 『갑신한인창
화(甲申韓人唱和)』에 수록되어 있다. 또한 기곡창주(磯谷滄洲, 源正卿)와 함께 『삼세창
화(三世唱和)』를 교정하기도 하였다. 제술관 남옥은 강전의생의 시를 두고 당시(唐詩)의
유풍이 있다고 칭찬하였다. 조선 후기 문신 윤광심(尹光心)이 편한 『병세집(幷世集)』에

다. 엎드려 청하건대 공과 두 군께서 전날 화운시 한 통을 써서 돌아
오시는 날 가지고 와 주신다면 뜻밖의 기쁨이 되겠습니다. 번거로우
시겠지만 공께서 이 뜻을 두 군에게 일러주셨으면 합니다. 보잘것없
는 성심 거절하지 마십시오. 자세한 것은 강자가 말씀드릴 것입니다.
이날은 동풍이 불어 한기와 온기가 반쯤 섞여 있으니 몸조리 잘하시
기 바랍니다. 이만 줄입니다. 2월 6일, 송평 원운 재배합니다.

원군산께 답하는 글
奉復源君山書

  하룻밤 편안하게 삼대와 교분을 쌓게 되어 두루 즐거웠습니다. 이
국의 차이를 좁히지도 못했는데 홀연 이별을 하였으니 다시 삼성과
상성처럼 막히게 되어 가물거리는 그리움을 오랫동안 그칠 수 없었습
니다. 분수 넘게 직접 뵈었는데 멀리서 서신[58]까지 받고 보니 마치 다
시 고운 얼굴을 받드는 듯하였습니다. 따뜻하게 대해주신 오롯한 맛
을 알고서도 평온함과 위안의 기쁨을 문자로 형용하지 못하였습니다.
저희들이 오래도록 강성에 체류하며 돌아갈 차비를 꾸리지 못한 채
미장주의 산수에 나그네의 마음이 끌렸던 것입니다. 어느 때나 다시

도 그의 시 2수가 수록되어 있다. 1783년 나고야 번교(藩校)인 명륜당(明倫堂) 교수를
지내면서 번의 학정(學政)을 총괄하였고, 1792년에 독학(督學, 學頭)를, 이어 역사편찬
소(歷史編纂館) 계술관(繼述館) 총재를 지냈다. 저서로는 『병수록(秉穗錄)』·『기인영
(畸人詠)』 등이 있다.

58 서신[赫蹏] : 혁제는 옛날에 글씨를 쓰는 데 썼던 폭이 좁은 비단을 말하는데, 종이를
칭하는 말로 전용되어 쓰이기도 하고 전하여 아주 작은 종이에 작은 글씨로 쓴 글을 말하
기도 한다.

순랑릉[59] 일가와 함께 전날 다하지 못한 즐거움을 이을 수 있겠습니까? 보잘것없는 저의 시를 잃으셨다니, 급하게 지은 것이라 진실로 애석할 것은 없습니다. 다만 먼 이곳까지 구하시는 노고를 저버리기 어려워 바쁜 중에 다시 써서 정중한 뜻에 보답합니다. 저희 무리들의 사행길보다 먼저 받아보실 수 있을지는 모르겠습니다. 이 밖에 회포가 많습니다만 모두 다시 받들 것을 기다립니다. 이만 줄입니다. 안녕히 계십시오. 갑신년 2월 25일에 남추월·성용연·원현천 머리 숙입니다.

천촌역지[60]의 시집 서문과 강전 수재[61]의 고체시에 대해 제가 용연과 함께 지은 것이 있으니, 나파노당[62]에게 부탁하여 돌아갈 때 전해주도록 하겠습니다. 보시다시피, 이 두 선생에게도 이 뜻을 전해주셨

---

59 순랑릉(荀朗陵) : 후한(後漢) 때 낭릉(朗陵)의 현령을 지낸 순숙(荀淑)을 말한다. 그에게는 재덕(才德)이 출중하여 팔룡(八龍)이라고 일컬었던 여덟 아들이 있었다.

60 천촌역지(千村力之) : 천촌아호(千村鵞湖, 지무라 가코, 1727-1790). 강호시대 중기의 무사·학자. 이름은 제성(諸成), 자는 백취(伯就)·역지(力之), 호는 아호(鵞湖), 별호는 입택(笠澤)·백수(白壽)·자적원(自適園) 등, 통칭은 총길(總吉)·손태부(孫太夫)이다. 또한 도기(陶器)를 제작하여 백수소(白壽燒, 하쿠쥬야키)라고도 불렸다. 미장(尾張, 오와리, 현재의 아이치겐) 출신이며, 천촌몽택(千村夢澤, 지무라 보타쿠)의 장남이다. 석도축파(石島筑波, 이시지마 쓰쿠바)·송평군산(松平君山, 마쓰다이라 군잔) 등에게 시를 배웠으며, 또한 그림을 월선(月僊, 겟센)에게 배웠다. 미장(尾張, 오와리) 명고옥번(名古屋藩, 나고야한) 번사(藩士)이다. 저서로『자적원문집(自適園文集)』이 있다.

61 강전(岡田) 수재(秀才) : 강전신천(岡田新川). 앞의 주 57) 참조.

62 나파노당(羅波魯堂, 나와 로도, 1727-1789) : 강호시대 중기의 유학자. 이름은 사증(師曾, 시소), 자는 효경(孝卿), 호는 노당(魯堂)·철연도인(鐵硯道人)이며, 파마국(播磨國) 희로인(姬路人)이다. 17세부터 5년간 경도(京都)의 유학자 강전백구(岡田白駒)에게 고문사학(古文辭學)을 배웠고, 그 후 성호원촌(聖護院村)에 초당을 지어 강설(講說)에 종사하였다. 만년에 아파덕도번(阿波德島藩)에서 벼슬하면서 주자학의 기초를 구축하였다.

으면 합니다. 족하께서 거듭 지어주신 율시 한 수와 절구 한 수에 대해서도 또한 지어서 나파씨 편에 전달하겠습니다.

3월 29일, 조선 사신이 귀국하는 길에 성고원[63]에 묵음에 다시 제자(諸子)들과 함께 조선 문사들을 만났다.

추월께 드리다
贈秋月

군산

강산에 비 그쳐 기색이 뛰어난데	雨歇江山氣色殊
윗길에 날리는 꽃잎 여구[64]를 좇네	花飛上路趁驪駒
봄바람 굳어 바다항구에 파도 우니	濤鳴海港春風惡
평안함 없을까 행인에게 여러 차례 묻네	屢問行人安穩無

군산의 시에 화답하다
奉和君山

추월

짙은 꽃 빽빽한 잎 오갈 때 다르구나	濃花密葉去來殊

---

63 성고원(性高院, 쇼코인) : 미장주(尾張州)에 속하고, 현재의 애지현(愛知縣, 아이치겐) 명고옥시(名古屋市, 나고야시)에 있다. 대부분의 통신사행 때 조선 사신이 이곳에 묵었다.
64 여구(驪駒) : 검은 말. 동시에 일시(逸詩)의 편명으로 손님이 떠나면서 이별의 정을 표하는 노래이기도 하다.

뜰 나무 푸른 꼴 옆에 백구[65] 매어두네 庭樹靑蒭繫白駒
삼대가 창수하여 새로 시권을 만드니 三世唱酬新作卷
백년 사신 기록에 이런 일 없었다네 百年槎錄此應無

석상에서 추월에게 시를 주며 이별의 회포를 부치다
席上贈秋月兼寓別懷

군산

봄바람 가득한 길에 풀 우거졌는데 春風滿路草萋萋
돌아가는 깃발 봉래도 지나 서쪽으로 가네 回旆漸過蓬島西
먼 길손의 밀려오는 귀국 흥취 어쩌지 못해 無奈遠人歸興逼
두견화 떨어지고 두견새 우네 杜鵑花落杜鵑啼

또 회포를 부치다
又

그대는 보지 못하였는가 君不見
푸른 하늘과 접한 부용봉을 芙蓉一峰接靑天
금강산 만 팔천 봉과 어느 것이 나은가 孰與金剛萬八千
또 보지 못하였는가 又不見
붉은 해 잠겨 있는 비파호수를 琵琶湖水浸紅旭
큰 강 압록 두만강과 어느 것이 푸른가 孰與大江鴨頭綠

---

65 백구(白駒) : 흰 망아지. 『시경』 「소아(小雅)」의 편명으로, 흰 망아지를 타고 온 멋진
손님을 떠나지 못하게 만류한다는 의미가 담겨 있다.

바다 동쪽 명승지 차례로 지나가다 보면	海東名勝次第過
고국의 신령한 경관은 더욱 어떠하겠는가	故國靈境更如何
천릿길 사행 중에 아름다운 흥취 넉넉하여	千里行中饒佳興
반드시 해낭66에 시편이 많을 걸세	定識奚囊篇什多
듣자하니, 산성주67에 통신사 오던 날	曾聞山城通信日
숙주 신공68이 오색 필체 남겨	叔舟申公留彩筆
수린69의 시축에 형승을 읊었는데	壽藺軸中詠形勝
전해져 지금까지 일실되지 않았다지	流傳至今猶未失

66 해낭(奚囊) : 시초(詩草)를 넣는 주머니. 당나라 시인 이하(李賀)가 명승지를 돌아다니
며 지은 시를 해노(奚奴, 종)가 가지고 다니는 주머니에 넣었던 고사가 전한다. (『당서(唐
書)』 「이하전(李賀傳)」)

67 산성주(山城州) : 현재의 경도부(京都府) 경도시(京都市) 이남지역. 산성(山城)·산성
국(山城國)·평안(平安)·평안경(平安京)이라고도 한다. 조선 후기 통신사행 때 사신 일
행이 지나가거나 묵었던 정(淀, 요도)·경(京, 교) 등지를 관할하는 곳이다.

68 숙주(叔舟) 신공(申公) : 신숙주(申叔舟, 1417~1475). 조선 전기의 문신. 본관은 고령
(高靈). 자는 범옹(泛翁), 호는 희현당(希賢堂) 또는 보한재(保閑齋). 1439년 통신정사
고득종(高得宗)·부사 윤인보(尹仁甫)·서장관(書狀官) 김예몽(金禮蒙) 등과 함께 양국
의 교빙(交聘)과 수호(修好)를 위해 일본에 다녀왔다. 1443년 통신사의 서장관에 임명되
어 정사 변효문(卞孝文), 부사 윤인보(尹仁甫) 등과 함께 일본의 경도(京都)를 다녀왔다.
이때 외교업무로 조선에 자주 왕래한 일본 승려 수린(壽藺)에게 제시(題詩)를 써주었는
데, 그 시가 『동문선』 권8에 수록되어 있다. 1471년 성종의 명에 따라 일본의 지세와
문물 등을 밝히고 조선과의 외교관계의 대강을 밝혀놓은 『해동제국기』를 편찬하였다.
글씨를 잘 썼는데 특히 송설체에 뛰어났다. 저서로는 『보한재집(保閑齋集)』이 있다.

69 수린(壽藺, 주이) : 실정(室町)시대의 승려. 병술년(1466)에 비전주(肥前州) 상송포(上
松浦) 명고옥(名古屋) 등원뇌영(藤原賴永)의 사자로 조선에 건너왔다. 이때 수린에게
국서(國書)와 예물을 주어서 일본 국왕에게 보내고, 또 예조(禮曹)에 명하여 대내전(大內
殿)과 뇌영(賴永)을 서장(書狀)으로 개유(開諭)하고 호송하여 사물(賜物)을 함께 보내었
다. 그해 5월에 명령을 받고 돌아갔는데, 경인년(1470, 성종 1)에 다시 와 그 간의 사정과
대내전의 서신과 사물을 해적(海賊)에게 약탈당하였음을 알렸다. 『동문선(東文選)』 제8
권에 신숙주(申叔舟)의 '일본의 승려 수린의 시축에 제하다.[題日本僧壽藺詩軸]'라는 칠
언고시(七言古詩)가 수록되어 있다.

그 후 선린 동맹 대대로 맺어	其後善隣世結盟
사행을 좇은 학사들 모두 명성 있었는데	學士從行皆有名
그 중에 누구의 문장이 제일인가?	就中文章誰第一
동곽[70]과 청천[71]이 각각 뛰어났다네	東郭青泉各豪英
지난번 구헌[72]과 명함 주고받았는데	向與矩軒通名紙
한 차례 헤어지니 십년이라, 나도 늙었구나	一別十年吾老矣
백발로 추락하여 옛 모습 아닌데	華髮墮顚非昔姿
이번에 다행히 남학사 추월을 만났구려	此度幸逢南學士
학사의 높은 명성 바다 구석까지 떨쳤으니	學士高名動海隅
그대와 같은 민첩함은 세상에 다시 없다네	敏捷如君絶代無
적선의 말 술 마시는 기질[73] 기다리지 않고도	不待謫仙一斗資
시 백 편을 삽시간에 이루었다지	詩成百篇在斯須
석상에서 재기 넘치는 시상 솟구치는 듯	倚席才思偏如湧
필력이 자못 돌면 천균의 무게 나간다네	筆力頗回千鈞重
사명 받듦에 끝내 임금 명령 욕되게 하지 않아	奉使終不辱君命
조정에 돌아가면 응당 특별한 은총 받으리라	歸朝定應承殊寵

---

70 동곽(東郭) : 이현(李礥). 1711년 통신사행 때 제술관으로 일본에 다녀왔다.

71 청천(青泉) : 신유한(申維翰). 본관은 영해(寧海). 자는 주백(周伯), 호는 청천(青泉). 가계(家系)가 서류(庶流)여서 벼슬이 봉상시첨정에 머물렀다. 1719년 통신사행 때 제술관으로 일본에 다녀왔고, 『해유록(海遊錄)』을 남겼다.

72 구헌(矩軒) : 박경행(朴敬行). 1748년 통신사행 때 제술관으로 일본에 다녀왔다.

73 적선의 말 술 마시는 기질[謫仙一斗資] : 적선이 한 말 술로 시 삼백 편을 짓는다는 기질. 두보(杜甫)의 〈음중팔선가(飮中八仙歌)〉에 "이백은 술 한 말에 시가 백 편인데, 장안의 저잣거리 술집에서 자기도 하고, 천자가 불러도 배에 오르지 않으면서, 술 가운데 신선이라 자칭하였네.[李白一斗詩百篇, 長安市上酒家眠。天子呼來不上船, 自稱臣是 酒中仙。]"라고 한 데서 나온 말이다.

오늘밤 빈관에서 이별시 짓거든 今夜賓館賦別離

재회를 묻고 싶어도 다시 만날 기약 없어 欲問再會更無期

갈림길에서 부질없이 장부의 눈물 뿌리며 臨岐空灑丈夫淚

만 리 서쪽으로 하늘가만 바라본다네 萬里西望天一涯

벗은, 이곳 떠나 바다 멀고 지루하겠지만 故人此去海漫漫

돛단배 탈 없이 삼한에 도달할 테고 布帆無恙達三韓

나는, 지붕을 향해 지는 달 바라보며 吾向屋梁望落月

난간에서 눈물 떨구며 그대 모습 생각하겠지[74] 想見容輝淚闌干

알고 있다오, 이별 후 무궁한 뜻 豫知別後意無窮

쌍잉어 편에 부치려도 길이 통하지 않음을 欲寄雙魚路不通

약목[75]으로 떠오르는 아침 해 볼 때마다 每看朝陽升若木

취옹이 바다 동쪽에 있음을 기억하시게 記取醉翁在海東

군산의 이별시에 수응하다
奉酬君山別詩

추월

가랑비 내린 긴 물가에 풀빛 우거졌는데 細雨長洲草色萋

맑은 새벽 나그네 말 미장주 서쪽 향하네 客驂淸曉尾州西

---

74 나는, 지붕을 …… 생각하겠지[吾向屋梁望落月, 想見容輝淚闌干] : 멀리 떨어져 있는
사람을 생각하며 추억에 잠길 때 쓰는 표현. 두보(杜甫)가 이백(李白)을 그리워하며 지은
〈몽이백(夢李白)〉시에 "지는 달이 지붕을 가득히 비추니, 그대의 밝은 안색 행여 보는
듯[落月滿屋梁, 猶疑見顔色]"이라고 하였다.

75 약목(若木) : 『산해경(山海經)』에, "회야(灰野)의 산에 나무가 있어 잎은 푸르고 꽃은
붉은데, 이름을 약목(若木)이라 한다."라고 하였다. 여기서는 조선을 가리킨다.

| 슬픈 매미는 봄과 가을을 구분 못하고 | 哀蟬不識春秋異 |
| 떠나는 사람 위해 혹 일찍 우는 것인가 | 定爲離人或早啼 |

길을 가는 도중에 벌써 매미소리가 들렸다.

추월이 쓰기를 "장편시의 경우는, 밤은 짧고 손님이 많아 즉시 화답할 수가 없어 매우 한스럽습니다."라고 하였다.

용연께 드리다
贈龍淵

군산

오래된 절가 전별자리에서 봄날 아쉬워	祖帳惜春古寺邊
그대와 함께 하룻밤 잠 못 이루었네	與君一夜不須眠
가령 사신 수레 다시 바다 건너게 되면	縱然星駕重超海
만날 기약 없어 백 년 동안 늙어가겠지	會面難期衰百年

군산의 시에 화답하다
奉和君山

용연

돌아가는 길에 명고옥[76] 꽃 지는 주변	名都歸路落花邊
절집에 봄비 내려 자리 빌려 자네	蓮社春霽借榻眠
그대 집안엔 삼대 시문 평수집 있는데[77]	三世君家萍水集

---

76 명고옥(名古屋, 나고야) : 현재의 애지현(愛知縣) 명고옥시(名古屋市). 강호시대에는 미장국(尾張國)에 속하였다. 조선 후기 통신사행 때 사신 일행이 이곳에 묵었다.

외로운 등불 이별 심사에 노쇠함 슬퍼하네　　　　一燈離思感衰年

현천께 드리다
贈玄川

군산

들판 관소에서 봄을 보내며 또 그대 전송하니　　　野館送春又送人
새 울고 꽃 떨어져 다함께 수건을 적시네　　　　鳥啼花落共沾巾
상국의 여러 군자들께 말하노니　　　　　　　　爲言上國諸君子
바다 동쪽에 예전 그대로 한 늙은 신하 있다오　　依舊海東一老臣

군산의 시에 화답하다
奉和君山

현천

동도에 오가며 천여 사람 보았지만　　　　　　東州來往閱千人
문득 군산을 위해 다시 두건 매만지네　　　　　却爲君山再整巾
따끈따끈한 진한 술 내온 조상국이요[78]　　　　醇酒溫溫曹相國

---

77 그대 집안엔 삼대 시문 평수집 있는데[三世君家萍水集] : 군산(君山)과 그의 아들 곽
산(霍山)·손자 남산(南山) 등 삼대가 함께 조선의 제술관 남옥(南玉), 서기 성대중(成大
中)·원중거(元重擧)·김인겸(金仁謙) 등과 수창하였기 때문에 이처럼 말한 것이다.

78 따끈따끈한 진한 술 내온 조상국이요[醇酒溫溫曹相國] : 조상국은 한(漢)나라 조참(曹
參)을 말한다. 조참이 소하(蕭何)를 대신해 승상이 되어 밤낮 술만 마시고 일을 돌보지
않아, 경대부(卿大夫) 및 빈객(賓客)이 이를 말하려고 찾아가면 조참이 순주(醇酒)를 먹
여 취하게 하므로 끝내 입을 열지 못하였다고 한다. (『사기』「조상국세가(曹相國世家)」)

풀밭에서 헛되이 늙어가는 일남[79]의 신하라네　　　　草間虛老日南臣

현천 씀 : "갑자기 절구에 화답하려니 말이 뜻에 맞지 않습니다. 마음을 달래주는 훈훈한 풍미와 같은 것은 실로 흠모하고 탄복하는 바입니다. 모르겠습니다만, 집안 자손 이외에 또 출중한 문인들이 많이 있습니까?"

군산 답함 : "지나친 칭찬을 감당하지 못하겠습니다. 제자들은 비록 많지만 학업을 전수할 만한 자는 매우 적습니다. 원창주(源滄洲)[80]라는 자가 있는데 지난날 기역[81]에서 상견했던 자이고, 강전신천이라는 자가 있는데 오늘 저녁 석상에 있을 것입니다. 그 나머지는 용렬하여 헤아릴 만하지 않습니다."

현천 또 씀 : "신천의 고아한 말이나 창주의 널리 통달한 학식은 대개 절로 흠탄하여 그칠 수 없는 바가 있습니다. 다만 귀국의 신진들은 학문을 하면서 글을 짓고 시를 짓는 자들이 하나같이 모두 명나라 말엽에 널리 행해졌던 폐단에 휩쓸리고 있습니다. 생각건대 오직 군산 어

---

79 일남(日南) : 일남은 중국의 교주(交州)에 속하는 남방의 군명(郡名)으로, 그곳의 바다 속에서 보주(寶珠)가 많이 생산된다고 한다. 여기서는 일본을 가리키는 것으로 보인다.

80 원창주(源滄洲) : 원정경(源正卿, 미나모토 세이케이, 1737-1802). 강호시대 중기의 무인·유학자. 자는 자상(子相), 호는 창주(滄洲)·녹운거주인(綠雲居主人). 기곡창주(磯谷滄洲, 이소가이 소슈)로도 알려져 있다. 대대로 미장번(尾張藩)에서 무직(武職)에 종사하였다. 미장주의 송평군산(松平君山, 源君山, 源雲)을 사사하여 문장으로 이름이 났고, 남도(藍島)의 구정로(龜井魯)와 병칭되었다. 강전신천(岡田新川)과 함께 스승 송평군산의 『삼세창화』를 교정하였고, 저서로 『미장국지(尾張國志)』가 있다.

81 기역(起驛) : 미장주(尾張州) 어월(於越)에 있는 역참. 어월역(於越驛, 오코시에키)이라고도 한다. 어월(於越)은 '오코시'라는 지역인데, 훈독을 하는 일본 습관에 따라 '起'라고도 표기한다.

르신께서는 이미 깊이 우려하셨을 것입니다.

퇴석[82]께 드리다
贈退石

군산

만 리 삼한 손님	萬里三韓客
뗏목 띄워 오가네	泛槎往且還
체류해 세월 보내며	滯留淹日月
지나온 강산 몇 곳이런가	經歷幾江山
병석에서 일어나 봄 다 감에 놀라고	病起驚春盡
객수로 귀밑머리 반백 됨을 두려워하네	旅愁畏鬢斑
만나자 다시 이별하게 되니	相逢便告別
잠시 억지로나마 얼굴 활짝 펴시게	暫爾强開顔

---

82 퇴석(退石) : 김인겸(金仁謙, 1707-1772). 조선 후기의 문인. 자는 사안(士安), 호는 퇴석(退石). 문벌이 훌륭한 집안에 태어났지만 그의 할아버지인 김수능(金壽能)이 서출이라 과거에 급제하고도 현감에 그쳤다. 14세 때에 아버지를 사별하고, 가난에 시달려 학문에 전념하지 못하다가 47세 때인 1753년(영조 29)에야 사마시에 합격하여 진사가 되었다. 1763년 통신사행 때 종사관 김상익(金相翊)의 서기(書記)로 뽑혀 일본에 다녀왔다. 1764년 일본에 다녀온 기행사실을 가사형식의 『일동장유가(日東壯遊歌)』로 남겼다. 그 뒤 지평현감(砥平縣監) 등의 벼슬을 지냈다. 저술로는 역시 일본 기행을 한문으로 지은 『동사록(東槎錄)』이 있다.

군산의 시에 화답하다
奉和君山

퇴석

세 바다 하늘 너머 길	三洋天外路
봄날 나그네 돌아가네	春與客同還
가랑비 내리는 열전의 밤	細雨熱田夜
미풍 부는 웅야의 산[83]	微風熊野山
명성 한창이라고 들었는데	曾聞名已熟
마주하니 온통 반백이구려	相對髮俱斑
내일 헤어진 뒤에도	來日分携後
촛불에 비친 모습 잊기 어려우리	難忘燭下顔

풍입송[84] 송별 홍묵재[85]께 드리다
風入松送別呈洪默齋

군산

늦은 봄 역정에서 돌아가는 그대 보내는데	驛亭春暮送君歸
녹음은 짙고 붉은 꽃은 드물구나	綠暗紅稀

---

83 열전(熱田)의 밤 …… 웅야(熊野)의 산[細雨熱田夜, 微風熊野山] : 열전은 명고옥시 (名古屋市)에 있고, 웅야는 삼중현(三重縣)에 있다. 일본 사람들이 부사산(富士山)·열 전산(熱田山)·웅야산(熊野山)을 각각 봉래(蓬萊)·방장(方丈)·영주(瀛洲)라 하여 삼신 산으로 여기고 있다고 한다.

84 풍입송(風入松) : 사패명(詞牌名).

85 홍묵재(洪默齋) : 홍선보(洪善輔). 자는 성광(聖光), 호는 묵재(默齋). 통덕랑(通德郞) 을 역임하였다. 1764년 통신사행 때 반인(伴人)으로 일본에 다녀왔다.

이별하고 나면 외딴 곳이라 소식 없을 텐데 　　別來絶域無音信
누구와 시 지어 읊조리며 풀 향기 즐길까 　　與誰賦詠弄芳菲
구름 밖 원통한 새[86] 피 토하며 우는데 　　雲外寃禽啼血
다리 주변 버들 솜 다투어 날리네 　　橋邊柳絮爭飛

송별연에서 밤새도록 눈물로 옷깃 적시더니 　　祖筵終夜淚沾衣
네 필 말 타고 쉴 새 없이 달리네[87] 　　四牡騑騑
바다 산 만 리나 떨어져 계림 멀기만 한데 　　海山萬里鷄林遠
마부는 수레 차비하고[88] 날 새길 기다리네 　　僕夫整駕待晟暉
부평초 같은 삶, 어느 곳에서 만나랴 　　萍水相逢何處
그대 생각하며 멀리서 아득한 소식 바라네 　　憶君遙望音微

군산의 시에 화답하다
奉和君山

묵재

8월에 집 떠나 3월에 돌아가니 　　八月離家三月歸
풀은 푸르고 꽃은 드무네 　　草綠花稀
물상에 느낀 나그네 심사 어지러워 　　觸物羈愁心歷亂

---

86 원통한 새[寃禽] : 원금은 전설상의 새인 정위(精衛)를 말한다. 옛날에 염제(炎帝)의
　딸이 동해(東海)에 빠져 죽었는데, 정위(精衛)라는 새로 환생하여 바다를 원망해 늘 서산(西
　山)의 나무와 돌을 물어다가 동해를 메웠다고 한다. (『산해경(山海經)』「북산경(北山經)」)
87 네 필 말 타고 쉴 새 없이 달리네[四牡騑騑] : 『시경』「소아(小雅)」〈사모(四牡)〉에 나온
　시구.
88 마부는 수레 차비하고[僕夫整駕] : 이별의 정을 노래한 〈여구(驪駒)〉의 시구.

길가며 시 읊다 무심코 방초 마주하네　　　　　吟鞭無意對芳菲
훗날 서늘한 밤에 그립거든　　　　　　　　　　相思他日淸夜
꿈속의 푸른 물결 멀리 날겠지　　　　　　　　　魂夢滄波遠飛

숲길 꽃 옷깃에 어지러이 비추는데　　　　　　　去路林花亂映衣
새벽에 말 수레 채찍하며 달리네　　　　　　　　曉策驂騑
동문에서 수양가지 꺾어 주려는데　　　　　　　靑門欲折垂楊贈
이별 아쉬운지 어느새 황혼이로세　　　　　　　別意遲遲到晩暉
상머리에 놓인 거문고 다시 바라보며　　　　　　床頭更向幽琴
품에 안고 그대 위해 거문고줄 퉁기네　　　　　抱爲君奏瑤徽

고향으로 돌아가는 추월을 전송하다
送秋月歸鄕

　　　　　　　　　　　　　　　　　　　　　　곽산

동쪽으로 갔던 사신 서쪽으로 돌아가니　　　　　東行使節亦西歸
천 리 파도 산중턱 푸른빛 가두네　　　　　　　　千里波濤鎖翠微
이별하는 이때 초승달 차오르는데　　　　　　　離別斯時新月滿
세상 어딘들 예전 유람하던 데 아니랴　　　　　風塵何處舊遊非
관산에 비 그치니 모든 게 봄빛이요　　　　　　關山雨歇皆春色
창해에 하늘 열리니 석양노을이로다　　　　　　滄海天開惟夕暉
절집에서 그대 보내는데 저무는 햇살 비치고　　梵地送君相映暮
오색구름 걸린 삼월이라 떨어진 꽃잎 날리네　　綵雲三月落華飛

곽산의 시에 화답하다
和霍山

추월

봄날 나그네 돌아가던 어느 날	春與行人一日歸
천림사[89] 아래에 비 부슬부슬 내렸네	天林寺下雨霏微
구름가에서 객을 보내니 슬픈 정 있고	邊雲送客有情緖
짧은 촛대 앞에서 시 지으니 시비가 없구나	短燭題詩無是非
이역에서의 호의라 계찰의 의례[90] 어여쁘고	異域縞衣憐季禮
타국의 밤에 달 밝으니 현휘가 그립도다[91]	他霄明月懷玄暉
세상의 이런 이별 연과 월[92]처럼 멀기만 하니	人間此別成燕越
편지 지닌 기러기 어찌해야 바다 날 수 있을까	書雁那教掠海飛

---

89 천림사(天林寺) : 정강현(靜岡縣) 빈송시(濱松市)에 위치한 진덕산 천림사(眞德山天林寺)를 가리키는 것으로 보인다. 조동종(曹洞宗)의 고찰(古刹)이다. 1445년에 걸당의준(傑堂義俊) 선사가 구학산(龜鶴山) 만세원(萬歲院)으로 인마성(引馬城, 현재의 빈송시 동조궁 부근) 부근에 지었다. 1585년에 현재의 장소로 옮겼으며, 진덕산 천림사로 개칭했다.

90 이역에서의 호의라 계찰의 의례[異域縞衣憐季禮] : 오나라 계찰(季札)이 정나라 자산(子産)에게 호대(縞帶)를 보내니, 자산이 또한 계찰에게 저의(紵衣)를 보낸 고사에서 유래하였다.

91 현휘가 그립도다[懷玄暉] : 이백(李白)의 〈금릉성서누월하음(金陵城西樓月下吟)〉 시에 "맑은 강물 표백한 명주처럼 깨끗하다는 표현은, 사현휘를 두고두고 잊지 못하게 하네[解道澄江淨如練, 令人長憶謝玄暉]"라고 한 구절에서 나온 것으로 보인다. 사현휘는 남제(南齊) 때 시인 사조(謝朓)로, 오언시(五言詩)에 뛰어났고, 문(文)은 청려(淸麗)하였다.

92 연과 월[燕越] : 연(燕)나라는 북쪽에, 월(越)나라는 남쪽에 위치하고 있기 때문에 서로의 간격이 먼 것을 표현한 말이다.

용연을 전송하다
送龍淵

곽산

훌륭한 서기의 장쾌한 유람이여!	翮翮書記壯遊哉
이역 멀리서 사신 좇아 돌아가네	異域遙從使節回
문물은 그대로인데 멀리 고국이 생각나고	文物猶存生遠思
한림을 이어받아 뛰어난 재주 드러냈네	翰林已襲見雄才
접침령[93]으로 이어진 길에 수심 구름 덮고	路連鍼嶺愁雲合
비파호에 잠긴 하늘엔 저녁 비 내리네	天入琶湖暮雨來
훗날 그대 안부 묻는 수고 기약하노니	他日期君勞問訊
풍류 있는 물고기 서신 누굴 위해 열까	風流魚素爲誰開

사신은 일천 기병 타고 동방으로 향하는데	使君千騎向東方
백 리 안개꽃 속에서 흥취 길게 일어나네	百里烟花引興長
문장으로 해내를 놀라게 했다는데	爲謂文章驚海內
부상에 가득한 밝은 달만 쳐다보네	還看明月滿扶桑

---

93 접침령(摺針嶺, 스리하리레이) : 접침상(摺針峠, 스리하리토게)이라고도 한다. 근강
주(近江州)와 미농주(美濃州)의 경계로 현재의 자하현(滋賀縣) 언근시(彦根市)에 있으
며, 접침령 정상에서 서쪽으로 비파호의 웅대함을 조망할 수 있다.

곽산의 시에 화답하다
和霍山

용연

구름 한가하고 학 지나가[94] 생각 아득한데	閑雲過鶴意悠哉
늦은 봄날 근강주[95]로 사신이 탄 말 돌아왔네	春晚江州四牡回
절에서의 다시 만남 참으로 훌륭한 모임이요	佛舍重逢眞勝會
민가의 삼 세대 모두 기이한 재주로세	民家三世總奇才
비파 잎 고요한데 등불 어지럽고	枇杷葉靜燈光亂
철쭉꽃 한창인데 경쇠소리 들려오네	躑躅花深磬聲來
한 차례 이별하면 남과 북 막힐 테니	一別遂成南北阻
글 짓는 자리에서 정겨움 다 펼치는구나	筆筵聊且盡情開

꽃나무 맑게 우거져 절집 덮었는데	花木淸陰覆上方
밤중에 별들 주렴에 들어 길구나	二更星斗入簾長
산에 오르고 물가에 임하니 회한 길어	登山臨水悠悠恨
꿈속에서 언젠가 하룻밤 지낸 인연[96] 알겠지	魂夢他時證宿桑

---

94 학 지나가[過鶴] : 소식(蘇軾)의 〈후적벽부(後赤壁賦)〉에, 소식이 적벽에서 놀 때 큰
학 한 마리가 날아와 뱃전을 스치고 지나갔는데 그날 밤 꿈에 찾아와 읍(揖)하며 인사한
도사(道士)가 바로 그 학이었다는 이야기가 나온다.

95 근강주[江州] : 강주(江州)는 근강주(近江州)를 가리킨다. 현재의 자하현(滋賀縣) 지
역 일대에 있던 일본의 옛 국명(國名)으로 근강(近江)·근강국(近江國)이라고도 한다.
근강은 비파호(琵琶湖)가 수도인 경도에서 볼 때 가까이에 있는 담수호라는 의미의 근담
해(近淡海)에서 유래하였다. 통신사행 때 사신 일행이 휴식을 취하거나 묵었던 대진(大
津)·수산(守山)·근강팔번(近江八幡)·언근(彦根) 등지를 관할하는 곳이다.

96 하룻밤 지낸 인연[宿桑] : 상하일숙지연(桑下一宿之緣)의 준말로 뽕나무 밑에서 하룻
밤을 지낸 인연을 말한다.

현천을 전송하다
送玄川

곽산

사신이 창해로 떠나면	使星去滄海
바다 안개 천 리나 멀어지겠지	千里隔風烟
적마 관산의 눈	赤馬關山雪
청람 섬[97]의 배	青藍島嶼船
밝은 달 비치는 밤에 손님 돌아가면	客歸明月夜
흰 구름 떠 있는 하늘에서 꿈 깨겠지	夢覺白雲天
석상에서 사귄 우정 와 닿으니	席上交情到
계찰의 어짊[98] 잘 알고말고	極知季札賢

곽산의 시에 화답하다
和霍山

현천

역참 정자 꽃나무에 비 내리는데	驛亭芳樹雨
말머리는 꽃 지는 안개 속에 있네	馬首落花烟
봄날은 봉래산 세월 속에 다 가고	春盡蓬壺日
사람들은 낭박[99]의 배로 돌아가네	人歸浪泊船

---

97 적마 관산 …… 청람 섬[赤馬關山, 青藍島嶼] : 적마는 적간관(赤間關) 혹은 적마관(赤馬關)이라고 하는 하관(下關)을, 청람은 사행로 가운데 하나인 남도(藍島)를 가리키는 것으로 보인다.

98 계찰의 어짊[季札賢] : 춘추시대 오(吳)나라 공자 계찰(季札)이 각 제후국을 사신으로 순방하면서 예악을 논하고 박학하고 통명한 식견을 선보이며 현인의 명성을 떨쳤다.

남전[100] 산 아래 집	藍田山下宅
단혈[101] 바다 동쪽 하늘	丹穴海東天
시서의 학업을 생각해보니	想得詩書業
원씨 집안[102] 대대로 현자 있네	源家世有賢

퇴석을 전송하다
送退石

곽산

소산한 절에서 만났는데	相逢蕭寺裡
삼월 꽃 지는 날이로구나	三月落花天
다행히 청운의 벗을 만나	幸接靑雲侶
기쁘게 백설편을 노래하였지	喜歌白雪篇

---

99 낭박(浪泊) : 지금의 월남(越南) 하노이의 강하(江河)와 소력강(蘇瀝江) 사이에 있는 지명. 후한(後漢) 광무제(光武帝) 때 복파장군(伏波將軍) 마원(馬援)이 남방의 교지(交趾)에서 돌아온 뒤, "내가 낭박과 서리 사이에 주둔하고 있을 적에 온 천지에 독기(毒氣)가 치솟아 오르는 바람에 하늘을 날던 솔개도 물 위로 툭툭 떨어지곤 하였다."라고 술회하였다.(『후한서(後漢書)』「마원열전(馬援列傳)」) 여기서는 문맥상 '浪泊船'을 '낭화에 정박해 둔 배'로 풀이하는 것이 좀 더 타당한 것으로 보이나, 일단 대구를 염두에 두어 위와 같이 풀이하였다.

100 남전(藍田) : 옥(玉) 생산지로 유명한 남전산(藍田山)을 가리킨다. 진(秦)나라 말기에 상산(商山)의 사호(四皓)가 난리를 피하여 남전산에 들어가 은거하였다고 한다.

101 단혈(丹穴) : 전설상의 산 이름으로 단산(丹山)이라고도 한다. 오색이 영롱한 봉황새가 산다는 전설적인 산이다. 『산해경(山海經)』「남산경(南山經)」에 "단혈의 산에……새가 사는데, 그 모양은 닭과 같고 오색 무늬가 있으니, 이름을 봉황이라고 한다.[丹穴之山,……有鳥焉, 其狀如雞, 五采而文, 名曰鳳皇。]"라고 하였다.

102 원씨 집안[源家] : 원군산(源君山), 원곽산(源霍山), 원남산(源南山) 삼대를 염두에 둔 표현이다.

형세는 창해로 기울기 시작했고	勢斜滄海起
그림자는 적성[103]에 거꾸로 매달렸네	影倒赤城懸
봄빛 속에 머무는 것 싫어하지 마오	勿厭留春色
내일 아침이면 이별자리에 앉아 있을 테니	明朝坐別筵

곽산의 시에 화답하다
和霍山

퇴석

봄바람 부는 삼도[104]의 밤	春風三島夜
새벽 무렵 촛불 가물거리네	殘燭五更天
노봉이 새끼 거닐었던 곳이요[105]	老鳳將雛地
해낭엔 객에게 보낸 시편 있네	奚囊送客篇
돌아가는 길에 구름 온통 젖어 있고	歸程雲共潤
이별의 한으로 달은 외로이 걸려 있네	離恨月孤懸
이 세상에서 다시 만나기 어려워	此世難重會
그대 머물게 하고 또 자리에 마주 앉네	留君且對筵

---

103 적성(赤城) : 손작(孫綽)의 〈천태산부(天台山賦)〉에 "적성에 노을이 일어나서 표를 세우다.[赤城霞起而建標]"라고 하였다.

104 삼도(三島) : 바다 속에 있다는 삼신산(三神山)인 봉래(蓬萊)·방장(方丈)·영주(瀛洲)를 말하는데, 주로 경치가 아름다운 곳을 의미한다. 여기서는 일본을 가리킨다.

105 노봉이 새끼 거닐었던 곳이요[老鳳將雛地] : 원군산이 아들 곽산과 손자 남산을 데리고 조선 사신과 만나 시를 주고받았기 때문에 이른 말이다.

추월께 드리며 이별의 회포를 술회하다
贈秋月兼述別懷

남산

돌아온 사신 미장주[106]에 머무르자	歸來使節駐張州
이날 밤 만나 지난 놀이 이야기하네	此夜相逢說昔遊
부평초 인생 이별 자리에서 교분 맺는데	萍水結交離別席
덕성[107]이 때마침 절집 누대에 모였네	德星時聚梵王樓
채찍 떨치며 그들 나라로 멀리 떠나니	揚鞭遙去他邦路
나그네 수심 잘 알고 옷소매 붙잡네	把袂極知旅客愁
그대 본래 신령과 통해 묘법이 있어	若本通神因有妙
파도 넘는데 해신[108]이 편주를 보호하리라	凌波海若護扁舟

---

106 미장주(尾張州, 오와리슈) : 현재의 애지현(愛知縣, 아이치현) 서부 지역. 미장(尾張)·미장국(尾張國)·미양(尾陽)·장주(張州)라고도 한다. 율령제(律令制) 하에서는 도카이도(東海道)에 속하였고, 1871년 폐번치현(廢藩置縣) 정책에 의해 명고옥현(名古屋縣)이 되었다가 다음해 애지현으로 개칭하였으며, 구(舊) 삼하국(三河國) 지역을 통합하였다. 조선 후기 대부분의 사행 때마다 사신 일행이 휴식을 취하거나 묵었던 기(起)·명고옥(名古屋)·명해(鳴海)·도엽(稻葉) 등지를 관할한 곳이기도 하다. 따라서 이곳 번주들은 통신사가 왕래하는 지역에 대한 비용[旅中御賄]이나 인마(人馬) 동원, 숙소·역참·도로·다리 점검 및 지공(支供) 등을 담당하였고, 특히 명고옥에서는 조선 사신과 일본 문사들 간에 필담과 시문을 활발하게 주고받았다.

107 덕성(德星) : 현인(賢人)들이 한데 모인 것을 상징하는 말이다. 후한 때 진식(陳寔)이 자질(子姪)들과 함께 순숙(荀淑)의 집을 방문한 적이 있었는데 그때에 덕성이 마침 그 분야에 닿았으므로, 태사(太史)가 "5백 리 이내의 현인(賢人)이 한데 모였다."라고 아뢰었다고 한다.

108 해신[海若] : 북해약(北海若)의 준말. 약(若)은 바다 귀신의 이름. 널리 해신(海神)을 지칭하는 말로 쓰인다.

남산의 시에 화답하다
和南山

추월

이름난 성 수십 주를 두루 지났건만	歷盡名城數十州
미장주에서 노닌 것이 풍류 가장 성하였네	風流最盛尾陽遊
백 년의 정신적 사귐 이틀 밤 만에 이루어졌고	百年神契惟雙夜
삼 세대의 맑은 시는 한 누각에서 지었다네	三世淸詩自一樓
다시 보니 처음 본 즐거움보다 나은데	重見却勝初見樂
머문 회포가 떠나는 회포의 슬픔만 하랴	留懷爭似去懷愁
새로 지은 사행기록 집에 돌아가는 길에 모아	新成槎錄還家集
푸른 바다 배 안 외로운 등불 아래서 점검하리	点檢孤燈碧海舟

용연께 드리다
贈龍淵

남산

동방의 만 리 산천을 지나오며	東方萬里度山川
누각 앞에 날리는 깃발 또 보았네	又見旌旗飛閣前
나무 맴도는 두견새는 피 토하며 지저귀고	繞樹杜鵑啼血噪
뜰에 가득한 말들 꽃을 밟고 이어있네	滿庭征馬踏花連
중선의 흥취처럼 누대에 올라 부를 지었고[109]	登樓工賦仲宣興

---

109 중선의 흥취처럼 누대에 올라 부를 지었고[登樓工賦仲宣興] : 중선(仲宣)은 삼국시
대 위(魏)나라의 박식하고 문장이 뛰어나 건안칠자(建安七子) 중 한 사람인 왕찬(王粲)
을 말한다. 한나라 헌제(獻帝) 때 난리를 피해 형주(荊州)의 유표(劉表)에게 15년 동안
의탁해 있다가 조조(曹操) 밑으로 들어가 시중(侍中) 벼슬까지 지냈는데, 형주에 있을

소무의 어짊처럼 절개 지켜 충성을 다했네[110]	守節盡忠蘇武賢
손잡고 스스로 역수(易水) 노래[111] 부르려니	握手自將歌易水
눈물 흔적 소매 적시는 이별의 해로구나	淚痕沾袂別離年

남산의 시에 화답하다
和南山

용연

복숭아꽃 붉은 비로 긴 시내 어두운데	桃花紅雨暗長川
봄날 밤 오래된 탑 앞에 수레 멈추었네	春夜停軺古塔前
나라 밖에서 사귄 우정은 계찰을 부르고	域外交情徵季札
바다 속 거문고 곡조는 성련[112]임을 입증하네	海中徽曲證成連
큰 고을이라 영재들 성함을 이미 알았고	已識雄府英才盛
높은 집안 대대로 덕성 어짊을 끝내 사랑하네	終愛高門世德賢
막막한 긴 하늘에 외로운 달 그림자	渺渺長天孤月影

때 성루(城樓)에 올라가 시사를 한탄하고 고향을 그리는 뜻으로 〈등루부(登樓賦)〉를 지었다.

110 소무의 어짊처럼 절개 지켜 충성을 다했네[守節盡忠蘇武賢] : 한(漢)나라 무제(武帝) 때 소무(蘇武)가 중랑장(中郞將)으로 있다가 흉노(匈奴)에 사신으로 갔는데, 흉노의 선우(單于)가 갖은 협박을 하면서 항복하기를 강요하였음에도 굴하지 않고 갖은 고생을 하면서 19년 동안 머물러 있다가 소제(昭帝) 때 흉노와 화친하게 되어 비로소 한나라로 돌아왔다는 고사가 있다.

111 역수(易水) 노래 : 전국시대 때 형가(荊軻)가 연나라 태자 단(丹)의 부탁을 받고 진왕(秦王)을 죽이러 떠날 적에, 축(筑)의 명인인 고점리(高漸離)의 반주에 맞추어 〈역수한풍(易水寒風)〉이라는 비장한 노래를 부르고 작별했다는 고사가 있다.

112 성련(成連) : 동해(東海) 가운데 봉래산(蓬萊山)으로 백아(伯牙)를 데리고 가 그곳에서 거문고의 일인자가 되도록 가르쳤다는 백아의 스승을 가리킨다.

언젠가 응당 사신 방문했던 해 기억하겠지　　　　異時應記問槎年

현천께 드리다
贈玄川

남산

한나라 기풍 지닌 준재 일찍이 보았는데　　　　曾見儁才漢代風
새로 지은 시의 광채 누대 안을 비추네　　　　新詩光彩照樓中
귀로에 몰던 말 긴 길에서 울고　　　　歸途驅馬嘶長道
이역의 깃발 먼 하늘에서 나부끼네　　　　異域羽旄飄遠空
나는 옛날 도연명의 흥취 아님이 부끄러운데　　　　慙我舊非陶令興
그대는 절로 사령운의 시 재주 얻었구려　　　　知君自得謝公工
내일 아침이면 초초히 다시 헤어질 텐데　　　　明朝草草更分手
소식 다시 통하지 못해 애석하기만 하네　　　　堪惜信音不復通

남산의 시에 화답하다
和南山

현천

높은 나무 그늘지고 저녁 바람 불어오는데　　　　喬樹陰陰集晚風
고향집에 아들 손자 다복하기도 해라　　　　宜孫宜子故齋中
이미 시례 알고 있어 집안이 경사스럽고　　　　已知詩禮門闌慶
한 차례 부화 쓸어버리니 바다 위 달 맑구나　　　　一掃浮華海月空
아름다운 옥이라고 상자 속에 보관만해야 하고[113]　　　　美玉正須藏韞櫝
정련된 금이라고 어찌 좋은 장인만 생각하랴　　　　精金何必憶良工

| 꽃다운 나이의 아름다운 시 얻기 어렵지만 | 芳年藻彩誠難得 |
| 책상에 놓인 서적을 배워 통달하기를 바라네 | 冀向床書下學通 |

퇴석에게 드리다
贈退石

남산

오래된 절에 사신 수레 다시 머무니	古寺重留使者車
서쪽으로 돌아가는 객수는 또 어떠하겠는가	西歸旅思復何如
다행히 천리마 꼬리에 붙어[114] 때로 문자 논했지만	幸從驥尾時論字
스스로 마조[115]로서 서신 부치는 것 부끄럽네	自以馬曹慙寄書
고목의 낙화 아름다운 자리에 연이었고	殘樹落花連綺席
연기 토해내는 커다란 촛불 옷자락 비추네	吐烟巨燭映衣裾
오늘 밤 송별연 바야흐로 탄식할 만한데	今霄送別方堪歎
봄날 다하면 하늘가에 외로운 기러기 드물겠구나	春盡天涯孤鴈疎

---

113 아름다운 옥이라고 상자 속에 보관만해야 하고[美玉正須藏韞櫝] : 공자의 제자 자공이 "여기에 아름다운 옥이 있다고 할 때, 이것을 상자 속에 그냥 보관해 두어야 합니까, 아니면 좋은 값을 받고 팔아야 합니까?[有美玉於斯, 韞櫝而藏諸? 求善賈而沽諸?]"라고 묻자, 공자가 "팔아야지, 팔아야 되고말고. 나 역시 제값을 주고 살 사람을 기다리고 있다.[沽之哉. 沽之哉. 我待賈者也.]"라고 대답하였다. (『논어』「자한(子罕)」)

114 천리마 꼬리에 붙어[從驥尾] : 파리가 천리마 꼬리 뒤에 붙어서 멀리 치달릴 수 있는 것처럼, 안회(顔回)가 비록 학문에 독실하였다 하더라도 결국은 천리마와 같은 공자 때문에 후세에 더욱 이름을 전할 수 있게 되었다.[附驥尾而行益顯]는 고사에서 유래하였다.

115 마조(馬曹) : 진(晉)나라 왕휘지(王徽之)가 거기도위(車騎都尉) 환충(桓沖)의 기병참군(騎兵參軍)으로 있을 때 환충이 묻기를 "경은 무슨 조(曹)에 소속되어 있소?"하자, "아마도 마조인 듯합니다."라고 하였다는 데서 나온 고사로, 미관말직을 뜻한다. 마조는 말을 관장하는 관청이다.

남산의 시에 화답하다
和南山

퇴석

한글	한문
웅야산[116] 앞에서 수레 잠시 머무는데	熊野山前暫駐車
미장주의 풍물 비할 데가 없구나	尾陽風物盡難如
조경[117]의 옛터에 걸출한 시인 태어났고	晁卿舊壘生詩傑
서복의 유허지에 칠서가 있네[118]	徐福遺墟有漆書
의로운 마음 서로 헌걸차 함께 촛불 잡고	義胆相頎同秉燭
이별 시름 풀지 못해 다시 옷소매 붙드네	離愁未抒更摻裾
그대 집안 삼대 째 문장 이어 기쁜데	喜君三代聯文楊
내일이면 소식도 모습도 만 리라 소원하겠지	來日晋容萬里疎

『삼세창화(三世唱和)』 마침

『삼세창화(三世唱和)』 송평태랑우위문(松平太郎右衛門)

---

116 웅야산(熊野山) : 웅야산은 삼중현(三重縣)에 있는 산 이름이다. 일본 사람들이 웅야산을 부사산(富士山)·열전산(熱田山)과 함께 삼신산, 곧 영주(瀛洲)·봉래(蓬萊)·방장(方丈)으로 여기고 있다.

117 조경(晁卿) : 일본인 안배중마려(安倍仲麻呂)의 중국 이름으로 조형(晁衡)인데 위위경(衛尉卿)에 제수되었으므로 조경이라고 하였다. 일본의 사신으로 중국에 갔다가 중국의 문물을 흠모한 나머지 50년 동안이나 경사(京師)에 머물러 있었다. 그의 죽음을 애도한 이백(李白)의 시 〈곡조경형(哭晁卿衡)〉이 전한다.

118 서복(徐福)의 유허지에 칠서(漆書)가 있네 : 『동사일기(東槎日記)』 곤(坤) 「강관필담(江關筆談)」 서(序)에 의거하면, 웅야산(熊野山) 서복묘(徐福廟)에 과두체로 쓴 고문이 있었으나 불에 타버려 전하지 못했다는 말과 미장주(尾張州) 열전궁(熱田宮) 안에도 죽간(竹簡)에 칠서(漆書)한 과두문자(蝌蚪文字)로 된 두서너 책이 있다는 이야기가 전하는데, 이 두 이야기를 언급한 것으로 보인다.

『수복동조집(殊服同調集)』 명호옥대원제선생(名護屋大垣諸先生)

『하량아계(河梁雅契)』 기곡각좌위문(磯谷覺左衛門)

『표해영화(表海英華)』 강전선태랑(岡田仙太郎)

이상 4부 출간

대일본(大日本) 보력(寶曆) 14년[1764] 6월 길일

사정(寺町) 송원상정(松原上丁)

평안서림(平安書林) 팔목치병위(八木治兵衛)

명호옥(名護屋) 본정(本町) 광소로하정(廣小路下丁)

미장서림(尾張書林) 진전구병위(津田久兵衛)

공동으로 새김[仝刻]

三世唱和 全

題<u>源氏</u>《三世唱和》卷

<u>君山老人</u>, 有竹梧之鸞[119], 有苗芽之蘭。如此乎三世, 而<u>君山</u>筋力猶未衰, 携子若孫, 迎客於寺樓。此《三世唱和》之所以成也。夫一家三世, 併與六千里外人, 酬答於席上, 斯已奇矣。異日金華之至, <u>君山</u>無恙, 而<u>南山</u>復有子有孫[120], 皆能世其家, 共與賦〈鹿〉之筵, 則是將爲'五世唱和'。余雖在遠, 尙能野望風而賀之。

時甲申孟夏秋月書于[121]<u>浪華</u>江上

《三世唱和》小引

甲申春

<u>朝鮮國</u>信使, 宿<u>府下性高院</u>, 【僕】奉命小相賓館, 與製述官<u>南秋月</u>及

---

119 원문에는 '鷹'으로 되어 있는데 '鸞'의 오기로 보인다.
120 원문에는 '稱'으로 되어 있는데 뒤에 오는 '五世唱和'라는 문구로 보아 '孫'의 오기로 보인다.
121 원문에는 '干'으로 되어 있는데 '于'로 바로잡는다.

三書記唱和, 男武、孫彦, 同侍席右。秋月把筆寫曰, "三世一席, 各贈瓊篇, 希代之珍也。" 嗚呼, 此言可以爲不朽之榮也, 遂裒其詩, 爲一冊, 題曰《三世唱和》, 命剞劂氏, 行于世。故敍其語, 以弁其端云。

君山題

《三世唱和》

門人源正卿、岡田宜生 仝校

甲申二月三日, 朝鮮國信使, 宿府下, 與諸子會。

通刺

自聞使星指東, 翹首以俟, 若歷三秋。今也皇華無恙, 穰臻弊邑, 奉接清標, 何喜如之? 僕姓源, 名秀雲, 字士龍, 號君山, 別稱盍簪窩主人。族曰松平氏, 乃張藩書室監也。茲日奉命, 小相賓館, 獲承清誨, 幸甚幸甚。

呈製述官南秋月　　　　　　　　　　　　　君山
路入扶桑東又東, 海天萬里使星通。畫熊夜宿三山月, 彩鷁朝飛五雨風。野館花開停匹馬, 舟梁雲起度飛虹。行吟此去應回首, 八葉芙蓉積雪中。

奉酬源君山　　　　　　　　　　　　　　　秋月
性院深深稻葉東, 萬松村迤遠相通。山川秀媚天新雨, 樓觀高低夜

有風。春早江城聞去鴈，日暄橋渡過垂虹。蓬萊仙老厖眉皓，三世論交一席中。

秋月寫云：“三世一席，各贈瓊篇，誠希代之珍也。未知貴庚幾何？”
君山答寫云：“丁丑生六十八歲。”
秋月又旁書云：“可貴可敬。”

再和秋月　　　　　　　　　　　　　　　　　　君山
星軺初度大洋東，最喜善隣聘問通。齊國仲連曾踏海，延陵季子正觀風。把毫清藻光聯璧，揮塵高談氣吐虹。明日若過蓬島去，瑤台多小彩雲中。

遙奉酬君山疊贈韻　　　　　　　　　　　　　　秋月
尾州纖月佛樓東，雅韻疎襟一笑通。逢處只酬毫墨債，別來終憶老成風。梅花寺裡泉添雨，菡萏峰巔日射虹。長路關心詩總廢，爲君題寄海雲中。

呈書記成龍淵　　　　　　　　　　　　　　　　君山
萬里烟波萬里天，仙查奉使漢張騫。正思客館孤眼夜，夢入雞林落月邊。

奉和源君山　　　　　　　　　　　　　　　　　龍淵
鱻帷晚闢斗南天，雛鳳孫鵬次第騫。不待門前投孔刺，高名已識股河邊。【日到洲股，因源滄洲已聞高名故云。】

再和龍淵 君山

丈夫出處在蒼天, <u>汶</u>上何求<u>閔子騫</u>。知己應無千里隔, 相思常欲到
那邊。

奉和君山疊贈韻 龍淵

芙蓉秀色聳春天, 縹緲雲間一鶴騫。尙憶名州良夜會, 仙翁髭髮古
梅邊。

呈書記元玄川 君山

旌節不辭跋涉勞, 肯將忠信怯風濤。明朝若向防丘去, 琪樹花飛点
錦袍。

奉和源君山 玄川

不辭鳩杖上堂勞, 爲是吾行涉海濤。翁自揮毫兒在座, 餘香淡泊襲
烏袍。

通刺

僕姓源, 名<u>武</u>, 字<u>純臣</u>, 號<u>霍山</u>。族曰<u>松平</u>氏。

呈秋月 霍山

<u>雞林</u>詞客郡城來, 古殿燈華邀客開。今日天涯晴色好, 知君本自使
星才。

和<u>霍山</u> 秋月

<u>荀</u>家父子聚星來, 野寺春燈照席開。已識庭前詩禮敎, 鳳毛元是不

凡才。

呈龍淵　　　　　　　　　　　　　　　　　　　　　霍山
天涯初見使星新，處處江山風景親。此去客中饒勝槩，却懷文藻異鄉人。

和霍山　　　　　　　　　　　　　　　　　　　　　　龍淵
琵琶水色入春新，鷗鷺隨緣自可親。珍重眉山家學在，壯觀還待小華人。

呈玄川　　　　　　　　　　　　　　　　　　　　　　霍山
上國名家海外傳，物華不改舊山川。明朝此去逢春色，第一芙蓉日本天。

和霍山　　　　　　　　　　　　　　　　　　　　　　玄川
王節天書海外傳，水窮雲起傍山川。逢人修竹榕林下，出日光中問武天。

　　僕聞去秋使節東，引領待之久矣，今也諸君子，海陸萬里無恙到于此，可賀可賀。僕姓源，名彥，字伯邦，號南山。族曰松平氏，乃書室監君山孫也。僕從少小，以爲恐墜家業，而常讀書學詩，幸逢諸君子來聘，僕來拜謁，雀躍何已？此雖似以蒹葭對珠樹，敢裁鄙詩，奉呈諸君子案下。願賜高和，長爲家寶，僕所願也。

呈秋月 南山

雞林旅客向扶桑, 遙挂仙帆海陸長。馳馬郵亭停使節, 裁詩岐路滿
奚囊。已看銀燭含烟動, 閑對官梅帶露香。此夕知君揮彩筆, 更敎春
色照高堂。

共指使星浮遠天, 相逢一夜此留連。欣然自對交歡裏, 談論偏知上
客賢。

和南山 秋月

懸弧志業在蓬 桑, 汗血天駒步驟長。梧竹孫枝連舞服, 鳳鸞雛羽映
鞶囊。神精秋水爭清徹, 牙頰春蘭吐馥香。更喜床前文若壯, 汝南高
會許升堂。

炯然眉眼照春天, 隅燭詩筵一榻連。大器晚成須自勉, 似君才力合
希賢。

呈龍淵 南山

初從千騎自西來, 曾聽高名又壯哉。舉首延津時望氣, 對人鄴下忽
看才。談詩畫閣幽情發, 揮筆他鄉旅思催。遙隔滄溟君莫歎, 北飛鴻
鴈繫書回。

彩筆翩翩漢代尊, 雋才豪氣幾人存。幸逢高駕因投宿, 車馬往來古
寺門。

和南山 龍淵

蘋洲春色逐人來, 南楚騷音信異哉。荀里早推文若妙, 王門先數子
安才。相逢已喜靈眸炯, 少別還愁客路催。半夜毫談情未了, 紅櫳燭
下久遲回。

詩禮君家有所尊，老成猶識典刑存。尋常酒掃躋天德，養得童蒙入聖門。

呈玄川　　　　　　　　　　　　　　　　　　　　　南山

仙槎浮海已經年，無恙諸賢坐綺筵。揮塵床頭能發興，論心物外共談玄。階前琪樹皆含綠，亭上青燈忽吐烟。此去芙蓉看白雪，和歌遙贈郢中篇。

和南山　　　　　　　　　　　　　　　　　　　　　玄川

逢場難得日如年，一揖相看是別筵。賓館依依燈影冷，江城漠漠樹光玄。雲開北斗看新月，水盡南溟對夕烟。明日重關愁渺渺，馬前空賦《遠遊篇》。

附錄

與南秋月書

張州末僚松平 源雲，拜奉書朝鮮國 秋月 南公案下。適者星軺，到我府下，始獲接芝眉，特蒙垂青，感戴罔極。聞修途亡恙，已達東都，欣慰欣慰。先夜會晤，蚩譽過當三世一席。稱美斯至，是父子暨孫永世不沒之榮也。第恨賓館之中，稠人鶻突，不罄雅懷。星軺將發之際，偶有官事，暫往別館，不得一揖告別而期後會，遺憾良多。其日公及龍淵、玄川二君所賜高和三通，恍惚之間，為傍人携去，無繇追尋，不勝嘆惋。因托對州岡子，伏請公及[122]二君各寫前日和章一通，歸旗之日，携來見惠，則望外之喜也。敢煩公致意於二君，勿拒鄙誠，縷縷在

岡子說話。此日東風, 寒暖相半, 寢膳自愛。不備。二月六日, <u>松平源雲</u>再拜。

奉復源君山書

一霄奉穩, 三世論交, 方其樂也。不省方域之異, 忽爾相別, 復成參商之阻, 耿耿者久不能已。分外獲拜, 遠辱赫蹏, 如得更承詔顏。況審冲養一味, 穩適慰喜, 不容名狀。僕輩久滯江城, 歸鑣未戒, <u>尾州</u>山水, 益牽愁思。 何時復與<u>筍朗陵</u>一家, 續前日未了之歡耶? 拙詩承見失, 草草之作, 固不足惜。而難孤遠索之勤, 撥忙更寫, 以塞鄭重之意。不知能先僕輩之行, 到得案下否也。 自餘多懷, 都俟重奉。 不備。 謝敬。甲申二月廿五, <u>南秋月</u>、<u>成龍淵</u>、<u>元玄川</u>頓首。

<u>千村力之</u>詩集序及<u>岡田</u>秀才古體詩, 僕與<u>龍淵</u>俱有作, 屬之<u>那波魯堂</u>, 歸時使之傳, 及[122]如見, 此二生幸致此意。足下疊贈韻一律一絕, 又託<u>那波氏</u>, 續當傳達也。

三月廿九日, 信使歸國, 宿<u>性高院</u>, 再與諸子會。

贈秋月　　　　　　　　　　　　　　君山

雨歇江山氣色殊, 花飛上路趁驪駒。濤鳴海港春風惡, 屢問行人安穩無。

奉和君山　　　　　　　　　　　　　秋月

濃花密葉去來殊, 庭樹靑㑩繫白駒。三世唱酬新作卷, 百年槎錄此

122　원래 '反'으로 되어 있으나 '及'으로 바로잡는다.

應無。

席上贈秋月兼寓別懷　　　　　　　　　　　　　　　　　　　　君山

春風滿路草萋萋，回旆漸過蓬島西。無奈遠人歸興逼，杜鵑花落杜
鵑啼。

又

君不見芙蓉一峰接青天，孰與金剛萬八千？又不見琵琶湖水浸紅旭，
孰與大江鴨、頭綠？海東名勝次第過，故國靈境更如何？千里行中饒
佳興，定識奚囊篇什多。曾聞山城通信日，叔舟 申公留彩筆。壽藺軸
中詠形勝，流傳至今猶未失。其後善隣世結盟，學士從行皆有名。就
中文章誰第一？東郭、青泉各豪英。向與矩軒通名紙，一別十年吾老
矣。華髮墮顚非昔姿，此度幸逢南學士。學士高名動海隅，敏捷如君
絕代無。不待謫仙一斗資，詩成百篇在斯須。倚席才思偏如湧，筆力
頗回千鈞重。奉使終不辱君命，歸朝定應承殊寵。今夜賓館賦別離，
欲問再會更無期。臨岐空灑丈夫淚，萬里西望天一涯。故人此去海漫
漫，布帆無恙達三韓。吾向屋梁望落月，想見容輝淚闌干。豫知別後
意無窮，欲寄雙魚路不通。每看朝陽升若木，記取醉翁在海東。

奉酬君山別詩　　　　　　　　　　　　　　　　　　　　　　　　秋月

細雨長洲草色萋，客驂清曉尾州西。哀蟬不識春秋異，定爲離人或
早啼。【途中已聞蟬聲。】

秋月寫云：“若長篇，則夜短客多，不能卽和，可恨可恨。”

贈龍淵　　　　　　　　　　　　　　　　　　　　　　　　　　　君山

祖帳惜春古寺邊，與君一夜不須眠。縱然星駕重超海，會面難期衰

百[123]年。

奉和君山　　　　　　　　　　　　　　　　　　　龍淵

名都歸路落花邊，蓮社春零借榻眠。三世君家萍水集，一燈離思感
衰年。

贈玄川　　　　　　　　　　　　　　　　　　　　　君山

野館送春又送人，鳥啼花落共沾[124]巾。爲言上國諸君子，依舊海東
一老臣。

奉和君山　　　　　　　　　　　　　　　　　　　　玄川

東州來往閱千人，却爲君山再整巾。醇酒溫溫曹相國，草間虛老日
南臣。

玄川寫云："俄和絶句，言不稱意。而若其溫溫風味，實所欽歎。未
知門闌之外，又多蛾化者耶？"

君山答云："過奬不敢當。惟門人雖多，能傳業者甚少。有源滄洲者，
先日於起驛，相見者也；有岡新川者，今夕在席上。其餘碌碌，不足數矣。

玄川又寫云："新川雅古之辭，滄洲博淹之識，盖有所自欽歎不能自
已。但貴邦新進爲學，爲文爲詩者，一皆奔波於明季之流弊。想惟君
山老子已被深憂矣。

贈退石　　　　　　　　　　　　　　　　　　　　君山

萬里三韓客，泛槎往且還。滯留淹日月，經歷幾江山。病起驚春盡，

123　원문에는 '白'으로 되어 있으나 '百'으로 바로잡는다.
124　원문에는 '沽'로 되어 있으나 '沾'으로 바로잡는다.

旅愁畏鬢斑。相逢便告別，暫爾强開顏。

奉和君山　　　　　　　　　　　　　　　　　　　退石
三洋天外路，春與客同還。細雨熱田夜，微風熊野山。曾聞名已熟，
相對髮俱斑。來日分携後，難忘燭下顏。

風入松送別呈洪默齋　　　　　　　　　　　　　　君山
驛亭春暮送君歸，綠暗紅稀。別來絶域無音信，與誰賦詠弄芳菲？
雲外寃禽啼血，橋邊柳絮爭飛。
祖筵終夜淚沾[125]衣，四牡騑騑。海山萬里鷄林遠，僕夫整駕待晟
暉。萍水相逢何處，憶君遙望音微。

奉和君山　　　　　　　　　　　　　　　　　　　默齋
八月離家三月歸，草綠花稀。觸物覊愁心歷亂，吟鞭無意對芳菲。
相思他日清夜，魂夢滄波遠飛。
去路林花亂映衣，曉策驂騑。靑門欲折垂楊贈，別意遲遲到晚暉。
床頭更向幽琴，抱爲君奏瑤徽。

送秋月歸鄉　　　　　　　　　　　　　　　　　　霍山
東行使節亦西歸，千里波濤鎖翠微。離別斯時新月滿，風塵何處舊
遊非。關山雨歇皆春色，滄海天開惟夕暉。梵地送君相映暮，綵雲三
月落華飛。

125　원문에는 '沽'로 되어 있으나 '沾'으로 바로잡는다.

和霍山 秋月

春與行人一日歸, 天林寺下雨霏微。邊雲送客有情緒, 短燭題詩無是非。異域縞衣憐季禮, 他霄明月懷玄暉。人間此別成燕、越, 書雁那敎掠海飛。

送龍淵 霍山

翩翩書記壯遊哉, 異域遙從使節回。文物猶存生遠思, 翰林已襲見雄才。路連鍼嶺愁雲合, 天入琶湖暮雨來。他日期君勞問訊, 風流魚素爲誰開。

使君千騎向東方, 百里烟花引興長。爲謂文章驚海內, 還看明月滿扶桑。

和霍山 龍淵

閑雲過鶴意悠哉, 春晚江州四牡回。佛舍重逢眞勝會, 民家三世總奇才。枇杷葉靜燈光亂, 躑躅花深磬聲來。一別遂成南北阻, 筆筵聊且盡情開。

花木清陰覆上方, 二更星斗入簾長。登山臨水悠悠恨, 魂夢他時証宿桑。

送玄川 霍山

使星去滄海, 千里隔風烟。赤馬關山雪, 青藍島嶼船。客歸明月夜, 夢覺白雲天。席上交情到, 極知季札賢。

和霍山 玄川

驛亭芳樹雨, 馬首落花烟。春盡蓬壺日, 人歸浪泊船。藍田山下宅,

丹穴海東天。想得詩書業, 源家世有賢。

送退石　　　　　　　　　　　　　　　　　　　霍山

相逢蕭寺裡, 三月落花天。幸接青雲侶, 喜歌《白雪篇》。勢斜滄海起, 影倒赤城縣。勿厭留春色。明朝坐別筵。

和霍山　　　　　　　　　　　　　　　　　　　退石

春風三島夜, 殘燭五更天。老鳳將雛地, 奚囊送客篇。歸程雲共潤, 離恨月孤懸。此世難重會, 留君且對筵。

贈秋月兼述別懷　　　　　　　　　　　　　　南山

歸來使節駐張州, 此夜相逢說昔遊。萍水結交離別席, 德星時聚梵王樓。揚鞭遙去他邦路, 把袂極知旅客愁。君本通神因有妙, 凌波海若護扁舟。

和南山　　　　　　　　　　　　　　　　　　　秋月

歷盡名城數十州, 風流最盛尾陽遊。百年神契惟雙夜, 三世清詩自一樓。重見却勝初見樂, 留懷爭似去懷愁。新成槎錄還家集, 点檢孤燈碧海舟。

贈龍淵　　　　　　　　　　　　　　　　　　　南山

東方萬里度山川, 又見旌旗飛閣前。繞樹杜鵑啼血噪, 滿庭征馬踏花連。登樓工賦仲宣興, 守節盡忠蘇武賢。握手自將歌《易水》, 淚痕沾[126]袂別離年。

和南山　　　　　　　　　　　　　　　　　　龍淵

桃花紅雨暗長川，春夜停軺古塔前。域外交情徵季札，海中徽曲證
成連。已識雄府英才盛，終愛高門世德賢。渺渺長天孤月影，異時應
記問槎年。

贈玄川　　　　　　　　　　　　　　　　　　南山

曾見儁才漢代風，新詩光彩照樓中。歸途驅馬嘶長道，異域羽旄飄
遠空。慙我舊非陶令興，知君自得謝公工。明朝草草更分手，堪惜信
音不復通。

和南山　　　　　　　　　　　　　　　　　　玄川

喬樹陰陰集晚風，宜孫宜子故齋中。已知詩禮門闌慶，一掃浮華海
月空。美玉正須藏韞櫝，精金何必憶良工。芳年藻彩誠難得，冀向床
書下學通。

贈退石　　　　　　　　　　　　　　　　　　南山

古寺重留使者車，西歸旅思復何如。幸從驥尾時論字，自以馬曹慙
寄書。殘樹落花連綺席，吐烟巨燭映衣裾。今霄送別方堪歎，春盡天
涯孤鴈疎。

和南山　　　　　　　　　　　　　　　　　　退石

熊野山前暫駐車，尾陽風物盡難如。晁卿舊壘生詩傑，徐福遺墟有
漆書。義胆相顧同秉[127]燭，離愁未抒更摻裾。喜君三代聯文榻，來日

---

126 원문에는 '沽'로 되어 있으나 '沾'으로 바로잡는다.

音容萬里疎。

《三世唱和》【畢】

《三世唱和》【松平太郎右衛門】

《殊服同調集》【名護屋 大垣 諸先生】

《河梁雅契》【磯谷覺左衛門】

《表海英華》【岡田仙太郎】

右四部出來

大日本 寶歷十四年六月吉日

【寺町松原上丁】

平安書林 八木治兵衛

【名護屋本町廣小路下丁】

尾張書林 津田久兵衛

仝刻

수복동조집

殊服同調集

수복동조집(殊服同調集)

1. 개요

『수복동조집(殊服同調集)』은 1764년 정사 조엄(趙曮)·부사 이인배(李仁培)·종사관 김상익(金相翊) 등 통신사 일행이 덕천가치(德川家治, 도쿠가와 이에하루)의 습직(襲職)을 축하하기 위해 강호(江戶, 에도)로 향할 때, 미장(尾張, 오와리)의 성고원(性高院, 쇼코인)·명해(鳴海, 나루미)·어월(於越, 오코시)에서 일본 문사들이 조선의 제술관·서기·양의·반인 등을 찾아와 교유하면서 창화한 시편 등을 엮은 필담창화집이다.

2. 편저자 사항

『수복동조집』은 1764년(갑신, 보력 14년) 5월에 임문익(林文翼, 하야시 분요쿠)이 집록(緝錄)하였다. 임문익은 자붕(子鵬)으로 알려져 있으나 구체적인 생평은 알 수 없다.

『수복동조집』에는 일본 문사와 조선 문사가 교유하면서 창화한 시편이 수록되어 있다. 『수복동조집』 서문에 "임생 자붕은 9명의 일본 문사와 조선 사신들이 서로 즐거워하며 주고받았던 시편을 기록하여

출판하면서 『수복동조(殊服同調)』라고 이름 지었다."라고 하였다. 여기
서 언급한 조선 사신은 남옥(南玉, 1722-1770), 서기 성대중(成大中,
1732-1809)·원중거(元重擧, 1719-1790)·김인겸(金仁謙, 1707-1772), 양의
(良醫) 이좌국(李佐國, 1733-?)과 종사관(從事官) 김상익(金相翊, 1721-?)
의 반인(伴人) 홍선보(洪善輔) 등을 말하며, 9명의 일본 문사는 천촌몽
택(千村夢澤, 지무라 보타쿠, 1694-1773)·천촌아호(千村鵞湖, 지무라 가코,
1727-1790)·천촌노주(千村鷺洲, 지무라 로슈)·토옥매령(土屋梅嶺, 쓰치야
바이레이)·약산남래(若山南萊, 와카야마 난라이)·서하국장(西河菊莊, 니시
카와 기쿠소)·전승산(田勝山, 덴 쇼산)·성야동정(星野東亭, 호시노 도테
이)·강전황주(岡田篁洲, 오카다 고슈) 등을 말한다. 이 가운데 일본 문사
가운데 지명도가 높은 인물을 중심으로 간단히 살펴보면 다음과 같다.

천촌몽택은 강호시대 중기의 유학자이다. 이름은 양중(良重), 자는
정신(鼎臣), 호는 몽택(夢澤), 통칭은 감평(勘平)·조평(助平)·잠부(潛夫)
이다. 천몽택(千夢澤)·몽택노자(夢澤老子)·천촌노인(千村老人)·정출정
신(井出鼎臣)이라고도 하고, 묘비명에는 장산잠부거사(丈山潛夫居士)라
고 하였다. 천촌미병위무명(千村彌兵衛武明, 지무라 야헤에 다케아키)의 아
들이며 천촌아호(千村鵞湖, 지무라 가코)의 부친이다. 어려서 정출중치
(井出重治, 이데 시게하루)에게 양육되어 성(姓)을 정출(井出)로 하였다가
1739년 관직을 물러나면서 다시 천촌(千村)으로 고쳤다. 소출동재(小出
侗齋, 고이데 도사이)의 제자이고, 미장 명고옥(名古屋, 나고야) 번사(藩士)
이면서 문학으로 이름을 날렸다. 1748년 무진사행 때 미장에서 제술
관 박경행(朴敬行)·서기 이명계(李命啓) 등과 필담을 나누며 시를 주고
받았고, 1764년 갑신사행 때에도 제술관 남옥·서기 성대중 등과 시문
을 주고받았다. 편저로는 『방구시선(防丘詩選)』·『봉좌시귀(蓬左詩歸)』

등이 있다.

전승산은 강호시대 중기의 한시인(漢詩人)인 동시에 의관(醫官)이다. 이름은 입송(立松)이고, 자는 사무(士茂)이며, 호는 승산(勝山)이다. 미농(美濃, 미노) 수하(須賀, 스가) 출신이다. 1764년 통신사행 때 미농과 미장을 넘나들며 조선 문사들과 수차례 시와 필담을 주고받았다.

3. 구성 및 내용

『수복동조집』은 크게 서문, 구선생 성명록, 임문익의 소인(小引), 한객성명(韓客姓名), 본문, 발문으로 구성되어 있다. 서문은 미장의 승려 백비인묵천(百非仁默天)이 지었으며 수복(殊服)과 동조(同調)의 의미와 함께 『수복동조집』이라는 서명이 나오게 된 연유를 밝히고 있다. 구선생 성명록은 아홉명의 일본 문사를 성씨 자호와 함께 소개하였고, 소인은 임문익이 지은 것으로 『수복동조집』에 어떤 내용이 수록되어 있는지 밝히고 있다. 한객성명(韓客姓名)은 조선의 제술관과 서기 등 총 6명의 성명과 자호 및 직위에 대해 간단히 소개하고 있다. 본문은 먼저 통자(通剌)를 통해 개인의 인적 사항 등을 소개한 뒤, 이어 일본 문사가 지어준 시와 그 시에 대해 화답한 조선 문사들의 시들을 문사별로 소개하였다. 발문은 미장 도원(桃源)의 고경준(高景濬)이 지었는데 조선 문사들이 화답시를 짓는 솜씨를 비판적으로 칭송하고 있다.

『수복동조집』에 수록된 창화시의 내용을 보면, 만남의 기쁨, 사행 임무의 중요성과 노정의 험난함, 일본에 무사히 도착한 노고에 대한 위로와 칭송, 글씨와 화답시 요청, 접대에 대한 감사함, 원유(遠遊)와

남아의 포부, 일본 명승지 소개와 그에 대한 자긍심, 시 모임자리에서의 흥취, 양국 문사 간의 교유와 풍류, 양국 문사들의 필묵과 재주에 대한 찬사, 무사 귀국의 기원과 이별의 아쉬움 등등을 담아내고 있다.

4. 서지적 특성 및 자료적 가치

『수복동조집』은 권수 구분이 없는 불분권(不分卷) 1책이며, 간본(刊本)이다. 글 주변 사방에 단선 테두리가 있는 사주단변(四周單邊)이고, 행마다 선이 있는 유계(有界)이며, 10행 20자이다. 주(註)는 소자(小字) 두 줄로 된 주쌍행(註雙行)이다. 판심(版心)은 상하백구(上下白口) 상내향단엽흑어미(上內向單葉黑魚尾)이고, 판심제(版心題)는 상단과 하단에 각각 '殊服同調集'과 '玉山房藏'이 있다. 서문 첫머리에 인장이 희미하게 찍혀 있고, 권말에 "보력(寶歷) 갑신(甲申) 6월 황도서림(皇都書林) 사정(寺町) 송원상정(松原上丁) 팔목차병위(八木次兵衛), 장번서림(張藩書林) 본정(本町) 광소로하정(廣小路下丁) 진전구병위(津田久兵衛) 동각(同刻)"이라는 간기(刊記)가 있다. 일본 국회도서관에 소장되어 있다.

전승산과 성야동정 등의 조선 문사와의 창화시는『수복동조집』이외에도 같은 시기의 필담창화집인『문사여향(問槎餘響)』에도 수록되어 있고, 천촌몽택·천촌아호·천촌노주·토옥매령·서하국장·강전황주 등의 조선 문사와의 창화시 역시『수복동조집』이외에도 같은 시기의 필담창화집인『하량아계(河梁雅契)』나『갑신한인창화(甲申韓人唱和)』에도 수록되어 있다.

『수복동조집』에는 천촌몽택·천촌아호·성야동정 등 일본의 미장주

문사들과 조선 문사들이 주고받은 시편이 다수 수록되어 있다. 따라서 『수복동조집』은 1764년 통신사행 때 일본의 미장 지방을 중심으로 한 조일(朝日) 문사들 간 교유의 현장과 실체를 파악할 수 있을 뿐만 아니라 조선 문사들이 쓴 사행록(使行錄)과 함께 통신사 연구에 크게 도움이 되는 귀중한 자료이다.

수복동조집

『수복동조집(殊服同調集)』 서(序)

　임생 자붕은 아홉명의 일본 문사[1]들과 조선 사신들이 서로 즐거워하며 주고받았던 시편을 기록하여 출판하면서 『수복동조(殊服同調)』라고 이름 지었다. 어떤 객이 자붕에게 "수복[2] 또한 동조(同調)라고 말할 수 있습니까?"라고 물었는데, 자붕이 대답하지 못하였다. 이에 객이 한 말을 나에게 알려주어, 내가 말하기를 "그대는 내가 몸을 훼손시키면서 옷깃을 자른 것[3]을 보지 못하였는가? 관면(冠冕)을 쓴 사람이나 봉액(縫掖)[4]을 입은 사람들이 서로 만나 세속을 잊으면 조(調)가 같은 것이니, 한인 또한 그와 같습니다. 풍신씨[5] 시대에 한인이 세월을 헛

---

1 아홉 명의 일본 문사들[九子] : 『수복동조집(殊服同調集)』 '구선생(九先生) 성명록'에 나오는 아홉 명의 일본 문사들을 가리킨다.

2 수복(殊服) : 서로 같지 않은 복장이나 이국 또는 이족(異族)을 가리킨다.

3 옷깃을 자른 것[割衣] : 할금(割衿). 옷깃을 잘라 상대방에게 주어 딸의 혼인을 허락하는 신물로 사용하였다. 『구오대사(舊五代史)·당서(唐書)』「왕용전(王鎔傳)」에, 반쯤 취한 당나라 장종(莊宗)이 패도를 뽑아 옷깃을 잘라 딸을 용(鎔)의 아들 소회(昭誨)에게 시집보낼 것을 허락한 데서 유래하였다.

4 봉액(縫掖) : 유생(儒生)의 옷. 겨드랑이만 꿰매어 옆이 넓게 터져 있다.

5 풍신씨(豊臣氏) : 풍신수길(豊臣秀吉, 도요토미 히데요시).

되이 보내지 않을 정도로 내빙이 잦았지만, 슬프게도 몹시 두려워하고 쉬이 피하며 무릎을 꿇고 엎드려 기어갔습니다. 일찍이 안색을 쳐다볼 수도 없었는데 어찌 취미가 멀리까지 미친 것을 물을 수나 있겠습니까? 그 후에 신조(神祖)[6]가 나라를 어루만짐에 이르러서는 그 깊은 인덕과 두터운 은택이 온 세상을 고루 적셨습니다. 특히 삼한은 풍신씨가 죽은 뒤에 편안하고 넉넉하였는데, 비록 삼한이 우리에게 신첩은 아닐지라도, 우리에게 있어서는 부모에게서의 적자와 같은 존재입니다. 그리하여 사신이 오면 때때로 군(君)의 취미에서 과군(寡君)을 보게 되는 것입니다. 이 때문에 상하피차 서로 수복(殊服) 이외의 것은 잊고 서로 공경과 양보로 만난다면 서로 침해하고 욕보이는 일은 없을 것입니다. 이것을 동조(同調)라고 합니다. '탕임금과 우임금은 공손하게 짝을 구하니, 지[7]와 구요[8]가 있어 화합할 수 있구나!'[9]라고 하였습니다. 국가가 혹 삼한을 쓴다면, 기왕에 대선사(大先士) 이하에 앞서 지은 시가 있고 이어 그에 화답한 시가 있으니, 서로 즐거운 빛을 머금고 이채로운 것을 하나로 부합시킬 수 있고, 또한 오직 〈녹명〉의 〈사모〉 편처럼 사신을 위로하고 절을 거듭 올려 다섯 가지 선한 유업

---

6 신조(神祖) : 강호막부(江戶幕府)의 초대 장군 덕천가강(德川家康, 도쿠가와 이에야스)을 말한다.
7 지(摯) : 이윤(伊尹). 이윤은 은나라 탕왕의 재상. 신야(莘野)에서 밭을 갈다가 탕왕의 부름을 세 차례나 받고 벼슬에 나가 하나라의 무도한 걸(桀)을 치고 은나라 창업을 도왔다.
8 구요(咎繇) : 순(舜) 임금의 신하인 고요(皐陶). 순 임금이 "임금의 팔다리인 대신들이 즐겁게 일하면 임금의 다스림이 흥기되어 백관들이 기뻐할 것이다."라고 노래하자, 이에 화답하여 "임금께서 현명하시면 대신들도 훌륭하여 만사가 안정될 것입니다."라고 하고, 또 이어서 "임금께서 잗달게 굴면 대신들도 태만해져서 만사가 폐해질 것입니다."라고 하였는데, 임금을 권면한 노래의 전범으로 꼽히고 있다. (『서경(書經)』「익직(益稷)」)
9 이 시구는 굴원의 〈이소(離騷)〉에 나온다. (『초사장구(楚辭章句)』 권1)

(遺業)을 얻을 수 있을 것입니다. 아홉 명의 일본 문사들이 빈관에서 시를 주고받으며 즐거워하는 것도 또한 이 때문입니다. 아아, 진실로 맑은 세상에 성대한 일이니, 기이하구나! 수복에 동조가 있는 것은 대개 이와 같습니다. 비록 그렇다 하더라도 한인은 시에 있어서 운언(韻言)이기 때문에 시의 음조(音調)는 같지만 더불어 함께 할 수는 없습니다. 다만 괴이하게도 창화집 속의 아홉 명의 일본 문사들의 시를 평상시와 비교하면 한 등급 아래인 것 같으니, 어찌 합해(蛤蟹: 도마뱀 종류)와 주구(珠龜)가 달의 성하고 쇠함을 함께 할 수 있겠습니까? 아니면 어린아이에게 백금을 보여주어도 박서(搏黍)와 바꿀 수 없다고 하겠습니까?[10] 이는 알 수 없습니다. 자붕은 이 말로 객을 깨우치십시오."라고 하였다. 자붕이 궐연히 흥이나 묻기를 "그렇다면 거의 동조(同調)라 할 수 있겠습니다. 이 말을 글로 써서 서문으로 삼고 아울러 객을 깨우칠까요?"라고 하여, 내가 웃으면서 "몸을 훼손하여 옷깃을 자른 사람으로 하여금 서문을 짓게 하면 객이 자네를 더욱 의심할 텐데 자네는 괜찮겠는가?"라고 하니 "괜찮습니다."라고 하였다. 이에 서문을 지어 주었다.

때

보력 갑신년(1764) 여름 5월

미장국(尾張國)[11]의 승려 백비인묵천(百非仁默天)[12]

---

10 백금을 …… 없다고 하겠습니까?[抑將爲百金示孩提之童, 而不得易其搏黍乎?] : 한나라 유향(劉向)이 지은 『신서(新序)』「절사(節士)」에, "지금 백금과 박서를 가지고서 어린아이에게 보여 주면 어린아이는 반드시 박서를 가질 것이다.[今以百金與搏黍, 以示兒子, 兒子必取搏黍矣.]"라고 하였다. 박서는 노란 앵무새의 별칭.

『수복동조집(殊服同調集)』 구선생(九先生) 성명록

몽택선생(夢澤先生) 성 천촌(千村), 이름 양중(良重), 자 정신(鼎臣).

아호선생(鵞湖先生) 성 천촌(千村), 이름 제성(諸成), 자 역지(力之).

노주선생(鷺洲先生) 성 천촌(千村), 이름 춘우(春友), 자 동래(東來).

매령선생(梅嶺先生) 성 토옥(土屋), 이름 원부(元孚), 자 계옹(季顒).

남래선생(南萊先生) 성 약산(若山), 이름 삼수(三秀), 자 백지(伯芝).

국장선생(菊莊先生) 성 서하(西河), 이름 영(英), 자 자발(子發).

승산선생(勝山先生) 성 금정전(今井田), 이름 입송(立松), 자 사무(士茂).

동정선생(東亭先生) 성 성야(星野), 이름 정지(貞之), 자 자원(子元).

황주선생(篁洲先生) 성 강전(岡田), 이름 국향(國香), 자 난보(蘭父).

위의 아홉 선생이 성고원(性高院)[13]과 명해(鳴海)[14] 및 어월(於越)[15]에

---

11 미장국(尾張國, 오와리노쿠니) : 현재의 애지현(愛知縣, 아이치겐) 서부 지역. 미장주(尾張州, 오와리슈)·미주(尾州, 비슈)라고도 한다. 통신사행 때 휴식을 취하거나 묵었던 기(起, 오코시)·명고옥(名古屋, 나고야)·명해(鳴海, 나루미)·도엽(稻葉, 이나바) 등이 이 지방에 속한다.

12 백비인묵천(百非仁默天) : 미상.

13 성고원(性高院, 쇼코인) : 애지현(愛知縣, 아이치겐) 명고옥시(名古屋市, 나고야시) 천종구(千種區, 지쿠사쿠) 행천정(幸川町, 고가와초)에 위치. 정토종(淨土宗) 진서파(鎭西派)이며, 산호(山號)는 대웅산(大雄山). 1589년에 송평충길(松平忠吉, 마쓰다이라 다다요시)이 모친 보대원(寶臺院, 호다이인)의 보리(菩提)를 빌기 위해서 만예현도(滿譽玄道, 미치요 겐도)를 창립자로 하여 창건했다. 원래는 섭수원(攝受院, 쇼주인) 정각사(正覺寺, 쇼가쿠지)라고 하였으나, 뒤에 충길의 법명을 따서 성고원이라고 고쳤다. 미장덕천가(尾張德川家) 관련 위패가 안치되어 있으며, 또한 경내에는 충길 외에 저명한 학자인 송평군산(松平君山, 마쓰다이라 군잔)과 천야신경(天野信景, 아마노 사다카게)의 묘가 있다.

14 명해(鳴海, 나루미) : 미장주(尾張州)에 속하고, 현재의 애지현(愛知縣, 아이치겐) 명

서 한객과 즐겁게 창수하였는데 언급하지 않은 것이 없다. 또한 붓으
로 혀를 대신하여 재미나는 이야기와 맑은 말을 하였는데 그 가운데
옥가루 흩날리듯 훌륭한 시가 매우 많았다. 여기서는 시편을 위주로
하였기 때문에 필어는 수록하지 않았다.

미장주(尾張州)[16] 임문익(林文翼)[17] 삼가 쓰다.

한객 성명
韓客姓名

추월(秋月)　성 남(南), 이름 옥(玉), 자 시온(時韞). 제술관(製述官).

용연(龍淵)　성 성(成), 이름 대중(大中), 자 사집(士執). 정사서기(正使書記).

현천(玄川)　성 원(元), 이름 중거(重擧), 자 자재(子才). 부사서기(副使書記).

퇴석(退石)　성 김(金), 이름 인겸(仁嫌), 자 자안(子安). 종사서기(從事書記).

모암(慕菴)[18]　성 이(李), 이름 좌국(佐國), 자 성보(聖甫). 양의(良醫).

고옥시(名古屋市, 나고야시) 녹구(綠區, 미도리쿠) 명해정(鳴海町, 나루미초)이다.

15 어월역(於越, 오코시) : 미장주(尾張州)에 속하고, 현재의 애지현(愛知縣, 아이치겐)
일궁시기(一宮市起, 이치노미야시오코시) 부근이다. 기(起, 오코시)라고도 한다.

16 미장주(尾張州, 오와리슈) : 현재의 애지현(愛知縣, 아이치겐) 서부 지역. 미장국(尾張
國, 오와리노쿠니)·미주(尾州, 비슈)라고도 한다.

17 임문익(林文翼, 하야시 분요쿠) : 자붕(子鵬)이라고도 한다. 1764년(보력14년, 갑신)
5월에 필담창화집 『수복동조집(殊服同調集)』을 집록(緝錄)하였다.

18 모암(慕菴) : 이좌국(李佐國, 1733-?). 조선 후기의 의원. 본관은 완산(完山). 자는
성보(聖甫), 호는 모암(慕庵). 1763년 통신사행 때 31세의 나이로 양의(良醫)의 직책을
맡아 일본에 건너갔는데, 익년 봄 정월 하순에 대판에서 신산퇴보(新山退甫, 니야마 다
이호)에게 관상을 보았고, 이때 나눈 필담이 『한객인상필화(韓客人相筆話)』에 수록되어
있다. 또한 일본의 의인(醫人)들과 문답한 내용이 『화한의화(和韓醫話)』·『왜한의담(倭

묵재(默齋)[19] 성 홍(洪).

성명록 마침[終]

『수복동조집(殊服同調集)』

미장(尾張) 임문익(林文翼) 자붕(子鵬) 집록(緝錄)

통자

저의 성은 천촌(千村)이고, 이름은 양중(良重)이며, 자는 정신(鼎臣)
인데, 달리 잠부(潛夫)라고도 하며, 호는 몽택(夢澤)[20]입니다. 20년 전
에 벼슬에서 물러나 초야에 묻혀 살고 있습니다. 무진(戊辰: 1748)년
사신이 왔을 때 사신들이 이곳에서 하룻밤 묵게 되어 제가 빈연(賓筵)

韓醫談)』등에 필담형식으로 수록되어 있다.

19 묵재(默齋) : 홍선보(洪善輔, ?-?). 조선 후기의 인물. 자는 성로(聖老)·성광(聖光),
   호는 묵재(默齋). 통덕랑(通德郎)을 지냈다. 1763년 정사 조엄(趙曮)·부사 이인배(李仁
   培)·종사관 김상익(金相翊) 등 통신사 일행이 도쿠가와 이에하루(德川家治)의 습직(襲
   職)을 축하하기 위해 일본을 방문하였을 때, 종사관 김상익의 반인(伴人)으로 사행에
   참여하였다. 문관은 아니었지만 글재주가 있어, 사행 중 일본의 여러 문사들과 시를 주고
   받았다.

20 몽택(夢澤) : 천촌몽택(千村夢澤, 지무라 보타쿠, 1694-1773). 강호시대 중기의 유학
   자. 천몽택(千夢澤)·몽택노자(夢澤老子)·천촌노인(千村老人)이라고도 한다. 이름은
   양중(良重), 자는 정신(鼎臣), 통칭은 감평(勘平). 천촌아호(千村鵞湖, 지무라 가코)의
   부친. 미장(尾張, 오와리, 현재의 아이치겐) 명고옥번(名古屋藩, 나고야한) 번사(藩士)
   이며, 소출동재(小出侗齋, 고이데 도사이)의 제자이다. 마회(馬廻, 우마마와리, 기마무
   사)·복견(伏見, 후시미, 현재의 교토시) 옥부(屋敷, 야시키, 저택) 봉행(奉行, 부교, 행
   정·재판 사무 등을 담당하는 무사)·경도(京都) 매물(買物) 봉행(奉行) 등으로 일하였
   다. 편저(編著)로『방구시선(防丘詩選)』이 있다.

에서 모시고 구헌[21]·해고[22] 등과 필담을 나누고 시도 주고받았는데 새
벽이 되어서야 파했습니다. 지금 생각해보면 한 바탕 꿈처럼 황홀했
습니다. 저 또한 나이가 이미 일흔 살이 되어 치아와 머리카락이 쇠하
고 노환으로 누운 지 오래되었습니다. 자못 예전의 모습이 아니라서
명을 받들어 달려 나가 알현할 수 없으니 죄송스러움과 한스러움 참
으로 깊습니다. 지금 다행히 못난 저의 두 아들 제성[23]과 춘우[24]가 보

---

21 구헌(矩軒) : 박경행(朴敬行, 1710-?). 조선 후기의 문신. 본관은 무안(務安). 자는
인칙(仁則), 호는 구헌(矩軒). 한양(漢陽)에 거주. 1617년과 1624년 통신사행 때 당상역
관으로 일본에 다녀온 박대근(朴大根)의 후손이다. 1733년 식년시에 진사 3등으로 합격
하였고, 1742년 정시에 병과 6위로 급제하였다. 관직은 국자감 전적(典籍)·흥해부사
(興海府使) 등을 지냈다. 1748년 통신사행 때, 병세가 위독한 정석유(鄭錫儒)을 대신하
여 사행 중 부산에서부터 제술관(製述官)으로서 사행에 참여하였다. 사행 당시 관직은
전적(典籍)이었다. 사행 중 일본 문사들과 주고받은 시문과 필담 등이 『장문무진문사
(長門戊辰問槎)』·『평수초(萍水草)』·『선린풍아(善隣風雅)』·『화한창화록(和韓唱和
錄)』·『상한장갱록(桑韓鏘鏗錄)』·『임가한관증답(林家韓館贈答)』·『한관창화편(韓館
唱和編)』·『양동필어(兩東筆語)』 등 여러 필담창화집에 나누어 수록되어 있다.

22 해고(海皐) : 이명계(李命啓, 1714-?). 조선 후기의 문신. 본관은 연안(延安), 자는
자문(子文), 호는 해고(海皐). 1741년 28세 때 식년(式年) 진사시에 합격하였고, 1754년
41세 때 증광시(增廣試) 문과에 병과로 합격하였으며, 현감을 지냈다. 1748년 통신사행
때, 종사관서기(從事官書記)로서 일본에 다녀왔다. 사행 중 일본 문사들과 주고받은 시
문과 필담 등이 『장문무진문사(長門戊辰問槎)』·『평수초(萍水草)』·『선린풍아(善隣風
雅)』·『상한장갱록(桑韓鏘鏗錄)』·『임가한관증답(林家韓館贈答)』·『한관창화편(韓館
唱和編)』 등 여러 필담창화집에 나누어 수록되어 있다.

23 제성(諸成, 모로나리) : 천촌아호(千村鵞湖, 지무라 가코, 1727-1790). 강호시대 중기
의 무사·학자. 천촌제성(千村諸成)·천촌역지(千村力之)·천역지(千力之)·천아호(千
鵞湖)라고도 한다. 이름은 제성(諸成), 자는 백취(伯就)·역지(力之), 호는 아호(鵞湖),
별호는 입택(笠澤)·백수(白壽)·자적원(自適園), 통칭은 총길(總吉)·손태부(孫太夫)
이다. 또한 도기(陶器)를 제작하여 백수소(白壽燒, 하쿠주야키)라고도 불렸다. 미장(尾
張) 출신으로 천촌몽택(千村夢澤)의 장남이며, 미장 명고옥번(名古屋藩, 나고야번) 번
사(藩士)이다. 석도축파(石島筑波)·송평군산(松平君山) 등에게 시를 배웠으며, 그림은
월선(月僊)에게 배웠다.

잘것없는 시를 올려 친히 훌륭한 시를 얻게 되었습니다. 저 또한 변변 찮은 시 4수를 각위께 바치도록 명하였습니다. 화답시를 주신다면 다 행이겠습니다.

남학사 추월[25]께 드리다
呈南學士秋月

몽택(夢澤)

위진의 통신과 같다고	似魏秦通信
어찌 상국을 자랑하랴!	寧將上國誇
계림에서 사신이 와	鷄林來使客
악포[26]에 사신 배 떠 있네	鰐浦泛星槎
고개 넘어 눈발 헤치며 가는데	逾嶺行衝雪
구름 너머로 멀리 고향 바라보누나	隔雲遙望家

---

24 춘우(春友, 슌유) : 천촌노주(千村鷺洲, 지무라 로슈, ?-?). 강호시대 중기의 무사·학자. 천촌춘우(千村春友)·천촌동래(千村東來)라고도 한다. 자는 동래(東來), 호는 노주(鷺洲)이다. 미장(尾張) 출신으로 천촌몽택(千村夢澤, 지무라 보타쿠)의 차남이며, 천촌아호(千村鵞湖, 지무라 가코)의 아우이다.

25 추월(秋月) : 남옥(南玉, 1722-1770). 조선 후기의 문신. 자는 시온(時韞), 호는 추월(秋月). 1763년 통신사행 때 제술관으로 일본에 다녀왔고, 이듬해 수안군수(遂安郡守)에 임명되었다. 1770년(영조 46)에 최익남(崔益男)의 옥사 때 이봉환(李鳳煥)과 친하다고 하여 투옥되어 5일 만에 매를 맞아 죽었다. 김창흡(金昌翕)과 육유(陸游)의 시풍을 추종하였고 서정성이 강한 시를 지었으며, 문장은 당송(唐宋) 고문(古文)의 경향을 띠었다. 사행과 관련하여 『일관시초(日觀詩草)』·『일관창수(日觀唱酬)』·『일관기(日觀記)』 등 방대한 저술을 남겼다.

26 악포(鰐浦, 와니우라) : 현재의 대마시(對馬市, 쓰시마시) 상대마정(上對馬町, 가미쓰시마마치)에 속한다. 상대마(上對馬) 북부에 위치하고 있고, 통신사행 때 최초 입항지(入港地) 가운데 하나이다.

| 장록의 뜻[27]에 상관없이 | 非關張祿意 |
| 우리 무리들 수레 밀기[28] 좋아한다오 | 我輩好推車 |

천촌노인께 화답하다
奉和千村老人

추월

항사 시인의 일을 말하면서[29]	說項詩人事
일찍이 두 이씨[30] 자랑했다고 들었소	曾聞二李誇
칠순인 지금 한가로이 지내시는데	七旬今散櫟
만 리에서 또 사신 배에 올랐다오	萬里又乘槎
별들 모여 진군[31]임을 알았고	星聚知陳郡

---

27 장록의 뜻[張祿意] : 장록(張祿)은 진(秦)나라의 정승이 되어 막강한 권력을 행사하던 범수(范雎)를 말한다. 장록이 어느 날 수가(須賈)가 진나라에 사신으로 오자 해진 옷차림으로 그를 찾아갔다. 수가는 그가 정승이 된 줄도 모르고 추위에 떨고 있는 장록을 가련하게 여겨 누비옷 한 벌을 주었다. 그 후 수가가 모든 사실을 알고 어쩔 줄 모르며 죄를 청하자 장록은 그가 옛 친구를 생각하여 누비옷을 준 은정이 있다 하여 용서하였다는 고사가 전한다. (『사기(史記)』「범수열전(范雎列傳)」)

28 수레 밀기[推車] : 북송의 명재상인 위공(魏公) 한기(韓琦)가 말하기를, "범희문(范希文 : 范仲淹)과 부언국(富彦國 : 富弼)이 함께 앞에서 정사를 논할 때에는 서로 다투다가도 각기 헤어져서 궁전만 떠나오면 마치 다툰 적이 없는 것처럼 서로 화기(和氣)를 잃지 않으니, 이는 마치 '수레를 밀어 주는 사람[推車子]'과 같아서 그 마음은 항시 수레를 가게 하는 데에 있을 뿐이요, 자신을 위하지 않기 때문이다."라고 하였다.

29 항사 시인의 일을 말하면서[說項詩人事] : 당나라 양경지가 항사를 중히 여기면서 시를 써 주기를, "몇 번 시를 살펴보니 시가 모두 좋았는데, 그 품격을 살펴보니 시보다 더 좋아라. 남의 훌륭한 점을 보면 숨길 줄 몰라, 사람 만나기만 하면 항사를 이야기하네.[幾見詩詩總好, 及觀標格過於詩. 平生不解藏人善, 到處逢人說項斯.]"라고 하여 항사를 기렸다는 고사가 전해지고 있다.

30 두 이씨[二李)] : 1748년도 무진(戊辰) 사행 때 서기 이명계(李命啓)와 이봉환(李鳳煥).

난초 향기 사가로부터 나왔다네[32]   蘭馨自謝家

신선 학 물을 길 없어   無由問仙鶴

날 밝으면 먼 길 떠나리   明發動征車

성서기 용연[33]께 드리다
呈成書記龍淵

몽택

남아의 이 유람 진실로 장엄하구나   男子斯遊眞壯哉

신선 배 멀리 해 주변을 향해 오네   仙槎遙向日邊來

도착할 때 하수의 근원 가까움을 알 테니   到時應識河源近

그대 천추의 박망후[34]의 재주일세   君是千秋博望才

---

31 진군(陳郡) : 중국 하남성(河南省)에 있다. 사령운(謝靈運)과 사조((謝脁)로 유명한 곳이다.

32 난초 향기 사가로부터 나왔다네[蘭馨自謝家] : 진(晉)나라의 명사(名士)인 사안(謝安)이 여러 자제들에게 "왜 사람들은 모두 자기의 자제가 출중하기를 바라는가?"라고 묻자, 조카 사현(謝玄)이 "이것은 마치 지란(芝蘭)과 옥수(玉樹)가 자기 집 정원에서 자라나기를 바라는 것과 같습니다."라고 하였다.(『진서(晉書)』권79, 「사현열전(謝玄列傳)」)

33 용연(龍淵) : 성대중(成大中, 1732-1809). 조선 후기의 문신. 본관은 창녕(昌寧). 자는 사집(士執), 호는 청성(靑城). 1753년(영조 29)에 생원이 되고, 1756년에 정시문과에 병과로 급제하였다. 서얼이라는 신분적 한계 때문에 순조로운 벼슬길에 오르지 못할 처지였으나, 영조의 탕평책에 힘입어 1765년 청직(淸職)에 임명되었다. 1763년에 통신사 조엄(趙曮)을 수행하여 일본에 다녀왔고, 1784년(정조 8)에 흥해군수(興海郡守)가 되어 목민관으로서 선정을 베풀었다. 학맥은 노론 성리학파 중 낙론계(洛論系)에 속하여 성리학자로서의 체질을 탈피하지는 못했으나, 당대의 시대사상으로 부각된 북학사상(北學思想) 형성에 일익을 담당하였다. 저서로는 『일본록(日本錄)』과 『청성집』이 있다.

34 박망후(博望侯) : 대하(大夏)에 사신으로 가서 황하의 수원(水源)을 끝까지 탐사했던 한(漢)나라 장건(張騫)을 말한다.

천촌노인께 화답하다
奉和千村老人

용연

늙어가며 시정이 배나 장엄하구나	老去詩情倍壯哉
일찍이 신령스런 빛 보고 사신 왔다오	靈光曾閱使華來
향기로운 난초와 귀한 나무[35] 맑은 향기인데	芳蘭寶樹分淸馥
바로 그대 집안에 두 자제[36]의 묘한 재주라오	好是君家二妙才

원서기 현천[37]께 드리다
묘元書記玄川

몽택

응대 전담하기 위해 여러 재사들 중 뽑혀	爲持專對出群才
만 리 멀리 집을 떠나 사명 받들고 왔네	萬里離家奉使來
고상한 모임 사랑하는 그대들 아니라면	非是君曹憐雅會

---

35 향기로운 난초와 귀한 나무[芳蘭寶樹] : 훌륭한 자손이란 뜻. 진(晉)나라 때 사현(謝玄)이 숙부인 사안(謝安)의 질문을 받고 대답하기를, "비유하자면, 지초(芝草)나 난초(蘭草) 또는 좋은 나무를 집 앞 계단이나 뜰에 심고자 하는 것처럼 그런 귀염을 받는 인물이 되고 싶습니다."라고 한 데서 나온 말이다. (『세설신어(世說新語)』「언어(語言)」)

36 두 자제 : 천촌제성(千村諸成)인 아호(鵞湖)와 천촌춘우(千村春友)인 노주(鷺洲)를 말한다.

37 현천(玄川) : 원중거(元重擧, 1719-1790). 자는 자재(子才)이고, 호는 현천(玄川)·물천(勿天)·손암(遜菴)이다. 1705년 사마시(司馬試)에 급제한 후 10여 년 뒤에 장흥고(長興庫) 봉사(奉事)를 맡았고, 1763년 통신사행 때 성대중(成大中)·김인겸(金仁謙)과 함께 서기(書記)로 발탁되어 일본에 다녀왔다. 사행 후 일기(日記) 형식의 『승사록(乘槎錄)』과 일본 문화 전반에 대한 백과사전적 문헌인 『화국지(和國志)』를 저술했다. 1771년에는 송라 찰방(松羅 察訪)을 1776년에는 장원서(掌苑署) 주부(主簿)를 지냈다. 1789년 『해동읍지(海東邑誌)』 편찬에 이덕무(李德懋)·박제가(朴齊家) 등과 함께 참여했다.

| 뉘라서 한묵으로 뒤따르며 모실 수 있으랴! | 誰將翰墨許追陪 |

몽택노자의 시에 화답하다
和夢澤老子

현천

잠부[38]께서는 벼슬에 급급한 재사 아니니	潛夫不是老巫才
조만간 단아하게 의당 귀거래하시리라	早晚端宜歸去來
하물며 자제들 먹을 것 찾지 않고[39]	況復阿通非覓栗
아침마다 국화 핀 울타리[40]에서 필묵으로 모심에랴	朝朝筆翰菊籬陪

2월 3일 조선 사신이 각각 성남 성고원(性高院)에 묵었는데, 저녁 7시부터 새벽 5시까지 필어와 창화를 하였다.

---

38 잠부(潛夫) : 뜻을 펴지 못한 채 은거하며 사는 불우한 사람을 뜻한다. 원래 잠부는 후한(後漢) 때 왕부(王符)라는 자가 학문과 지조가 있었으나 성품이 너무 곧은 탓에 벼슬길에 나아가지 못하고 은거하여 불우하게 살면서 『잠부론(潛夫論)』을 지어 당시의 잘잘못을 기폄(譏貶)하였던 데서 유래하였다. 여기서는 자(字)가 잠부(潛夫)인 몽택을 지칭하기도 한다.

39 자제들 먹을 것 찾지 않고[阿通非覓栗] : 진(晉)나라 도연명(陶淵明)의 〈책자(責子)〉시 가운데 "아들 통은 아홉 살인데, 배나 밤 같은 먹을 것만 찾네. [通子垂九齡, 但覓梨與栗。]"라는 시구에서 나온 말이다.

40 국화 핀 울타리[菊籬] : 도잠(陶潛)의 음주(飲酒)〉시에, "동쪽 울타리 밑에서 국화를 따면서, 유연히 남산을 바라보노라.[採菊東籬下, 悠然見南山]"라는 시구에서 온 말이다.

남추월께 드리다
呈南秋月

아호[41]

봉황이 어느 곳에서 이르렀나	鳳凰何處至
잠시 부상[42] 가지에 모였구나	暫集扶桑枝
뭇새들 모두 휘둥그레 엿보는데	燕雀皆眩視
문장 아름답고 기이해서라지	文章五彩奇

아호께 화답하다
和鵞湖

추월

| 남국의 후황나무[43] | 南國后皇樹 |
| 체악[44] 가지에서 서로 빛나는구나 | 交輝棣蕚枝 |

---

41 아호(鵞湖) : 천촌아호(千村鵞湖, 지무라 가코, 1727-1790). 강호시대 중기의 무사·학자. 천촌제성(千村諸成)·천촌역지(千村力之)·천역지(千力之)·천아호(千鵞湖)라고도 한다. 이름은 제성(諸成), 자는 백취(伯就)·역지(力之), 호는 아호(鵞湖), 별호는 입택(笠澤)·백수(白壽)·자적원(自適園), 통칭은 총길(總吉)·손태부(孫太夫)이다. 또한 도기(陶器)를 제작하여 백수소(白壽燒, 하쿠주야키)라고도 불렀다. 미장(尾張) 출신으로 천촌몽택(千村夢澤)의 장남이며, 미장 명고옥번(名古屋藩, 나고야한) 번사(藩士)이다. 석도축파(石島筑波)·송평군산(松平君山) 등에게 시를 배웠으며, 그림은 월선(月僊)에게 배웠다.

42 부상(扶桑) : 부상(榑桑)·부목(榑木)이라고도 한다. 전설상 해 돋는 곳에서 자란다는 신목(神木)으로 여기서는 일본을 가리키는 말이다.

43 후황나무[后皇樹] : 후황나무는 황천(皇天) 후토(后土)가 내놓은 나무 중에 특히 멋있는 나무라는 말이다. 초(楚)나라 굴원(屈原)의 시에 "후황의 가수인 귤나무가 남쪽의 이 땅을 사모해 찾아왔네.[后皇嘉樹橘徠服兮]"라는 구절이 있다. (『초사(楚辭)』〈귤송(橘頌)〉)

44 체악(棣蕚) : 형제를 일컫는 표현이다. 원(元)나라 주백기(周伯琦)가 〈기사(紀事)〉라

가지 주변에 난새와 봉새 묵으며　　　　　　枝邊鸞鳳宿
쌍으로 깃털의 기이함 드러내네　　　　　　雙見羽毛奇

서기 성·원·김[45]께 드리다
呈書記成·元·金

아호

이역 손님과 기이하게 만났는데도　　　　　怪逢殊域客
도리어 같은 고향 사람 같구나　　　　　　却似同鄉人
필묵으로 마음 통하니　　　　　　　　　　筆墨良媒在
혀와 입술 번거롭지 않네　　　　　　　　　不煩舌與脣

아호께 화답하다
和鵝湖

용연

오래된 암자에 사신 머무니　　　　　　　古菴停使節
쇠잔한 촛불 앞에 문사들 모였네　　　　　殘燭集騷人
도인의 풍모 모름지기 서로 비추는데　　　道貌須相照
어찌 반드시 입술 움직여 말을 하랴!　　　何須語鼓脣

는 시를 지으면서 자주(自注)하기를 "또 세 집안의 형제가 잇따라 급제하였으므로 체악방
이라 불렸다.[又有三家兄弟聯中, 號棣萼榜]"라고 하였다.

45 성(成)·원(元)·김(金) : 성(成)은 정사서기 용연(龍淵) 성대중(成大中)을, 원(元)은
부사서기 현천(玄川) 원중거(元重擧)를, 김(金)은 종사관서기 김인겸(金仁謙)을 가리킨다.

남추월께 드리다
呈南秋月

노주[46]

조선의 문신들 전교 받들던 해	漢室詞臣擁傳年
봄날 행차 훨훨 나는 듯하네	靑春行色故翩翩
원래 알았지, 그대 집안의 시초[47] 일로	元知視草君家事
한림원 주변에 임금 은택 더욱 많았음을	雨露尤多翰苑邊

노주의 시에 차운하다
次鷺洲

추월

영원[48]의 재자 모두 꽃다운 나이인데	鶺原才子總芳年
골격이 얼음처럼 맑고 시상이 훌륭하네	骨格氷淸藻思翩
남전[49]에서 나는 옥 빛 밤을 밝히는데	種玉藍田光照夜
등잔 옆에서 삼소[50]의 시로 화답하네	三蘇詩和一燈邊

---

46 노주(鷺洲) : 천촌노주(千村鷺洲, 지무라 로슈, ?-?). 강호시대 중기의 무사·학자. 천촌춘우(千村春友)·천촌동래(千村東來)라고도 한다. 자는 동래(東來), 호는 노주(鷺洲)이다. 미장(尾張) 출신으로 천촌몽택(千村夢澤, 지무라 보타쿠)의 차남이며, 천촌아호(千村鵞湖, 지무라 가코)의 아우이다.

47 시초(視草) : 임금을 위해 대신 지어준 글을 말한다.

48 영원(鶺原) : 척령재원(鶺鴒在原)의 준말. 영원은 『시경』 「소아(小雅)」〈상체(常棣)〉에 "척령이 언덕에 있으니, 형제가 급난을 구한다.[鶺鴒在原, 兄弟急難]"라고 한 구절에서 유래한 말로, 형제간의 우애를 읊은 노래를 뜻한다. '척령(脊令)'은 곧 할미새로, '척령(鶺鴒)'과 같다.

49 남전(藍田) : 옥이 많이 나온다는 중국의 고을 이름이다.

50 삼소(三蘇) : 송나라 때 문장가 노천(老泉) 소순(蘇洵)과 그의 아들 소식(蘇軾)과 소철

성용연께 드리다

呈成龍淵

노주

만 길 부용은 바다 동쪽을 표상하여[51]	萬仞芙蓉表海東
푸른 하늘에 우뚝 솟아 옥빛 영롱하구나	靑天削出玉玲瓏
도착하여 삼봉[52]의 경치 마주하거든	到時仰對三峰色
문채 빌려 공교하게 붓 놀리시게	借彩偏令賦筆工

노주의 시에 차운하다

次鷺洲

용연

성고원[53] 누대 역참 길 동쪽	性院樓臺驛路東

(蘇轍)을 말한다. 세 사람 모두 당송팔대가로 일컬어지고 있다.

51 바다 동쪽을 표상하여[表海東] : 계찰(季札)이 노(魯)에 이름에 노나라가 그를 위해 제시(齊詩)를 노래 부르니 듣고 말하기를 "아름답구나! 웅장한 목소리가, 마치 큰 바람 같구나. 동해의 표상하는 것은 강태공이로구나! [美哉, 泱泱乎! 大風也哉! 表東海者, 其大公乎!"라고 한 데서 유래하였다.

52 삼봉三峰) : 삼신산(三神山)을 뜻하는 것으로 보인다. 바다 속에 있다는 봉래(蓬萊)·방장(方丈)·영주(瀛洲)를 말하는데, 주로 경치가 아름다운 곳을 의미한다. 일본에서는 부사산(富士山)·열전산(熱田山)·웅야산(熊野山)을 각각 봉래·방장·영주라 하여 삼신산으로 여기고 있다.

53 성고원[性院] : 성고원(性高院, 쇼코인)을 가리킨다. 애지현(愛知縣) 명고옥시(名古屋市) 천종구(千種區) 행천정(幸川町)에 있다. 정토종(淨土宗) 진서파(鎭西派)이며, 산호(山號)는 대웅산(大雄山)이다. 1589년에 송평충길(松平忠吉, 마쓰다이라 다다요시)이 모친 보대원(寶臺院, 호다이인)의 보리(菩提)를 빌기 위해서 만예현도(滿譽玄道, 미치요 겐도)를 창립자로 하여 창건했다. 원래는 섭수원(攝受院, 쇼주인) 정각사(正覺寺, 쇼가쿠지)라고 하였으나, 뒤에 충길의 법명을 따서 성고원이라고 고쳤다. 미장덕천가(尾張

푸른 하늘에 별들 영롱하게 매달려 있네	碧天星斗倒玲瓏
미산의 두 사람[54] 모두 영묘하여	眉山二子皆英妙
자리 앞에서 필어의 공교함 보겠네	看取筵前筆語工

원현천께 드리다
呈元玄川

노주

그대 선발되어 멀리 사행 좇으니	多君妙選遠從行
훨훨 나는 서기의 명성 알겠도다	知是翩翩書記名
이역에서 세운 공 어느 곳에 있는가	異域立功何所在
붓 휘둘러 태평시절에 답할 수 있으리	還能揮筆答昇平

노주의 시에 차운하다
次鷺洲

현천

| 타고난 능력 원래 스스로 적절하게 행하니 | 良能元自疾徐行 |
| 효제하고 천시에 밝아 명성 세우기 족하네 | 孝悌明時足立名 |

德川家) 관련 위패가 많이 안치되어 있으며, 또한 경내에는 충길 외에 저명한 학자인 송평군산(松平君山, 마쓰다이라 군잔)과 천야신경(天野信景, 아마노 사다카게)의 묘가 있다.

54 미산(眉山)의 두 사람 : 미산(眉山) 사람 소식(蘇軾)과 소철(蘇轍) 형제를 말하는데, 여기에서는 천촌몽택(千村夢澤, 지무라 보타쿠)의 두 아들, 곧 아호(鵞湖) 천촌제성(千村諸成)과 노주(鷺洲) 천촌춘우(千村春友)를 가리키는 말이다.

공자 집안처럼 뜰의 가르침[55] 있지만　　　　　夫子□年庭有訓

수신하고서야 치국평천하에 이를 수 있다오　　　修身須及□治平

김퇴석[56]께 드리다
呈金退石

노주

멀리 유람 온 서기들 모두 신선 재주라서　　　　遠游書記總仙才

바다 너머로 임금의 사절단 좇아 왔네　　　　　海外殊從玉節來

강산으로 돌아오는 길 멀다고 누가 말했나　　　誰道江山歸路迥

시원하게 천 리 바람 타고 돌아오리라[57]　　　冷然千里御風回

퇴석이 몸이 좋지 않아 자리에 나오지 않아서 화운시가 없다.

---

55 뜰의 가르침[庭有訓] : 아들 이(鯉)가 뜰을 지나가자, 공자가 일찍이 "시(詩)를 공부하느냐."라고 물었던 고사에서 나온 말이다.

56 김퇴석(金退石) : 김인겸(金仁謙, 1707~1772). 조선 후기 때 문인. 자는 사안(士安), 호는 퇴석(退石). 문벌이 훌륭한 집안에 태어났지만 그의 할아버지인 김수능(金壽能)이 서출이라 과거에 급제하고도 현감에 그쳤다. 14세 때에 아버지를 사별하고, 가난에 시달려 학문에 전념하지 못하다가 47세 때인 1753년(영조 29)에야 사마시에 합격하여 진사가 되었다. 1763년 통신사행 때 종사관 김상익(金相翊)의 서기(書記)로 뽑혀 일본에 다녀왔다. 1764년 일본에 다녀온 기행사실을 가사 형식의 『일동장유가(日東壯遊歌)』로 남겼다. 그 뒤 지평현감(砥平縣監) 등의 벼슬을 지냈다. 저술로는 역시 일본기행을 한문으로 지은 『동사록(東槎錄)』이 있다.

57 천 리 바람 타고 돌아오리라[千里御風回] : 『장자(莊子)』「소요유(逍遙遊)」에 "열자(列子)가 바람 기운을 타고 하늘 위로 올라가서 기분 좋게 보름 동안 마음대로 돌아다니다가 돌아온다.[御風而行, 冷然善也. 旬有五日而後反.]"라고 한 데서 나온 말이다.

추월께 드리다
呈秋月

매령[58]

훌륭한 임금의 사절단 성대하게 모여　　　翩翩玉節簇葳蕤
은은히 빛나며 약목[59] 가지 머금었네　　　掩映偏含若木枝
다시 오색으로 나누어 문장 지으니　　　更爲文章分五色
사람들 태평성대에 봉황의 위의라고 말하네　人言聖代鳳凰儀

매령의 시에 화답하다
和梅嶺

추월

봄 되니 섬나라 뭇 꽃들 무성한데　　　春回澤國衆芳蕤
아름다운 나무 가지마다 새들 지저귀네　　綺樹啼禽不選枝
길 양 옆 번화하여 크게 괄목할 만한데　　夾路盈盈爭刮目
남쪽 사람 오히려 한관의 위의 자랑하네　南□猶□漢官儀

---

58 매령(梅嶺) : 토옥매령(土屋梅嶺, 쓰치야 바이레이, ?-?). 강호시대 중기의 유자(儒
　者). 성은 토옥(土屋), 이름은 원부(元字), 자는 계옹(季顒)이다. 남옥의 『일관기(日觀
　記)』에는 원원부(源元字)로 되어 있다.
59 약목(若木) : 서해의 해가 지는 곳에 있다는 신목(神木).

용연께 드리다
呈龍淵

매령

지기석[60] 구하지 못했다고 말하지 마오	莫謂支機石未求
배와 수레 이미 봉린주[61]에 도달하였다네	舟車已達鳳麟洲
동쪽 사행 중 다시 신비로운 경치 볼 테니	東行更復瞻神秀
눈 비비며 응당 장생불사 놀이 할 만하리	刮目應憐不死遊

매령의 시에 화답하다
和梅嶺

용연

맑은 새벽 이후부터 시구 찾는데	淸曉詩從爾後求
옅은 안개 외로운 달 빈 섬에 떠있구나	澹烟孤月泛虛洲
고개 너머 매화꽃 잊지 못할 송별연	梅花嶺外依依祖
한 밤중 선방에서의 놀이 생각나는구려	記取禪窓半夜遊

---

60 지기석(支機石) : 직녀(織女)가 베틀을 괴었다는 돌. 한(漢)나라 장건(張騫)이 대하(大夏)에 사자로 갈 때, 떼[槎]를 타고 하(河)의 근원까지 갔는데, 전설에 그가 은하수에 올라 직녀(織女)를 만나서 지기석(支機石)을 받아 엄군평(嚴君平)에게 보였더니, 그가 "이것이 바로 직녀의 지기석이다."라고 하였다고 한다.

61 봉린주(鳳麟洲) : 십주(十洲) 가운데 하나. 십주는 조주(祖洲)·영주(瀛洲)·현주(玄洲)·염주(炎洲)·장주(長洲)·원주(元洲)·유주(流洲)·생주(生洲)·봉린주(鳳麟洲)·취굴주(聚窟洲) 등이다. 모두 팔방(八方)의 바다 가운데에 있으며 신선이 산다고 한다.

현천께 드리다
呈玄川

매령

칠자성[62]에서 시 모임 다투어 여니	筆戰爭開七字城
삼한의 사객들 한나라 때의 영웅일세	三韓詞客漢時英
만약 이 모임이 뭇별들과 함께 한다면	若令此會同星聚
제일가는 문창[63]의 이름 먼저 물으리라	先問文昌第一名

매령의 시에 화답하다
和梅嶺

현천

분칠한 성가퀴 층루 들판의 성에서	粉堞層樓枕野城
어둠 속 오가며 영웅호걸들 접하네	暝來暝去接豪英
손님 가운데 문사와 유자 섞여 있는데	客中迹混文儒士
그대도 관리와 은자[64]의 명예 겸했다지	認得君兼吏隱名

---

62 칠자성(七字城) : 칠언시를 일본의 문자성(文字城)에 빗대어 쓴 표현으로 추정된다. 남옥의 『일관기(日觀記)』「하(夏)」12월 27일조에 의하면 "문자성(文字城)에는 기이한 돌이 많은데, 적간관에서 나는 벼루는 이 성에서 나온 것"이라는 기록이 있다. 참고로 강호시대 전기의 유학자인 임서(林恕, 1618-1680, 林鵞峰)가 편한 『산적칠자성(山迹七字城)』이라는 서책이 있다. 임서는 1636년과 1643년 통신사행 때 강호(江戶, 에도)에서 조선 사신을 접대하였는데, 이때 조선 문사와 교유하면서 주고받은 필담과 시문 등이 『삼선생필담(三先生筆談)』 곧, 『나산춘재독경삼선생필담(羅山春齋讀耕三先生筆談)』(1636년)과 『한사증답일록(韓使贈答日錄)』(1643년)에 수록되어 있다.

63 문창(文昌) : 문창성(文昌星)을 가리키며, 문성(文星) 혹은 문곡성(文曲星)이라고도 한다. 문창성은 문재(文才)를 주관하는 별이다. 이 때문에 문재를 지닌 사람을 문창성에 비유하여 일컫기도 한다.

3월 29일 조선 사신들의 돌아가는 수레가 다시 성남 성고원(性高院)에 묵게 되자 창화와 필담이 저녁 7시부터 다음날 새벽 5시까지 이어졌다.

추월에게 시를 주며 작별하다
贈別秋月

몽택

이별가[65] 부르며 전송하고	驪歌相送罷
각자 동쪽과 서쪽으로 헤어지네	分手各東西
헤어지는 정 아쉽고 절절하여	要識離情切
나직이 지는 달 돌아보네	回看落月低
봄은 유수 따라 흘러가는데	春隨流水去
먼 하늘 향해 아득히 바라보네	望向遠空迷
지나는 곳 승경 찾다보면	所歷行探勝
응당 모두 품평할 만하리라	應渾入品題

몽택옹의 시에 화답하다
和夢澤翁

추월

초목 무럭무럭 자라는데	滔滔草木長

---

64 관리와 은자[吏隱] : 관직에 있으면서도 은자(隱者) 같은 생활을 하며 이록(利祿)에 마음을 두지 않는 것을 말한다.

65 이별가[驪歌] : 고대에 이별할 때 불렀던 〈여구(驪駒)〉라는 시편(詩篇)이 있었던 데에서 기인한다.

길 떠나는 말 하늘 서쪽으로 향하네	征馬向天西
들판 역참에는 매미소리 얼마나 이른가	野驛蟬何早
강가의 매화는 열매 이미 낮게 늘어졌네	江梅子已低
맞이하러 온 시객은 친숙한데	迎來詩客慣
묵은 곳 절집 누대 희미하구나	宿處寺樓迷
새 벗님과의 이별 다시 애석해하며	更惜新知別
촛불 아래에서 이별시 짓노라	驪詞燭下題

용연에게 시를 주며 작별하다
贈別龍淵

몽택

웅대한 남아의 뜻[66] 얻어	果得桑弧志
오랫동안 장대한 유람 하였네	壯游彌數旬
술잔 기울이며 손님 보내려는데	啣盃玆送客
좋은 인연 맺어 이웃과 함께 한 듯하네	結好合同鄰
송별연 여는 봄날 저물녘	祖席三春晚
만리타국 사람들 행장 꾸리는구나	行裝萬里人
서쪽으로 돌아가는 날쯤이면	西歸應計日
일어나 부산 해변 바라보겠지	起望釜山濱

---

66 남아의 뜻[桑弧] : 뽕나무 활과 쑥대 살이라는 뜻으로, 남자가 뜻을 세움을 이르는 말이다. 상호봉시(桑弧蓬矢)의 준말이다. 옛날에 사내아이가 태어나면 뽕나무로 활을 만들고 봉초(蓬草)로 화살을 만들어 천지 사방에 대고 쏘면서, 큰 뜻을 품고 웅비(雄飛)하라고 기원했던 데에서 나온 말이다. (『예기(禮記)』「내칙(內則)」)

천몽택의 시에 화답하다
和千夢澤

용연

강관[67]에서 사절단 돌아가는데	江關迴玉節
역참 길 얼마나 먼 거리[68]인가	驛路幾由旬
바다 밖에서 모임 함께 하였고	海外猶同契
하늘 끝 또한 이웃 같았다오	天涯亦比鄰
집집마다 도의 기운이 많았고	第家多道氣
관소[69]는 문사들에게 흡족하였지	鄴館足詞人
훗날 그립거든	異日相思處
물가에서 기러기 울음소리 들으리라	啼鴻聽水濱

현천에게 시를 주며 작별하다
贈別玄川

몽택

그대들 본래 사신의 재능 있어	君曹本是使乎才
만 리 먼 길 사행 잘 마치고 돌아왔네	萬里征車竣事回
늦은 봄날 갈림길에서 작별하며 우니	春晚臨岐泣相別

---

67 강관(江關) : 강관은 일반적으로 강의 관문, 강가의 관문, 강변의 집, 강남 등의 뜻으로
널리 쓰이고 있다. 이 시에서도 이러한 의미로도 해석이 가능하며, 또는 강호(江戶)의
관문(關門)이나 강호에서 하관(下關)까지를 의 의미하는 축약어로도 볼 수 있을 것 같다.

68 먼 거리[由旬] : 유순(由旬)은 범어(梵語)의 음역(音譯)으로 제왕이 하루 동안 행군하
는 거리를 말하는데, 40·50·60리라는 말이 있고, 80·60·40리라는 말이 있다.

69 관소[鄴館] : 업관은 삼국시대 위(魏)나라의 도읍지 업(鄴)에 있던 사신이 머물던 관소
(館所)이다. 여기서는 조선 사신들이 머물렀던 일본에 있는 관소를 말한다.

북으로 돌아가는 기러기 함께 슬퍼하네　　　　　　北歸鴻雁亦俱哀

몽택옹의 시에 화답하다
和夢澤翁

현천

훌륭한 그대의 자제들 비범한 재사들인데　　　　驊驪生子少凡才
기이한 기개로 돌아가는 손님 안부 묻네　　　　　奇氣相將問客回
헤어지며 보고 또 보아 만 리 정회 이루니　　　　分手看看成萬里
물빛 같은 새벽하늘에 피리소리 슬프구려　　　　曉天如水角聲哀

퇴석에게 시를 주며 작별하다
贈別退石

몽택

만나자마자 다시 이별시 짓으니　　　　　　　　　相逢還賦別
이 한스러움 가누기 어찌 그리 어려운가　　　　　此恨奈難裁
고향 생각 천 리 먼 구름으로 향하는데　　　　　家指雲千里
나그네 수심은 한 잔 술에 녹는구나　　　　　　　魂銷酒一盃
이별 자리 꽃 지려는데　　　　　　　　　　　　　祖筵花欲晚
깃발 날리며 길 떠나려 하네　　　　　　　　　　征旆路將開
돌아가는 기러기 그대 따라 가려고　　　　　　　歸雁隨君去
하늘 밖으로 높이 날며 슬퍼하네　　　　　　　　高飛天外哀

천몽택의 시에 화답하다
和千夢澤

퇴석

집 떠난 지 오랜 세월 흘렀으니	離家經歲久
누가 있어 봄옷을 재단하랴	春服有誰裁
화조로 시 천 수나 지었고	花鳥成千首
큰 바다와 한 잔 술 견주었지	滄溟視一盃
영아께서 멀리 내방하여	令兒來遠訪
나그네 회포 함께 풀었다오	羈抱賴相開
아득한 봉래산 서쪽 바다	渺渺萊西海
돌아가는 기러기 달빛 속에 슬피 우네	歸鴻唳月哀

묵재[70]에게 시를 주며 작별하다
贈別默齋

몽택

남쪽 바닷길 다 지나더니	已圖南海路

---

70 묵재(默齋) : 홍선보(洪善輔). 조선 후기의 인물. 자는 성광(聖光), 호는 묵재(默齋). 통덕랑(通德郎)을 지냈다. 1763년 통신사행 때 종사관(從事官) 김상익(金相翊)의 반인(伴人)으로 일본에 다녀왔다. 문관은 아니지만 글재주가 있어 일본에 갔을 때 삽정평(澁井平)·송평군산(松平君山, 마쓰다이라 쿤잔, 源君山이라고도 함) 등 일본 문사들과 시를 주고받았다. 미장주(尾張州) 명고옥(名古屋)에서 송평군산에게 화답한 홍선보의 〈군산께 화답하다[奉和君山]〉라는 시가 송편군산이 지은 원운 〈풍입송 송별 홍묵재께 드리다[風入松送別呈洪默齋]〉라는 시와 함께 『삼세창화(三世唱和)』에 수록되어 있다. 대판에서 일본의 관상가 임동암(林東庵, 하야시 도안)이 관상을 봐주었고, 이때 나눈 필담이 『한객인상필화(韓客人相筆話)』에 수록되어 있다.

홀연 북쪽 바닷가로 돌아가네　　　　　　　　忽返北溟邊

붕새 날 제 장풍 일어나고　　　　　　　　　鵬際長風起

먼 하늘 끝까지 파도 치네[71]　　　　　　　　波濤限遠天

몽택에게 시를 남기며 작별하다
留別夢澤

　　　　　　　　　　　　　　　　　　　　　묵재

창해 밖 장대한 유람　　　　　　　　　　　壯遊滄海外

채색 누대가에서 시 이야기 나누었지　　　　詩話畫樓邊

갈림길에서 이별의 회포　　　　　　　　　　多少臨岐恨

동쪽과 서쪽 하늘이라 슬프구나　　　　　　東西悵各天

조선국으로 돌아가는 학사 남추월을 전송하는 글
送學士南秋月歸朝鮮國序

　　　　　　　　　　　　　　　　　　　　　아호

부사산은 고고(孤高)하게 홀로 서 있어 우리나라에서 제일가는 명산입니다. 처음에 저는 그것을 직접 보지 못하고 그림으로만 보았는데, 빼어나고 웅위로우며 가파르고 아름다워서 세상에 둘도 없는 것임을 알았습니다. 나중에 직임을 받들고 동도로 가면서 비로소 멀리서 바

---

71 붕새 날 제 …… 파도 치네[鵬際長風起, 波濤限遠天] : 『장자(莊子)』「소요유(逍遙遊)」
　에 "붕새가 남쪽 바다로 옮겨 갈 때에는 물결을 치는 것이 삼천 리요, 회오리바람을 타고
　구만 리를 올라가 여섯 달을 가서 쉰다."라고 하였다. 영웅호걸이 웅대한 포부를 펴는
　것을 뜻한다.

라보고는 빼어나고 웅위로우며 가파르고 아름다운 것은 말할 것도 없
고 해와 달이 은은히 비치는 모습과 노을빛에 변환하는 모양 및 엷은
구름이 비가 되고 사방팔방의 바람이 우수수 일어나더니 구름이 걷히
고 바람이 잦아들면서 잠깐 사이에 옛모습으로 돌아가 수 천 수 만
가지로 기이함을 연출하였습니다. 아침에 바라보면 미인이 목욕하고
나온 듯 찬란하여 아름다운 눈에 윤택함을 머금고 보조개를 지어 온
갖 교태를 부려 사람들로 하여금 눈동자를 황홀케 하고 마음을 취하
게 만들며, 오후가 되어 바라보면 우뚝 솟은 모습이 마치 덕을 쌓은
군자처럼 관모를 쓴 예복[72] 차림으로 낭묘에 서서 한 차례 나아갔다가
물러나는데 일찍이 위의를 잃은 적이 없었고, 저녁에 바라보면 담박
하기가 청일한 처사와 같아 넓은 곳에서 자유롭게 노닐고 산수 자연
속에서 노래를 부르며 속세 밖에서 홀로 서 있는 듯하여 예전에 그림
으로 보았던 것과 비교하면 기이하고 뛰어난 관경이 수만 배라고 하
겠습니다. 지금 이와 같은 것이 있겠습니까? 저는 유년시절부터 시 짓
는 것을 좋아하였고 자라서는 글 짓는 것을 배워서 점차 중화 사람이
지은 것에 관심을 가졌습니다. 저들처럼 성인들의 높고 원대한 경전
등을 연마한 것은 아닙니다만 한·위부터 당·송·원·명의 제자들에
이르러서는 같고 다름을 상량하고 취향과 지조를 좀 헤아려 시나 문
에서 말하였습니다. 중화 사람의 말 또한 그 사람과 함께 한 집에 살
면서 몸소 그 용모를 관찰하고 그 언사를 들으며 일처리를 살펴서 그
것을 본받고 또 좇아 배우지 못한다면 그림으로 부사산을 보는 것과

---

72 관모를 쓴 예복[端章甫] : 단(端)은 현단복(玄端服)이니 주대(周代)에 조회할 때 입던
　흑색의 예복이요, 장보(章甫)는 은대(殷代)의 예관(禮冠)이다.

같아서 겨우 빼어나고 웅위로우며 가파르고 아름다운 모습만을 알 뿐
변화하는 갖가지 형상의 기이함은 알지 못할 것이니 어찌 상상의 지
극한 바가 있겠습니까? 이에 일찍이 슬프고 답답하지 않은 적이 없었
습니다. 그리하여 지금 갑신년 봄에 조선이 우리나라와 우호를 맺기
위해 세 분 사신께서 탄 수레가 엄숙하게 이곳에 임하였고, 학사 남군
추월과 서기 모모 등 여러 분들[73]께서 사행을 따라오셔서 제가 빈관에
서 알현하며 친히 그 용모를 뵙고 그 언사를 들으면서 붓으로 혀를
대신하여 저의 마음을 펴낼 수 있게 되었으니 아아, 천 년에 한 번 만
날 수 있는 어려운 만남으로 얼마나 기뻤겠습니까? 대개 선왕의 문장
과 의관 법도가 지금 중화에서는 사라졌고 유독 조선에만 남아 있다
고 들었습니다. 그렇다면 한·위·당·송·원·명의 제자들과 함께 앉
은 자리에서 이야기를 나누는 것과 무엇이 다르겠습니까? 이에 슬퍼
했던 것이 얼음 녹듯 환하게 사라졌고 답답했던 것이 홀연 물거품처
럼 흩어졌습니다. 『시경』에 "또한 이미 보고, 또한 이미 만나고 나면,
나의 마음 화평해지리라"[74]라고 한 것은 오늘을 이른 말이겠지요? 비
록 오늘을 두고 한 말이라 해도 만나는 날이 곧 이별하는 날이고 다시

---

73 남군 추월과 서기 모모 등 여러 분들[學士南君秋月, 及書記某某諸君] : 남군 추월은
제술관 남옥(南玉)을, 서기 모모 등은 정사서기 용연(龍淵) 성대중(成大中)·부사서기
현천(玄川) 원중거(元重擧)·종사관서기 퇴석(退石) 김인겸(金仁謙) 등을 가리키며, 여
러 분들은 위의 네 사람 이외에도 양의(良醫)로 사행에 참여하였던 모암(慕菴) 이좌국(李
佐國)과 종사관 김상익(金相翊)의 반인(伴人)으로 사행에 참여하였던 묵재(默齋) 홍선
보(洪善輔) 등을 가리킨다.
74 또한 이미 보고 …… 화평해지리라 : 『시경』「소남(召南)」〈초충(草蟲)〉에 "저 남산에
올라가서, 고사리를 캐노라. 군자를 만나 보지 못한지라, 내 마음이 슬프구나. 이미 그를
보고, 또한 이미 만나고 나면, 내 마음이 화평해지리로다.[陟彼南山, 言采其薇. 未見君
子, 我心傷悲. 亦旣見止, 亦旣覯止, 我心則夷.]"라고 한 데서 온 말이다.

만날 기약도 없으니, 기쁨과 슬픔이 뒤섞여 무슨 말을 해야 할지 모르겠습니다. 남군 추월께 고하면서 작별시를 지어 드립니다. 일본 보력 갑신 춘삼월 미장주 천촌(千村) 제성(諸成) 역지(力之) 지음.

추월에게 시를 주며 작별하다
贈別秋月

아호

계림의 남학사[75]는	鷄林南學士
도덕이 있고 문장에도 능하다네	道德且能文
청우를 좇아가고 싶었는데	欲逐靑牛去
붉은 기운 나누어짐만 보았네[76]	唯看紫氣分

아호군의 시에 화답하다 일찍이 그의 시집에 서문을 지어주어서 말한 것이다.
和鵞湖君 曾序其詩集云

추월

아호집 한 권[77]에	一卷鵞湖集

---

75 남학사(南學士) : 제술관 남옥(南玉)을 일컫는 말이다.

76 청우(靑牛)를 …… 나누어짐만 보았네[欲逐靑牛去, 唯看紫氣分] :『열선전(列仙傳)』에 "산해관에서 윤희(尹喜)가 바라보니 자기(紫氣)가 관 위에 어려 있었는데 과연 노자(老子)가 청우(靑牛)를 타고 그곳을 지나갔다."라는 이야기가 실려 있다.

77 아호집 한 권[一卷鵞湖集] : 천촌아호(千村鵞湖, 지무라 가코)의 시집『자적원문집(自適園文集)』을 일컫는 것으로 추정된다. 천촌아호는 석도축파(石島筑波, 이시지마 쓰쿠

추월의 글 몇 줄 있네 　　　　　　　　　數行秋月文

봄날 보내며 객을 전송하니 　　　　　　送春兼送客

근심과 한탄 함께 밀려오네 　　　　　　愁恨定平分

용연에게 시를 주며 작별하다
贈別龍淵

　　　　　　　　　　　　　　　　　　아호

원래부터 서방에 미인이 있었는데 　　　元自西方有美人

멀리 사신 좇아 동쪽 해변에 왔네 　　　遙從使節海東濱

작별 후 지붕마루에 희미한 달 걸려 있거든 　屋梁別後懸殘月

응당 그대 얼굴 새로 보는 듯[78] 하리라 　　應訝看君顔面新

천촌역지의 시에 화답하다
和千力之

　　　　　　　　　　　　　　　　　　용연

매미와 새들 울며 돌아가는 사람 보내는데 　鳴蟬啼鳥送歸人,

초수[79] 물가에는 앵두꽃 다 떨어졌네 　　落盡樱花楚水濱

바)와 송평군산(松平君山, 마쓰다이라 군잔)에게 시를 배웠다. 1748년 통신사행 때 명고
옥에서 부친 천촌몽택(千村夢澤, 지무라 보타쿠)을 통해 제술관 박경행(朴敬行)에게 시
문을 전달한 적이 있는데, 이때 박경행은 아호의 시를 두고 당인(唐人)의 구기(口氣)가
있고 글 또한 기력이 있으며 돈좌(頓挫) 호탕(豪宕)하다고 평을 하였다.

78 지붕마루에 …… 새로 보는 듯[屋梁別後懸殘月, 應訝看君顔面新.] : 당나라 시인 두
보(杜甫)의 〈몽이백(夢李白)〉시에 "지는 달이 지붕마루 가득히 비추니, 그대의 밝은 안
색 행여 보는 듯하구나. [落月滿屋梁, 猶疑見顔色]"라는 시구에서 유래하였다.

뛰어난 형제 틈에 고상한 모임 갖으니　　　　伯仲之間論雅契
미산[80]의 시상 빗속에 새롭구나　　　　　　眉山詩思雨中新

현천에게 시를 주며 작별하다
贈別玄川

　　　　　　　　　　　　　　　　　　　아호

한나라 양자운[81]이 수레를 멈추니　　　　漢家揚子駕云停
글자 물으러 온[82] 환담[83]이 역참에 이르네　　問字桓譚到驛亭
몹시 한스럽구나, 이별 뒤 구름바다 너머로　　最恨別離雲海外
술을 싣고 문빗장 두드릴 길[84] 없으니　　　無由載酒扣門扃

---

79 초수(楚水) : 원래는 중국 초(楚)나라 물인데, 여기서는 일본 미장주에 있는 물을 뜻한다.

80 미산(眉山) : 천촌(千村) 집안을 송나라 미산 사람 삼소(三蘇)와 견주어 표현하였다.

81 양자운[揚子] : 전한(前漢) 말의 학자 양웅(揚雄). 자(字)는 자운(子雲). 저서로『태현경(太玄經)』·『법언(法言)』등이 있다.

82 글자 물으러 온[問字] : 양웅이 고문(古文)의 기자(奇字)를 많이 알고 있었으므로 유분(劉棻)·환담 등이 찾아와서 글자를 배웠던 고사가 있다.

83 환담(桓譚) : 후한(後漢) 때 학자. 자는 군산(君山). 오경(五經)을 두루 익혀 문장에 능하였다. 특히 고학(古學)을 좋아하여 여러 차례 유흠(劉歆)이나 양웅 등을 찾아가 의심스러운 부분을 변석(辨析)하였다. 저서로『신론(新論)』이 있다.

84 술을 싣고 문빗장 두드릴 길[載酒扣門扃] : 한(漢)나라의 대학자 양웅(揚雄)이 너무 가난해서 좋아하는 술도 마시지 못했는데, 가끔씩 배우러 오는 사람들이 안주와 술을 싣고 방문했다는 고사가 있다. (『한서(漢書)』「양웅전(揚雄傳)」)

천아호의 시에 화답하다
和千鵞湖

현천

구름 정처 없이 흐르고 물은 쉼이 없는데	雲流不定水無停
안개 자욱한 대숲에 장정과 단정[85] 있구나	叢竹縈烟長短亭
그대 보니 시상이 눈썹 위에 모여 있고	見子詩愁眉上集
책상 가득 서책이라 저녁구름으로 빗장 거네	一床書掩暮雲扃

퇴석에게 시를 주며 작별하다
贈別退石

아호

상봉했던 곳이 곧 이별자리라니	相逢之處卽離筵
악수 나누는데 문득 마음 밝지 않네	握手忽忽情不蠲
졸작에 좋은 화답시[86] 그대 싫어하지 마오	投李報瓊君勿厭
내일 아침이면 산과 바다, 바람안개에 막히니	明朝海岳阻風烟

---

85 장정(長亭)과 단정(短亭) : 옛날 길에 5리와 10리마다 각각 정자를 두어 행인들이 쉴 수 있도록 하였는데, 5리마다 있는 것을 단정이라 하고, 10리마다 있는 것을 장정이라고 하였다. 소식(蘇軾)의 〈송운판주조봉입촉(送運判朱朝奉入蜀)〉에 "꿈속에 서남쪽 찾아 가는 길에, 묵묵히 장단의 정자를 헤아린다.[夢尋西南路, 默數長短亭]"라고 하였다.

86 졸작에 좋은 화답시[投李報瓊] : 『시경(詩經)』에, "나에게 목과(木瓜)를 던져 주기에 아름다운 옥[瓊琚]으로 갚는다."라고 하였다.

천촌아호의 시에 화답하다
和千鶩湖

퇴석

한객과 일본 문사 한 자리에 모여	韓客和人共一筵
절 누각에 화촉 밝히니 흥취 사라지지 않네	禪樓華燭興難蠲
내일 아침이면 다리 아래 버들가지 꺾을 텐데	明朝欲折行橋柳
이별의 한 멀리 대마도 안개 속에서 일겠지	別恨遙生馬島烟

조선으로 돌아가는 추월을 전송하다
送秋月歸朝鮮

노주

바다 역참 서쪽으로 만 리 노정 이어져	海驛西連萬里程
일본[87] 사행 다 마치면 여름 구름 일겠구나	九州行盡夏雲生
밤중에 창주의 달빛 아래 신선 배 대고	仙槎夜泊滄洲月
봄날 단봉성[88]에서 나그네 꿈 꾸네	客夢春回丹鳳城
현호[89]로 단번에 남아의 뜻 이루었고	一邃懸弧男子志
경개[90]로 다시 정겨운 벗 만났네	再逢傾蓋故人情

---

87 일본[九州] : 구주는 원래는 옛날 중국 전역을 9주로 나눴던 데에서 나온 말로 중국을
뜻하나, 여기에서는 일본을 뜻하는 말로 쓰였다.

88 단봉성(丹鳳城) : 황제의 궁성. 진(秦) 목공(穆公)의 딸인 농옥(弄玉)이 피리를 불면
진나라 서울인 함양(咸陽)에 단봉이 내려왔다는 전설과, 한(漢) 무제(武帝)가 세운 봉궐
(鳳闕) 위에 구리로 만든 봉황이 있었다는 고사에서 유래한 것이다.

89 현호(懸弧) : 상호봉시(桑弧蓬矢). 옛날에 사내아이가 태어나면 뽕나무로 활을 만들고
쑥대로 화살을 만들어 천지 사방에 대고 쏘면서, 큰 뜻을 품고 웅비(雄飛)하라고 기원했
던 데에서 나온 말이다. 『예기(禮記)』 「내칙(內則)」.

| 사신 일 마치고 조정으로 돌아가는 날이면 | 使臣竣事歸朝日 |
| 여전히 임금께선 신발 끄는 소리[91] 들으리라 | 依舊君王聽履聲 |

천촌노주의 시에 화답하다
和千村鷺洲

추월

강변의 꽃과 풀들 지난 여정 기억하는데	江草江花記去程
대청 안에서 노나라 유생들[92] 다시 만났네	堂中重見魯諸生
금은 세계 천림사[93]	金銀世界天林寺

---

90 경개(傾蓋) : 경개는 경개여구(傾蓋如舊)의 준말로, 길가에서 서로 만나 수레 덮개를 기울이고 잠깐 이야기하는 사이에 오랜 벗처럼 여기게 된다는 말이다. 한 번 만나보자마자 의기투합하여 지기(知己)로 받아들이는 것을 말한다. 『사기』「추양열전(鄒陽列傳)」에 "흰머리가 되도록 오래 사귀었어도 처음 본 사람처럼 느껴질 때가 있고, 수레 덮개를 기울이고 잠깐 이야기해도 오랜 벗처럼 느껴지는 경우가 있다.[白頭如新, 傾蓋如故]"라는 말에서 나왔다.

91 신발 끄는 소리[履聲] : 한(漢)나라 정숭(鄭崇)이 간쟁(諫爭)을 하러 갈 때마다 가죽 신발을 끌면서 갔는데, 그럴 때마다 황제가 웃으면서 "정상서의 발자국 소리인 줄을 내가 알겠다.[我識鄭尙書履聲]"라고 한 데서 유래하였다. (『한서』「정숭전(鄭崇傳)」)

92 노나라 유생들[魯諸生] : 한나라 고조(高祖) 때 숙손통(叔孫通)이 예의(禮儀)를 전담하여 만들 적에 고조에게 이르기를, "신이 노나라 모든 유생들을 불러 신의 제자들과 힘을 합하여 조정의 의례를 흥기시키겠습니다."라고 하자 고조가, "시험해서 쉽게 알 수 있도록 하라. 내가 할 만하면 할 것이다."라고 하니, 숙손통이 노나라 제생 30여 명을 불러와서 예악을 흥기시켰다고 한다. (『한서』「숙손통전(叔孫通傳)」)

93 천림사(天林寺) : 정강현(靜岡縣) 빈송시(濱松市)에 위치한 진덕산(眞德山)에 있는 조동종(曹洞宗)의 고찰(古刹)을 말한다. 1445년에 걸당의준(傑堂義俊) 선사가 구학산(龜鶴山) 만세원(萬歲院)으로 인마성(引馬城, 현재의 빈송시 동조궁 부근) 부근에 지었는데, 1585년에 현재의 장소로 옮기면서 진덕산 천림사로 개칭하였다. 제술관 추월 남옥(南玉)은 〈곽산의 시에 화답하다[和霍山]〉라는 시에서 "봄날 나그네 돌아가던 어느 날, 천림사 아래에 비 부슬부슬 내리네.[春興行人一日歸, 天林寺下雨霏微]"(『삼세창화(三世唱

교신의 누대 고옥성[94]　　　　　　　　　蛟蜃樓臺古屋城

만 리에서 마음 통해 응당 정분 있으니　　萬里論心應有分

백 년 동안 만나지 못한다고 어찌 정이 없으랴　百年違面詎無情

봄날 밤 떠나는 이의 슬픔 가시지 않았으니　春宵未解離人怨

한밤중에 이웃집 닭 울까 두렵구나　　　生怕鄰鷄子夜聲

조선으로 돌아가는 용연을 전송하다
送龍淵歸朝鮮

　　　　　　　　　　　　　　　　　　노주

원래 서쪽 지방에 있던 미인과　　　　　美人元是在西方

상봉하여 정담 길어질 줄 어찌 생각했으랴　豈謂相逢晤語長

이날 밤 이별하면 애간장 끊어질 텐데　此夕別離腸欲斷

어느 날이나 고아한 풍모[95] 접할 수 있을까　不知何日接清揚

천촌동래의 시에 화답하다
和千村東來

　　　　　　　　　　　　　　　　　　용연

성현의 말씀[96]을 대방가에게 물으려는데　欲把微言問大方

和)』)라고 하였다.

94 고옥성(古屋城) : 미장주 명고옥(名古屋)에 있는 명고옥성(名古屋城).

95 고아한 풍모[清揚] : 청(清)은 보는 것이 청명한 것을, 양(揚)은 눈썹 위가 넓은 것을
말한다. 그리하여 청양은 눈이 예쁘고 눈썹이 날리는 것, 혹은 눈과 눈썹의 사이를 가리
키기도 한다.

절의 누대 비바람으로 새벽 시간 길구나	禪樓風雨五更長
천기는 한가함 속에서 찾을 수 있는데	天機須向閑中覓
현초[97]는 끝내 적막한 양웅에게 돌아갔네	玄草終歸寂寞揚

조선으로 돌아가는 현천을 전송하다
送玄川歸朝鮮

노주

아침에 옥절 하직한 미장주 명해[98] 물가에서	玉節朝辭張海濱
그대 전송하는 꽃과 새들 쉬이 마음 아파하네	送君花鳥易傷神
하늘 끝에서 서신 끊어졌다고 말하지 말게	休言天末音書絶
밤마다 모두들 그리운 꿈속 사람이라네	夜夜俱爲夢裡人

---

96 성현의 말씀[微言] : 미언(微言)은 깊고 정미한 뜻이 담긴 말이란 뜻으로, 곧 성현의
말씀을 가리킨다.

97 현초(玄草) : 한(漢)나라 양웅(揚雄)이 『태현경(太玄經)』을 적은 것을 말한다. 양웅
(BC 53~AD 18)은 중국 전한 때 학자이면서 문인으로 자는 자운(子雲)이다. 저서로는
『태현경』 외에도 『법언(法言)』이 있다. 『태현경』은 양웅이 지은 술수서(術數書)이다. 우
주 만물의 근원을 『주역(周易)』의 음양론 대신 시(始)·중(中)·종(終)의 삼원(三元)으로
써 설명하고, 여기에 역법(曆法)을 더한 책이다.

98 명해(鳴海, 나루미) : 미장주(尾張州)에 속하고, 현재의 애지현(愛知縣, 아이치겐)
명고옥시(名古屋市, 나고야시) 녹구(綠區, 미도리쿠) 명해정(鳴海町, 나루미초)이다. 통
신사행 때 조선 사신이 이곳에서 잠시 휴식을 취하였다.

천촌노주의 시에 화답하다
和千村鷺洲

현천

들건대 그대 거처[99] 물가 대숲[100]이라더니	聞子丘園水竹濱
소년의 표격 더욱 맑고 신이하네	少年標格更清神
밤 깊도록 밝은 등불 곁에 두고	華燈猶傍三更後
북쪽 사람과 오순도순 담소 나누네	笑語雍容對北人

조선으로 돌아가는 퇴석을 전송하다
送退石歸朝鮮

노주

산과 바다 삼천리	海岳三千里
사행길 끝이 없네	王程不可窮
붕새 나는 길 파도 높고 광활한데	鵬間波浪闊
새가 나는 좁은 길 깃발 통하네	鳥道旆旌通
전송하니 마음도 오히려 취하고	出餞心猶醉
더 드시라며 이별 슬픔 함께 하네	加餐恨共同

---

99 거처[丘園] : 구원은 황폐한 초야로 은거하는 자가 머무는 곳을 말한다. 『주역』「비괘 (賁卦)」에 "구원을 꾸민다.[賁于丘園]"라고 하였는데, 순상(筍爽)의 주에 "간(艮)은 산이 고 진(震)은 숲이다. 바른 자리를 잃고 산림에 있으면서 언덕배기를 일구어 채마밭을 만드니, 은사(隱士)의 형상이다."라고 하였다.

100 물가 대숲[水竹濱] : 수죽은 물가에 대나무가 있는 한적한 곳을 말한다. 두보(杜甫)의 〈봉수엄공기제야정지작(奉酬嚴公寄題野亭之作)〉 시에, "습유가 일찍이 두어 줄의 서신 아뢰었거니, 게으른 성질이 본래 수죽 곁에만 살 뿐이라오.[拾遺曾奏數行書, 懶性從來 水竹居。]"라고 한 데서 온 말이다.

그대 떠나는 곳 알고 싶은데   欲知君去處
해 지고 저녁 구름 붉기만하네   日落暮雲紅

천촌노주의 시에 화답하다
和千村鷺洲

퇴석

나그네길 삼천리 광활한데   客路三千闊
봄빛 구십일 동안 다하네   春光九十窮
객수 물리쳐도 떠나지 않고   羈愁排不去
고향 소식은 아득하여 통하지 않네   鄕信渺難通
시구에는 기쁜 마음 드러나 있는데   詩句欣惟見
시단에서 함께 할 수 없어 한스럽구나   騷壇恨莫同
아름다운 풍모 어느 곳에서 그리워하랴   芝眉何處想
고개 돌려 바라보니 둥근 해 붉기만하네   回望日輪紅

천촌노주가 다시 지어준 시에 화답하다
和千村鷺洲疊贈作

추월

역로에서 만나 기쁨 채 나누지도 못했는데   驛路相逢未罄歡
비바람에 떨어지는 꽃 이별하기 어렵구나   落花風雨別離難
전대 속 시권은 품평해주길 기다리는데   囊中詩卷須題品
비취빛 고래, 해란과 섞이네   翡翠鯨魚雜海蘭

위의 시 한 수는 동도(東都) 빈관으로부터 이른 것이다.

2월 4일에 명해(鳴海)[101] 빈관에서 조선의 여러 문사들과 함께 기쁨을
나누다.

남추월께 드리다
呈南秋月

남래[102]

동쪽 바다 역참 명해역에서	東海驛中鳴海驛
서해로 고개 돌려 흰 구름 끝 바라보네	回頭西海白雲端
강호성 이로부터 천리나 멀어	江城自是垂千里
나그네 행로난[103]을 부르는구나	遊子轉歌行路難

산백지의 시에 차운하다
次山伯芝

추월

한양에서 이별한 뒤 사천 리 길	漢陽一別四千里
말머리 아득히 석목[104] 끝까지 왔네	馬首微茫析木端

---

101 명해(鳴海, 나루미) : 미장주(尾張州)에 속하고, 현재의 애지현(愛知縣, 아이치겐)
   명고옥시(名古屋市, 나고야시) 녹구(綠區, 미도리쿠) 명해정(鳴海町, 나루미초)이다.
102 남래(南萊) : 약산남래(若山南萊, 와카야마 난라이). 강호시대 중기의 유자(儒者).
   성은 약산(若山), 이름은 삼수(三秀), 자는 백지(伯芝), 호는 남래(南萊)이다. 산삼수(山
   三秀)·산백지(山伯芝)·산남래(山南萊)라고도 한다.
103 행로난(行路難) : 세상길이 험난함을 읊으면서 이별의 슬픔을 노래한 악부가사(樂府
   歌辭)의 이름. 진(晉)나라 포조(鮑照)가 처음 지은 뒤로 수많은 작품이 나왔는데 그 중에
   서도 이백(李白)의 〈행로난〉이 가장 유명하다.

긴 대숲 속 관소 처마에 걸린 해 옮겨가니　　　野館脩篁簷日轉
떠나기 바빠 시마다 화답하기 어렵구려　　　數詩臨發和皆難

다시 원운을 써서 추월께 드리다
再用原韻呈秋月

남래

이역에서 즐거움 함께하는 풍류의 객　　　交歡異域風流客
채색 붓 마구 놀리며 혀끝을 대신하네　　　彩筆縱橫換舌端
높은 수레 타고 돌아올 날 있을 텐데　　　猶有高軒還駕日
왜 이렇게 이 날 이별하기 어려운지　　　何爲此日別離難

성용연께 드리다
呈成龍淵

남래

맞이하고 전송하는 이때의 생각　　　相迎相送此時意
기뻤다가 근심스러워지는 오늘의 심정　　　且喜且愁今日情
나의 편장을 보옥[105] 같다고 하지 마오　　　莫以篇章同趙璧
시 보내왔는데 연성[106]을 묻기 부끄럽소　　　投來却愧問連城

---

104 석목(析木) : 인(寅)에 해당하는 성차(星次)로 십이지(十二支)의 동방(東方)을 뜻한다.
105 보옥[趙璧] : 조벽(趙璧)은 조(趙)나라 혜문왕(惠文王)이 얻었다는 춘추 전국시대에 최고의 보옥(寶玉)으로 일컬어졌던 화씨벽(和氏璧)을 가리킨다.
106 연성(連城) : 연성벽(連城璧)의 준말로, 전국시대 때 진(秦)나라 소왕(昭王)이 15성

산남래의 시에 차운하다
次山南莱

용연

아득히 동남쪽 구름 낀 물나라에서	渺渺東南雲水地
북쪽 사람 공연히 고향 생각하네	北人空結望鄕情
신성한 옛 관소엔 봄빛 이른데	靈芝古館春光早
또 이곳 성에서 이별 회포 어이 견디랴	可耐離懷又此城

원현천께 드리다
呈元玄川

남래

훨훨 나는 깃발 길은 아득한데	翩翩旌旆路悠悠
만나 원유편[107] 지은 그대 어여쁘네	相値憐君賦遠遊
태평시절에 이웃나라 사신 맹약 다지니	平世尋盟鄰境使
사신이여![108] 객지에서 더욱 풍류 있네	使乎客裏更風流

행차가 바빠서 화답를 사양하였다.

(城)과 바꾸자고 청했던 조(趙)나라의 화씨벽(和氏璧)을 말한다.

107 원유편(遠遊篇) : 초(楚)나라 굴원(屈原)이 자신의 방직(方直)한 행실이 세상에 용납되지 않아서 참녕(讒佞)에 시달려도 호소할 곳이 없자, 이에 선인(仙人)과 함께 이르지 않은 곳이 없이 천지를 두루 돌아다니는 내용을 소재로 지은 시이다.

108 사신이여[使乎] : 사신을 칭찬한 말. 위(衛)나라 영공(靈公)의 신하인 거백옥(蘧伯玉)이 공자에게 사신을 보내오자, 공자는 "부자(夫子)는 무엇을 하고 계시느냐?"라고 물으니, 사신은 "부자께서는 허물을 적게 하고자 노력하시나 잘되지 않습니다."라고 하였다. 공자는 그가 나가자 "사신이여, 사신이여[使乎使乎]!"라고 칭찬하였다고 한다. (『논어』「헌문(憲問)」)

김퇴석께 드리다
呈金退石

남래

천산의 노을빛 시인을 비추니	千山霞色照騷人
봄날 꽃과 새, 채색 붓 마구 놀리네	彩筆縱橫花鳥春
곳곳마다 훌륭한 시편 몇 편이던가	處處高篇知幾許
전하여 영원히 이방의 보배로 삼네	相傳永作異方珍

화운시를 잃었다.

3월 29일 조선 사신이 다시 명해역에서 쉬게 됨에 내가 빈관에서 맞이하였다.

조선으로 돌아가는 남추월을 전송하다
送南秋月歸朝鮮

남래

문장 예봉 세워 함께 앞을 다투니	詞鋒競起共爭先
한묵 자리에서 붓끝이 닳는구나	毫穎磨來翰墨筵
팔도의 문장 원래 절로 묘한데	八道文章元自妙
오경과 고취109 다시 서로 전하네	五經鼓吹更相傳
가을바람 한강가에서 객을 보내왔고	秋風送客漢江水
봄빛은 동해변에서 마음 슬프게 하네	春色傷情東海邊

---

109 고취(鼓吹) : 고취는 북 치고 피리 부는 것, 곧 타악기와 관악기를 총칭하는 말인데, 여기서는 시가(詩歌)를 지칭한다.

먼 이별로 하량[110]에서의 천고의 눈물 　　　遠別河梁千古淚
이날을 어찌 견디랴, 또 시름에 잠기네 　　　豈堪此日又潛然

남래의 시에 화답하다
奉和南萊

추월

이곳 누대에 서서 앞서 나를 기다렸는데 　　　佇立此樓待我先
자리에서 만나 이별연 슬픔 끝나지 않네 　　　逢筵未了悵離筵
고산유수곡[111] 들으며 영지를 캐고 　　　高山歌曲靈芝采
재자의 서신을 옛 역에서 전하네 　　　才子音書古驛傳
나그네길 물가 풀 너머로 아득하고 　　　客路微茫汀草外
슬픈 시상 바다 가에서 흩날리네 　　　詩愁撩亂海雲邊
다른 세상에 대한 생각 천지간에 흩어지니 　　　寰中一散他生憶
정인이 아니라도 묵연히 합해지네 　　　不是情人合默然

---

110 하량(河梁) : 한(漢)나라 때 흉노(匈奴)에게 항복한 이릉(李陵)이, 앞서 흉노에게 사
신으로 가서 억류되었다가 19년 만에 풀려나 한나라로 돌아가는 소무(蘇武)와 작별하면
서 소무에게 준 시에, "서로 손잡고 하량에 올라, 나그네는 저문 날 어디로 가는가. ……
가는 사람을 오래 만류키 어려워, 길이 서로 생각하자고 말하네.[携手上河梁, 遊子暮何
之。…… 行人難久留, 各言長相思。]"라고 한 데서 온 말로, 전하여 송별(送別) 혹은 송별
의 장소를 뜻한다.

111 고산유수곡[高山歌曲] : 고산가곡(高山歌曲)은 〈고산유수곡(高山流水曲)〉을 뜻하
는 것으로 보인다. 〈고산유수곡〉은 춘추시대 백아(伯牙)가 타고 그의 벗 종자기(鍾子期)
가 들었다는 거문고 곡조이다. 〈아양곡(峨洋曲)〉이라고도 한다. 백아가 마음속에 높은
산[高山]을 두고 거문고를 타면 종자기는 이를 알아듣고 "아, 훌륭하다. 험준하기가 태산
과 같다.[善哉! 峨峨兮若泰山。]"라고 하였고, 백아가 마음속에 흐르는 물[流水]를 두고
거문고를 타면 종자기는 이를 알아듣고 "아, 훌륭하다. 양양하여 흐름이 강하와 같다.[善
哉! 洋洋兮若江河。]"라고 하였다. (『열자(列子)』「탕문(湯問)」)

조선으로 돌아가는 성용연을 전송하다
送成龍淵歸朝鮮

남래

멀리 천리마 몰아 역문으로 들어서	遙驪驒騮入驛門
다시 이곳에서 만나 돌아갈 수레 멈추네	相逢還此駐歸軒
고향 서신 바라보며 봄날 기러기 사랑하고	鄕書目送憐春雁
여관에서 놀라 밤 원숭이 소리 한스러워하네	旅館魂驚恨夜猿
재자 시 지으니 영 땅 곡조[112]와 같고	才子題詩同郢調
충신은 말몰이 다그치며 왕의 존엄 생각하네	忠臣叱馭憶王尊
시모임에서 세 분 서기[113] 뉘라서 피하지 않으랴	詞場誰不避三舍
북에서 온 사신들 붓놀림 마음껏 하네	筆話縱橫北使論

산백지의 시에 화답하다
和山伯芝

용연

버들가지 푸르러 관소의 문 그늘졌는데	楊柳靑靑蔭館門
서너 명 사객들 바람 부는 난간에 모였네	數三詞客集風軒
가랑비 속 장정[114]에서는 큰 말이 울고	長亭細雨嘶驕馬
저녁노을 고목에서는 작은 원숭이 □	古樹斜陽□短猿

---

112 영 땅 곡조[郢調] : 초(楚)나라 도성(都城)인 영(郢)에 사는 사람들이 부르는 노래.

113 세 분 서기[三舍] : 송나라의 태학(太學)에 상사(上舍)·내사(內舍)·외사(外舍)의 구별이 있었는데, 여기서는 세 명의 서기를 지칭한다.

114 장정(長亭) : 5리마다 있는 것을 단정이라고 한 반면에 10리마다 있는 것을 장정이라고 하였다.

붓 놀리며 성대한 문사모임 보았고　　　　放筆方看文會盛
회포 풀면서 존엄한 도의 사귐 알았네　　披襟終識道交尊
오늘밤 신천[115]이라는 분을 만나거든　　今宵定遇新川子
운곡에서의 참된 인연 자세히 말하리라　賫谷眞緣仔細論

조선으로 돌아가는 원현천을 전송하다
送元玄川歸朝鮮

남래

만난 지 언제던가 헤어지기 어렵구나　　會面何時分手難
그대 잠시 이곳에서 말안장 늦추시게　　請君暫此緩征鞍
태평시절엔 사해가 모두 형제이니　　　昇平四海皆兄弟
만났으면 이역이라고 여기지 마시게　　相値莫爲異域看

남래에게 시를 남기며 작별하다
留別南萊

현천

휘늘어진 안개 낀 버들, 이별하기 어렵구나　　依依烟柳別人難
말안장에 점점이 수놓은 시든 꽃 뉘라서 알랴　誰覺殘花點繡鞍
헤어지고 나서도 생생한 모습으로　　　　　　分手會須憑仔細
훗날 언젠가 꿈속에서 뵐 수 있겠지요　　　他年唯有夢中看

---

115 신천(新川) : 강전신천(岡田新川, 오카다 신센, 1737-1799). 자는 정지(挺之), 호는
　　신천(新川). 미장번교수(尾張藩敎授)를 지냈다. 조선 사신이 미장주(尾張州)에서 만났
　　던 강전의생(岡田宜生)을 말한다.

조선으로 돌아가는 김퇴석을 전송하다
送金退石歸朝鮮

남래

자리 함께 한 손님과 말이 통하지 않아	言談難解同筵客
이역 사람과 만나 필담을 나누었네	筆研相逢異域人
평일에도 현인과 성인의 말씀 들었지만	平日從聞賢聖語
이때야 비로소 덕을 이웃하고 있다고 믿었네	此時始信德爲鄰

산백지의 시에 화답하다
和山伯芝

퇴석

올 때는 가는 풀 언덕에 나기 시작했는데	來時細草初生岸
돌아가는 날 한가한 꽃 찬란하게 사람 비추네	歸日閑花爛映人
만남과 헤어짐 총총한데 훗날 기약도 없이	逢別恩恩無後約
다만 동쪽 이웃에게 시구만 남길 뿐이네	只留詩句在東鄰

석상에서 홍묵재에게 주다
席上贈洪默齋

남래

동방의 일천 기병 붉은 먼지 일으키는데	東方千騎起紅塵
오색구름 깃발은 햇살 비추어 새롭구나	五色雲旌映日新
수렵하며 운몽택 자랑함을 멀리서 알았으니	狡獵遙知誇夢澤
한나라 상림원의 봄을 어이하랴[116]	如何大漢上林春

화운시를 잃었다.

二月三日, 寄朝鮮詞臣于性高院.

2월 3일 성고원[117]에서 조선 문사에게 부치다.

남추월께 드리다
呈南秋月

국장[118]

사신 수레 서쪽 조선[119]으로부터 왔는데	星軺西自漢宮來
그대는 사마장경[120]과 같은 재사로세	君是長卿司馬才
일찍이 자허부 지어 바쳤다[121]고 들었는데	聞道子虛曾奏賦

---

116 수렵하며 …… 어이하랴[狡獵遙知誇夢澤, 如何大漢上林春] : 사마상여(司馬相如)의 〈상림부(上林賦)〉에, "초나라에는 칠택이 있어, 그 중에 하나인 운몽택은 사방이 구백 리인데, 운몽택 같은 것 여덟아홉 개를 삼키어도 가슴속에 조금도 거리낌이 없다.[楚有七澤, 其一曰雲夢, 方九百里, 呑若雲夢者八九, 其於胸中曾不蔕芥。]"라고 한 데서 온 말로, 전하여 광대한 포부를 의미한다. 예로부터 운몽택에서 수렵을 많이 하였다. 상림원(上林苑)은 한 무제가 중건한 궁전의 정원 이름.

117 성고원(性高院, 쇼코인) : 미장주(尾張州)에 속하고, 현재의 애지현(愛知縣, 아이치겐) 명고옥시(名古屋市, 나고야시)에 있다. 대부분의 통신사행 때 조선 사신이 이곳에 묵었다.

118 국장(菊莊) : 서하국장(西河菊莊, 니시카와 기쿠소). 강호시대 중기의 유자(儒者). 성은 서하(西河), 이름은 영(英), 자는 자발(子發)이다. 저서로는 『미번효자전(尾藩孝子傳)』·『효녀증여전(孝女曾與傳)』 등이 있다.

119 조선[漢宮] : 원래는 한나라 궁전을 일컫는데, 여기서는 조선을 가리킨다.

120 사마장경(司馬長卿) : 장경은 한(漢)나라 사마상여(司馬相如)의 자(字)이다. 사부(辭賦)를 잘 지었다.

121 자허부 지어 바쳤다[子虛曾奏賦] : 한 무제가 사마상여(司馬相如)의 〈자허부(子虛賦)〉를 읽다가 "짐이 이 부를 지은 사람과 한 시대에 나지 못하였다."고 아쉬워하자 옆에

구름 능가할 만한 의기 누구를 향해 열랴   凌雲意氣向誰開

국장이 부쳐온 시에 차운하다
次菊莊寄來韻

추월

문사들 구름처럼 좋은 신[122] 신고 오니   詞客如雲履舃來
이름난 고을 아름답고 재사들 많구나   名州佳麗盛環才
시 전하는 촌노인 만나보기 어려운데   詩傳野老人難見
어느 곳 동쪽 울타리에서 국화 길 열릴까   何處東籬菊逕開

성용연께 드리다
呈成龍淵

국장

사명 받들고 일본에 온 조선 사신들   奉使日東漢國臣
말 타고 돌아가니 새 비단옷 우러러보네   歸騑仰見錦衣新
꽃 날리고 나비 놀라도 고향집 멀어   花飛蝶駭家鄉遠
나그네 꿈속 상림원[123]의 봄 수고롭구나   客夢更勞上苑春

있던 양득의(楊得意)가 "그 부는 바로 신과 같은 고향 사람 상여가 지었다."라고 대답하니 무제가 흠칫 놀라며 상여를 불러 사실을 알고 나서 다시 〈상림부(上林賦)〉를 지어 바치도록 하였다.

122 좋은 신[履舃] : 바닥을 두 겹으로 꿰매어 만든 좋은 신.

123 상림원[上苑] : 상원(上苑)은 한나라 무제(武帝)가 중건한 궁전의 정원 상림원(上林苑)을 말한다.

서하수재의 시에 화답하다

和西河秀才

용연

하늘가에서 사명 받든[124] 사신들 돌아가는데	四牡天涯返使臣
화려한 꽃 언덕에 피어[125] 나그네 마음 새롭네	皇華原濕客懷新
선방의 꽃과 나무로 맑은 인연 소중하여	禪房花木淸緣重
한밤중에 맞이하다가 봄날 다 지나갔네	半夜逢迎了一春

원현천께 드리다

呈元玄川

국장

오화마[126]와 금빛 수레 탄 사절단	金貂玉節五花驄
일본 동쪽으로 만 리나 왕복하였다네	萬里往還日本東
묘선된 퉁소소리 그대 아끼지 말게	妙選簫簧君莫吝
명봉[127]을 그리워하며 봄바람 춤추네	尙思鳴鳳舞春風

---

124 사명 받든[四牡] : 사모(四牡)는 네 필의 수말을 가리키며, 『시경』 「소아(小雅)」의 편명이다. 왕명을 봉행하는 사신을 위로하기 위해 지어진 시이다.

125 화려한 꽃 언덕에 피어[皇華原濕] : 『시경』〈황황자화(皇皇者華)〉에, “화려한 온갖 꽃들은 저 언덕 진펄에 피어 있고, 부지런히 달리는 사신은 행여 사명 못다 할까 걱정일세.[皇皇者華, 于彼原隰, 駪駪征夫, 每懷靡及.]”라고 한 데서 온 말로, 임금이 사신의 노고를 위로한 시이다.

126 오화마[五花驄] : 오화총(五花驄)은 말의 갈기털을 청색(靑色)·백색(白色) 등의 다섯 꽃무늬 잎 모양으로 다듬어서 장식한 오화마(五花馬)를 가리킨다. 줄여서 화총(花驄)이라고도 한다.

127 명봉(鳴鳳) : 우는 봉황. 『시경』 「대아(大雅)」〈권아(卷阿)〉에 “봉황이 소리쳐 우네, 높은 산 저 위에서.[鳳凰鳴矣, 于彼高岡.]”라고 하였다.

국장의 시에 화답하다
和菊莊

현천

부슬부슬 봄비 속에 오화마 바라보는데	霏霏春雨看花驄
어지러운 대밭 동쪽의 얼룩말 쓸쓸하구나	斑馬蕭蕭亂竹東
자리에 앉은 고상한 벗들 흩어지지 않았는데	座上高朋猶不散
새벽녘 흔들리는 푸른 가지에서 새들 지저귀네	曉禽遙語綠條風

김퇴석께 드리다
呈金退石

국장

산 구름 바닷물 삼천리 길	山雲海水路三千
사신 깃발 멀리 해 뜨는 변방에서 하직하네	文旆遙辭日出邊
어젯밤 동방에서 붉은 기운 보고	昨夜東方看紫氣
허리에 용천검[128] 차고 있음을 알았네	定知腰下帶龍泉

서하국장의 시에 화답하다
和西河菊莊

퇴석

큰 바다 건너 멀리 수많은 산 지나는데	過洋萬里度山千

---

128 용천검(龍泉劍) : 중국의 보검(寶劍) 이름으로, 진(晉)나라 때 장화(張華)가 오(吳) 땅에서 자색 기운이 하늘의 우수(牛宿)와 두수(斗宿) 사이로 뻗치는 것을 보고 얻었다고 한다. (『진서(晉書)』「장화전(張華傳)」)

약목[129] 주변 고향과 고국 아득하구나 　　　　　　　　沼遞家邦若木邊

봉래산의 안개 낀 달 좋다고 말하지 말게 　　　　　　　莫道蓬萊烟月好

돌아가 옛 초야에 눕는 것만 못하니 　　　　　　　　　不如歸臥舊林泉

2월 3일에 조선 사신이 미장주[130] 어월역[131]에서 쉬게 되어 내가 말을 타고 이곳에 이르러 빈관에서 다시 만났다.

다시 남추월께 드리다
再呈南秋月案下[132]

　　　　　　　　　　　　　　　　　　　　　　　　　　승산[133]

일찍이 서원[134]에서 서생을 독려하였고 　　　　　　曾督書生白鹿城

---

129 약목(若木) : 서해의 해가 지는 곳에 있다는 신목(神木)인데, 여기서는 조선을 가리킨다.

130 미장주(尾張州, 오와리슈) : 현재의 애지현(愛知縣, 아이치현) 서부 지역. 미장(尾張)·미장국(尾張國)·미양(尾陽)·장주(張州)라고도 한다. 율령제(律令制) 하에서는 도카이도(東海道)에 속하였고, 1871년 폐번치현(廢藩置縣) 정책에 의해 명고옥현(名古屋縣)이 되었다가 다음해 애지현으로 개칭하였으며, 구(舊) 삼하국(三河國) 지역을 통합하였다. 조선 후기 대부분의 사행 때마다 사신 일행이 휴식을 취하거나 묵었던 기(起)·명고옥(名古屋)·명해(鳴海)·도엽(稻葉) 등지를 관할한 곳이기도 하다.

131 어월역(於越, 오코시) : 미장주(尾張州)에 속하고, 현재의 애지현(愛知縣, 아이치겐) 일궁시기(一宮市起, 이치노미야시오코시) 부근이다. 기(起, 오코시)라고도 한다.

132 시제가 이등유전(伊藤維典)이 편집한 『문사여향(問槎餘響)』에는 〈재정추월(再呈秋月)〉로 되어 있다.

133 승산(勝山) : 전승산(田勝山, 덴 쇼잔). 강호시대 중기의 유의(儒醫). 이름은 입송(立松), 자는 사무(士茂), 호는 승산(勝山). 미농주(美濃州) 수하인(須賀人).

134 서원[白鹿城] : 백록성(白鹿城)은 주자가 강학하던 백록동서원(白鹿洞書院)을 가리킨다.

홀륭하게 경술로 일가의 명성 이루었네 翩翩經術一家名
뗏목 타고 멀리 동방 땅에 건너와 乘槎遙泛東方地
다시 사문으로 두 곳 서울[135]을 비추네 更使斯文照兩京

다시 전승산의 시에 화답하다
再和田勝山[136]

추월

따스한 봄날 대가마 타고 강성을 건너 筍輿春暖過江城
솔과 대숲 그늘 속에서 지명을 묻네 松竹陰中問地名
기쁘구려! 그대 함께 와 아득한 길 가볍게 喜子同來[137]輕莽蒼
동경으로 향하는 나를 따라올 수 있어서 可能隨我向東[138]京

다시 성용연께 드리다
再呈成龍淵案下[139]

승산

가인이 계수나무 돛대로 춘풍을 건너니 佳人桂棹度春風

---

135 양경(兩京) : 동경(東京)과 서경(西京). 서경은 경도(京都)를 말한다.
136 시제가 이등유전이 편집한 『문사여향』에는 〈재화승산(再和勝山)〉으로 되어 있다.
137 '喜子同來'가 남옥의 『일관창수(日觀唱酬)』 중(中) (국립중앙도서관, 청구기호 古 3644-7)에 수록된 같은 시 〈차전승상(次田勝山)〉에는 '更喜東來'로 되어 있다.
138 '東'자가 남옥의 『일관창수』 중 (국립중앙도서관, 청구기호 古3644-7)에 수록된 같은 시 〈차전승상(次田勝山)〉에는 '君'자로 되어 있다.
139 시제가 이등유전이 편집한 『문사여향』에는 〈재정성용연(再呈成龍淵)〉으로 되어 있다.

채색 안개 속에서 신선 소매 나부끼네 仙袂飄飆彩霧中
하수 근원 도달하기 어렵다고 누가 말했던가 誰道河源難可到
신선 유람 통해 사신의 웅위로움 실컷 보네 神遊偏見使臣雄

다시 전승산의 시에 화답하다
再和田勝山

용연

수레로 넓은 솔바람 숲 서서히 건너 肩輿徐度萬松風
옛 역에서 훌륭한 자태 다시 만났네 芝宇重逢古驛中
살검[140]과 미농지[141] 광채 아우르니 薩劍濃牋光采幷
일본 남쪽은 원래 뛰어난 인재 많네 日南元自富材雄

다시 원현천께 드리다
再呈元玄川案下[142]

승산

하늘 위 별자리 한밤중에 비추더니 天上星文照夜闌
과연 신선 사신 삼한으로부터 왔네 果然仙使自三韓
동해의 수많은 절경 보시길 청하노니 請看東海多奇絶
그 중 자줏빛 기운 차가운 승산 있다오 中有勝山紫氣寒

---

140 살검(薩劍) : 일본 살마(薩摩)에서 나는 검.
141 미농지[濃牋] : 농전(濃牋)은 미농주에서 생산되는 종이로 미농지(美濃紙)를 말한다.
142 시제가 이등유전(伊藤維典)이 편집한 『문사여향(問槎餘響)』에는 〈재정원현천(再呈
    元玄川)〉으로 되어 있다.

다시 전승산의 시에 화답하다
再和田勝山

현천

금수[143]에서 한 차례 만나 남은 여흥으로	今須一面續餘闌
형주에 한객[144]이 있음을 알았다오	識得荊州有一韓
산도 아름답고 사람도 절로 뛰어나	佳麗非山人自勝
화려한 자리에서 고결한 인품[145] 마주하네	華筵相對玉壺寒

다시 김퇴석께 드리다
再呈金退石案下[146]

승산

역정에서 수레 좇아와 잠시 환담 나누다보니	驛亭追駕暫成歡
수양버들 소매 스치는데 바람 차지 않네	拂袂垂楊風不寒
서쪽으로 돌아갈 때 다시 노닐 약속 있어도	縱有西歸再遊約

---

143 금수(今須, 이마스) : 미농주(美濃州)에 속하고, 현재의 기부현(岐阜縣, 기후겐) 불파군(不破郡, 후와군) 관원정금수(關ヶ原町今須, 세키가하라초이마스)이다. 금차(今次)·이마즈(伊麻즈)라고도 한다. 통신사행 때 조선 사신이 낮에 이곳에서 쉬었다.

144 형주(荊州)에 한객(韓客) : 원래는 당(唐)나라 때 형주자사(荊州刺史)를 지낸 명신(名臣) 한조종(韓朝宗)을 말하는데 여기서는 조선 사신을 비유하였다. 그가 형주자사로 있을 때에 이백(李白)이 글을 올려 이르기를 "살아서 만호후 봉함이 필요치 않고, 다만 한 형주를 한 번만이라도 보는 것이 소원이다."라고 하였다. (『고문진보』「여한형주서(與韓荊州書)」)

145 고결한 인품[玉壺寒] : 옥호(玉壺)가 차다는 것은 인품이 청정하고 고결함을 말한다. 남조(南朝) 송(宋) 포조(鮑照)의 시 〈백두음(白頭吟)〉에 "충직하기론 붉은 색 밧줄이요, 청정하기론 옥병 속의 얼음일세.[直如朱絲繩, 淸如玉壺冰]"라는 표현에서 유래하였다.

146 시제가 이등유전이 편집한 『문사여향』에는 〈재정김퇴석(再呈金退石)〉으로 되어 있다.

꾀꼬리 자주 울어 이별하기 어렵구려 　　　　　　黃鸝頻囀別離難

병고를 무릅쓰고 전승산의 시에 화답하다
力病和田勝山

퇴석

일본과 조선 문사 한 자리에 모여 기뻐하는데	和韓相會一床歡
가련하게도 나는 강바람에 한기가 들었다네	憐我江風病感寒
슬프구나! 그대와 이별하고 나면	依悵[147]與君相別後
꿈속 혼마저 미농주로 날아가기 어렵겠지	夢魂飛到美濃難

전승산과 작별하다
別田勝山

용연

옥설[148]은 뉘 집 자제인가?	玉雪誰家子
한 구비 물가에 봄바람 부네	春風一水涯
서쪽으로 돌아갈 때 다시 만나자며	西歸留好約
서로 역정의 꽃을 기다리네	相待驛亭花

---

147 '依悵'이 이등유전(伊藤維典)이 편집한 『문사여향(問槎餘響)』에는 '惆悵'으로 되어 있다.

148 옥설(玉雪) : 옥설은 옥과 눈, 옥처럼 맑은 눈, 옥설 같은 매화, 나아가 옥설 같은 사람을 뜻한다.

성용연 시에 붓을 달려 차운하다
走次成龍淵韻[149]

승산

오래된 역 안개 노을 길	古驛烟霞路
그대 보내려 물가에 이르렀네	送君到水涯
춘풍에 젓대 부는 소리	春風吹笛起
노랫가락에 매화 떨어지네[150]	一曲落梅花

전승산과 작별하다
別田勝山

추월

전랑[151]이 전송하러 모래 언덕에 이르니	田郎相送到沙頭
들 대나무 푸르러 이별 시름 불어대네	野竹青青管別愁
주고[152] 마을 앞 맑고 얕은 물	洲股村前清淺水
석양 무렵 다리 너머로 나뉘어 흐르네	夕陽橋外各分流

---

149 시제가 이등유전이 편집한 『문사여향』에는 〈주차성용연(走次成龍淵)〉으로 되어 있다.

150 노랫가락에 매화 떨어지네[一曲落梅花] : 적곡(笛曲)인 낙매곡(落梅曲)을 염두에 둔 표현이다.

151 전랑(田郎) : 전승산(田勝山, 덴 쇼잔)을 가리킨다. 강호시대 중기의 유의(儒醫). 이름은 입송(立松), 자는 사무(士茂), 호는 승산(勝山)이며, 미농주(美濃州) 수하인(須賀人)이다.

152 주고(洲股) : 강호시대 미농국(美濃國)에 속하고, 현재의 기부현(岐阜縣) 대원시(大垣市) 묵오정(墨俣町, 스노마타초)이다. 조엄(趙曮)의 『해사일기(海槎日記)』「노정기(路程記)」에 "미장주(尾長州)의 주고(州股) 즈로마다(즈老麻多)까지 40리 2월 3일에 와서 점심을 먹었다. [尾長州州股즈老麻多四十里, 二月初三日中火。]"라고 하였다. 조엄(趙曮)의 『해사일기(海槎日記)』「노정기(路程記)」와 이등유전(伊藤維典)이 편집한 『문사여향(問槎餘響)』에는 '洲'자가 '州'자로 되어 있다.

남추월 시에 붓을 달려 차운하다
走次南秋月韻

승산

비 내린 뒤 봄빛 흐르는 물 동쪽머리	雨餘春色水東頭
들 대나무 시제 그치니 나그네 수심 동하네	野竹休題動客愁
쉰 세 개 정자 지나는 곳마다 붓을 드니	五十三亭行載筆
지금 같은 이런 이별 또한 풍류로구나	如今此別亦風流

승산은 금수(今須)·대원(大垣)[153] 등 여러 곳을 오가며 창화한 것이 가장 많은데 이 시편은 미장주에서 창화한 것을 취한 것이다.

2월 3일에 기역(起驛)[154] 빈관에서 조선의 여러 문사들과 창화하고 필담을 나누었다.

남추월께 드리다
呈南秋月[155]

동정[156]

저의 성은 성야(星野), 이름은 정지(貞之), 자는 자원(子元), 호는 동

---

153 대원(大垣, 오가키) : 미농주(美濃州)에 속하고, 현재의 기부현(岐阜縣, 기후껜) 대원시(大垣市, 오가키시)이다. 통신사행 때 조선 사신이 이곳에 묵었다.

154 기역(起驛, 오코시에키) : 어월역(於越驛, 오코시에키). 미장주(尾張州) 어월(於越)에 있는 역참이다. 어월(於越)은 '오코시'라는 지역인데, 훈독을 하는 일본 습관에 따라 '起'라고도 표기한다.

155 시제가 이등유전이 편집한 『문사여향』에는 〈정조선제술관추월남공(呈朝鮮製述官秋月南公)〉으로 되어 있다.

156 동정(東亭) : 성야동정(星野東亭, 호시노 도테이). 강호시대 중기의 유의(儒醫). 이름은 정지(貞之), 자는 자원(子元), 호는 동정(東亭). 미농주(美濃州) 북현인(北縣人)이다.

정(東亭)입니다. 미농주 북부의 야인으로 의술을 업으로 삼고 있습니다. 수레 탄 사신들[157]께서 동쪽으로 오신다는 말을 듣고 마음이 깃발처럼 흔들리는[158] 날이 며칠이었는데, 지금 또한[159] 하늘이 좋은 인연을 주어 용문(龍門)에 오를 수 있게 되었으니 얼마나 다행입니까? 삼가 파조(巴調)[160] 한 편을 지어 바치며 오직 족하께서 처리하심에 따를 뿐입니다.[161]

채익선 장풍으로 깊은 물결 갈랐는데	彩鷁長風破浪深
만나자마자 다시 이별의 아픔 생기네	相逢更復動離心
웅위한 자태 우러러보니 몹시 성하여	雄姿仰見蔥蔥鬱
진실로 조선에서의 한림의 대가로구나	眞是朝鮮翰墨林

---

157 수레 탄 사신들[大纛] : 대독은 황옥대독(黃屋大纛)으로 황제만이 타는 수레를 말한다. 남월왕이 자기 본국에서 황제(皇帝)라 칭하고 황옥대독을 탔다고 한다.

158 마음이 깃발처럼 흔들리는[心旌搖搖] : 『사기(史記)』에 "마음이 흔들흔들하여 달아놓은 깃발과 같다.[心搖搖如懸旌]"라고 하였다.

159 '지금 또한[今也]'이 이등유전이 편집한 『문사여향』에는 없다.

160 파조(巴調) : 파인이 부른 노래. 보잘것없는 자신의 시를 표현한 겸칭이다. 원래는 가곡(歌曲) 이름으로 파가(巴歌)·파유조(巴歈調)라고도 한다.

161 '오직 족하께서 처리하심에 따를 뿐입니다[唯足下處置是賴]'가 이등유전이 편집한 『문사여향』에는 '화운시를 지어주신다면 길이 보배로 삼을 것입니다.[得賜高和, 長以爲珍]'로 되어 있다.

성야동정의 시에 화답하다
和星野東亭[162]

추월

산수 동남쪽 구불구불 구비 깊은데 山水東南蜿蟺深
고상한 분 일찍 범여[163]의 마음 알았네 高人蚤解范公心
청낭[164]은 영웅의 일이 아니거늘 青囊不是英雄事
애석하다! 편남[165]이 가시덤불 맡게 되어 可惜梗楠委棘林

다시 원운을 써서 추월께 사례하다
再和原韻謝秋月[166]

동정

길가다 잠시 반갑게 만나니 정 다시 깊고 傾蓋相逢情更深
인하여 고운 모습 알고 또 마음도 알았네 因知瓊貌復知心
만약 교린의 명 받드는 날 아니었다면 若非奉命隣交日
어찌 군자의 문장 더위잡을 수 있었으랴 爭得輒攀君子林

---

162 시제가 이등유전이 편집한 『문사여향』에는 〈차성야동정견증운(次星野東亭見贈韻)〉
으로 되어 있다.

163 범여(范蠡) : 춘추시대 월(越)나라 사람. 범여는 월왕(越王) 구천(句踐)이 회계(會稽)
싸움에서 실패한 수치를 씻어준 후, 배를 타고 오호(五湖)를 유람하면서 성명을 고치고
세상 영화를 멀리하였다. (『사기(史記)』「화식전(貨殖傳)」)

164 청낭(青囊) : 선약(仙藥)을 넣어두는 푸른 주머니. 또는 천문(天文)·복서(卜筮)·의
술(醫術)에 관한 서적을 뜻한다. 옛 진(晉)나라 곽박(郭璞)이 곽공(郭公)이라는 사람으로
부터 천문·복서·의술에 관한 책 6권을 넣은 푸른 주머니를 전해 받았다는 고사가 있다.

165 편남(梗楠) : 교목 편나무와 남나무. 곧 좋은 목재로 훌륭한 인재를 비유한다.

166 시제가 이등유전이 편집한 『문사여향』에는 〈재화원운사추월욕사고화(再和原韻謝秋
月辱賜高和)〉로 되어 있다.

성용연께 드리다
呈成龍淵[167]

동정

사신 수레가 봄날 험난함을 넘기고 추위를 무릅쓰며 사행 길 내내 편안히 이 땅에 이르렀으니 참으로 축하드립니다. 저 같은 야인(野人)이 관문(館門)을 두드려 귀국의 위의 넘치는 풍모를 뵐 수 있게 되었으니 실로 다행 중에 다행입니다. 이에 보잘것없는 시 한 수를 드리니 정을 좀 베풀어 주셨으면 합니다.[168]

사행길 관하의 약목[169] 그늘에서 다하니	行盡關河若木陰
장엄한 유람 온천지 품은 마음 알릴 만하네	壯遊堪報四方心
어찌 굳이 이날 거듭되는 통역 수고롭게 하랴	何須此日勞重譯
채색 붓으로 먼저 정시 연간의 음[170] 전하네	彩筆先傳正始音

---

167 시제가 이등유전이 편집한 『문사여향』에는 〈정서기성용연(呈書記成龍淵)〉으로 되어 있다.

168 위의 문장이 이등유전이 편집한 『문사여향』에는 '鷁舟截海, 星軺乘春, 涉險冒寒。一路平安, 旣達此土, 可賀可賀。僕北美野人也。幸叩館門, 見貴國風儀。兹呈鄙詩一首, 得賜高和, 望外之榮。'이라고 되어 있어 자구에 출입이 있다.

169 약목(若木) : 전설 속에 나오는 신수(神樹)로 대황(大荒) 가운데 있는 형석산(衡石山)・구음산(九陰山)・형야지산(泂野之山) 꼭대기에 자라는 나무인데, 나무는 붉고 잎은 푸르고 꽃은 붉다고 한다. (『산해경(山海經)』「대황북경(大荒北經)」) 대개 해가 지는 서쪽을 뜻하는데, 때로는 동쪽을 뜻하는 경우도 있다.

170 정시 연간의 음[正始音] : 삼국시대 위(魏)나라 정시(正始) 연간에 출현한 현담(玄談) 기풍이나 시문에서 순정(純正)한 악성(樂聲)을 뜻하는 말이다.

동정의 시에 화답하다
和東亭[171]

용연

긴 다리 멀리 뻗은 강물 봄날 흐려 불었고　　　長橋遠水漲春陰
이르는 곳마다 강산으로 나그네 마음 기쁘네　　到處江山悅客心
이로부터 주나라 의관은 월나라 길과 통하더니　自是周冠通粵路
숲속에 지저귀는 새들 모두 노랫소리 담았네　　一林啼鳥總懷音

다시 전운을 써서 용연께 사례하다
再用前韻謝龍淵[172]

동정

며칠 물가 역참 그늘에 머물며 즐거웠는데　　少日留歡水驛陰
돌아갈 마음 생기니 기러기 소리 듣지 마오　莫聞歸雁動歸心
문득 기쁘구려, 변변찮은 곡조[173] 드렸는데　却欣因賣巴人調
훌륭한 양춘과 백설 노래[174] 얻게 되어서　　買得陽春白雪音

171　시제가 이등유전이 편집한 『문사여향』에는 〈화성야동정(和星野東亭)〉으로 되어 있다.
172　시제가 이등유전이 편집한 『문사여향』에는 〈재화원운사성용연견화(再和原韻謝成龍淵見和)〉로 되어 있다.
173　변변찮은 곡조[巴人調] : 파인이 부른 노래. 보잘것없는 자신의 시를 표현한 겸칭이다. 원래는 가곡(歌曲) 이름으로 파조(巴調)·파가(巴歌)·파유조(巴歈調)라고도 한다.
174　양춘과 백설 노래[陽春白雪音] : 전국시대 초(楚)나라의 고상한 노래. 송옥(宋玉)의 「대초왕문(對楚王問)」에 춘추시대 초나라의 대중가요인 〈하리(下里)〉와 〈파인(巴人)〉은 수천 명이 따라 부른 반면, 고상한 〈백설(白雪)〉과 〈양춘(陽春)〉은 너무 어려워서 겨우 수십 명밖에 따라 부르지 못하였다는 이야기가 나온다. 곧 남이 따라 부르기 어려운 고상한 시를 가리킬 때 쓰는 말이다. 여기서는 조선 사신과 일본 문사 간에 시를 주고받을 때 상대방의 시를 높여서 일컫는 표현이다.

원현천께 드리다

呈元玄川[175]

동정

바다와 육지 수만 리나 되고 추위와 더위가 오락가락하는 칠팔월에
험난함과 수고로움 마다하지 않으시고 세 분 사신들을 멀리까지 수행
하셨으니 실로 대장부의 사방으로 향하는 뜻을 이룬 분이야말로 족하
라고 할 수 있겠습니다. 저는 미농주 북부의 야인(野人)으로 비록 군자
의 거처에 들어갈 수는 없지만 받들고 싶은 뜻을 그만둘 수 없어 이렇
게 와서 풍모를 뵙게 되었습니다. 감히 보잘것없는 시를 드려 짧은 만
남이지만 반갑게 맞이하고자[176] 합니다.[177]

사신 수레 먼 이역과 통함에 기뻐하여　　　喜見星軺殊域通
대부의 시부 응당 절로 공교해졌네　　　　大夫詩賦自應工
어여뻐라, 그대 멀리 와 우호 닦으니　　　憐君萬里來修好
흡사 국풍 살피는 공손교[178] 같구려　　　恰似公孫觀國風

---

175 시제가 이등유전이 편집한 『문사여향』에는 〈정서기원현천(呈書記元玄川)〉으로 되
　　어 있다.
176 짧은 만남이지만 반갑게 맞이하고자[傾蓋] : 경개는 수레를 멈추고 일산을 기울인다
　　는 뜻으로, 길에서 잠깐 만남을 뜻한다. 『사기』 「추양열전(鄒陽列傳)」에 "백발이 되도록
　　오래 사귀어도 처음 사귄 듯하고, 수레를 멈추고 잠깐 만났어도 오래 사귄 듯하다."라고
　　하였다.
177 위의 문장이 이등유전이 편집한 『문사여향』에는 '海陸千萬里, 寒燠七八月, 不憚險,
　　不辭勞, 遙隨三大使, 實遼大丈夫四方志者, 足下之謂乎。僕野人也, 雖不可入君子室,
　　景注之不可止。來執謁下風, 敢呈《巴調》, 願得高和比連城寶。'라고 기록되어 있다.
178 국풍 살피는 공손교[公孫觀國風] : 공손교는 정자산(鄭子産)으로 알려진 정(鄭)나라
　　대부. 간공(簡公)・정공(定公)・헌공(獻公)・성공(聲公) 등 네 조정에 계속 재상으로 있
　　으면서 뛰어난 외교수완을 발휘하여 당시 패권다툼을 벌이는 진(晉)나라와 초(楚)나라

동정의 시에 화답하다
和東亭[179]

현천

오래된 긴 다리 새벽 안개 속 통과하여	歷落長橋曉靄通
뱃사공 거룻배와 대나무배 타고 달렸지	蒹篷竹舫走篙工
그대의 집 정녕 솔숲 아래에 있어	君家定在松林[180]下
들판의 봄기운 산들바람에 실려오네	野外春浮細細風

다시 원운을 써서 현천께 사례하다
再用原韻謝玄川[181]

동정

배와 수레 이르는 곳마다 소식 통하고	舟車到處信音通
사명 받든 신선 재주 지은 시 절로 빼어나네	奉使仙才賦自[182]工
떠도는 신세라 멋대로 게으르고 언어 달라	萍水縱慵言語異
수창하려니 꽃과 새들 봄바람과 함께 하네	欲酬花鳥與春風

사이에 처한 정나라를 무사하게 보전하였다. 특히 정나라 사람들이 향교에 가서 집정대신(執政大臣)들을 비방하여, 연명(然明)이 대신인 자산에게 향교를 헐어버리자고 하자, 자산은 말하기를 "사람들이 아침저녁으로 향교에 가서 대신들의 잘잘못을 논하니, 잘한다고 하는 것은 내 그대로 시행하고 잘못한다고 하는 것은 내 고치면 된다. 어찌 헐어버린단 말인가. 내가 들으니 비방을 막는 것은 냇물을 막는 것과 같아 억지로 막았다가 크게 터지면 반드시 많은 사람을 상하게 하니, 다소 터 주어 줄이는 것만 못하다."라고 하였다. 그 후 정나라는 크게 다스려졌다고 한다.

179　시제가 이등유전이 편집한 『문사여향』에는 〈화성야동정(和星野東亭)〉으로 되어 있다.

180　'松林'이 이등유전이 편집한 『문사여향』에는 '榕木'으로 되어 있다.

181　시제가 이등유전이 편집한 『문사여향』에는 〈재화전운사원현천견화(再和前韻謝元玄川見和)〉로 되어 있다.

182　'自'가 이등유전(伊藤維典)이 편집한 『문사여향(問槎餘響)』에는 '亦'으로 되어 있다.

김퇴석께 드리다

呈金退石[183]

동정

우혈(禹穴)과 강회(江淮) 등[184] 사방을 유람하고 글로 그 뜻을 펴낸 것이 태사공의 일이었는데, 족하의 이번 사행도 거의 그와 같을 것입니다. 제가 야인(野人)으로 와서 뵙게 되니, 마치 겸가(蒹葭)가 옥수(玉樹)를 대하는 형상[185]이라 실로 추한 몰골이 부끄럽습니다. 이에 졸시(拙詩) 한 수를 바치니 내침을 당하지 않는다면 매우 다행이겠습니다.[186]

큰 모자와 검과 패옥에 아침 햇살 비쳐	峩冠劍佩映朝陽
봄바람 타고 대국(大國)의 향기 보내오네	吹送春風大國香
이르는 곳마다 사마천의 유람 말하듯	到處若論遷史業
원유편[187] 지어 원대한 포부 드날리네	遠遊賦就見飛揚

---

183 시제가 이등유전이 편집한 『문사여향』에는 〈정서기김퇴석(呈書記金退石)〉으로 되어 있다.

184 우혈(禹穴)과 강회(江淮) 등 : 사마천(司馬遷)은 스무살 무렵 천하를 유람하였는데, 이때 남쪽으로 강회(江淮)·회계(會稽)·우혈(禹穴)·구의(九疑)·원상(沅湘) 등지를 유람하였다.

185 겸가(蒹葭)가 옥수(玉樹)를 대하는 형상 : 두 사람의 풍모가 워낙 현격하게 차이가 난다는 뜻의 겸사. 삼국시대 위(魏)나라 명제(明帝) 때 하후현(夏侯玄)과 황후의 동생 모증(毛曾)이 함께 자리에 있는 것을 보고는 사람들이 "억새풀이 옥나무 옆에 기대어 있는 것과 같다.[蒹葭倚玉樹]"고 평했다는 고사가 있다. (『삼국지(三國志)』 「하후현전(夏侯玄傳)」)

186 내침을 당하지 않는다면 매우 다행이겠습니다[不見擯棄者幸甚] : 이 부분이 이등유전이 편집한 『문사여향』에는 '화운시를 아끼지 않으신다면 매우 영예롭고 다행이겠습니다.[莫惜高和, 榮幸萬萬]'라고 되어 있다.

187 원유편(遠游篇) : 초(楚)나라 굴원(屈原)이 자신의 방직(方直)한 행실이 세상에 용납되지 않아서 참녕(讒佞)에 시달려도 호소할 곳이 없자, 이에 선인(仙人)과 함께 이르지

동정의 시에 화답하다
和東亭[188]

퇴석

봄날 더디더니 어느새 따뜻해졌고	春日遲遲已載陽
봄바람에 길 양 옆 감귤 향기롭구나	東風路挾橘柑香
그대의 시율 이처럼 맑은 것을 보니	見君詩律淸如許
응당 높은 명성 해외에 드날릴 것일세	應得高名海外揚

다시 원운을 써서 퇴석께 사례하다
再用原韻謝退石[189]

동정

서검[190]을 지니고 표연히 미장주에 와	書劍飄飄入尾陽
뛰어난 문사 노래하니 일동이 향기롭네	文雄曾[191]唱日東香
신선 재주 원래부터 신명의 도움 있었으니	仙才元有神明助
이날 성명 드날리는 것 괴이할 것 없네	不怪聲名此日揚[192]

않은 곳이 없이 천지를 두루 돌아다니는 내용을 소재로 하여 지은 시이다.

188 시제가 이등유전이 편집한 『문사여향』에는 〈화성야동정(和星野東亭)〉으로 되어 있다.

189 시제가 이등유전이 편집한 『문사여향』에는 〈재화원운사김퇴석견화(再和原韻謝金退石見和)〉로 되어 있다.

190 서검(書劍): 책과 칼. 선비가 항상 몸에 지니고 다니는 물건으로, 고적(高適)의 〈인일기두이습유(人日奇杜二拾遺)〉에, "동산에 한 번 누워 삼십 년 봄 보내니, 서검 들고 풍진 속서 늙는 것을 어찌 알리.[一臥東山三十春, 豈知書劍老風塵。]"하였다.

191 '曾'이 이등유전이 편집한 『문사여향』에는 '瞥'으로 되어 있다.

192 '不怪聲名此日揚'이라는 시구가 이등유전이 편집한 『문사여향』에는 '不怪詩名擅異鄕'으로 되어 있는데, 운자가 맞지 않다.

3월 그믐날 조선 사신이 다시 기역에서 쉬게 되자 나 또한 관소에 가서 여러 문학들과 함께 주선하였다.

추월을 전송하다
送秋月
동정

천만 리나 산 넘고 물 건너 성대한 의례를 행하며 옛 우호를 닦으셨습니다. 겨울이 지나고 여름이 다가오고 있으니 험난하고 고생스러운 일은 일찍이 다했다고 할 수 있습니다. 지난번에 제가 알현하면서 족하를 수고롭게 하였는데도 족하께서는 바다와 같은 넓은 마음으로 용서하시면서 소소한 것도 버리지 않고 다행히 거두어주셔서 기분이 매우 좋았습니다. 지금 발걸음 서쪽으로 돌리시니 어찌 이별의 수심이 없겠습니까? 삼가 보잘것없는 시를 지어 족하께 드리니 다행히 웃으시며 받아두셨으면 합니다.

은하수 사이에 익조 아로새긴[193] 비단 돛배	彩鶂錦帆天漢間
서쪽으로 돌아가니 나그네 안색 환해지겠지	西歸應解客中顏
설령 소식을 뜬 구름에 부친다 해도	聲音縱寄浮雲去
동풍 타고 가면 돌아오지 못할까 싶네	更恐東風往不還

---

193 익조 아로새긴[彩鶂] : 배의 선수(船首)에 익조(鶂鳥)를 그린 것을 말한다. 익조는 물새의 일종으로 해오라기와 비슷하나 크기가 더 크고, 깃은 흰색이다. 이 새는 풍파를 잘 견뎌내므로 배에 이 새를 장식하였다. 이런 배를 채익선(彩鶂船)·화익선(畫鶂船)이라고도 한다.

동정과 작별하다
別東亭

추월

오가며 객지에서 봄날 다 보냈으니　　　　來往春消客路間
타향의 구름 낀 풍경도 모두 시든 모습일세　　異鄕雲物總凋顔
다정하게도 장주(張州)[194] 선비만은　　　多情只爲張州士
버들 다리에서 내가 돌아오길 기다렸네　　楊柳橋頭待我還

다시 원운을 써서 추월에게 사례하다
再用原韻謝秋月

동정

석양 무렵 강변 역 객관에는　　　　　江邊驛館夕陽間
버들가지 푸르러 작별하는 사람 비추네　楊柳靑靑照別顔
풍류 지닌 채 기쁜 마음으로 가신다면　縱耐風流極歡去
그대 돌아와 봄빛 함께함이 뭐 그리 어려우랴　難何春色共君還

---

194 장주(張州) : 미장주(尾張州, 오와리슈)를 말한다. 현재의 애지현(愛知縣, 아이치현)
서부 지역. 미장(尾張)·미장국(尾張國)·미양(尾陽)이라고도 한다. 율령제(律令制) 하
에서는 동해도(東海道)에 속하였고, 1871년 폐번치현(廢藩置縣) 정책에 의해 명고옥현
(名古屋縣)이 되었다가 다음해 애지현으로 개칭하였으며, 구(舊) 삼하국(三河國) 지역
을 통합하였다. 조선 후기 통신사행 때 사신 일행이 휴식을 취하거나 묵었던 기(起, 오코
시)·명고옥(名古屋, 나고야)·명해(鳴海, 나루미)·도엽(稻葉, 이나바) 등지를 관할한
곳이다.

성용연을 전송하다
送成龍淵

동정

사신 행차가 동쪽으로 가다가 발걸음 잠시 멈추고 잠시 이곳 관소에서 쉬게 되자, 제가 스스로를 헤아리지 못한 채 비천한 몸으로 달려 공을 알현하였습니다. 훌륭한 가르침을 들을 수 없을까 염려하긴 했어도, 외람되게 어찌 창수하는 두터운 우의를 생각이나 했겠습니까? 지금 또한 선린우호도 변치 않았고 훌륭한 풍모도 여전하십니다. 말굽을 서쪽으로 돌리시니 파조(巴調) 한 수를 올립니다만 하찮은 말이라서 어찌 족히 드릴 만하겠습니까? 감히 전송하는 마음이나 전할 뿐입니다.

하량[195]에서 송별하니 자규새 우는데	河梁送別子規啼
풀싹과 수양버들 푸름마저 희미해지려하네	芽草垂楊綠欲迷
이 날 가지마다 얽매임을 감내해야 한다면	此日枝枝縱堪縋
무슨 수로 외딴 곳에서 다시 함께 할 수 있으랴	由何絶域復同携

---

195 하량(河梁) : 한(漢)나라 때 흉노(匈奴)에게 항복한 이릉(李陵)이, 앞서 흉노에게 사신으로 가서 억류되었다가 19년 만에 풀려나 한나라로 돌아가는 소무(蘇武)와 작별하면서 소무에게 준 시에, "서로 손잡고 하량에 올라가, 나그네는 저문 날 어디로 가는가. …… 가는 사람을 오래 만류키 어려워, 길이 서로 생각하자고 말하네.[携手上河梁, 遊子暮何之. …… 行人難久留, 各言長相思。]"라고 한 데서 온 말로, 전하여 송별(送別) 혹은 송별의 장소를 뜻한다.

동정과 작별하다
別東亭

용연

꽃다운 풀 우거지고 산새들 우는데	芳草萋萋幽鳥啼
역정의 운수(雲樹)[196] 빗속에 희미하네	驛亭雲樹雨中迷
하량에서 반나절 동안 슬픔 더하더니만	河橋半日增惆悵
이처럼 강산이 다시 날 붙잡는구나	如此江山夫更攜

다시 전운을 써서 용연에게 사례하다
再用前韻謝龍淵

동정

돌아가는 기러기 어째서 사람 향해 우는지	歸鴻何意向人啼
헤어진 뒤 쇠잔한 넋 꿈속에 희미하네	別後殘魂夢裏迷
나랏일에 본래 재주 없음[197]을 아는데	公事由來識無鹽
떠돌이 삶 헤어지기 어려워 여태 붙잡고 있네	難分萍水此時攜

---

196 역정의 운수[驛亭雲樹] : 역에 있는 정자에서 벗을 그리워하는 마음을 운수(雲樹)에 비유하여 표현한 말이다. 두보(杜甫)의 〈춘일억이백(春日憶李白)〉의 "위수 북쪽 봄날 나무 한 그루요, 장강 동쪽 해질녘 구름이로다.[渭北春天樹, 江東日暮雲]"라는 시구에서 유래하였다.

197 재주 없음[無鹽] : 전국시대 제(齊)나라 무염 땅의 유명한 추녀(醜女) 종리춘(鍾離春)의 별칭으로, 재능이 없다는 뜻으로 쓴 것이다.

원현천을 전송하다
送元玄川

동정

하루는 제가 알현하러 들어가니 족하께서 사귐을 하찮게 여기지 않으시고 덕음(德音)으로 지척에서 저의 갈망을 크게 위로해주셨습니다. 사람을 사랑하는 군자의 두터움을 어찌 감히 잊을 수 있겠습니까? 이날 일을 다 마치고 서쪽으로 돌아가심에 고상한 만남은 하루요 이별은 천년이니 어찌 추한 모습이라는 이유로 아무 말 없이 묵묵히 있을 수 있겠습니까? 이에 보잘것없는 시 한 편을 지어 드리면서 슬픈 마음을 표하니 가엽게 여겨 잘 살펴 주십시오.

높은 깃발 흔들흔들 서쪽 향해 돌아가는데	搖搖大斾向西歸
강 위의 봄바람 상서로운 안개 날리네	江上春風瑞靄飛
지금 다 떨어진 매화 어쩌지 못하고	可耐梅花今落盡
끝없이 사신의 옷자락에 나부끼네	無端吹送使臣衣

동정과 작별하다
別東亭

현천

봄빛 따라 갔다가 다시 돌아오니	春色相將去復歸
시든 꽃 다 지고 이른 매미 나는구나	殘花落盡早蜩飛
안개노을 방금 신선의 사랑 맺었으니	烟霞正結靈芝戀
하물며 선랑이 다시 옷자락 잡겠는가	況復仙郎强把衣

다시 원운에 화답해서 현천께 사례하다

再和原韻謝玄川

동정

우는 소리마다 촉나라 넋 불여귀[198]	聲聲蜀魄不如歸
늦은 봄날 바로 지금 꽃 또 날리네	春晚爾時花亦飛
금의환향[199]한다고 고국에서 자랑할지라도	畫錦縱堪誇故國
청하노니 그대 젖은 내 옷도 보아주오	請君看取濕吾衣

퇴석을 전송하다

送退石

동정

지난번에 말머리가 동쪽으로 향할 때 제가 야인으로 와 직접 모습을 뵙고 보잘것없는 시를 드렸는데 훌륭한 시로 화답해 주셨으니 제가 무슨 덕이 있어 실로 이와 같음에 이르렀겠습니까? 매양 어르신의 두터운 정의(情誼)를 끊임없이 얘기하고 있습니다. 지금 성대한 의례를 마치고 사신 깃발이 서쪽으로 향하매 이에 보잘것없는 시 한 수를 올리니, 현자께서 화답해서 주신다면 어떻겠습니까?

---

198 불여귀(不如歸) : 불여귀는 두견이의 별칭이며, 귀촉도(歸蜀道)·망제혼(望帝魂)이라고도 한다. 촉(蜀)나라 망제(望帝) 두우(杜宇)가 재상 별령(鱉令)에게 왕위를 빼앗기고는 원통함과 한을 품고 죽었는데, 그 후 두견새 한 마리가 날아와 궁궐 앞에서 슬피 울자 촉 땅 사람들이 두견이의 울음소리를 들을 때면 망제를 생각하여 "어째서 빨리 돌아가지 않느냐.[不如歸去]"고 울어대는 것처럼 들었다는 고사가 전한다.

199 금의환향[畫錦] : 주금은 낮에 비단옷을 입는다는 뜻으로, 출세하여 고향에 돌아가는 것을 말한다. 곧 금의환향(錦衣還鄕)과 같은 말이다.

몇 곳이나 지나며 날리는 깃발 전송했을까	追隨幾處送飛旌
주리[200]와 옥가[201]는 손님의 영예라네	珠履玉珂上客榮
문무의 재주와 명성 어찌 양보하랴	文武才名豈相讓
평원군[202] 문하에 선생 한 분이로다	平原門下一先生

동정과 작별하다
別東亭

퇴석

가랑비 내리는 황량한 다리에 깃발 멈추었는데	細雨荒橋駐去旌
산들바람 부는 오래된 역에는 풀꽃들 한창일세	微風古驛草花榮
아름다운 시로 다시 화답하러 시심을 쏟는데	瓊章重和傾詩膽
서쪽하늘로 이별하는 슬픔 견디기 어렵구려	叵耐天西別恨生

---

200 주리(珠履) : 구슬로 만든 신. 춘추시대 때 초(楚)나라의 춘신군(春申君) 문객 3천인
　　중에 상객(上客)은 모두 구슬신을 신었다.
201 옥가(玉珂) : 옥으로 만든 말방울이라는 뜻으로, 현달한 관원이나 귀한 손님의 수레를
　　말한다.
202 평원군(平原君, ?-B.C.251) : 사공자(四公子) 중 한 사람. 중국 전국시대 조(趙)나라
　　의 공자. 무령왕(武靈王)의 아들로 이름은 승(勝). 평원군이 초(楚)나라 춘신군(春申君)
　　에게 객(客)을 보내면서 화려하게 꾸며서 자랑하려고 대모(玳瑁)로 잠(簪)을 만들어 꽂고
　　칼집을 주옥(珠玉)으로 꾸몄다고 한다.

다시 전운을 써서 퇴석께 사례하다
再用前韻謝退石

동정

역참 정자에서 기쁘게 만나 깃발 멈추고	喜見郵亭駐旆旌
며칠 맑은 담소 나누니 얼마나 영광인가	淸談少日是何榮
만나 잠시 마음과 정신 깨끗해짐을 알았는데	相逢暫覺神心淨
헤어지고 나면 비루한 맘 생길까[203] 싶네	別後已思鄙吝生

홍묵재를 전송하다
送洪默齋

동정

2월 3일에 수레가 잠시 이곳 관소에서 쉬게 되어 제가 여러 군자를 뵈었습니다만 족하의 풍아(風雅)가 풍부하심을 알지 못하고 저의 보잘 것없는 시를 올리지 못해 무척 한탄스러웠습니다. 지금 또한 하늘이 좋은 인연을 맺어주어 직접 뵐 수 있긴 하지만 어찌 그리 만나는 것은 더디고 헤어짐은 빠른지요? 이에 졸시 한 수를 드리면서 감히 이별의 심정을 전할 뿐입니다.

안개노을 낀 삼월 그대 전송할 때	烟霞三月送君時
백마는 봄바람 타고 새처럼 달려갔지	白馬春風與鳥馳

---

203 비루한 맘 생길까[鄙吝生] : 후한(後漢) 때 명사 진번(陳蕃)은 평소에 같은 고을에 살던 명사 황헌(黃憲)에 대해 "잠시라도 황생을 보지 않으면 속된 생각이 마음에 움튼다." 라고 하면서, 황헌이 자신보다 훨씬 어린데도 그의 고결한 인품을 인정하여 교제하였다. (『후한서』「황헌열전(黃憲列傳)」)

| 황급히 헤어져 떠나가신 뒤로 | 草草分攜從是去 |
| 사신별 옮겨가는 하늘가만 바라보았네 | 徒看天畔使星移 |

동정과 작별하다
別東亭

묵재

봄바람 속 가랑비 내리는 때 작별하는데	惜別春風細雨時
바다 하늘에서 고향생각 말 앞서 달리네	海天歸思馬前馳
동쪽과 서쪽 만 리에 마음 나뉘어 있는데	東西萬里分留意
소매 잡아끄니 더디게 석양빛 옮겨가네	把袖遲遲夕照移

다시 원운을 써서 묵재에게 사례하다
再用原韻謝默齋

동정

알고 있네, 그대 말머리 서쪽 향할 때	知君馬首向西時
먼 고향 생각에 밤마다 달리고 있음을	萬里鄕心夜夜馳
어찌 흥취 함께하며 머물러 즐길 수 있으랴	豈許留歡投轄興
해 그림자 자리에서 옮겨감을 근심스레 보네	愁看日影坐來移

장번[204]빈관에서 남추월·성용연·원현천·김퇴석 등 여러 문학에게 부치다
寄南秋月·成龍淵·元玄川·金退石諸文學于張藩賓館

황주[205]

임금의 사절단 동쪽 바다로부터 돌아와	王節東從海上回
우연히 봉래산 부근 빈관에 투숙하였네	偶投賓館近蓬萊
삼화수[206]는 자라머리 곁에서 솟아나고	三花樹傍鼇頭湧
오색구름은 말머리 맞이하려고 열리네	五彩雲迎馬首開
빙문하는 사신들 특별히 선발된 분들이고	脩聘使臣皆妙選
맹약 맺은 사객들 모두 기이한 재사라네	結盟詞客盡奇才
신선유람으로 길 끊어진 속세 밖에서	仙遊路絶人間外
나를 위해 훌륭한 시 멀리 날려 주네	爲我遙飛咳唾來

204　장번(張藩) : 미장번(尾張藩, 오와리한)의 줄인 말로, 현재의 애지현(愛知縣, 아이치겐) 서부 지역이다. 미장국(尾張國)·미장주(尾張州)·미장(尾張)·미양(尾陽)·미주(尾州)라고도 한다. 통신사행 때 휴식을 취하거나 묵었던 기(起, 오코시)·명고옥(名古屋, 나고야)·명해(鳴海, 나루미)·도엽(稻葉, 이나바) 등이 이 지방에 속한다.

205　황주(篁洲) : 강전황주(岡田篁洲, 오카다 고슈, ?-?). 강호시대 중기의 한시인(漢詩人). 이름은 국향(國香), 자는 난보(蘭父), 호는 황주(篁洲)이다.

206　삼화수(三花樹) : 1년에 꽃이 세 번 피는 나무라는 뜻으로 패다수(貝多樹)를 말한다. 『운급칠첨(雲笈七籤)』에, "역시 모두 유리요 수정인데, 그 속에는 삼화(三花)의 나무와 오색(五色)의 열매가 있다."라고 하였다.

대원의 강전난부[207]가 부쳐온 시에 화답하다
和大垣岡田蘭夫寄來韻

추월

천리 강호성에서 사신 행차[208] 돌아왔는데	千里江城四牡回
해를 넘겨 사신 배 동래로 향하는구나	隔年旗戟向東萊
구름 길어 서로 따라감이 합당하겠지만	雲長只合相隨去
꽃 다 떨어지면 지금 이어 필 수 없겠지	花盡今無可續開
고옥[209] 누대에서 부쳐온 시 처음 보았는데	古屋樓中初見寄
화림원[210]에다 저번에 글재주 남겼다지	華林院裏曩遺才
내일 아침이면 미농주[211] 서쪽 길 향하니	明朝更指濃西路
문 앞에서 명함 가지고 오길 기다리네	待得門前孔刺來

이전의 시는 아직까지 보지 못해 화운시를 지을 기회를 잃게 되어 한스럽습니다. 저에게 시가 있으면 일찍이 수응하지 않은 적이 없었으니, 어찌 아름다운 옥을 던져주셨는데 보잘것없는 모과로나마 보답함이 없었겠습니까?

---

207 강전난부(岡田蘭夫, 오카다 란부) : 앞의 주 강전황주(岡田篁洲, 오카다 고수, ?-?)를 가리킨다. 서두에 있는 「수복동조집구선생성명록」에서는 강전황주의 자가 난보(蘭父)로 되어 있으나, 여기에서는 난부(蘭夫)라고 하였다.

208 사신 행차[四牡] : 사모는 네 필의 수말이라는 뜻으로, 『시경』「소아(小雅)」의 편명이다. 왕명을 봉행하는 사신을 위로하기 위해 지어진 시이다.

209 고옥(古屋) : 명고옥(名古屋, 나고야)을 말한다. 명고옥은 현재의 애지현(愛知縣) 명고옥시(名古屋市)이며, 강호시대에는 미장국(尾張國)에 속하였다. 조선 후기 통신사행 때 사신 일행이 이곳에 묵었다.

210 화림원(華林院) : 미농주(美濃州) 대원(大垣)에 있는 사찰 전창사(專昌寺) 안에 있으며 통신사 일행이 이곳에서 묵었다.

211 미농주[濃] : 여기에서 농(濃)은 미농주(美濃州, 미노슈)를 가리키는 것으로 여겨진다. 미농주는 현재의 기부현(岐阜縣) 남부 지역이다. 미농국(美濃國)·농주(濃州)라고도 하였다. 율령제(律令制) 하에서는 동산도(東山道)에 속하였는데, 1871년 폐번치현(廢藩置縣) 정책에 의해 기부현이 되었다. 미농주는 조선 후기 통신사행 때 사신 일행이 휴식을 취하거나 묵었던 금수(今須)·대원(大垣)·주고(洲股) 등지를 관할하는 곳이다.

강전난부의 시에 멀리서 화답하다
遙和岡田蘭夫

용연

바다 위 신령한 배 몇 달 만에 돌아와	海上靈槎月幾回
봄볕 속 나그네와 함께 동래로 향하네	春光伴客向東萊
강변 관문의 버드나무 싹 길게 드리웠고	江關嫩柳依依遠
들판 관소의 짙은 꽃 역력히 피어 있네	野館濃花歷歷開
오늘밤 이름난 관부에 시인들 많겠지만	名府今宵多韻士
전날 대성에선 기이한 재사 빠졌었지[212]	大城前日失奇才
절집 누대에서 보내온 시[213]에 화답하는데	禪樓和送詩筒去
새벽녘 남은 피리소리 가랑비 속에 들려오네	曉角聲殘細雨來

강전황주의 시에 화답하다
和岡田篁洲

퇴석

왕명을 강호에 전하고 사신 돌아가는데	傳命江都使節回
고국 향하는 구름 어느 곳이 동래인가	歸雲何處是東萊
대원성[214] 밖에서 아름다운 풍모 접하고	大垣城外芝眉接

---

212 전날 대성에선 기이한 재사 빠졌었지[大城前日失奇才] : 여기서 대성(大城)은 대원
성(大垣城, 오가키조)을 가리키는 것으로 여겨지며, 기이한 재사는 시 짓는 모임에 참석
지 못한 강전난부(岡田蘭夫) 곧 강전황주(岡田篁洲)를 가리키는 것으로 여겨진다.

213 시[詩筒] : 시통은 시객(詩客)이 얇은 대나무 조각에 한시의 운두(韻頭)를 적어 넣어
가지고 다니는 조그마한 통이나 시를 넣는 대나무로 만든 통을 말한다. 여기서는 시를
말한다.

214 대원성(大垣城, 오가키조) : 현재의 기부현(岐阜縣, 기후겐) 대원시(大垣市, 오가키

웅야산[215] 앞에서 시 짓는 모임 열었지	熊野山前墨壘開
두터운 우의 잊지 못해 먼 이별 슬퍼하고	厚誼不忘悲遠別
새 시로 거듭 화답하며 높은 재주 알았네	新詩重和識高才
세 곳 바다 멀어 삼성과 상성[216] 한스러운데	三洋萬里參商恨
꿈속에서도 오히려 바다 건너오기 어렵네	夢裏猶難度海來

추월에게 이별시를 부치다
寄別秋月

황주

손님은 계림으로부터 온 훌륭한 분	客自鷄林一鳳毛
덕의 광채 멀리 일본에 비추어 높구나	德輝遙映日東高
돌아가는 길에 곧장 금강산의 눈을 향해	歸程直指金剛雪
서쪽 바다 만 리 파도를 다 밟고 가리라	踏盡西溟萬里濤

강전난부의 시에 거듭 화답하다
重和岡田蘭夫

추월

조모[217]를 중히 여긴 초나라 맹약에 부끄럽고	盟楚還慚重趙毛

시) 곽정(郭町, 구루와마치)에 있는 일본의 성.

215 웅야산(熊野山) : 기이주(紀伊州) 북쪽에 있는 산. 일본에서는 웅야산을 부사산(富士山)・열전산(熱田山)과 함께 각각 영주・봉래・방장이라 하여 삼신산으로 여기고 있다.

216 삼성과 상성[參商] : 서로 멀리 떨어져 있음을 뜻하는 말. 삼성(參星)은 동쪽 하늘에 있고 상성(商星)은 서쪽 하늘에 있어서, 각각 뜨고 지는 시각이 달라 영원히 서로 만날 수 없음을 뜻한다

작은 기예인 문장마저 그 재주 높지 않다오	文章小技未爲高
미농주는 흡사 천릿길이나 마찬가지인데	濃州恰是行千里
다시 세 대양과 악포 바다 파도 넘어야 하네	更隔三洋鰐海濤

어제 미장주(尾張州)에서 '회(回)'자로 된 칠언율시에 화답시를 지어 천촌춘우(千村春
友)²¹⁸ 편에 전하였으니 오래지 않아 받아보실 것입니다. 다시 화답한 이 절구 한 수는
수옥백형(守屋伯亨)²¹⁹ 편에 보냅니다.

용연에게 이별시를 부치다
寄別龍淵

황주

| 붉은 얼굴 검은 머리에 자색 수염 난 분 | 紅顔綠髮紫髥郞 |
| 말 위에서 지은 훌륭한 시²²⁰ 던져주네 | 馬上詩投錦繡腸 |

---

217 조모(趙毛) : 지혜와 용기를 발휘하여 초(楚)나라 왕과 동맹을 체결하였던 전국시대
조(趙)나라 평원군(平原君)의 문객(門客)인 모수(毛遂)를 말한다. (『사기』「평원군열전
(平原君列傳)」)

218 천촌춘우(千村春友, 지무라 슌유) : 강호시대 중기의 무인·학자인 천촌노주(千村鷺
洲, 지무라 로슈, ?-?)를 말한다. 자는 동래(東來), 호는 노주(鷺洲)이다. 미장(尾張)
출신으로 천촌몽택(千村夢澤, 지무라 보타쿠)의 차남이며, 천촌아호(千村鵞湖, 지무라
가코)의 아우이다.

219 수옥백형(守屋伯亨, 모리야 하쿠쿄) : 강호시대 중기의 유의(儒醫)인 수옥원태(守屋
元泰, 모리야 겐타이, ?-?)를 말한다. 자는 백형(伯亨), 호는 천주(天柱)이다. 1763년
2월 통신사 일행이 대원(大垣)의 전창사(全昌寺, 젠쇼지)에 묵고 있을 때 찾아가 제술관
남옥(南玉) 등에게 시를 주고 화답시를 청하여 받았다.

220 훌륭한 시[錦繡腸] : 뱃속에 시문이 가득 차서 아름다운 시문을 잘 짓는 것을 말한다.
이백(李白)의 「송종제영문서(送從弟令問序)」에 "자운선 아우가 일찍이 술에 취하여 나
를 보고 말하기를 '형의 심장과 간 등 오장은 모두가 금수란 말입니까. 그렇지 않으면
어떻게 입만 열면 글을 이루고 붓만 휘두르면 안개처럼 쏟아져 나온단 말입니까.'라고
했다.[紫雲仙季常醉目吾曰: 兄心肝五臟, 皆錦繡耶? 不然何開口成文, 揮翰霧散。]"라

헤어지려다 기약한 꿈속의 밝은 달 　　　　欲別相期明月夢
그대 비추며 멀리 한양에 떠있겠지 　　　　照君遙在漢之陽

강전난부의 시에 화답하다
和岡田蘭夫

　　　　　　　　　　　　　　　　　　　　　용연

어설픈 재주로 저작랑 되어 부끄러운데 　　疎才愧作著書郎
학해의 파도에 뱃속을 씻지도 못했네 　　　學海波瀾未洗腸
어젯밤 남겨놓고 간 천 장이나 되는 시축 　昨夜留詩千葉軸
고성 남쪽 비바람 속 등불 앞에서 보네 　　一燈風雨古城陽

현천에게 이별시를 부치다
寄別玄川

　　　　　　　　　　　　　　　　　　　　　황주

부용 설령에서[221] 돌아가는 객 전송하는데 　芙蓉雪嶺送歸鞍
길 위의 검은 말[222]은 헤어지기 어려운 듯 　路上驪駒欲別難

고 한 데서 온 말이다.

221 부용 설령(芙蓉雪嶺) : 눈 쌓인 봉우리 설령(雪嶺)은 부용(芙蓉)과 함께 부사산(富士
山, 후지산)을 비유적으로 표현한 말이다. 부사산의 비유적 표현으로 부용이나 설령 이외
에도 　함담봉(菡萏峰)·팔엽(八葉)·팔엽봉(八葉峰)·백설(白雪)·부악(富嶽)·용악(蓉
嶽) 등이 있다. 부사산은 본주(本州, 혼슈) 중부 산리현(山梨縣, 야마나시겐)과 정강현
(靜岡縣, 시즈오카겐)의 태평양 연안에 접해 있다.

222 검은 말[驪駒] : 여구는 검은 말인 동시에 손님이 떠나면서 이별의 정을 드러낸 노래
이다. 손님이 "검정 망아지 문밖에 있고 마부 모두 대기하오. 검정 망아지 길 위에 있고

서쪽으로 천만 리 백운을 바라보지만 西望白雲千萬里
어느 곳이 삼한인지 알 수 없네 不知何處是三韓

강전황주의 시에 수응하다
醻岡田篁洲

현천

바람은 꽃잎 날려 안장에 점점이 수놓고 風送飛花點繡鞍
말과 수레는 진흙길 어려움도 마다하지 않네 衝泥車馬不辭難
봄날 조수와 파도 가까이에서 보고 또 보며 春潮浪泊看看近
한 차례 넓은 바다 건너면 우리 삼한이라오 一渡滄溟是我韓

퇴석에게 이별시를 부치다
寄別退石

황주

해 솟는 부상에서 조선을 향하는데 扶桑日出指朝鮮
바다 위 배는 만리 서쪽으로 돌아가네 萬里西歸海上船
이별 뒤 조수의 신호 끊어진다 해도 別後縱令潮信絶
붉은 노을은 일본 하늘 막지 않겠지 紅霞不隔大東天

마부 멍에 올리었소.[驪駒在門, 僕夫具存。驪駒在路, 僕夫整駕。]"라고 노래를 부르면,
주인은 '손님이여 돌아가지 마오'라는 뜻의 〈객무용귀곡(客無庸歸曲)〉을 불렀다고 한다.
(『한서』 「왕식전(王式傳)」)

다시 강전황주의 시에 화답하다
再和岡田篁洲

퇴석

동풍과 신령한 비로 온갖 꽃 싱그러운데	東風靈雨百花鮮
고국 떠난 몸은 매어놓지 않은 배와 같네	去國身如不繫船
어제 미장주에서 그대 시운에 화답했는데	昨日張州和君韻
오늘밤엔 대원에서 잠시 반갑게 만나겠지	今宵傾蓋大垣天

『수복동조집』 종(終)

송평태랑우위문(松平太郎右衛門)[223]

남(男) 삼좌위문(三左衛門)[224]

손(孫) 소태랑(小太郎)[225]

---

223 송평태랑우위문(松平太郎右衛門) : 송평군산(松平君山, 마쓰다이라 군잔, 1697-1783). 강호시대 중기 미장번(尾張藩)의 유학자. 미장주 서실감(書室監). 원군산(源君山)・원운(源雲, 겐운)이라고도 한다. 아명은 미지조(弥之助)・태랑조(太郎助), 이름은 수운(秀雲), 자는 사룡(士龍), 호는 군산(君山), 통칭은 태랑우위문(太郎右衛門). 그밖에도 용음자(龍吟子)・부춘산인(富春山人)・이은정(吏隱亭)・군방동(群芳洞)・합잠와 주인(盍簪窩主人) 등 많은 호가 있다. 17세 때 한시를 짓는 재능을 보였다.

224 삼좌위문(三左衛門) : 송평곽산(松平霍山, 마쓰다이라 가쿠잔, 1719-1786). 강호시대 중기의 유학자. 원곽산(源霍山)・원무(源武, 겐부)라고도 한다. 성은 원(源), 이름은 무(武)・충무(忠武), 자는 순신(純臣), 호는 곽산(霍山), 통칭은 삼좌위문(三左衛門)이다. 미장(尾張) 명고옥번(名古屋藩) 유자(儒者)인 송평군산(松平君山)의 장남이다. 저서로『곽산시집(霍山詩集)』이 있다.

225 소태랑(小太郎) : 송평남산(松平南山, 마쓰다이라 난잔, 1745-?). 강호시대 중기의 유자(儒者). 원남산(源南山, 겐 난잔)・원언(源彦, 겐 히코)이라고도 한다. 성은 원(源), 이름은 언(彦), 자는 백방(伯邦), 호는 남산(南山), 통칭은 소태랑(小太郎)이며, 송평씨

보력(寶歷) 14년 갑신(1764) 6월

평안서림(平安書林) 사정(寺町) 송원상정(松原上町) 팔목치병위(八木治兵衛)

미장서림(尾張書林) 본정(本町) 광소로하정(廣小路下町) 진전구병위(津田久兵衛)

동각(同刻)

허약한 송(宋)나라와 오랑캐 원(元)나라인데도 물너날 줄 모르고, 개원 천보[226]와 가정 융경[227]인데도 나아갈 줄 모른 채 거침없이 퍼져 제멋대로인 것이 조선 사람의 시일 것이다. 비록 그렇다 해도 수응하지 않은 창(唱)이 없고 시를 지어주면 반드시 화답을 하여 대편(大篇)과 거집(巨什)이 분분히 입을 통해 나왔으니 그들을 문단의 영웅이라고 해도 또한 무방할 것이다. 재주 없는 나는 시온(時韞)[228] · 사집(士執)[229] · 자재(子才)[230] · 자안(子安)[231] 등 여러 조선 문사들과 함께 시로 사귀며

(松平氏)로 서실감(書室監) 군산(君山)의 손자이다.

226 개원 천보[開天] : 개천은 당 현종(玄宗)의 연호인 개원(開元) · 천보(天寶)로 곧 이백과 두보와 같은 시인이 활동했던 성당(盛唐)시대를 가리킨다.

227 가정 융경[嘉隆] : 가융은 명나라 세종(世宗)의 연호인 가정(嘉靖)과 목종(穆宗)의 연호인 융경(隆慶)으로 가융칠재자(嘉隆七才子)라고 하여 이반룡(李攀龍) · 왕세정(王世貞) · 서중행(徐中行) · 종신(宗臣) · 사진(謝榛) · 오국륜(吳國倫) · 양유예(楊有譽) 등 일곱 시인이 활동했던 시대를 말한다.

228 시온(時韞) : 1763년 통신사행 때 제술관으로 일본에 갔던 남옥(南玉)의 자(字)이다.

229 사집(士執) : 1763년 통신사행 때 정사서기로 일본에 갔던 성대중(成大中)의 자(字)이다.

230 자재(子才) : 1763년 통신사행 때 부사서기로 일본에 갔던 원중거(元重擧)의 자(字)이다.

231 자안(子安) : 1763년 통신사행 때 종사서기로 일본에 갔던 김인겸(金仁謙)의 자(字)

기뻐하였다. 또한 시와 글 짓는 것을 보면 민첩하여 순식간에 이루었으니, 변별하는 것이 눈 깜짝할 사이일 뿐만 아니라 사람으로 하여금 혀를 내두르게 하였다. 나의 시에 화답한 시 3장은 담장처럼 둘러싸고 몰려온 자가 빼앗아가 애석할 뿐이다. 지금 이 시편들을 보니 비록 옥석이 뒤섞여 있지만 여전히 뛰어난 것을 볼 수 있다. 아홉 군자의 시는 이 시집에서 다 언급한 것은 아니다.

갑신년 5월 길일에
미장(尾張) 도원(桃源) 고경준(高景濬) 발(跋)

수복동조집(殊服同調集) 장주구선생창화(張州九先生倡和)

삼세창화(三世倡和) 군산선생창화(君山先生倡和)

하량아계(河梁雅契) 창주선생창화(滄洲先生倡和)

표해영화(表海英華) 신천선생창화(新川先生倡和)

이상 4부를 출간함[右四部出來]

보력(寶歷) 갑신(甲申) 6월

황도서림(皇都書林) 사정(寺町) 송원상정(松原上丁) 팔목차병위(八木次兵衛)

장번서림(張藩書林) 본정(本町) 광소로하정(廣小路下丁) 진전구병위(津田久兵衛)

동각(同刻)

이다.

殊服同調集

《殊服同調集序》

林生 子鵬，錄九子與韓人相歡詩什上木，名以《殊服同調》。客謂子鵬問："殊服亦可稱同調耶？"，子鵬不能對焉。乃以客之言告非子，非子曰："女不見吾毀形而割衣耶？冠冕縫掖，相視相忘世，則以調之同也，韓人亦猶之乎。豊臣氏時，韓人之來造，世不虛年，年不虛月，嗟其震慴辟易之甚，膝行蒲伏，未嘗能仰視顏色矣，猶曷問臭味之遙及耶？退至神祖撫邦國，彼其深仁厚澤，浹洽萬方矣。三韓特受柔綏優，於豊臣氏威龕之餘也，雖則三韓不臣妾於我也，其於我也，如赤子於父母焉。故其使臣之來，往往見寡君於君之臭味者。是以上下彼此，相忘乎殊服之外，相接以敬讓，則無相侵陵。斯之謂同調也。'湯禹儼而求合兮，摯咎繇而能調兮！國家或用之三韓乎，旣而大先士以下，有倡有和，交含樂映，異采同符，亦唯《鹿鳴‧四牡》勞使臣，拜嘉重拜，獲五善之遺也。九子以詩歡於賓館，亦由此焉。於乎，實清世盛事異哉！殊服有同調者，蓋如此矣。雖然韓人於詩，韻言已，故詩調同不與焉。獨怪篇中九子之詩，比諸平常，則似下一等，豈蛤蟹珠龜與月盛衰乎？抑將爲百金示孩提之童，而不得易其摶黍乎？此未可知焉已。子鵬使以此言喻客。"子鵬蹴然興問："然幾同調哉，卽文此言以爲敍

併以喩客?" 非子笑曰: "以毀形割衣之人作序, 則客益疑女, 於女安乎?" 曰: "安。" 於此結撰授焉。

時

寶曆甲申夏五月

張國僧百非仁默天

《殊服同調集》九先生姓名錄

夢澤先生【姓千村, 名良重, 字鼎臣。】

鵞湖先生【姓千村, 名諸成, 字力之。】

鷺洲先生【姓千村, 名春友, 字東來。】

梅嶺先生【姓土屋, 名元孚, 字季顒。】

南萊先生【姓若山, 名三秀, 字伯芝。】

菊莊先生【姓西河, 名英, 字子發。】

勝山先生【姓今井田, 名立松, 字士茂。】

東亭先生【姓星野, 名貞之, 字子元。】

篁洲先生【姓岡田, 名國香, 字蘭父。】

右九先生于性高院、于鳴海、于於越, 與韓客, 歡洽唱酬, 莫所不至矣。且其代舌以毛穎, 劇談清言, 玉屑霏霏者, 最多也。如此篇專爲詩篇, 故不收筆語云。

尾張 林文翼謹誌

韓客姓名

秋月【姓南, 名玉, 字時韞。製述官。】 龍淵【姓成, 名大中, 字士執。正使書記。】

玄川【姓元, 名仲擧[232], 字子才。副使書記。】退石【姓金, 名仁嫌, 字子安。從事書記。】
慕菴【姓李, 名佐國, 字聖甫。良醫。】默齋【姓洪。】
姓名錄終

《殊服同調集》

尾張　林文翼　子鵬緝錄

通刺

不佞姓千村, 名良重, 字鼎臣, 一字潛夫, 號夢澤。二十年前致仕,
退伏草莽中。戊辰聘使, 一夜弭節此地, 余陪其賓筵, 與矩軒、海皐諸
君, 筆語唱酬, 徹曉而罷。今而思之, 恍如一夢場。余也驢齡已七十,
齒髮衰謝, 老病彌旬。頗非舊時之態, 故不能趨走執謁, 慊恨殊深矣。
今幸得二豚兒諸成、春友, 漫奏薄技, 親承咳唾。余亦命之, 以醜詩四
首, 呈各位下。枉賜高和, 則爲幸而已。

呈南學士　秋月　　　　　　　　　　　　　　　　夢澤

似魏、秦通信, 寧將上國誇。鷄林來使客, 鰐浦泛星槎。逾嶺行衝
雪, 隔雲遙望家。非關張祿意, 我輩好推車。

奉和千村老人　　　　　　　　　　　　　　　　　秋月

說項[233]詩人事, 曾聞二李誇。七旬今散櫟, 萬里又乘槎。星聚知陳

232　원문에는 '仲擧'로 되어 있으나 '重擧'로 바로잡는다.

郡, 蘭馨自謝家。無由問仙鶴, 明發動征車。

呈成書記 龍淵 　　　　　　　　　　　　　　　　夢澤

男子斯遊眞壯哉, 仙槎遙向日邊來。到時應識河源近, 君是千秋博
望才。

奉和千村老人 　　　　　　　　　　　　　　　　龍淵

老去詩情倍壯哉, 靈光曾閱使華來。芳蘭寶樹分清馥, 好是君家二
妙才。

呈元書記 玄川 　　　　　　　　　　　　　　　　夢澤

爲持專對出群才, 萬里離家奉使來。非是君曹憐雅會, 誰將翰墨許
追陪!

和夢澤老子 　　　　　　　　　　　　　　　　　玄川

潛夫不是老巫才, 早晚端宜歸去來。況復阿、通非覓栗, 朝朝筆翰
菊籬陪。

二月三日, 韓使各館城南性高院, 筆語唱和, 自初更至五更。

呈南秋月 　　　　　　　　　　　　　　　　　　鷲湖

鳳凰何處至, 暫集扶桑枝。燕雀皆眩視, 文章五彩奇。

---

233 南玉의《日觀唱酬》〈和千村夢澤名良重字鼎臣與濟菴海皐相酬者〉에 의거하여 '次'
를 '項'으로 바로잡는다.

和鵝湖 秋月

南國后皇樹, 交輝棣萼枝。枝邊鸞鳳宿, 雙見羽毛奇。

呈書記成、元、金 鵝湖

怪逢殊域客, 却似同鄕人。筆墨良媒在, 不煩舌與脣。

和鵝湖 龍淵

古菴停使節, 殘燭集騷人。道貌須相照, 何須語鼓脣。

呈南秋月 鷺洲

漢室詞臣擁傳年, 靑春行色故翩翩。元知視草君家事, 雨露尤多翰苑邊。

次鷺洲 秋月

鴒原才子總芳年, 骨格氷淸藻思翩。種玉藍田光照夜, 三蘇詩和一燈邊。

呈成龍淵 鷺洲

萬仞芙蓉表海東, 靑天削出玉玲瓏。到時仰對三峯色, 借彩偏令賦筆工。

次鷺洲 龍淵

性院樓臺驛路東, 碧天星斗倒玲瓏。眉山二子皆英妙, 看取筵前筆語工。

呈元玄川　　　　　　　　　　　　　　　　　　　鷺洲

多君妙選遠從行，知是翩翩書記名。異域立功何所在，還能揮筆答昇平。

次鷺洲　　　　　　　　　　　　　　　　　　　　玄川

良能元自疾徐行，孝悌明時足立名。夫子□年庭有訓，修身須及□治平。

呈金退石　　　　　　　　　　　　　　　　　　　鷺洲

遠游書記總仙才，海外殊從玉節來。誰道江山歸路逈，冷然千里御風回。【退石有疾，不出席，因無和章。】

呈秋月　　　　　　　　　　　　　　　　　　　　梅嶺

翩翩玉節簇葳蕤，掩映偏含若木枝。更爲文章分五色，人言聖代鳳凰儀。

和梅嶺　　　　　　　　　　　　　　　　　　　　秋月

春回澤國衆芳葳，綺樹啼禽不選枝。夾路盈盈爭刮目，南□猶□漢官儀。

呈龍淵　　　　　　　　　　　　　　　　　　　　梅嶺

莫謂支機石未求，舟車已達鳳麟洲。東行更復瞻神秀，刮目應憐不死遊。

和梅嶺 龍淵

清曉詩從爾後求, 澹烟孤月泛虛洲。梅花嶺外依依祖, 記取禪窓半夜遊。

呈玄川 梅嶺

筆戰爭開七字城, 三韓詞客漢時英。若令此會同星聚, 先問文昌第一名。

和梅嶺 玄川

粉堞層樓枕野城, 暝來暝去接豪英。客中迹混文儒士, 認得君兼吏隱名。

三月廿九日, 聘使歸軺, 再館城南性高院, 唱酬筆語, 自初更至五更。

贈別秋月 夢澤

驪歌相送罷, 分手各東西。要識離情切, 回看落月低。春隨流水去, 望向遠空迷。所歷行探勝, 應渾入品題。

和夢澤翁 秋月

滔滔草木長, 征馬向天西。野驛蟬何早, 江梅子已低。迎來詩客慣, 宿處寺樓迷。更惜新知別, 驪詞燭下題。

贈別龍淵 夢澤

果得桑弧志, 壯游彌數旬。唧盂玆送客, 結好合同鄰。祖席三春晚, 行裝萬里人。西歸應計日, 起望釜山濱。

和千夢澤　　　　　　　　　　　　　　　　　　龍淵

江關迴玉節，驛路幾由旬。海外猶同契，天涯亦比鄰。第家多道氣，
鄴館足詞人。異日相思處，啼鴻聽水濱。

贈別玄川　　　　　　　　　　　　　　　　　　夢澤

君曹本是使乎才，萬里征車竣事回。春晚臨岐泣相別，北歸鴻雁亦
俱哀。

和夢澤翁　　　　　　　　　　　　　　　　　　玄川

驛驪生子少凡才，奇氣相將問客回。分手看看成萬里，曉天如水角
聲哀。

贈別退石　　　　　　　　　　　　　　　　　　夢澤

相逢還賦別，此恨奈難裁。家指雲千里，魂銷酒一盃。祖筵花欲晚，
征旆路將開。歸雁隨君去，高飛天外哀。

和千夢澤　　　　　　　　　　　　　　　　　　退石

離家經歲久，春服有誰裁。花鳥成千首，滄溟視一盃。令兒來遠訪，
羈抱賴相開。渺渺萊西海，歸鴻唳月哀。

贈別默齋　　　　　　　　　　　　　　　　　　夢澤

已圖南海路，忽返北溟邊。鵬際長風起，波濤限遠天。

留別夢澤　　　　　　　　　　　　　　　　　　默齋

壯遊滄海外，詩話畫樓邊。多少臨岐恨，東西悵各天。

送學士南秋月歸朝鮮國序　　　　　　　　　　　　鷲湖

富士山者, 孤高獨立, 吾邦第一名岳也。初予未觀之也, 觀諸於畫, 而知其秀拔雄偉, 崢嶸明媚, 無有二焉者。最後奉職之東都, 則得始觀望之, 彼秀拔雄偉, 崢嶸明媚者亡論已, 日月之所掩映, 霞彩之所變幻, 膚寸之雲爲雨, 八方之風颷颻, 雲斂風收, 須臾復舊觀, 奇異百出, 千狀萬態。朝望之, 粲乎如美人出浴, 美目含澤, 寶靨可湌, 百媚交生, 使人目奪心醉; 至午時望之, 屹乎如蓄德君子, 端章甫立於廊廟, 一進一退, 未嘗失威儀; 夕望之, 淡乎如淸逸處士, 放遨間廣, 嘯歌林澤, 獨立乎塵垢之外, 比諸向者觀於畫者, 奇絶之觀萬萬云。今有類乎此者? 予幼好作詩, 長學屬文, 則稍稍游目中華人之所制作。如彼聖經高矣遠矣, 非所容啄焉, 漢、魏至唐、宋、元、明諸子, 則得畧聞其揆同異、差數趣操, 而詩云文云。中華人之言也, 未能與其人交臂一堂, 親觀其容貌, 聞其言辭, 察其行事, 而摸之擬之, 又從而學之, 則猶觀富士於畫, 纔知秀拔雄偉之狀, 而不知變幻萬狀之奇, 豈想像之所至乎? 於是未嘗不爲之悵悵悒悒也。今玆甲申春, 東華修好我邦, 三大使之駕, 儼然臨焉, 學士南君秋月, 及書記某某諸君, 從其行來, 予得執謁於賓館, 親觀其容貌, 聞其言辭, 得舌毛穎以陳愚衷, 嗟乎千載一遇, 何喜如之? 蓋私聞先王之文章, 衣冠法度, 今則亡乎中華, 獨存乎東華。然則何異與漢、魏、唐、宋、元、明諸子, 晤語一堂乎? 於是乎, 悵悵者, 渙然氷釋; 悒悒者, 忽然沬散。《詩》曰"亦已見止, 亦已覯止, 我心則降"者, 在今日乎? 雖乃在今日乎, 而會之日, 則別之日也, 再會無期, 悲喜交集, 不知所裁。告之南君 秋月, 以贈別云。日本 寶曆甲申春三月尾張州 千村諸成力之撰。

贈別秋月 鵷湖

鷄林 南學士，道德且能文。欲逐靑牛去，唯看紫氣分。

和鵷湖君【曾序其詩集云】 秋月

一卷《鵷湖集》，數行秋月文。送春兼送客，愁恨定平分。

贈別龍淵 鵷湖

元自西方有美人，遙從使節海東濱。屋梁別後懸殘月，應訝看君顏面新。

和千力之 龍淵

鳴蟬啼鳥送歸人，落盡櫻花楚水濱。伯仲之間論雅契，眉山詩思雨中新。

贈別玄川 鵷湖

漢家揚子駕云停，問字桓譚到驛亭。最恨別離雲海外，無由載酒扣門局。

和千鵷湖 玄川

雲流不定水無停，叢竹縈烟長短亭。見子詩愁眉上集，一床書掩暮雲局。

贈別退石 鵷湖

相逢之處卽離筵，握手忽忽情不蠋。投李報瓊君勿厭，明朝海岳阻風烟。

和千鵞湖　　　　　　　　　　　　　　　　　　退石

韓客和人共一筵, 禪樓華燭興難躅。明朝欲折行橋柳, 別恨遙生馬
島烟。

送秋月歸朝鮮　　　　　　　　　　　　　　　　鷺洲

海驛西連萬里程, 九州行盡夏雲生。仙槎夜泊滄洲月, 客夢春回丹
鳳城。一逶懸弧男子志, 再逢傾蓋故人情。使臣竣事歸朝日, 依舊君
王聽履聲。

和千村鷺洲　　　　　　　　　　　　　　　　　秋月

江草江花記去程, 堂中重見魯諸生。金銀世界天林寺, 蛟蜃樓臺古
屋城。萬里論心應有分, 百年違面詎無情。春宵未解離人怨, 生怕鄰
鷄子夜聲。

送龍淵歸朝鮮　　　　　　　　　　　　　　　　鷺洲

美人元是在西方, 豈謂相逢晤語長。此夕別離腸欲斷, 不知何日接
清揚。

和千村東來　　　　　　　　　　　　　　　　　龍淵

欲把微言問大方, 禪樓風雨五更長。天機須向閑中覓, 《玄》草終歸
寂寞揚。

送玄川歸朝鮮　　　　　　　　　　　　　　　　鷺洲

玉節朝辭張海濱, 送君花鳥易傷神。休言天末音書絕, 夜夜俱爲夢
裡人。

和千村鷺洲　　　　　　　　　　　　　　　　　玄川

聞子丘園水竹濱，少年標格更清神。華燈猶傍三更後，笑語雍容對
北人。

送退石歸朝鮮　　　　　　　　　　　　　　　　　鷺洲

海岳三千里，王程不可窮。鵬間波浪闊，鳥道旆旌通。出餞心猶醉，
加餐恨共同。欲知君去處，日落暮雲紅。

和千村鷺洲　　　　　　　　　　　　　　　　　退石

客路三千闊，春光九十窮。羈愁排不去，鄉信渺難通。詩句欣惟見，
騷壇恨莫同。芝眉何處想，回望日輪紅。

和千村鷺洲疊贈作　　　　　　　　　　　　　　　秋月

驛路相逢未罄歡，落花風雨別離難。囊中詩卷須題品，翡翠鯨魚雜
海蘭[234]。

【右詩一首，自東都賓館至。】

二月四日，與朝鮮諸文學，歡乎鳴海賓館。

呈南秋月　　　　　　　　　　　　　　　　　　南萊

東海驛中鳴海驛，回頭西海白雲端。江城自是垂千里，遊子轉歌《行
路難》。

---

234 ‘蘭’은 ‘瀾’의 오기로 추정된다.

次山伯芝 秋月

漢陽一別四千里, 馬首微茫柝木[235]端。野館脩篁簹日轉, 數詩臨發和皆難。

再用原韻呈秋月 南萊

交歡異域風流客, 彩筆縱橫換舌端。猶有高軒還駕日, 何爲此日別離難。

呈成龍淵 南萊

相迎相送此時意, 且喜且愁今日情。莫以篇章同趙璧, 投來却愧問連城。

次山南萊 龍淵

渺渺東南雲水地, 北人空結望鄉情。靈芝古館春光早, 可耐離懷又此城。

呈元玄川 南萊

翩翩旌斾路悠悠, 相值憐君賦《遠遊》。平世尋盟鄰境使, 使乎客裏更風流。

【因行忙辭和。】

呈金退石 南萊

千山霞色照騷人, 彩筆縱橫花鳥春。處處高篇知幾許, 相傳永作異

---

235 원문에는 '折木'으로 되어 있으나 '柝木'으로 바로잡는다.

方珍。

【失和。】

三月廿九日，韓使再憩于鳴海驛，余在賓館中逢迎。

送南秋月歸朝鮮　　　　　　　　　　　　　　　　南萊
詞鋒競起共爭先，毫穎磨來翰墨筵。八道文章元自妙，五經鼓吹更相傳。秋風送客漢江水，春色傷情東海邊。遠別河梁千古淚，豈堪此日又潸然！

奉和南萊　　　　　　　　　　　　　　　　　　　　秋月
佇立此樓待我先，逢筵未了悵離筵。高山歌曲靈芝朵，才子音書古驛傳。客路微茫汀草外，詩愁撩亂海雲邊。寰中一散他生憶，不是情人合默然。

送成龍淵歸朝鮮　　　　　　　　　　　　　　　　南萊
遙驪驒騮入驛門，相逢還此駐歸軒。鄉書目送憐春雁，旅館魂驚恨夜猿。才子題詩同郢調，忠臣叱馭憶王尊。詞場誰不避三舍，筆話縱橫北使論。

和山伯芝　　　　　　　　　　　　　　　　　　　　龍淵
楊柳青青蔭館門，數三詞客集風軒。長亭細雨嘶驕馬，古樹斜陽□短猿。放筆方看文會盛，披襟終識道交尊。今宵定遇新川子，篁谷眞緣仔細論。

送元玄川歸朝鮮　　　　　　　　　　　　　　　　　南萊

會面何時分手難，請君暫此緩征鞍。昇平四海皆兄弟，相值莫爲異域看。

留別南萊　　　　　　　　　　　　　　　　　　　　　玄川

依依烟柳別人難，誰覺殘花點繡鞍。分手會須憑仔細，他年唯有夢中看。

送金退石歸朝鮮　　　　　　　　　　　　　　　　　南萊

言談難解同筵客，筆硏相逢異域人。平日從聞賢聖語，此時始信德爲鄰。

和山伯芝　　　　　　　　　　　　　　　　　　　　退石

來時細草初生岸，歸日閑花爛映人。逢別悤悤無後約，只留詩句在東鄰。

席上贈洪默齋　　　　　　　　　　　　　　　　　　南萊

東方千騎起紅塵，五色雲旌映日新。狡獵遙知誇夢澤，如何大漢　上林春。

【失和。】

二月三日，寄朝鮮詞臣于性高院。

呈南秋月　　　　　　　　　　　　　　　　　　　　菊莊

星軺西自漢宮來，君是長卿司馬才。聞道子虛曾奏賦，凌雲意氣向誰開。

次菊莊寄來韻 秋月

詞客如雲履舄來，名州佳麗盛環才。詩傳野老人難見，何處東籬菊逕開。

呈成龍淵 菊莊

奉使日東漢國臣，歸驂仰見錦衣新。花飛蝶駴家鄉遠，客夢更勞上苑春。

和西河秀才 龍淵

四牡天涯返使臣，皇華原濕客懷新。禪房花木清緣重，半夜逢迎了一春。

呈元玄川 菊莊

金貂玉節五花驄，萬里往還日本東。妙選簫簧君莫吝，尚思鳴鳳舞春風。

和菊莊 玄川

霏霏春雨看花驄，斑馬蕭蕭亂竹東。座上高朋猶不散，曉禽遙語綠條風。

呈金退石 菊莊

山雲海水路三千，文旆遙辭日出邊。昨夜東方看紫氣，定知腰下帶龍泉。

和西河菊莊 退石

過洋萬里度山千，迢遞家邦若木邊。莫道蓬萊烟月好，不如歸臥舊
林泉。

二月三日，韓使憩于尾州 於越驛，僕追駕到此，再會於賓館。

再呈南秋月案下 勝山

曾督書生白鹿城，翩翩經術一家名。乘槎遙泛東方地，更使斯文照
兩京。

再和田勝山 秋月

筍輿春暖過江城，松竹陰中問地名。喜子同來輕莽蒼，可能隨我向
東京。

再呈成龍淵案下 勝山

佳人桂棹度春風，仙袂飄颻彩霞中。誰道河源難可到，神遊偏見使
臣雄。

再和田勝山 龍淵

肩輿徐度萬松風，芝宇重逢古驛中。薩劒濃牋光朵竝，日南元自富
材雄。

再呈元玄川案下 勝山

天上星文照夜闌，果然仙使自三韓。請看東海多奇絶，中有勝山紫
氣寒。

再和田勝山　　　　　　　　　　　　　　　　　　　　　玄川

今須一面續餘闌，識得荊州有一韓。佳麗非山人自勝，華筵相對玉
壺寒。

再呈金退石案下　　　　　　　　　　　　　　　　　　　勝山

驛亭追駕暫成歡，拂袂垂楊風不寒。縱有西歸再遊約，黃鸝頻囀別
離難。

力病和田勝山　　　　　　　　　　　　　　　　　　　　退石

和、韓相會一床歡，憐我江風病感寒。依悵與君相別後，夢魂飛到
美濃難。

別田勝山　　　　　　　　　　　　　　　　　　　　　　龍淵

玉雪誰家子，春風一水涯。西歸留好約，相待驛亭花。

走次成龍淵韻　　　　　　　　　　　　　　　　　　　　勝山

古驛烟霞路，送君到水涯。春風吹笛起，一曲落梅花。

別田勝山　　　　　　　　　　　　　　　　　　　　　　秋月

田郎相送到沙頭，野竹青青管別愁。洲股村前清淺水，夕陽橋外各
分流。

走次南秋月韻　　　　　　　　　　　　　　　　　　　　勝山

雨餘春色水東頭，野竹休題動客愁。五十三亭行載筆，如今此別亦
風流。【勝山在今須、大垣諸處，來往唱和最多，此篇所收尾州唱和已。】

二月三日, 起驛賓館, 與朝鮮諸文士, 唱和筆語。

呈南秋月 　　　　　　　　　　　　　　　　　　　　　　　　東亭

僕姓星野, 名貞之, 字子元, 號東亭。北美野人, 業醫者也。聞大纛之東, 心旌搖搖, 有日也, 今也天賜良緣, 得攀龍門, 何幸加焉。謹裁《巴調》一篇, 敢呈左右, 唯足下處置是賴。

彩鷁長風破浪深, 相逢更復動離心。雄姿仰見葱葱鬱, 眞是朝鮮翰墨林。

和星野東亭 　　　　　　　　　　　　　　　　　　　　　　　　秋月

山水東南蜿蟺深, 高人蚤解范公心。靑囊不[236]是英雄事, 可惜梗楠委棘林。

再和原韻謝秋月 　　　　　　　　　　　　　　　　　　　　　東亭

傾蓋相逢情更深, 因知瓊貌復知心。若非奉命隣交日, 爭得輒攀君子林。

呈成龍淵 　　　　　　　　　　　　　　　　　　　　　　　　　東亭

星軺乘春, 涉險冒寒, 一路平安, 旣達此土, 可賀可賀。僕野人也, 幸叩館門, 得見貴國風儀, 實幸中幸。玆呈鄙詩一首, 陳下情乃爾。

行盡關河若木陰, 壯遊堪報四方心。何須此日勞重譯, 彩筆先傳正始音。

---

236 원문에는 '□'로 되어 있으나 이등유전(伊藤維典)이 편집한 《문사여향(問槎餘響)》에는 '不'자로 되어 있다.

和東亭 龍淵

長橋遠水漲春陰，到處江山悅客心。自是周[237]冠通粵[238]路，一林啼
鳥總懷音。

再用前韻謝龍淵 東亭

少日留歡水驛陰，莫聞歸雁動歸心。 却欣因賣巴人調，買得《陽
春》、《白雪》音。

呈元玄川 東亭

海陸千萬里，寒燠七八月，不憚險、不辭勞，遙隨三大使相，實遂大
丈夫四方心遂者，足下之謂乎。僕北美野人也，雖不可入君子室，景
注之不可止，來執謁下風，敢呈《巴調》，以致傾蓋之效也。

喜見星軺殊域通，大夫詩賦自應工。憐君萬里來修好，恰似公孫觀
國風。

和東亭 玄川

歷落長橋曉靄通，葦篷竹舫走篙工。君家定在松林下，野外春浮細
細風。

再用原韻謝玄川 東亭

舟車到處信音通，奉使仙才賦自工。萍水縱慚言語異，欲酬花鳥與

---

237 원문에는 '□'로 되어 있으나 이등유전(伊藤維典)이 편집한 《문사여향(問槎餘響)》에
　는 '周'자로 되어 있다.

238 원문에는 '□'로 되어 있으나 이등유전(伊藤維典)이 편집한 《문사여향(問槎餘響)》에
　는 '粵'자로 되어 있다.

春風。

呈金退石 東亭

禹穴、江淮遊四方, 發諸文辭者, 大史公之業也, 足下此行庶幾
哉。僕以野人來執謁, 蒹葭玉樹, 實慚形穢。茲呈拙詩一首, 不見擯棄
者幸甚。

峩冠劍佩映朝陽, 吹送春風大國香。到處若論遷史業,《遠遊》賦就
見飛揚。

和東亭 退石

春日遲遲已載陽, 東風路挾橘柑香。見君詩律清如許, 應得高名海
外揚。

再用原韻謝退石 東亭

書劍飄飄入尾陽, 文雄曾唱日東香。仙才元有神明助, 不怪聲名此
日揚。

三月晦日, 韓使再憩乎起驛, 余亦至館中, 與諸文學周旋。

送秋月 東亭

跋涉千萬里, 荷盛禮, 修舊好, 經冬彌夏, 可謂險阻艱難備嘗盡也。
舊僕執謁, 勞左右, 唯足下海容小物不遺, 幸蒙收視, 嫮快可知也。今
也珠履西歸, 豈無別愁乎? 謹裁鄙詩, 敢呈左右, 幸笑而置焉。

彩鷁錦帆天漢間, 西歸應解客中顏。聲音縱寄浮雲去, 更恐東風往
不還。

別東亭　　　　　　　　　　　　　　　　　　　　秋月
來往春消客路間，異鄉雲物總凋顔。多情只爲張州士，楊柳橋頭待我還。

再用原韻謝秋月　　　　　　　　　　　　　　　　東亭
江邊驛館夕陽間，楊柳靑靑照別顔。縱耐風流極歡去，難何春色共君還。

送成龍淵　　　　　　　　　　　　　　　　　　　東亭
玉節之東也，朱履小憩此館也，僕不自訾，以賤軀走謁左右。恐不得聞謦欬，何圖辱唱酬之高誼？今也善交不改，鳳姿依舊。馬蹄向西歸，因呈《巴調》一首，塵垢之言，何足爲贈？敢致奉送之效耳。
河梁送別子規啼，芽草垂楊綠欲迷。此日枝枝縱堪縮，由何絶域復同攜？

別東亭　　　　　　　　　　　　　　　　　　　龍淵
芳草萋萋幽鳥啼，驛亭雲樹雨中迷。河橋半日增惆悵，如此江山夫更攜。

再用前韻謝龍淵　　　　　　　　　　　　　　　東亭
歸鴻何意向人啼，別後殘魂夢裏迷。公事由來識無鹽，難分萍水此時攜。

送元玄川　　　　　　　　　　　　　　　　　　東亭
日僕入謁也，足下不鄙下交，德音咫尺大慰渴望。君子愛人之厚，

曷敢忘之? 此日畢役, 玉節西歸, 一日之雅, 千歲之別, 豈以形穢之故,
默默乎? 玆呈巴詩一篇, 以寓惻惻之意, 憐察不盡.

搖搖大旆向西歸, 江上春風瑞靄飛. 可耐梅花今落盡, 無端吹送使
臣衣.

別東亭 玄川
春色相將去復歸, 殘花落盡早蜩飛. 烟霞正結靈芝戀, 況復仙郎强
把衣.

再和原韻謝玄川 東亭
聲聲蜀魄不如歸, 春晚爾時花亦飛. 畫錦縱堪誇故國, 請君看取濕
吾衣.

送退石 東亭
曩馬首東也, 僕以野人來謁, 奉接顔色, 投以木瓜, 報以瓊琚, 僕何
德而實至此乎? 每誦長者之高誼不止. 今也畢盛禮, 大旆西, 玆呈鄙
詩一章, 夫賢者相贈以言者復何似?

追隨幾處送飛旌, 珠履玉珂上客榮. 文武才名豈相讓, 平原門下一
先生.

別東亭 退石
細雨荒橋駐去旌, 微風古驛草花榮. 瓊章重和傾詩膽, 叵耐天西別
恨生.

再用前韻謝退石   東亭

喜見郵亭駐旆旌, 清談少日是何榮。相逢暫覺神心淨, 別後已思鄙吝生。

送洪默齋   東亭

二月三日, 車馬少休此館也, 僕來謁諸君子, 而不知足下富風雅, 是以不得呈鄙詩, 遺恨可知也。今也天賜良緣, 得接顏色, 何其相見之遲, 而相別之速也? 茲呈拙詩一首, 敢效別忱耳。

烟霞三月送君時, 白馬春風與鳥馳。草草分攜從是去, 徒看天畔使星移。

別東亭   默齋

惜別春風細雨時, 海天歸思馬前馳。東西萬里分留意, 把袖遲遲夕照移。

再用原韻謝默齋   東亭

知君馬首向西時, 萬里鄉心夜夜馳。豈許留歡投轄興, 愁看日影坐來移。

寄南秋月、成龍淵、元玄川、金退石諸文學于張藩賓館   篁洲

玉節東從海上回, 偶投賓館近蓬萊。三花樹傍鼇頭湧, 五彩雲迎馬首開。脩聘使臣皆妙選, 結盟詞客盡奇才。仙遊路絕人間外, 爲我遙飛咳唾來。

和大垣 岡田蘭夫寄來韻　　　　　　　　　　　　　秋月

千里江城《四牡》回，隔年旗戟向東萊。雲長只合相隨去，花盡今無
可續開。古屋樓中初見寄，華林院裏曩遺才。明朝更指濃西路，待得
門前孔剌來。

【前詩未之見，失和可歎。僕有詩，未嘗不酬。豈得瓊投而無瓜報乎？】

遙和岡田蘭夫　　　　　　　　　　　　　　　　　龍淵

海上靈槎月幾回，春光伴客向東萊。江關嫩柳依依遠，野館濃花歷
歷開。名府今宵多韻士，大城前日失奇才。禪樓和送詩筒去，曉角聲
殘細雨來。

和岡田簣洲　　　　　　　　　　　　　　　　　　退石

傳命江都使節回，歸雲何處是東萊。大垣城外芝眉接，熊野山前墨
疊開。厚誼不忘悲遠別，新詩重和識高才。三洋萬里參商恨，夢裏猶
難度海來。

寄別秋月　　　　　　　　　　　　　　　　　　　簣洲

客自鷄林一鳳毛，德輝遙映日東高。歸程直指金剛雪，踏盡西溟萬
里濤。

重和岡田蘭夫　　　　　　　　　　　　　　　　秋月

盟楚還慚重趙毛，文章小技未爲高。濃州恰是行千里，更隔三洋鰐
海濤。

【昨於尾州，和回字詩七律，託千村春友傳之，想非久致案上矣。復此和一絕，憑守屋伯
亨送之。】

寄別龍淵　　　　　　　　　　　　　　　　　篁洲

紅顏綠髮紫髯郎，馬上詩投錦繡腸。欲別相期明月夢，照君遙在漢之陽。

和岡田蘭夫　　　　　　　　　　　　　　　　龍淵

疎才愧作著書郎，學海波瀾未洗腸。昨夜留詩千葉軸，一燈風雨古城陽。

寄別玄川　　　　　　　　　　　　　　　　　篁洲

芙蓉雪嶺送歸鞍，路上驪駒欲別難。西望白雲千萬里，不知何處是三韓。

酬岡田篁洲　　　　　　　　　　　　　　　　玄川

風送飛花點繡鞍，衝泥車馬不辭難。春潮浪泊看看近，一渡滄溟是我韓。

寄別退石　　　　　　　　　　　　　　　　　篁洲

扶桑日出指朝鮮，萬里西歸海上船。別後縱令潮信絶，紅霞不隔大東天。

再和岡田篁洲　　　　　　　　　　　　　　　退石

東風靈雨百花鮮，去國身如不繫船。昨日張州和君韻，今宵傾蓋大垣天。

《殊服同調集》終

松平太郎右衛門
男 三左衛門
孫 小太郎
寶歷十四年甲申六月
平安書林 寺町松原上町 八木治兵衛
尾張書林 本町廣小路下町 津田久兵衛
同刻

宋胡元而不知却焉, 開天、嘉隆而不知進焉, 縱橫曼衍, 旁若無人者, 韓人之詩歟! 雖然至無倡不酬, 有投必報, 大篇巨什, 紛紛衝口出, 則謂諸文壇英雄, 不亦妙也? 余不佞, 與時韞、士執、子才、子安諸韓客, 以詩交歡。 且見其賦詩裁文, 敏捷造次, 不翅咄嗟辨者, 使人吐舌矣哉。 其和不佞, 詩三章, 爲堵墻而進者奪去焉, 爲可惜已。 今睹此篇, 雖玉石糅乎, 尙足見其英雄矣。 如九君子之詩, 則非此篇之所盡云。 甲申五月之吉。

尾張 桃源 高景瀋跋

《殊服同調集》: 張州九先生倡和
《三世倡和》: 君山先生倡和
《河梁雅契》: 滄洲先生倡和
《表海英華》: 新川先生倡和
右四部出來

寶歷甲申六月
皇都書林 寺町松原上丁 八木次兵衛

張藩書林　本町廣小路下丁　津田久兵衛
同刻

【영인자료】

長門癸甲問槎 坤下・三世唱和・殊服同調集

長門癸甲問槎 坤下・
三世唱和・殊服同調集

長門癸甲問槎卷之四

辭交不渝星軺儼臨賤劣 如僕跛鱉道左得遂望塵之願

國足夫何附尾敢師漫陪席末謹上巳調各一篇伏惟

海涵大量枉賜高覽終身之榮後何加焉僕姓秦名兼虎

秦嵩山

字士熊號嵩山

奉呈製述官南秋月

大國搢紳推上才遂令辭命屬君來相逢漸為神交切不

怪豐城紫氣開 此地豐浦郡 故用豐城事

口號酬秦嵩山

關山水孕奇才操筆慷慨詩越趁來言外情通方外契海

秋月

雲天未坐讀開

　　奉呈成龍洲

怪得神雲起日東仙槎經汎鄉西風觀濤音讖枚生敗於
海旁存芥子塵　走湘奉尚山

十斛驪珠救溟東晶瑤動冗錦帆罘赤間關裡孤琴語斌
和答瓊報負雄

　　奉呈元玄川

九月秋風發拳山　寶界中路度江開蟇蛑縱下灘報陰定
識鄉心熟義聞

　　奉酬滿山

　　　　　　　　龍洲

玄川

湖光紺聽没隹山南海名區□□赤關此地由來多傑上可

能茲織片言

華語

　嵩山

僕為鶴臺門人今日在後竊見詞壇盛事已以鶴臺門人問

　　　　　　　　　　　　　　　　為故有此舉筆

　嵩山

諸公皆以選拳居介職子

　　　　龍淵

秋月癸酉登第前題濁城大宇今帶祕書校理壬寅生

龍淵癸酉同為丙子對策登第前題銀臺沉督郵壬子生

玄川庚午司馬前經長興郡，巳亥生

　　嵩山

奉論，諸公早登高第，〇仰貴邦賢路益開耳又問武技方

技及童科諸試并行乎

　　龍淵

武技方技皆有科揀童子未成材，焉用科甲，只有教官月

湖考講養其德器耳

　　嵩山

吾國秦氏者多傳稱往昔秦皇裔經貴邦來爾來殆二千

載子孫雲仍遺賣或有無知出自者不知貴邦亦有秦氏

而同其祖者乎見教　玄川當書和詩問余姓書而以示之故有此言

6

玄川

左右是始皇裔否我國亦果有秦氏而不祖秦氏

嵩山

秦亦呂之嬴耳

鄙姓出自嬴秦雖然數世前既絕血胤而為藤姓故今稱

奉呈南秋月　用前韻

君本登瀛學士才仙游更向海東來手分珠樹三花朵光

彩燦然延裡開

更報秦嵩山

賛筆珠方愧不才風烟收拾十州來玄珠赤水知多少

席波斯照眼開

秋月

7

再呈星龍淵 用前韻

其邦城留信使□東問仰太平千歲風今日重歌南國謳堪

爭白雲富峰雄

重和蓬高山

蓬海仙緣盡在東絡交兼識古人風長門文學應多數

　　　　　　　　龍淵

孔朱書□最是雄

重來元玄川 用前韻

紫氣遙連海上山真人果爾入西關由來龍德誰能識

化人看詞筆閒

和次蓬山

蓬岑落落對蓬山徐子迢迢憶出關嘉號聞來增緬憶何

　　　　　　　　玄川

8

時君到海中間

奉呈崗山秋月

遙聘賀新政盛儀尋舊問善隣王者德華國使臣榮風正

錦帆過日晴文飾明絃歌大平奏振起鳳凰聲　高麗琵琶有鳳凰調

　三和崗山

楚越開新面齊吳泣宿盟汀梅傷歲暮盤橘愛冬榮赤水　秋月

玄珠魑滄洲白髮明長門宅日卷兼露是桑聲　崗山姓

筆語

　崗山

僕自小少志斯文且思友四方賢者雖然朽木之質不唯

其器不成親老弟幼唯輊定省故未嘗得遊封外地素顒

9

兩不遂永以為恨而今兼天寵愛得接邦文雅高士足

以酬素志也感謝何已伏冀得奉君子一言而為韋弦之

箴雖明鏡不疲唯懼亂藻思如何

　　秋月

求道之意令人欽歎豈不欲以一言仰副盛索而進學之

淺深稟質之剛柔始未詳覘未可泛下針砭請閱尊氣質

與所造詣廢得下一轉語為頂門鍼

　　嵩山

蒲柳弱質不堪苦學何造詣之有唯謂效伯高不得不宜

效季陵而陷輕薄矣過庭之訓亦如此強文博物非無素

望附諸餘力公若有所取則如一言如有不取則為苦言

10

敢布腹心

秋月

樂有賢父兄又能先德行，而後文藝可謂知本矣入則

孝出則悌泛愛眾而親仁行有餘力則以學文是聖門二

十字靈符徹上徹下　一生受用不盡此外恐無別法

嵩山

所呈唯幸經電覽耳何圖賜高和，屢勞君子，不堪慚懼

秋月

足下貴德而賤藝其意甚善席上和唱本非美事而言路

未通情志未流聊以拙作以代筆古何勞之有實慰羈愁，

嵩山

11

情志既通言外之意可得聞否

　　　　秋月

歸而求之有餘師聖人千言萬語如親承謦欬則一言可
以終身行之者甚多鄙雖萬言何能如聖賢之語約而指
遠佃熟讀論孟庸學僅有痛切警省處

　　　嵩山

謹領高喩感嘆

　　　　嵩山

高和中所諷諭君子之言有味哉僕生平之願不過此言
所以請秋月先生教誨亦唯是已如更加一言併書諸紳

　　　龍淵

僕之所欲言者秋月甚之矣真正大英雄從戰競臨履中
出來其作成之方具在孔朱書子歸而求之有餘師矣敢
以廣子之意

　　　　　嵩山

諛言何其切也謹謝南土薄味請試嘗之僕亦引小者剖
之

　　　　　龍淵

匪汝為美美人之貽謹領落爪之賜

　　　　　龍淵

道未成而文有者古人之所深戒也君何出詩之多乎

　　　　　嵩山

鄉鄙人希見君子唱酬不能自休其時當鼓吹亹得

謂之文雅音哉鼠鳴駘耳則或有武陵池亭禁護俱喩

龍淵

前言戲之耳多多益善何害何害

萬山

我東方之勝芙蓉峰琵琶湖為第一矣傳道此山水一夜

生此說難信而數十年前三峰側又生一小峰以是考之

則前說奚必繆悠且案貴國通鑑當高麗穆宗時耽羅海

中湧一小山其時雲霧晦冥七晝夜云一與芙蓉小峰湧出

事合㑐佗山之說可以取證揚於潮水不能無疑公博識

多見益貴國廣大若有為潮水所謂首見歟

14

齊諧之言君子所不取也公學道者而猶為是問耶鴻濛

一判形局皆定夫焉有此事哉通鑑所載不過一時荒唐

之記僕何敢言其有無耶

　　　　嵩山

吐言為教失問却一益

　　　玄川

我國秦氏多武人今行懺不從來尊之世系雖不詳宜有

家中流傳之言本日本人耶抑自外來耶

　　　嵩山

秦氏祖自貴邦來昨既悉之把筆沈吟閒或忽忘乎脉氣

龍淵

15

無流傳言達高問慚愧

　　玄川

昨日未及傍聽故耳自吾邦入來之日在何時何代云耶

當日本

　嵩山

仲哀應神二朝秦氏往往來歸距今殆二千歲事蹟不可

詳知

　　嵩山

歲事其莫後會難期高意如何

　　龍淵

歲行盡矣風雨凄然遠人之懷益不自耐如後賜臨穩討

16

毫談何慰如之

　　玄川

我國字音出於箕子故於中國最近詩文賦辭等百體無
有讀法韻折惜乎不能與同聲音耳臺先生使玄川高和詩因有此言

　　嵩山

聲律出於箕子古雅可歡賞也目擊道存諸公其人則美
論言音同否如詩賦誦吟蓋直下及例異勢耳何有害意
只恨和詩而不和音

　　玄川

和章有可故者幸運投

　　嵩山

17

片雲何秋太淸勿勞擬筆

　　　　玄川

僕素乏藻彩且每欲以面前語發僕寬辭既知有誤雖遠

可復況事在至近乎

　　　　嵩山

小誤尚且攻之君子之人乎秋月龍淵為僕賜一言公亦

思諸

　　　　玄川

示及於此意甚感甚感六經如菽粟一日不食則餒程朱

為之發揮昭如日星後雖有聖者作無用一字更添見貴

邪之人或不專程朱多為明人主陸者所誤尊者有意於

18

此學必以小學為先次太學庸語孟三經而加以釋朱説

裹之至於太本大源則釋朱開口輙説敬字敬之一字可

以一言蔽之矣愛之欲助之區區之意自不能但已諒之

嵩山

日窮日力後必將與聞妙論如何

高誨當服膺唯至為明人所誤之言豈一席上之議哉今

玄川

甚善

奉呈南秋月

萬里長風大海濤雲帆駕弍氣何豪文星近傍使星耀郢

雪遙兼撤雪高官跡堪酬弧矢志人問還觀鳳凰毛更知

邦土仁賢化琴瑟猶傳舜子操

四酬嵩山秀士

深源洙泗障狂濤餘事文章未足豪攻玉元且磋更切為
山須自下成高工夫推擴同燃火義理研窮入折毛翰墨
場中求實踐一絃琴縵為君操　有求通問簑之　秋月
語喜而題此

奉呈成龍淵

万里山河問舊盟大都文士總豪英衣冠寧耻西華美辭
命交稱東里名詩誦國風知表海身懷趙璧占連城肝心
遙越函關去更向朝陽作鳳鳴

和蔡嵩山

龍淵

江關雲樹問詩明帶荷衣簑笠英窆在水中看古意却

20

從方外識高名，天寒舟揖迷銀漢，春返煙霞滿赤城，莫道

山河分楚越，償還鐘律喜同鳴，

　　奉呈元玄川

海夫縹緲木蘭舟，邂問三山與十洲等禮，閒談君莫厭，秦

人元自慕仙游，

　　酬泰嵩山

　　　　　　　　　　　玄川

五百人同滄海舟，長煙低盡見瀛洲，坐間更有秦人在，自

信吾行徐子游，

　　筆語

　　嵩山

退石公賁慧如何想舟居費陽之所致也諸公宜助闕攝

欲呈鄙詩未得繕寫歸舍遠賜煩公致達乎

緩送何妨直致舟中恐好
　　　　秋月

僕和章不以詩而以勉者嘉君有志於篤行微發其言君
能領此區區之意乎
　　　　嵩山

欲謝未謝似朱禮者詩以勸誡敬服敬服每奉教言深思
義方之不可以忽矣
　　　　秋月

尊公今在萩府否

22

嵩山

家翁在本州北郡須佐僕願爲翁請三先生一言故略記
其狀併祈照覽

翁宰於須佐邑殆二十年割難細事雖不足稱諸大方又
頗好程朱學敬愛自勉七十年如一日今冬將蒐老期以
僕歸曰不圖貴舟阻風于岐于藍及此歲拙顧老心迫切
佇立以竢伏冀諸公贈賜一言翁當感戴德意拜誦不置
爲餘年娛僕孝養何唯甘旨之於其口哉翁素尚撲實則
羨其飾言仰高哉諒之

　　秋月

欲求詩乎抑求他語乎

嵩山

翁不好作詩，當填聖門名教語，願賜一要言，非敢擇之從，

問歆實已

　秋月

翁喜洛建之學，子有詩書之聞，衛武箴做奉獻大庭石家，

孝謹申勉嵩山（秋月為秦氏　父子小題）

日東自古多翰墨士，而獨程朱之學未有聞赤關詩所見

泰秀才，貌溫而氣恭，一似有所存者，既而求入道之方，喜

而贈詩略示勉進之意，今聞其尊大人秉燭讀書悅洛閩

之言，源濬流長信乎秀才之有所本，不必求言於裏闈如

我者過庭晨昏豈有不出家之教深喜之又以奉晶，

24

嵩山

過蒙慚汗獎歸以供翁之夜燈謹領衷褒之賜感謝

玄川

僕每對端人莊士博學勤業之人輒想見其父兄之愛而
能教今見嵩山正賢子弟也況聞尊堂義德有素宜是父
之有是子也

嵩山

誘言甚過敢領德意示翁應遙拜高誼

玄川

寸草將何以報三春暉聞此語知賢亦任大責重唯勤學
精工可以副高堂之念矣僕旱孤人也書此不覺淚下難

將寸草心報得三春暉此張糦詩也

　　　嵩山

斯人也而何其不天也是乎非乎其謂之何誨言佛以責

丘圓應映照千秋豈唯三春哉

　　　玄川

孝義言也百行之源至老勉之

　　　嵩山

敢不奉教公其实之

　　　龍淵

人樂有賢父兄為足下豔歎

　　　嵩山

26

慚愧口八當鎮意請餘白記貴號、

　　龍淵

教誨爾子式穀似之專公有之凤與夜寐無忝爾所生、
下勉之 龍淵題贈嵩山

　　　嵩山

可謂要言不煩不學詩無以言者乎謹謝

書牘以下解纜後贈之報章自寵關來

奉呈南成元諸公書

僕也家臣之分七十子之所耻也加之淺見寡聞何幸而
得交於儼然王國大儒氣載是雖二邦文運流通之餘乎

27

要之各位寬度泛愛之所致上襄此蓆謝唯其蓆上應接
掌太薄覩以試機發於片言隻辭末耳寧足以窺室家之
好我私心雖既慊然於其如此乎裡褐鄙人未嘗接膝
之華緃各位為少假借時或振惕詞義不接腳中古云今
日不為明日也寔僕果然遺憾不已長短敷端漫貢貴舟
往年戊辰使鵝不日而張我人有飛書餘者勇者艤裝軼
掌際各自賜報幸留高意奉呈金公巳調附上雖未奉聲
欵觀賜諸弊師友高和中雄潭溫藉想其人猶其詩也深
此心醉賁惷如何不堪勞念請致此意兩関之交為普賢
灘利涉最難颿波是慎生別之嘆書何盡言頓首

　奉謝蓁嵩山足下

28

日者之遇匪夷所思春秋僑札之交何幸於吾身親見之
但下舟時不克更展贐悵去而益深上關之次承手書意
寄鄭重非足下相與之篤何以及此感荷不容言惠及二
詩皆平雅有味以驗志之所存而長篇尤覺陞健非坐間
酬唱之比儘知對客揮毫終非詩家之所取足下知此道
者信可與言詩也此行再昨到此今日前向而王命在躬
敢以風波為畏哉承此遠念只增感愧退后和章及僕輩
所奉酬者並托朝岡氏奉傳不知何日入照千万留侯歸
時奉攄不悉甲申元月五日朝鮮三客頓謝

奉贈製述官秋月　疊前日韻

羨君學海溟波遠異域馳名一代豪擁節蒼龍雲際動蹄

關紫氣日邊高已看摘蘂比三謝可識言詩起兩毛隨意

傍人時顧我素茲唯向實音操

舟宿籠浦和秦即畳寄韻

滄沱春陰妥帖濤重關一蹄意全豪周防旗影迎飇迴文

字城容肖櫂高出日旭煙浮鷁首排風拍拍笑鵬毛必游

秋月

詩句終難得對客吟成立筆操

奉贈成龍淵　畳前日韻

詩賦開筵稱主盟翩翩彩筆轉雙英乘時早應徵賢詔奉

使堪成題柱名豪氣長風侵渤海歸心落月對江城雄才

此地乏良偶嗟爾腰間孤劍鳴

竈關舟所和秦嵩山迢贈韻

龍淵

30

文章卿踐晋吳盟秋菊春蘭近癸英鵬翼初□寰外勢豹

文新識斗南名梅花別夢迷烟渚竹葉歸心滯水城唱斷

葉葭人不見二□蓬屋迎潮噚

奉贈元玄川

雄飛千里外逸氣不當群海路迎初日鄉心送暮雲見龍

次韻嵩山短律

玄川

從我兆觀鳳賞君文何必須投筆異方立盛勳

玄川

子有芝蘭操人非捋棘群簑燈侵夜雨緗帳對秋雲五典

奉贈金退石

存耕具三餘同續文今看勤姤得許爾見華勳

至節遙臨日本州王家上客素名流執經朝待寶文閣裁

31

眠夕登戎鱗桂為詩座問志立豆漢大海作青海懷甲

忽發明珠邑夜月雙憲赤水頭

次秦嵩山見寄韻

病裏經過赤馬州歷壇恨不堪風流將詩蒂羡西客伏

枕懷人挍上樓抵目雲濟愁渺渙滿圍松菊羡侵燻歸期

別在清明節後約相留月浦頭

歌行一篇奉呈秋月龍淵玄川　　　　退石

富嶽金剛溟瀚外兩雄並立泰韓眞有人嘗上金剛嶺更

向海東襄衣裳仙槎銀漢置昊斗文旄白日耀龍童長年

三老占張騫爲同天家以眼其神山丁望海茫茫忽見琅玕

與玉樹光彩煉然赤水傍中流擊揖轉容奧奧來心地更

32

飛騰自道此行意我願壯士何後在異鄉孔聖周流惡魏

繄東西南北又何嘗漢家太史壯游後千秋竹帛有輝光

顧吾且道汝自寬相對詞臺暫舂歡始若奎門不可接須

更交誼若金蘭交隧已和降玄鶴吹笙後是儀鳳

駕投吾方顚傾龍室宵得報之雙玉盤隆冬密雪霏霏下

身坐春風不識寒嗟是寒鄉一孤生通名大方恥顧名熊

虎之皮犬羊質字曰士熊讀書學文總不成何意良緣天

不慳得遇佳人移五情良緣難遇又難久忽然命駕天

京行行可見富嶽勝元氣鬱勃徹大清上封大始

雪中仙可識來游徐子意此山真是芙蓉城結

瑤華兮補琼岫詞章文錦此經營霞思天想迴意匠

龍愛延機授爰之六合指端塵鞅之宮商地上鳴從呂東

方聲憤疆何事遠游得此行北觀南鵬人那比太章豎亥

執鷹拏因識朝暉鮮潤國近奧扶桑仰太明

次嵩山長謌篇

秋月

人生百年苦不長及身強健酬蓬桑赤蚪白蝸駕髟服丹

霞碧蕾裁帔裳一笑出門不計程朱鳥鸞襄承斿章曾傳

徐郎入虛無更道師襄歸泇范大陸既窮余馬踐大乙儼

舟來我傍是時天冬風力勁雲駛一擧悠以揚落落星照

鮫人窟宅看月出馮夷鄉王靈燭海為靜鯨吞黿作歸

尋常路筆時時風雨至老蚌泣珠埴寒光始知為物海惟

寬井觀區區差可憶鐘碧山前落帆蒲岐陽涌口停撓蒴

朝發藍由暮赤城高翔不羨驂紫鸞明日紲維指桃都今
晚濯髮期消盤十洲三山不可問唯有富士霜雪寒鄰衍
以後多誕生貞嶧方壺遂強名泰漢癡君夢徒輦安羨眞
人丹未成山下曰有秦餘人悄然迎我披襟情問我仙區
有金剛誇我此山爲玉京我道金剛果何似一萬二千橫
紫清可徂三韓專淑氣却令五嶽移眞精一碧玻瓈一瀑
洞億朶芙蓉眾香城羽衣金節儵而來餐霞吸髓登魄營
摩霄一鶴臺□嗁咬南丸龍泓底橫谷中產蓥未知名崖
腹胎禽不常嗁雞林王子去不返永述丹書南后行海內
三十六名山誰與金剛寧秀爭富士富士徒崔嵬子誠齊
人眼未明

酬朱萬山歌行

龍淵

蜻駕窩新漾龍鱗挂挟桑北斗南箕光彩眩天孫織罷雲

錦裳廓焉回地軸煥乎分天章表揚立兮河漢渚俯視東

海闊混茫蓬島眞人競相攬蓋門安期棄余倏宛在水中

彼何人白而長身婉清揚后皇嘉樹橘來服爾何置身苤

葦鄉採採瑤華不盈掬天地四方遊無常英華照爛蕙荷

衣何以贈之明月光北方之人胸憶寬一日相看交已數

翡翠明珠非思存願與同心幽谷蘭大澤藏龍蛇高梧崎

鶌鶋雲衢快故巒仙果餞驚鑾是時三陽發窩海闊陰寒

朗詠長懷北郭生至人千古貴無名文章有神寸心知滿

堂美人誰目成雲連覽蓋互明滅佇立天際勞我情攬搶

熒惑戰芷角，七星三辰羅玉京，麻姑去後海塵細魯連蹈

處天虹清高馳穆穆神哉沛飢渴惟求玉露精陽阿曙邑

萬里開興子期兮赤馬城龔禧永清節使幕予英雪凋龍

驤營冷冷風馭擧渺渺月槎橫將展千里步先徹九皐鳴

北門兩雪執華予惠而好我攜手行延陵之劔子產紵此

道時人無所爭相思相憶上關夜隔水文采纈眼明

次嵩山長歌韻

玄川

君生東海陽有志竆榆桑緬懷周王車時夢盧帝裳仁未

義耗夙勤苦含英嚼華摛文章有時矯首望遠海上下四

方都菑菑讀書儆若親薰炙洋洋聖賢如在傍徃徃犂然

而有契自慷自奇神揚揚所恨不能展北學屈首埋頭蛟

爾鄉南國之人不汝知飛鴻遺目祗尋常

氣豐城古苔垂寒光事聞華人禮數覓自覽詩文容敏捷

片言即契襟期虛詞贈招隳歌幽蘭冊明彩騰映明月琴

梧枝亞時孤鸞恍如天空雲自流明珠不停瀉玉盤欣然

吐出胷中奇洞徹玉壺涼寒自謂斯遊冠平生既別有

詩翻注名須君勿疑歸而求有志何憂名不成脩身齊家

日用事詩書六藝原人情升高自卑遠自通腳躋實地進

與京世人為學皆忽近低入九地高大清架虛鑿空殉外

驚恍惚百年徒疲精喚來主翁位靈臺勿字為旗豎禮城

豈如記誦詞章輩漫浪異端紛管窺見君著腳時未因徑

事詩書顧奔撦詩文小藝尚有源騍求難以專門鳴於道

38

有見言乃工鐘律憑邑推是行況復無德而有才別生矛
戟來紛爭我作此歌歌大道道在人間如日明

與南成元三公書

草大麓

嚮解覷夕諸公高和長篇六硯四筆落掌尒後竈闖華牘
瓊章自朝岡氏達乃鹽欭開緘字々狼篤深唇盛意尒來
鶺首言旋敢賀々々不佞安世何幸牲日得數承警咳心
交語語古人所謂傾蓋如故豈不信哉雖然乎非君子沉
愛之厚則亦何得如此也頃聞太姉西回當奔走執謁而
別有公事拘于鼎職不能再望紫氣於關門遺憾不勘何
天之慳良緣亦如此乎韓桑異域天塹逾限何時復得相

嘗于一堂□□□□□□□□□□□□未知之際

也已因道別情□□□□□□□復迎謁於上

關得聲再會之□□□□□□□所飲癸也南淏于儀萬□山

亦咸因□域不得逢迎相共搔首跼蹐已矣貴梓日近公

等錦衣之喜可知也千金之身自愛書不盡言投筆悵然

頓首再拜

另副

徃日六硯留在賓館雖薄物乎文房一友若得攜去則何

幸如之海函之量莫罪輕芳

曾辱賜評點贈行五章今益改寫呈左右

呈秋月

40

仙槎遙憶白雲端了識人間相見難臨笋幾回今日嘆笑

談無奈昔時歡

　　　呈龍淵

握手交歡已隔年旌旗再過赤關邊歸時處々春應好不

識囊中詩幾篇

　　　呈玄川

春暮天涯思萬重爲啼花謝寂孤峰愁心一夜寄明月高

照關門淡墨松　赤馬關有淡墨松

　　　呈退石

嗟公在關門日二十五作業尓後審平後之狀伏慚々々伏

惟奉使返棹龍節西囘儻所秋算官不得執謁鳴呼天不

暇良然玉氣不見其寵之何歟賦一章春臺左右歸路尚

邇万々自重

抱病曾過碧江干歸去閣門春已闌無限紅霞青嶂又

遊勝似雪中看

　奉復草大籠葉下

舟到赤馬謂當後續前遊鶴臺袖致瓊函詞理豈朗攄詠

如對但永世一別竟尖攉話甚覺怖駭宜仰積高韻而私

義有不安者不得復得後々翰委臺具知鄙衷幸聞而恕之

僕輩經年後路三海在前君親一念食息靡弛硯石既有

前言兹以勉留些々紙幅仰應有美爲希諸賢暫下舊館

暑謝不盡惟緊悉焉自愛以副相待之意而已伏惟神會

甲申五月二十一日

書惠五絕句,亦領受之了

壯紙十四帳　花箋十二幅　花簡二十幅汗呈

南時韞
成士執
元子才　等頓首
金士安

典製述官三書記書

長門國學生徒不侫泰德敢恭告,朝鮮國製述官南公及

書記成元念三公執事右伏惟奉使竣事大旆西歸往還万

山南溟

龍節於赤間也乃是天養之所以厚辱二國也容冬往也

之盛儀且接君子之手采以得一顧幸被伯樂鞭則雖如

僕駑駘不能千里而懂進一步而足矣是所以豫雀躍也

及皇華來也舍館已定饔餼稍備有司促接對之命竊謂

小人無狀不關於禮恐不能侍君子自愧自悔戰兢服采

不知所厝始聞葉公好龍之說不能內自信焉以為是乃

妄誕及于此始知其說之不欺我也强從諸儒末至執謁

于賓館豈意君子汎愛之深且會文壇共歛牛耳代舌以

筆投瓜獲琚心聲相通須更交誼如舊知而後吾心降矣

初之懼一歸于喜也嗚呼君子以易化之德不棄固陋何

其寬容也斯會不啻一項刻之間累日連揭醉于德飽於
教然而席上唱酬不能悉舒心中之曲折解纜之後又叙
無詞別呈各位不經句而報章數篇至自河漏渡東向遙
拜盟嗽讀之則皆怏々乎表海之音哉加之纏々情義之
厚命以回棹之日再會不知僕有何幸蒙君子容眾之餘
若斯也依抓項者聞軒輗言旋於我心則有感々焉
家翁老且病僕以攝介不遑之故不能重奉執謁負約之
罪不知所謝諸公當謂小人之不信也猶如買入送利得
則止者豈可不心愧焉乎飛為千里籠絲不弛曷能隨黃
鶴之翼再飲瑤池之水渴望弗勝草間蚉鳴不可已也蠅
竈　章奉上左右所賴君子之多恕幸莫搋焉筆不繇意

吾不盡言餘頼置翁之致玉已似嫦娥見第□遠路

風浪泰伊慎首再拜

　　贈別南秋月

祥風護送水船輕奉使功成向漢京天上難鴻鵠翼人
間誰聽鳳鸞聲千秋雲雨一朝會石里山河兩地情遙望
豐城懸紫氣空教孤細匣中鳴

　　贈別成龍淵

縹緲浮搓海一方隔來恨不上河梁曲中揚柳怨何盡袖
裡薫蘭情歌忌偏喜嶺如會衡寧妨別域限韓桑金剛
之玉冨峯雪相映長閜何帛光

　　贈別元玄川

銀漢支機攜得皈 使臣旌節有光輝 山河跋踄勞何極 舍
舘逢迎期已違 客路煙花詩思動 故園雲霧夢魂飛 各天
一別滄溟外無奈雁魚音信稀

贈別金退石

眠舟暫繫窗関圻 仙樂陪筵誰得聞 万里壯遊從漢節 大
邦盛禮屬周文 九州東接扶桑日 八道西連渤海雲 行笑
如君能攷命凌烟閣上勤功勲

後山南溟　　秋月　　　瀧淵　　玄川　　退石

舟到下関謂當復奉清儀 政以慰幸豈意良緣未續竟成
永世之遺耶恨結不可言 即逢籠君鶴臺承惠札及菲作
亦足以當一握稍慰區々 況其屬意之鄭重遣辞之典雅

47

光非黑蔵胞知之所可遠彼道復國之業學不已多耶曾
謝無已亘即養和兼叙別懷而頃所遇非常拙守難破不
得不孤負此意勤蓋所恙知也想當詳聞姑不煩陳之海
雲寥寥鄉懷仰益深口望勉修業學夙夜與泰訓此遠外之
期不宜

　　　贈嘿述官南秋月書

　　　　　　　　　　泰嵩山

闡項太師叛來蔶閣山海長程舟車不驚王軍此竣至税
伏惟大韓雖舊邦文化維新多士濟濟大有國光况後有
天資英邁方公者而獨去一世雄視海內今也優擢重任
名望益孰償小人輩盡所鰥得下稚敢而曰枉賜青眄誘
言循循然所孚至不圖君子愛人之至於斯也且舟次費

酬不唯情義惆其恐興過當使人報額如火獨至金剛

芙蓉諸禰者徒說吾東海之勝將慰諸公北山之嘆耳美

其敬尤於郡徐無崖之說以神仙方壺自處哉雖然山下

山上金銀珍怪自然豐腴不獨天一柱海三山之勝則或

比彼一萬二千之麗秀示豈濵王自喻之類也乎要之鄙

人不爛于雖似有少觸魏盈者惜乎駒不及舌內自訟已

因謂吾邦聖經始敷也雖自王仁氏爾後千載源遠流分

家說戶論寔繁有徒如或南北相矜持有褚孫議誰為支

公於其聞哉唯諸公德業之貴僕輩仰望之甚幸有得一

咳唾喜以當洪鐘如何其自緣餝鸞積之計之為是雖甚

過應亦以明非敢衒芙蓉之勝以為誇詡之具也斷額高

朋朝霊天□□□□心亦冤今□賦迎飯也□湮起□
之而矣□盒且肩朝夕尚恐不及況四百里之遠所□
不遂快懷可知請懷寡燕詩一篇以代面別瞻望不□行

立長嘆耳不宣

　　　贈書記成龍淵書

赤水之過□中仙游哉別後尋思其事復□徬徨乎誰因
誰極然示詩篇若干宛然在手惡□彼金銀七寶瑁瑁玉
食徒過且無兆者哉加之上關瑤酬燦爛其文鏘鏗其寶
眼過神至恍惚□覺再入佳境何其愉快也感嘆恩意
将待□□而不得如告南公者一封域拍四百里獨神
往形不接□是□也已輪言愚之諸公親然青雲之士贓

位貴權居高懷也小人一被容擢童顯足矣何數數進見

真慮大方哉唯　公日者所謂仙緣者永絕仙緣公詩中語遺憾何

已古人樂新知悲生別況新知而生別其謂之何鄙律一

篇發歎終已已而置終身之歎已謹盖奉呈佗在詠師筆

舌不宜

　　贈書記元玄川書

始未執謁也竊謂詩篇唱酬雖其交也君子走筆短詠寧

足窺其府奧或日下雲間應對競捷何為於見大人願請

教言於大方以為紺珠助唯恐難得而幸陪下風一叮之

則耳提面命大過素望何喜如之恭惟　公學極伊洛之源

抑隱曩哲凌鑠後進使崔子千載之名擱筆罪于今日沖

51

何得知端倪於一再觀際哉但所教境之以六經約之以

茅蓼嗚呼何至也蓋治國九經自脩身始載籍極博共信

六經古之學為然而博而無要華而不典其於聖門均是

由之瑟而已然亦謂君子質而已矣貴賤外擴充之

功於運寸之微與浮屠直指之見何撰吾邦數十年前物

祖徠者出大倡古學而有若縣東野有若縣尚菴其它高

足繼踵而起樹赤幟于一方號令天下綻使斯文如日再

中妄日觀公與眯師喜起天下文章實當言子僕雖口未

發心篇信之而其於僕也嗟其近者裝亦多術英儁實

妄庸匹言足當蒼畧陳其所以領教而願再聞高旨所賴

君子誨人不倦不得稱送榮歸事訴南公丁別奉胡詩豈

盡情哉不宣

別申往日貴舟東也僕等亦歸歸則以諸公所題贈授

家翁翁拜受捧讀欣喜踊躍且云嗟汝小子駑駘不自

揣應接大賓自汝往矣夙夜不堪上愼之念而長者善

遇人也謀以汝為可教又不以余老耄而辱受此賜恩

德莫大焉即裝潢挂諸坐右朝觀夕誦如親奉教諭且

其意深切不唯陳撤枚發則疾亦當尋愈不復大幸哉

欽茲奉展謝辭於南成元諸公

　　贈書記金退石書

求見顏邑而言謂之謦欬侍者猶漏況公之與僕遠乎異

誠近乎水陸隔絶不惟不諳

之何維子朝豈見伯牙而徒

其琴音夫如聞其心声之逆自然也赤關舘中或云公博

學多才尤深于詩藻恩如湧百篇立成或撃鉢為率奇陵

王之課典敢難為韓此恩之往日貴舟泊廣陵西公疾擒

未起而瑶和数什不日賜之拜誦之則金玉綺綵各極其

進呻吟之餘猶如此況貴軆佳時乎若夫徒為重上林之

蕩思而輕免團之捷急則青遭不用意何足稱矣然亦恨

此行倉卒未見其織錦者已面會心通世交為然前約若

異則自心而面豈不愉快哉　日者高和中有後約相留赤馬頭白　以家翁老

病之故素鑒恐違不批道像鄙律一章奉展心緒万分之

54

一、明珠千斛取之不竭請莫讚酬、一片冰宣

　　　贈南秋月

大國儒宗大國榮詞壇一世領千城隣交方識辭令重遷

役原非恩命輕兩雪來時為客恨鶯花歸路惜春情莫書

別後參商隔四海斯文共弟兄

　　　贈成龍淵

个間一別會期稀無奈前言今已違鴻信海山悲縹緲客

星南北隔光煇曾從旗皷關西對送使聲名日下飛不獨

風姿潘岳美詩篇到處滿車皈 公卿儀間 賜故及之

　　　贈元玄川

杜宇聲悲春後山凡聞千里使搓還別離遽惜忽天淚夢

二十七

霖空留他日顧清卷得妙名瓴海國銁衣得無同鄉舊知吾

反命盛朝會稷待足應居上班

響碧空

贈金退石

箕城使臣都是雄高名今古屬金公又就師于庚李陸陽家偹及還為天博士舟船辨星辰象詩賦徃觀邦土風形外締交情不淺天涯為別恨何窮鳳鸞本豈世中賞只聽韶首

俊泰嵩山書

水陸徃還意常烸烸於赤馬婦帆茲枇館中來覌者獨鶴臺一人雖諸賢筆札落在手中對書流悵為之點然者久之但審得侍彩增嘉是庸仰慰僕等西海已今望從此返

小華四客

掉有期而不幸遭往諜所無之變將使天下後世議之使
相俟罪一行惟恐不敢以平人自居雖奉瓊緘未敢攀和
從此一天南北迷無聲聞可接惟冀以德自愛燕語茫平
將有登諸粧績之不媿赧不自勝餘辭略在鶴臺筆談中
不宣仰希崇照

問槎前篇先出

明和三丙戌年秋八月

長門　　明倫舘藏版

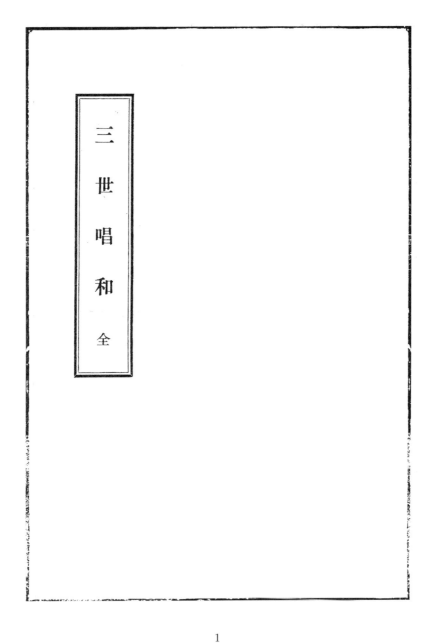

三世唱和

全

題源氏三世唱和卷

府下性高院僕奉
命小相賓館与製述官南秋月及三書記唱和男武孫
彥同侍席右秋月把筆寫曰三世一席各贈瓊篇希代
之珍也嗚呼此言可以為不朽之榮也遂以其詩為一
冊題曰三世唱和命剖闕氏行于世故叙其語以弁其
端云

君山題

君山老人有竹梧之鷹有岀芽之蘭如此乎三世而君
山筋力猶未衰諸子若孫迎客於寺樓此三世唱和之
所以成也夫一家三世偕与六千里外人酬答於席上
斯巳奇矣異日金華之至君山無恙而南山復有子有
称皆能世其家共与賦鹿之筵則是将為五世唱和余
雖在遠尚能野望風而賀之
時甲申孟夏秋月書于浪華江上

三世唱和小引
甲申春
朝鮮国信使宿

三世唱和

三世唱和

門人
源　正卿　仝校
岡田宜生

君山題

名 古 屋 叢 書　第十五巻

甲申二月三日朝鮮国信使宿三

府下一与二諸子一会

　　通刺

自レ聞三使星指二東一翹レ首以俟若一歴三三秋一今也

皇華無レ恙穫レ臻二弊邑一奉レ接二清標一何喜如レ之

僕姓源名秀雲字二士龍号二君山一別称二蕃窩主

人一族曰二松平氏一乃張藩書室監也茲日奉

レ命小三相賓館一獲レ承二清誨一幸甚幸甚

　呈二製述官南秋月一　　　　　君　山

路入二扶桑一東又東　海天万里使星通　画熊夜宿

三山月　彩鶏朝飛五雨風　野館花開停二四馬一

舟梁雲起度二飛虹一　行吟此去応レ回レ首　八葉芙

蓉積雪中

　　奉二酬源君山一　　　　　　　　秋　月

性院深深稲葉東　万松村逕遠相通　山川秀媚天

　　一席中

新雨　楼観高低夜有レ風　春旱江城聞三去雁一日

喧橋渡過二垂虹一　蓬莱仙老庵眉皓　三世論レ交

　秋月写云三世一席各贈三珍篇一誠希代之珍也

未レ知貴庚幾何

　君山答云丁丑生六十八歳

　秋月又旁書云可レ貴可レ敬

　　再和秋月　　　　　　　　　　君　山

星昭初度大洋東　最喜善隣聘問通　斉国仲連曽

踏レ海　延陵季子正観レ風　把レ毫清藻光聯レ璧

揮レ塵高談気吐レ虹　明日若過二蓬島一去　琼台多

少彩雲中

　　遙奉二酬君山畳贈韻一　　　　　秋　月

尾州繊月仏楼東　雅韻疎襟一笑通　逢処只酬毫

墨債　別来終憶老成風　梅花寺裡泉添レ雨　菌

海雲中

溝峰頓日射レ虹　長路関レ心詩総廃　為レ君題寄

　旌節不レ辞跋渉労　肯将二忠信一怯二風濤一　明朝
　若向二防丘一去　琪樹花飛点二錦袍一

呈書記成龍淵　　　　　　　　　　　　君山

　奉和源君山　　　　　　　　　　　　玄川

万里烟波万里天　仙査奉レ使漢張騫　正思客館
孤眠夜　夢入二雞林一落月辺

　不レ辞鳩杖上二堂労一　為レ是吾行渉二海濤一　翁自揮
　レ毫児在レ座　余香淡泊襲二烏袍一

奉和源君山　　　　　　　龍　淵

鐘帷晩闥斗南天　雞鳳孫鵬次第騫　〈高名已識股河辺日到洲股因源淵已聞高名故云〉不レ待門前

投二孔刺一　高名已識股河辺

　通刺
　僕姓源名武字純臣号二霍山一族曰二松平氏一

再和龍淵　　　　　　　君　山

丈夫出処在二蒼天一　汝上何求閔子騫　知己応

　呈秋月　　　　　　　霍　山

レ無二千里隔一　相思常欲レ到二那辺一　知己応

　雞林詞客郡城来　古殿燈華邀レ客開　今日天涯
　靖色好　知君本自使星才

奉和君山畳贈韻　　　　龍　淵

　和霍山　　　　　　　秋　月

芙蓉秀色聳二春天一　標緲雲間一鶴騫　尚憶名州

　荀家父子聚星来　野寺春燈照レ席開　已識庭前
　詩礼教　鳳毛元是不凡才

良夜会　仙翁鬖髪古梅辺

呈書記元玄川

　三世唱和

名古屋叢書　第十五巻

呈龍淵　　　霍　　山

天涯初見使星新　処処江山風景親　此去客中

饒三勝槩一　却懐文藻異郷人

和霍山　　　龍　　淵

琵琶水色入春新　鷗鷺随レ縁自可レ親　珍重眉

山家学在　壮観還待小華人

呈玄川　　　霍　　山

上国名家海外伝　物華不レ改旧山川　明朝此去

逢二春色一　第一芙蓉日本天

和霍山　　　玄　　川

王節天書海外伝　水窮雲起傍二山川一　逢レ人修

竹榕林下　出日光中間二武天一

通刺

僕聞二去秋使節東一引レ領待レ之久矣今也諸君子

海陸万里無レ恙到二于此一可レ賀僕姓源名

彦字伯邦号二南山一曰二松平氏一乃書室監君山

孫也僕従二少小一以為恐墜二家業一而常読レ書学

レ詩幸逢二諸君子来聘一僕来拝謁雀躍何已此雖

レ似下以二蒹葭一対中珠樹上敢裁二鄙詩一奉呈二諸君

子案下一願賜二高和一長為二家宝一僕所レ願也

呈秋月　　　南　　山

雞林旅客向二扶桑一　遙挂仙帆海陸長　馳レ馬郵

亭停二三使節一　裁レ詩岐路満二渓嚢一　已看銀燭含

レ烟動　閑対二官梅帯レ露香一　此夕知君揮二彩筆一

更教二春色照二高堂一

和南山　　　秋　　月

共指二使星浮二遠天一　相逢一夜此留連　欣然自対

交歓裏　談論偏知二上客賢一

6

懸弧志業在三蓬桑一　汗血天駒歩驟長

連三舞服一　鳳鸞雛羽映三鶉鷯一　神精秋水争清

徴　牙頬春蘭吐三馥香一　更喜床前文若壮　汝南

高会許三升堂一

炯然眉眼照三春天一　隔燭詩筵一榻連　大器晩成

須三自勉一　似レ君才力合レ希賢

　　　　呈龍淵
　　　　　　　　　　　南　山

初從三千騎一自レ西来　曽聴高名又壮哉　挙首延

津時望レ気　対レ人郷下忽看レ才　談レ詩画閣幽情

発　揮レ筆他郷旅思催　迢隔三滄溟一君莫レ歎　北

飛鴻鴈繁レ書回

彩筆翩翩漢代尊　雋才豪気幾人存　幸逢三高駕一

因投宿一　車馬往来古寺門

　　　和南山
　　　　　　　　　　龍　淵

蘋洲春色逐レ人来　南楚區音信異哉　荀里早推

　　　　三世唱和

文若妙　王門先数子安才　相逢已喜靈眸炯　少

別還愁客路催　半夜毫談情未レ了　紅檐燭下久

遅回

詩礼君家有レ所レ尊　老成猶識典刑存　尋常酒掃

靖三天徳一　養三得童蒙一入三聖門一

　　　　　呈玄川
　　　　　　　　　　　南　山

仙槎浮レ海巳経レ年　無レ恙諸賢坐三綺筵一　揮レ塵

床頭能発レ興　論レ心物外共談レ玄　階前珎樹皆

含レ緑　亭上青燈忽吐レ烟　此去芙蓉看三白雪一

　　和歌遥贈郢中篇
　　　　　　　　　　和南山

逢場難レ得日如レ年　一揖相看是別筵　賓館依依

燈影冷　江城漠漠樹光玄　雲開北斗看三新月一

水尽南濱対二夕烟一　明日重関愁渺渺　馬前空賦
　　　　　　　　　　玄　川

遠遊篇

倶[　]

此一

那[　]

附録

与南秋月書

張州末儒松平源雲再拝奉二書朝鮮国秋月南公案

下二適者星輖到レ我　府下二始獲レ接レ之眉二特蒙二

垂青一感戴罔レ極閲レ修二途以一志巳達二

東都二欣慰欣慰会晤非誉過当三世一一席称美

斯至是父子曁孫永世不没之栄也第恨賓館之中稠

人鴉突不レ得一揖二別而期二後会一遺憾良多

往三別館二不レ得一揖告二別而期二後会一遺憾良多

其日公及龍淵玄川二君所レ賜高和三通恍忽之間

為三傍人一携去無レ蘇追尋レ不レ勝二嘆二惋因托二対州

岡子二伏請公反二君各写二前日和章一通一帰二旗之

日携来見則望外之喜也敢煩レ公致二意於二君一

勿レ拒二鄙誠一縷縷在二岡子説話一此日東風寒暖相半

寝膳自愛不レ備二月六日松平源雲再拝

奉復源君山書

一霄奉穏三世論二交方二其楽一也不レ知二方域之異一

忽爾相別復成二参商之阻一耿耿者久不レ能レ已分外

獲レ拝遠辱二赫蕗一如レ得二名状一僕承二韶顔一況審冲養一

味穏適慰喜不レ容二名状二愁思一何時復与二朗陵一家一

戒尾州山水益牽二愁思一撥忙更写以塞二鄭重一

続二前日未了之歓一耶拙詩承レ見レ失草之作固

不レ足レ惜而難二孤遠索之勤一撥忙更写以塞二鄭重一

之意二不レ知能先二僕輩之行一到二得案下一否也自余

多懐都候二重奉二不備謝敬甲申二月廿五南秋月成

龍淵元玄川頓首

千村力之詩集序及岡田秀才古体詩僕与二龍淵一

— 50 —

8

俱有レ作属三之那波魯堂一帰時使三之伝及三如見一

此二生幸致二此意一足下畳贈韻一律一絶又託二

那波氏二統当三伝達一也

又

三月廿九日信使帰二国宿二性高院一再与二諸子一

会

君不レ見芙蓉一峰　接二青天一執三与金剛万八千一

贈秋月

又不レ見琵琶湖水　浸二紅旭一執三与大江鴨頭緑一

　　　　君　　山

海東名勝次第過　故国霊境更如何　千里行中

雨歇江山気色殊　花飛上路趁二驪駒一　濤鳴海港

饒二佳興一　定識奚嚢篇什多

春風悪　慮間行人安穏無

叔舟申公留二彩筆一　寿藺軸中詠形勝一　流伝至

奉和君山

レ今猶未レ失　其後善鄰世結レ盟　学士従レ行皆有

　　　　秋　　月

レ名　就二中文章誰第一　東郭青泉各豪英　向与三

濃花密葉去来殊　庭樹青枝繋二白駒一　三世唱酬

矩軒二通三名紙一　一別十年吾老矣　華髪堕顔非二

新作レ巻　百年榜録此応レ無

昔姿一　此度幸逢二南学士一　学士高名動二海隅一

席上贈秋月兼寓別懐　君　山

敏捷如レ君絶代無　不レ待二謫仙一斗資一　詩成百

春風満路草萋萋　回佈漸過蓬島西　無レ柰遠人

篇在二斯須一　倚レ席才思偏如湧　筆力頗回二千釣一

帰興遍　杜鵑花落杜鵑啼

重レ奉レ使終不レ辱二君命一　帰レ朝定応承二殊寵一

　　　三世唱和

今夜賓館賦二別離一　欲レ問二再会一更無レ期　臨二岐

空灑丈夫涙　万里西望天一涯　故人此去海漫

名古屋叢書　第十五巻

漫 布帆無レ恙達二三韓一 吾向二屋梁一望二落月一

想二見容輝一涙闌干 豫知別後意無レ窮 欲レ寄二

鱖魚一路不レ通 毎レ雪三朝陽升二若木一 記取醉翁

在二海東一

　奉酬君山別詩　　　秋　月

細雨長洲草色萋 客驂清曉尾州西 哀蟬不レ識

春秋異 定為二離人一或早啼（途中巳聞二蟬声一）

秋月写云若三長篇一即夜短客多不レ能即和一可

レ恨可レ恨

　贈龍淵　　　　　　君　山

祖帳惜レ春古寺辺 与レ君一夜不レ須レ眠 縦然星

駕重超レ海 会面難レ期衰白年

　奉和君山　　　　　龍　淵

名都帰路落花辺 蓮社春霙借レ楊眠 三世君家

萍水集 一燈離思感二衰年一

　贈玄川　　　　　　君　山

野館送レ春又送レ人 鳥啼花落共沾レ巾 為言上

国諸君子 依二旧海東一老臣

　奉和君山　　　　　玄　川

温温曹相国 草間虚老日南臣

東州来往閲三千人一 却為二君山一再整レ巾 醇酒

味二実所三欽歓一未レ知門闌之外又多二蛾化者一

耶

玄川写云俄和絶句言不レ称レ意而若三其温温風

君山答云過矣不三敢当一惟門人雖レ多能伝レ業者

甚少有二源滄洲者一先日於二起駅一相見者也有二

岡新川者一今夕在二席上一其余碌碌不レ足レ數矣

玄川又写云新川雅古之辞滄洲博淹之識盖有

レ所下自歉歎不モ能二自己一但貴邦新進為学為レ文

為レ詩者一皆奔二波於明季之流弊一想惟君山老

子巳被二深憂一矣

贈退石　　　　　　　　君　山

万里三韓客　泛レ槎往且還　滞留淹二日月一　経
歴幾江山　病起驚二春尽一　旅愁畏二鬢斑一　相逢
便告レ別　暫爾強開レ顔

奉和君山　　　　　　　　退　石

三洋天外路　春与レ客同還　細雨熱田夜　微風
熊野山　曽聞名巳熱　相対髪俱斑　来日分携
後　難レ忘燭下顔

風入松送別呈洪黙斎　　　君　山

駅亭春暮送二君帰一　緑暗紅稀　別来二絶域一無二
音信一　与レ誰賦詠弄二芳菲一　雲外寃禽啼レ血
橋辺柳絮争飛〇祖筵終夜涙沾レ衣　四牡騑騑
山万里雖林遠　僕夫整駕待二晨暉一　萍水相逢
何処憶レ君通望二音微一

三世唱和

奉和君山　　　　　　　　黙　斎

八月離レ家三月帰　草緑花稀　触レ物羈愁心歴乱
吟鞭無レ意対二芳菲一　相思他日清夜　魂夢滄波
遠飛〇去路林花乱映レ衣　暁策二駿駢一　青門欲下
折二垂楊一贈上　別意遅遅到二晚暉一　床頭更向二幽
琴一　抱為レ君奏二瑶徽一

送秋月帰郷　　　　　　　霍　山

東行使節亦西帰　千里波濤鎖二翠微一　離別斯時
新月満　風塵何処旧遊非　関山雨歇皆春色　滄
海天開惟夕暉　焚地送二君相映暮一　絳雲三月落

和霍山　　　　　　　　　秋　月

春与二行人一一日帰　天林寺下雨霏微　辺雲送客
有三情緒一　短燭題レ詩無二是非一　異域縞衣憐二季
礼一　它鄉明月懷二玄暉一　人間此別成二燕越一

名古屋叢書　第十五巻

送玄川　　　　　　　霍　山

使星去二滄海一　千里隔二風烟一　赤馬関山雪
青藍島嶼船　客帰明月夜　夢覚白雲天　席上交情
到　極知季札賢

和霍山　　　　　　　玄　川

駅亭芳樹雨　馬首落花烟　春尽蓬壺日　人帰浪
泊船　藍田山下宅　丹穴海東天　想得詩書業
源家世有レ賢

送退石　　　　　　　霍　山

相逢蕭寺裡　三月落花天　幸接二青雲侶一　喜歓
白雪篇　勢斜滄海起　影倒赤城懸　勿厭二春
色一　明朝坐二別筵一

和霍山　　　　　　　退　石

春風三島夜　残燭五更天　老鳳将雛地　奚嚢送
レ情開
帰程雲共潤　離恨月孤懸　此世難二重
レ客篇

書雁那教二掠海飛一

送龍淵　　　　　　　霍　山

翩翩書記壮遊哉　異域遙從二使節一回　生二遠思一
翰林已覺見二雄才一　路連鍼鎮愁雲合
天入二琶湖一暮雨来　佗日期二君労一問訊　風流魚
使君千騎向二東方一　百里烟花引レ興長　為謂文
素為レ誰開
章驚二海内一　還看明月満二扶桑一

和霍山　　　　　　　龍　淵

閉雲過鶴意悠哉　春晩江州四牡回　仏舎重逢真
勝会　民家三世総奇才　枇杷葉静燈光乱　鄲躅
花深磬声来　一別遂成二南北阻一　筆筵聊且尽
花情開
花木清陰覆二上方一　二更星斗入レ簾長　登レ山臨
レ水悠悠恨　魂夢他時証二宿桑一

会一　留レ君旦対レ筵

　　贈秋月兼述別懐　　　　　　南　　山

帰来使節駐二張州一　此夜相逢説二昔遊一　萍水結
レ交離別席　徳星時聚梵王楼　揚レ鞭遥去他邦
路　把レ袂極知旅客愁　君本通レ神因有レ妙　凌
レ波海若護二扁舟一

　　　　　　涙痕沾レ袂別離年

　　和南山　　　　　　　　　　龍　　淵

桃花紅雨暗長川　春夜停レ舟古塔前　域外交情微二
季札一　海中徴曲証二成連一　已識雄府英才盛
終愛高門世徳賢　渺渺長天孤月影　異時応レ記
問槎年

　　和南山　　　　　　秋　　月

歴尽名城数十州　風流最盛尾陽遊　百年神契惟
雙夜　三世清詩自一楼　重見却勝二初見楽一　留
懐争似二去懐愁一　新成槎録還レ家集　点検孤燈

碧海舟

　　贈玄川　　　　　　南　　山

曽見二雋才漢代風一　新詩光彩照二楼中一　帰途駆レ馬
嘶二長道一　異域羽旌飄二遠空一　惣我旧非二陶令
興一　知君自得二謝公工一　明朝草草更分レ手　堪
レ惜信音不二復通一

　　贈龍淵　　　　　　南　　山

東方万里度二山川一　又見二旌旗飛閣前一　繞二樹杜
鵑啼一血嗽　満庭征馬踏レ花連　登レ楼工賦仲宣
興　守レ節尽レ忠蘇武賢　握レ手自将レ歌二易水一

　　和南川　　　　　　玄　　川

喬樹陰集二晩風一　宜レ孫宜レ子故斎中　已知詩
礼門闌慶　一掃浮華海月空　美玉正須蔵二韞匵一
精金何必懐二良工一　芳年藻彩誠難レ得　冀向二床

三世唱和

名古屋叢書　第十五巻

書二下学通

贈退石　　南　　山

古寺重留使者車　西帰旅思復何如　幸従三貺尾一
時論レ字　自以三馬曹一懃寄レ書　残レ樹落花連三綺
席一　吐レ烟巨燭映三衣裾一　今零送レ別方堪レ歎
春尽天涯孤鴈疎

和南山　　退　　石

熊野山前暫駐レ車　尾陽風物盡難レ如　晃卿旧塁
生三詩傑一　徐福遺墟有三漆書一　義胆相頌同乗レ燭
離愁未レ抒更搊レ裾　喜君三代聯三文梢一　来日音
容万里疎

三世唱和　単

殊服同調集　名護屋大垣諸先生

三世唱和　松平太郎右衛門

河梁雅契　磯谷覚左衛門

表海英華　岡田仙太郎

右四部出来

大日本宝暦十四年六月吉日

寺町松原上ル丁
平安書林　八木治兵衛　全
名古屋本町広小路下ル丁
尾張書林　津田久兵衛　刻

14

編集委員　（五十音順）

市橋　鐸　（愛知県立女子大学教授）

尾崎久弥　（名古屋商科大学教授）

佐々木隆美　（名古屋大学教授）

所　三男　（徳川林政史研究所主任・文学博士）

山田秋衛　（県・市文化財調査保存委員会委員）

名古屋叢書　第十五巻

文学編（二）

―第十二回配本―

昭和三十七年二月二十日印刷

昭和三十七年二月廿八日発行

編集兼
発行者　名古屋市中区南外堀町六ノ一

名古屋市教育委員会

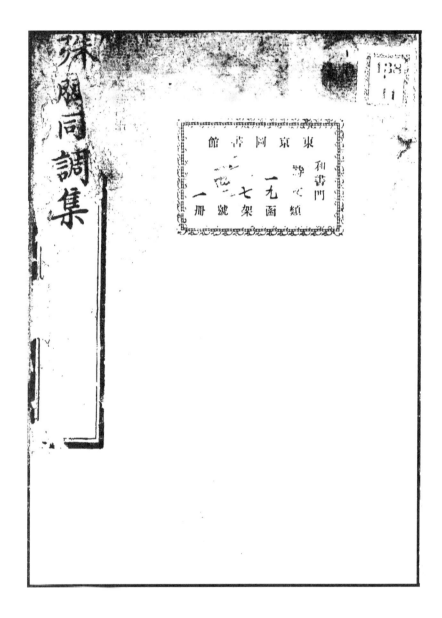

殊服同諱集序

蓋生子鵬。諫乃子之韓人おも彩情

什亲若以雜揚同諱書渴子鵬

肉雜狼之子稱同順形子鵬不知

菁富乃以虎～～之告飛子。白

女不兄吾姚形而畫云形狊

3

殘服同調集

庶

玉山房藏

匹玉

神祖撫那國波毛源仁厚源侠

涼万寸毛三韓物與棄孫傳

指芝王氏戒亂之餘也頭於

三韓不玉妾指　家也毛指

家やや赤子お父雨るの毛る毛

朱夜司周集　　　　等

玉〳〵求溫〵〵兄室君お夏〵〵〵臭

味去若〵去〵溫ちお亮手雜報

之知お揆以敦讓此甚お浸陵

新〵〵浸回綢也沙禹儀而求兵弓〵

鼇咨報而孤酒乎 国家我

用之三辞乎次而大失士以下〵

6

有假為私者變樂映美采

同華正嵬巖嗚咽牝之牡牡玉

握嘉重拽擇五葉之華也

九子以詩影古貢賦点曲書寫

投千寶　清香書々筆采

狐狐香同調吾書如此美雄

我韓人於詩韻多已備詩諭

同不多言養猶性為中九子之道

以詩平等另似六一永當憑

聖賢龜手同畫無半折

將為百重示孫推～意而

石如為云枯盡求此未可言

易已子鵬来以比之嶋高子鵬
驟然興尚然棄同册載代文士
言以為敘併以端弟帖子嘆曰
以裳孫割右之企序以克
兰巴輔女携女お手曰安お此
张撰撰易

9

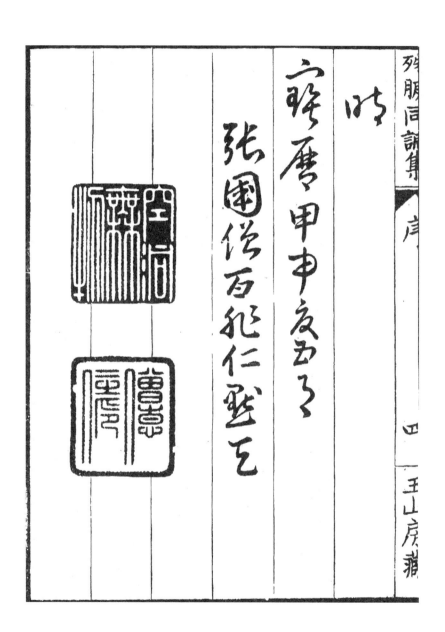

殊服同調集九先生姓名録

夢澤先生　姓千村名良重　字鼎臣

鷲湖先生　姓千村名諸成　字力之

鷺洲先生　姓千村名春友　字東来

梅嶺先生　姓土屋名元孚　字李顯

南菜先生　姓若山名三秀　字伯芝

菊莊先生　姓西河名英　字子發

勝山先生　姓今井田名茂　立松字士茂

東亭先生　姓星野名貞之　字子元

篁洲先生　姓岡田名國香　字蘭父

殊服同調集

右九先生于性高院于鳴海于枌越与韓客歡洽唱
酬莫所不至矣且其代舌以毛穎劇談言玉屑霏
霏者最多也如此篇專為詩篇故不收筆語云

尾張　林文翼謹誌

韓客姓名

秋月　姓南名玉字
時韞製述官

　　　龍淵　姓成名大中字
　　　士執正使書記

玄川　姓元名仲舉字
子才副使書記

　　　退石　姓金名仁㛋字
　　　子安從事書記

慕菴　姓李名佐國
字聖甫良醫

　　　黙齋　姓洪

姓名録終

玉山彥

殊服同調集

通刺

尾張　林文翼子鵬緝錄

不佞姓千村名良重字鼎臣一字潛夫號夢澤二
十年前致仕退伏艸莽中戊辰聘使一夜弭節此
地余蒨其賓筵與矩軒海皋諸君筆語唱酬微曉
而罷今而思之怳如一夢填余也驢齡已七十齒
髮衰謝老病彌旬頗非舊時之態故不能趨走軏
謁慊恨殊深矣今幸得二豚兒諸成春友漫羨薄
技親兼咳唾余亦命之以醜詩四首呈各位下粃

13

殊服同調集　　　　　　　　　　　　　王山孝著

賜高和則為一事而已

呈南学士秋月　　　　　　夢澤

似魏秦通信寧將上國誇雞林来使客鰐浦泛星槎
逾嶺行衝雲陣雲遙望家非關張祿意我董好推車

奉和千村老人　　　　　　秋月

說次詩人事曾聞二李誇七旬今散標萬里又乘槎

呈聚知陳郡蘭馨自謝家無由問仙鶴明發動征車

呈成書記龍淵　　　　　　夢澤

男子斯遊真壮哉仙槎遙向日邊来到時應識河源

近君是千秋博望才

14

奉和千村老人

老去詩情倍壯哉靈光曾覺使華來芳蘭宝樹分清 龍淵

馥好是君家二妙才

呈元書記玄川

為持專對出群才萬里離家奉使來非是君曹慚雅 夢澤

會誰將翰墨許追陪

和夢澤老子

潛夫不是老亦才早勉端宜歸去來況復阿通非秀 玄川

栗朝朝筆翰菊籬陪

二月三日韓使各館城南性高院筆語唱和自初

15

殊服同調集卷

更至五更

呈南秋月

和鴛湖

鳳凰何處至蟄集扶桑枝燕雀皆眩視文章五彩奇
　　　　　　　　　　　　　　　　　　鵝湖

南國后皇樹交葎棟夢枝枝邊鸞鳳宿雙見羽毛奇
　　　　　　　　　　　　　　　　　秋月

呈書記成元金

怪逢殊域客却似同鄉人筆墨良媒在不煩古與唇
　　　　　　　　　　　　　　　　　鵝湖

和鵝湖
　　　　　　　　　　　　　　龍淵

古巷停使節殘燭集騷人道貌須相照何須語鼓唇
　　　　　　　　　　　　　　　　　鷺洲

呈南秋月

16

漢室詞臣擁傳年　青春行色故翻翻元知視州君家

事雨露尤多翰死邊

次鷺洲

夜三藕詩和一燈邊　秋月

鴛原才子總芳年骨格氷清藻思翻種玉藍田光照

呈成龍淵　鷺洲

萬伋芙蓉表海東青天削出玉玲瓏到時仰對三峯

邑借彩偏令賦筆工

次鷺洲　龍淵

性院樓臺驛路東碧天星斗倒玲瓏眉山二子皆英

殊膳同調集

妙看取逐新筆語工

呈元玄川　　　　　　　　　　　鷺洲

多君妙選遠從行　知是翩翩書記名　異域立功何耶

在還能揮筆答昇平

次鷺洲　　　　　　　　　　　玄川

良能元自疾徐行孝悌明　時足立名夫子■年庭有

訓修身須及■治平

呈金退石　　　　　　　　　　　鷺洲

遠游書記總仙才　海外殊從玉節來　誰道江山歸路

迥冷然千里御風面　席因無和章

18

呈秋月

翻翻玉節簇葳蕤掩映偏含若木枝變為文章分五
　　　　　　　　　　　　　　　　　　　梅嶺

和梅嶺

色人言聖代鳳凰儀

春回澤國衆芳穠綺樹啼禽不選枝夾路盈盈爭刮
　　　　　　　　　　　　　　　　　　　秋月

自南猶漢官儀

呈龍淵

莫謂支機石味求舟車己達鳳麟洲東行復瞻神
　　　　　　　　　　　　　　　　　　　梅嶺

秀刮自憑憐不死遊

和梅嶺
　　　　　　　　　　　　　　　　　　　龍淵

19

殘脤同調集

四

玉山房藏

祖記取禪窓半夜遊

清曉詩從兩後求澹烟孤月泛虛洲梅苔嶺外依依

呈玄川

梅嶺

筆戰爭開七字城三韓詞客漢時英若令此會同星

聚先問文昌第一名

和梅嶺

玄川

粉堞層樓枕野城顚末顚太接豪英客中迹混文儒

士認得君兼吏隱名

三月廿九日聘使歸軺再館城南性高院唱酬筆

語自初更至五更

贈別秋月

　　　　　　　　　　　　　　夢澤

驪歌相送罷分手各東西　要識離情切回看落月低

春隨流水去望向遠空迷　歴行探勝應渾入品題

和夢澤翁

　　　　　　　　　　　　　　秋月

滔滔草木長征馬向天西　野驛蟬何哭汀梅子已低

迎來詩客慣宿處寺樽迷　更惜新知別驪詞燭下題

贈別龍淵

　　　　　　　　　　　　　　夢澤

果得桑弧志壯游彌數旬　咄盂茲送客結好合同鄰

祖席三春暇行裝万里人　西歸應計日起望釜山濱

和千夢澤

　　　　　　　　　　　　　　龍淵

殊服同調集

江關迴玉節驛路幾由旬海外猶同契天涯亦比鄰

贈別玄川

第家多道氣鄞館足詞人異日相思處帝鴻聽水濱

夢澤

君曹本是使乎才萬里征車竣事田春勉臨岐泣相
別北歸鴻雁亦俱哀

玄川

和夢澤翁

里曉天如水角聲哀

玄川

驛驪生子少兒才奇氣相將問客田分手看看成万

贈別退石

夢澤

相逢還賦別此恨奈難裁家指雲千里魂銷酒一盃

22

和千夢澤　退石

祖筵苍苍欲勉征旆　路將開歸雁隨君去高飛天外哀

離家經歲久春服有誰裁苍鳥成千首滄滇視一盃

令兒來遠訪覊抱賴相開渺渺莱西海歸鴻喚月哀

贈別黙齋　夢澤

已圖南海路忽返北滇邊鵬際長風起波濤限遠天

留別夢澤　黙齋

壯遊滄海外詩話画樓邊多少臨岐恨東西悵各天

送學士南秋月歸朝鮮國序　鵝湖

富士山者。孤高獨立吾邦第一名岳也。初予未觀之

23

殊服同調集　六　王山畟輔

也。觀諸於畫而知其秀拔雄偉峰嶸明媚無有二焉
者。最後奉職之東都則得始觀望之彼秀拔雄偉峰
嶸明媚者凶論已曰月之所掩映霞彩之所變幻膚
寸之雲爲雨。八方之風飀飀雲劔風妝須叟復舊觀
奇異百出千狀万態朝望之粲乎如美人出浴美目
合澤贇屬可食百媚交生使人目奪心醉至午時望
之屼乎如蓋德君子端章甫立於廟廟一進一退未
嘗失威儀夕望之淡乎如清逸處士放遠間廣蕭歌
林澤獨立乎塵垢之外比諸向者觀於畫者奇絶之
觀萬萬云今有類乎此者予幼好作詩長學屬支則

24

稍稍游目中華人之所制作如彼聖經高矣遠矣非

所容啄焉漢魏至唐宋元明諸子則得畧聞其揆同

異。差數趣操而已云文云中華人之言也未能與其

人交臂一堂親観其容貌聞其言辞察其行復而摸

之擬之又從而學之則猶観富士於画繪知秀抜雄

偉之状而不知變幻萬状之奇豈想像之所至予於

是未嘗不為之帳帳悒悒也今茲甲申春東華修好

我邦三大使之駕儼然臨焉學士南君秋月及書記

其諸君從其行来予得執謁於賓館親観其容貌

聞其言辞得古毛穎以陳愚衷袁嘆子千載一遇何喜

殊服同調集

如之蓋私聞先王之文章衣冠法度今則亡矣中華
獨存乎東華然則何異與漢魏唐宋元明諸子晤語
一堂乎於是乎悵悵者渙然永釋悒悒者忽然沫敬
詩曰亦已見止亦已覯止我心則降者在今日乎雖
乃在今日乎而會之日則別之日也再會無期悲喜
交集不知耶裁吉之南君秋月以贈別云日本宝曆
甲申春三月尾張州千邨諸成力之撰

　　　贈別秋月

鷄林南學士道德且能文欲逐青牛法唯看紫氣分
　　　　　　　　　　鵝湖

和鵝湖君詩　曾序其集云
　　　　　　　　　　秋月

26

一卷鵞湖集數行秋月文送春兼送客愁恨定平分

贈別龍淵　　　鵞湖

元自西方有美人遙從使節海東濱屋梁別後懸殘

月應訝看君顏面新

和千力之　　　龍淵

鳴蟬帘鳥送歸人落盡櫻花楚水濱伯仲之間論雅

契闊山詩思雨中新

贈別玄川　　　鵞湖

漢家揚子駕云傳問字相譚到驛亭最恨別離雲海

外無由載酒扣門扃

殊服同調集

和千鵝湖　　玄川

雲流不定水無情叢竹縈烟長短亭見子詩愁眉上
集一床書掩暮雲高

贈別退石　　鵝湖

相逢之憂即離筵握手忽忽情不圉投李報瓊君勿

和千鵝湖　　退石

曉明朝海岳阻風烟

韓客和人共一筵禪攢華燭興難圉明朝欲折行橋

柳別恨遥生馬嵬烟

遠秋月歸朝鮮　　鷺洲

28

海驛西連萬里程九州行盡夏雲生仙槎夜泊滄洲

月客夢春回丹鳳城一遂懸弧男子志再逢傾蓋故

人情使臣癸事歸朝日依舊君王聽雁聲

秋月

和千村鷺洲

汪州江蒼記公程堂中重見鯨諸生全銀世界天林

寺蛟屋橫甚臺古屋城萬里論心應有分百年遽面詒

無情春宵未解離人怎生怕隣鷄子夜聲

鷺洲

送龍淵歸朝鮮

美人元是在西方豈謂相逢晤語長此夕別離腸欲

斷不知何日接清揚

乙

長門問槎集

29

殘服同調集

和千村東來　　　　龍淵

欲把微言問大方　禪樓風雨五更長　天機須向閒中
覓玄州終歸寂寞揚

送玄川歸朝鮮　　　鷺洲

玉節朝辭張海濱　送君花鳥易傷神　休言天末音書
絕夜夜俱為夢裡人　　玄川

和千村鷺洲

聞子左園水竹濱少年標格更清神　華燈猶傍三更

後笑語雜容對北人

送退石歸朝鮮　　　鷺洲

海缶三千里王程不可窮　鵬間波浪闊　鳥道旆旌通

由餞心猶醉加餐恨共同　欲知君去處　日落暮雲紅

和千村鷺洲

詩句欽惟見　驪壇恨莫同　芝眉何處想　回望日輪紅
退石

客路三千潤春光九十窮　羈愁排不去　郷信測難通

和千村鷺洲疊贈作

驛踏相逢未盡歡　落花風雨別離難　壽中詩巻須題
秋月

品翡翠鯨魚難海蘭　右詩一首自　東都賓館至

二月四日與朝鮮諸文學歡子鳴海賓館

呈南秋月　南菜

31

殊服同調集

東海驛中鳴海驛四頭西海白雲端江城自是垂千
里遊子轉歌行路難

次山伯芝

秋月

轉數詩臨發和皆難

漢陽一別四千里馬首微茫折木端野館修篁誓日

再用原韻呈秋月

南策

交歡異域風流客彩筆縱橫換舌端猶有高軒還駕

日何為此日別離難

呈成龍淵

菊策

相迎相送此時意且喜且愁今日情莫以篇章同趙

十

壁ニ投來却愧門連城ヲ

次山南茸　　　　　龍淵

渺渺東南雲水地北人空結望郷情雲芝古館春光

早可耐離懷又此城

呈元玄川　　　　　南茸

翩翩旗旆路悠悠相値憐君賦遠遊半世尋盟隣境

使使子客裏更風流　因行忙雖和

呈金退石　　　　　南茸

千山霞也照騒人彩筆縱横太白鳥春慶高篇知幾

許相傳永作異方珍失和

33

殊服同調集　一

三月廿九日韓使再憩于鳴海驛余在賓館中逢
迎

送南秋月歸朝鮮

南菜

詞鋒競起共爭先毫頴磨来翰墨筵八道文章元自
妙五經皷吹更相傳秋風送客漢江水春色傷情東

海邊遠別河梁千古濱豈堪此日又潜然

奉和南菜

秋月

佇立茶樓待我先逢筵未了悵離筵高山歌曲靈芝
柔才子音書古驛傳客路微茫汀州外持秋撩亂海

雲邊寰中一散他生憶不是情人合顯然

送成龍淵歸朝鮮　　　　　　　　　南萊

遙驛驪入驛門相逢還此駐歸軒鄉書日送悵春
雁旅館魂驚恨夜猿才子題詩同鄖調忠臣叱馭憶
王尊詞埸誰不避三舍筆話縱橫北使論

和山伯芝　　　　　　　　　　　龍淵

楊柳青青蔭舘門數三詞客集風軒長亭細雨噺驕
馬古樹斜陽■短撥放筆方看文會盛披襟終識道
交尊今霄定過新川子貲谷真緣仔細論

遠元玄川歸朝鮮　　　　　　　　　南萊

會面何時分手難請君輕此綬征鞍昇平四海皆兄

殘服同調集

十三　　玉山房藏

景相値莫爲異域看
　　留別南葉

依依烟柳別人難誰覺殘花黜繡鞍分手會須憑仔
　　　　　　　　　　玄川

細他年唯有費中看

送金退石歸朝鮮
　　　　　　南葉

言談難解同筵客筆研相逢異域人平日從聞賢聖

語此時始信德爲隣
　　和山伯芝

肅時細草初生岸歸日閒花爛映人逢別悤悤無後
　　　　　　退石

約只留詩句在東隣

36

席上贈洪黙齋　　　　　　　　　南来

東方千騎起紅塵五色雲雄映日新猜獺遂知誇夢
澤如何大漢上林春失和

二月三日寄朝鮮詞臣于性高院　　　　菊莊

呈南秋月

星軺西自漢宮来君是長卿司馬才聞道子虚曾奏
賦凌雲意氣向誰開

次菊莊寄来韻　　　　　　　　秋月

詞客如雲覆鳥来名列佳麗盛瓊才詩傳野老从難
見何處東籬菊逕開

殘臘同調集

呈成龍淵　　　　　　　　　　　菊莊

奉使日東漢國臣歸騶仰見錦衣新花飛蝶駭家鄉　　菊莊

遠客夢更勞上花春

和西河秀才　　　　　　　　　　龍淵

四牡天涯返使臣皇華原濕客懷新禪房花木清緣　　龍淵

重牢夜逢迎了一春

呈元玄川　　　　　　　　　　　菊莊

金鞱玉節五花驄萬里往還日本東妙選簪纓蕭黃君莫　玄川

客尚思鳴鳳舞春風

和菊莊

38

霏霏春雨著花驄斑馬蕭蕭亂竹東座上高朋猶不

散曉禽遊語綠絛風

呈金退石

山雲海水踏二千文辭遏辭曰由邊昨夜東方看紫

菊莊

氣定知腰下帶龍泉

和西河菊莊

過洋萬里度山千迢遞家邦若木邊莫道蓬萊烟月

退石

好不如歸臥舊林泉

二月三日韓使憩于尾州於越驛僕追駕到此再

會於賓館

殊服同調集

再呈南秋月案下　　　　　　勝山

曾督書生白鹿城翻翻經術一家名乘徳遙沒東方

地更使斯文照兩京

再和田勝山　　　　秋月

蒼可能隨我向東京

筍輿春暖過江城松竹陰中問地名喜子同來輕蓰

再呈成龍洲案下　　　勝山

佳人挑棹度春風仙袂飄颻彩霞中誰道河源難可

到神遊偏見使臣雄

再和田勝山　　　龍洲

肩輿徐度万松風芝宇重逢古驛中薩摩劒濃戔光釆

並日南元自富材雄

再呈元玄川案下

天上星文照夜闌果然仙使自三韓請看東海多哥

絶中有勝山紫氣寒

再和田勝山

今須一面續餘蘭識得荊州有一韓佳麗非山人自

勝華筵相對玉壺寒

再呈金退石案下

驛亭追駕斬成歡拂袂垂楊風不寒縱有西歸再遊

勝山

玄川

勝山

41

殊服同調集　　　　　　　　　　玉山房蕭

約黃鸝頻囀別離難

力病和田勝山

和韓相會一床歡惨我江風病感寒依帳與君相別　　退石

後夢魂飛到美濃難

別田勝山

走次成龍淵韻　　龍淵

玉雪誰家子春風一水涯西歸留好約相待驛亭花　　勝山

別田勝山

古驛烟霞路送君到水涯春風吹笛起一曲落梅苍　　秋月

田即相送到沙頭野竹青青管別愁渭股邨前清淺

42

水夕陽橋外各分流

走次南秋月韻

　　　　　　　　　勝山

雨餘春色水東頭野竹休題動客愁五十二亭行載（勝山在今須大垣諸處來往唱和最此篇聚攻尾州唱味巳）

筆如今此別亦風流

二月三日起驛賓館與朝鮮諸文士唱和筆語

　　　　　　　　　東亭

呈南秋月

僕姓星野名貞之字子元號東亭北義野人業鑿

者也聞大轟之東心旌搖搖有日也今也天賜良

緣得攀龍門何翅加焉謹裁巳調一篇敢呈左右

唯足下處置是賴

彩鷁長風破浪深相逢更復動離心雄姿仰見蔥蔥

鬐真是朝鮮翰墨林

和星野東亭

山水東南蜿蜒深高人蛋解范公心青囊■是英雄　　秋月

事可惜梗楠委棘林

再和原韻謝秋月　　東亭

傾盖相逢情更深因知瓊貌復知心若非奉命隣交

日争得輶軒君子林　　東亭

呈成龍淵

星軺乗春涉險日塞一路平安既達此土可賀可

44

賀野人也幸叩館門得見貴國風儀貴幸中華
也茲呈鄙詩一首陳下情乃瀆

　　　　　　　　　　　　　　　　行盡関河若木陰壯遊堪報四方心何須此日勞重
譯彩筆先傳正始音

和東亭
　　　　　　　　　　　　　龍淵
長橋遠水漲春陰到處江山悦客心自是■冠通■

　路一抹啼鳥總懷音

　　再用前韵謝龍淵
　　　　　　　　　　　東亭
少日留歡水驛陰莫聞歸雁動歸心部饮肉賣巴人

調買得陽春白雪音

殘服同調集

十七

呈元玄川

海陸千万里寒燠七八月不憚險不辭勞遠隨二三

大使相實大丈夫四方心遂者足下之謂也僕北

美野人也雖不可入君子堂景洪之不可止來執

謁下風敢呈巴調以致傾盖之款也

東亭

喜見星軺殊域通大夫詩賦自應工憐君萬里來修

好恰似公孫觀國風

和東亭

玄川

歷落長橋曉靄通兼蓬竹舫走篙工君家定在松林

下野外春浮細細風

再用原韻謝玄川　　　　　　　　東亭

舟車到處信音通奉使仙才賦自工萍水縱慵言語

異欲酬花鳥與春風

呈金退石　　　　　　　　　　　東亭

禹穴江淮遊四方發諸文辭者大史公業也足下

此行廢幾哉僕以野人來執謁兼葭玉樹實慚形

穢茲呈拙詩一首不見擯棄者幸甚

我冠劍佩映朝陽吹送春風大國香到處君論遷史

業遠遊賦就見飛揚

和東亭　　　　　　　　　　　退石

殘服同調集　　十六　　玉山房藏

春日遲遲巳載陽東風路挾橘栯香見君詩律清如

許應得高名海外揚

再用原韻謝退石　　　　東亭

書劍飄飄入尾陽文雄曾唱日東香仙才元傋神明

勛不怪聲名此日揚

三月晦日韓使再慰予起驛余亦至館中與諸文

學周旋　　　　東亭

送秋月

跋涉十萬里荷盛禮修舊好經冬殍夏可謂險阻

艱難備嘗盡也旧僕執謂勞左右唯足下海容小

物不遺幸蒙咲視孅快可知也今也珠履西歸豈

無別愁手謹裁鄙詩敢呈左右莞笑而置焉

彩鷁錦帆天漢間 西歸應解客中顏聲音縱寄浮雲

去更恐東風徃不還

　　別東亭

東徃春消客路間異鄉雲物總凋顏多情只爲張州

士揚柳橋頭待我還

　　再用原韻謝秋月

江邊驛館夕陽間揚柳青青照別顏縱耐風流極歡

去難何春色共君還

殘服同調集第[一]　　　　　　　　　天　　王山居書

送成龍淵　　　　　　　東亭

玉節之東也朱履小憩此館也僕不自量以賤軀

走謁左右恐不得聞謦欬何圖厚眷酬之高誼今

也善灸不改鳳姿依舊馬蹄向西歸因呈巴調一

首塵埃之言何足為贈聊致奉送之勞耳

別東亭　　　　　　　龍淵

縮由何絕域復同護

河梁送別子規啼芽草垂楊綠欲迷此日技技縱堪埓

別東亭　　　　　　　龍淵

芳草萋萋幽鳥啼驛亭雲樹樹雨中迷河橋羊日增惆

悵如此江山夫雯攜問

再用前韻謝龍淵　　　　　東亭

歸鴻何意向人啼、別後殘魂夢裏迷、公事由來識無

鹽、難分萍水此時携

　　　遠元玄川　　　　　東亭

日僕入謁也、足下不鄙下交、德音恐尺大慰渴望

君子愛人之厚、豈敢忘之、此日舉役玉節西歸、一

日之雅千歳之別、豈以形穢之故、黙黙予兹呈巴

詩一篇以寓惻惻之意、憐察不盡

掻掻大斾向西歸、江上春風瑞靄飛、可耐梅花今落

盡、無端吹送使臣衣

殘膳同諛集 玉山處義

別東亭

春色相將奈復歸殘花落盡早蜻飛烟霞正結靈芝　玄川

戀況復仙卽強把衣

再和原韻謝玄川

聲聲蜀魂不如歸春盡兩時花亦飛畫錦縱堪誇　東亭

國請君看取濕吾衣

送退石

曩馬首東也僕以野人來謁奉接顔色投以木瓜　東亭

報以瓊琚樸何德而實至此乎壽誦長者之高誼

不止今也畢盛禮大㦖西茲呈鄙詩一章夫賢者

52

相贈以言者復何似

追隨幾處遠飛旌珠履玉珂上客榮文武才名豈相

讓平原門下一先生

別東亭

退石

細雨荒橋駐旌微風古驛草花榮瓊章重和傾詩

膽匣耐天西別恨生

再用前韻謝退石

東亭

喜見郵亭駐旌清談少日是何榮相逢暫覺神心

準別後已思鄙各生

東亭

送洪黔齋

東亭

53

殊服同調集 卷

二月三日車馬少休此館也僕來謁諸君子而不
知足下高風雅是以不得呈鄙詩遺恨可知也今
也天賜良緣得接顔色何其相見之遲而相別之
速也茲呈拙詩一首敢効別悵耳

烟霞三月送君時白馬春風與烏馳草草分攜從是

別東亭

　　　　　　　黔齋

去徒看天畔使星移

惜別春風細雨時海天歸思馬前馳東西萬里分留
意把袖遲遲夕照移

再用原韻謝黔齋

東亭

54

知君馬首向西時萬里鄉心夜夜馳豈許留歡投轄

興愁看日影坐來移

寄南秋月成龍淵元玄川金退石諸文學于張

蕃賓館　　　　　　筐洲

玉節東從海上回偶投賓館近蓬萊二花樹傍龍頭

澥五彩雲迎馬首開脩聘使臣皆妙選結盟詞客盡

寄才儻遊路絕人間外為我遙飛咳唾來

和大垣岡田蘭夫寄來韻　　　秋月

千里江城四牡四隔年旗戟向東萊雲長只合相隨

杏花盡今無可續開古屋攬中初見寄華林院裏裏

殘服同調集

遺才明朝更指濃西路待得門前孔刺来
前詩末久見失和可數僕有詩末曾不酬豈得還
投而無瓜報乎

遙和岡田蘭夫　　　　龍淵

海上靈擺月幾回春光佳客向東業江關嫩柳依依

遠野館濃花盤盤開名府今霄多韻士大城前日失
奇才禪擺和送詩筒去曉角聲殘細雨来

和岡田篁洲　　　　退石

傳命江都使節田歸雲何處是東業大垣城外芝眉

接熊野山前墨壘開厚誼不忘遠別新詩重和識

高才三洋萬里参高恨夢裏猶難度海来

寄別秋月　　　　　　　　筐洲

客自雞林一鳳毛德耀遙映　日東高歸程直指金

剛雲踏盡西溟萬里濤

重和岡田蘭夫　　　　　　秋月

里要隔三洋鰐海濤

朋楚還慚重趙毛文章小投未為高濃州恰是行千

昨於尾州和韻字詩七律託千邦春友傳之想乃非
又致案上矢復此和一絕憑寄屋伯亨邊之

寄列龍淵　　　　　　　　筐洲

紅顏綠髮此異卽馬上詩投錦繡腸欲別相期明月

夢照君遙在漢之陽

殊服同調集

和岡田蘭夫　　　　　龍淵

疎才愧作著書邸學海波瀾未洗腸昨夜留詩千萬
軸一燈風雨古城陽

寄別玄川　　　　　　篁洲

芙蓉雪嶺送歸鞍路上驪駒欲別難西望白雲千萬
里不知何處是三韓　　玄川

酬岡田篁洲　　　　　玄川

風送飛花點繡鞍衝泥車馬不辭難春潮浪泊看看

寄別退石　　　　　　篁洲

近一渡滄溟是我韓

扶桑日出、指朝鮮萬里西歸海上船別後縱令潮信

絶紅霞不隔　大東天

　再和岡田篁洲

東風靈雨百花鮮太國身如不繫船昨日張州和君

韻今宵傾盡大垣天

　　　　　　　　退君

姝服同調集終

59

松平太郎右衛門

男　三左衛門

孫　小太郎

寶暦十四年甲申六月

平安書林　寺町松原上ル町
八木治兵衛

尾張書林　本町廣小路下ル町
津田久兵衛　同刻

殊服同調集

60

弱宋胡元而不知却焉、開天嘉隆而
不知進焉、縱橫曼衍、旁若無人者、韓
人之詩欤、雖然至無倡不酬、有援必
報、大篇巨什、紛〻衝口出則謂諸文
壇英雄不亦妨也、余不倭、與時韞士

執子才子安諸韓客、以詩交歡旦見

其賦詩裁文、敏捷造次不翅咄嗟辨

者、使人吐舌矣哉其和不倦詩三章為

堵墻而進者奪去焉、為可惜祀今睹

此篇、雖玉石糅乎、尚足見其英雄矣、

殘服同調卷跋

玉山序輯

62

如九君子之詩、則非此篇之所盡云、

甲申五月之吉

　　　尾張桃源高景濬跋

殊服同調集　　張州九先生倡和

三世倡和　　　君山先生倡和

河梁雅契　　　滄洲先生倡和

表海英華　　　新川先生倡和

右四部出來

寶曆甲申六月

皇都書林　寺町松原上ル丁　八木次兵衛　仝

張藩書林　本町廣小路下ル丁　津田久兵衛　刻

조선후기 통신사 필담창화집
번역총서를 간행하면서

　　20세기 초까지 한자(漢字)는 동아시아 사회의 공동문자였다. 국경의 벽이 높아서 사신 외에는 국제적인 교류가 불가능했지만, 문자를 통한 교류는 활발했다. 중국에서 간행된 한문 전적이 이천년 동안 계속 한국과 일본을 비롯한 주변 나라에 전파되었으며, 사신의 수행원들은 상대방 나라의 말을 못해도 상대방 문인들에게 한시(漢詩)를 창화(唱和)하여 감정을 전달하거나 필담(筆談)을 하며 의사를 소통했다.

　　동아시아 삼국이 얽혀 싸웠던 임진왜란이 7년 만에 끝난 뒤, 조선에 군대를 파견하였던 중국과 일본은 각기 왕조와 정권이 바뀌었다. 중국에는 이민족인 청나라가 건국되고 일본에는 도쿠가와 막부가 세워졌다. 조선과 일본은 강화회담이 결실을 맺어 포로도 쇄환하고 장군이 계승할 때마다 통신사를 파견하여 외교를 회복했지만, 청나라와에도 막부는 끝내 외교를 회복하지 못하고 단절상태가 계속되었다. 일본은 조선을 통해서 대륙문화를 받아들일 수밖에 없었고, 그 방법 중 하나가 바로 통신사를 초청할 때 시인, 화가, 의원 등의 각 분야 전문가를 초청하는 것이었다.

오백 명 규모의 문화사절단 통신사

연암 박지원은 천재시인 이언진(李彦瑱, 1740~1766)이 11차 통신사 수행원으로 일본에 다녀온 지 2년 만에 세상을 뜨자, 이를 애석히 여겨 「우상전」을 지었다. 그 첫머리에 일본이 조선에 다양한 전문가들로 구성된 문화사절단을 파견해 달라고 요청한 사연이 실려 있다.

일본의 관백(關白)이 새로 정권을 잡자, 그는 저축을 늘리고 건물을 수리했으며, 선박을 손질하고 속국의 각 섬들에서 기재(奇才)·검객(劍客)·궤기(詭技)·음교(淫巧)·서화(書畫)·여러 분야의 인물들을 샅샅이 긁어내어, 서울로 모아들여 훈련시키고 계획을 갖추었다. 그런 지 몇 달 뒤에야 우리나라에 사신을 파견해 달라고 요청하였는데, 마치 상국(上國)의 조명(詔命)을 기다리는 것처럼 공손하였다.

그러자 우리 조정에서는 문신 가운데 3품 이하를 골라 뽑아서 삼사(三使)를 갖추어 보냈다. 이들을 수행하는 사람들도 모두 말 잘하고 많이 아는 자들이었다. 천문·지리·산수·점술·의술·관상·무력으로부터 통소 잘 부는 사람, 술 잘 마시는 사람, 장기나 바둑 잘 두는 사람, 말을 잘 타거나 활을 잘 쏘는 사람에 이르기까지, 한 가지 기술로 나라 안에서 이름난 사람들은 모두 함께 따라가게 되었다. 그런데 이들 가운데서도 문장과 서화를 가장 중요하게 여기지 않을 수가 없었다. 왜냐하면 그들은 조선 사람의 작품 가운데 한 글자만 얻어도 양식을 싸지 않고 천리 길을 갈 수 있기 때문이었다.

도쿠가와 이에하루(德川家治)가 쇼군을 계승하자 일본 각 분야의 대표적인 인물들을 에도로 불러들여 조선 사절단 맞을 준비를 시킨 뒤, "마치 상국의 조서를 기다리는 것처럼 공손하게" 조선에 통신사를 요

청하였다. 중국과 공식적인 외교가 단절되었으므로, 대륙문화를 받아들이기 위해 조선을 상국같이 모신 것이다. 사무라이 국가 일본에는 과거제도가 없기 때문에 한문학을 직업삼아 평생 파고든 지식인들이 적어서, 일본인들은 조선 문인의 문장과 서화를 보물같이 여겼다.

조선에서도 국위를 선양하기 위해 여러 분야의 문화 전문가들을 선발하여 파견했는데, 『계림창화집(鷄林唱和集)』이 출판된 8차 통신사(1711년) 때에는 500명을 파견했다. 당시 쓰시마에서 에도까지 왕복하는 동안 일본인들이 숙소마다 찾아와 필담을 나누거나 한시를 주고받았는데, 필담집이나 창화집은 곧바로 출판되어 널리 읽혔다. 필담 창화에 참여한 일본 지식인은 대륙의 새로운 지식을 얻었을 뿐만 아니라, 일본 사회에서 전문가로서의 위상도 획득하였다.

8차 통신사 때에 출판된 필담 창화집은 현재 9종이 확인되었으며, 필담 창화에 참여한 일본 문인은 250여 명이나 된다. 이는 7차까지 출판된 필담 창화집을 모두 합한 것보다 훨씬 많은 수인데, 통신사 파견이 100년 가까이 되자 일본에서도 한문학 지식인 계층이 두터워졌음을 알 수 있다. 8차 통신사에 참여한 일행 가운데 2명은 기행문을 남겼는데, 부사 임수간(任守幹)이 기록한 『동사록(東槎錄)』이나 역관 김현문(金顯門)이 기록한 또 하나의 『동사록』이 조선에 돌아와 남에게 보여주기 위해 일방적으로 쓴 글이라면, 필담 창화집은 일본에서 조선과 일본의 지식인들이 마주앉아 함께 기록한 글이다. 그러기에 타인의 눈을 통해 자신의 모습을 객관적으로 볼 수 있다.

16권 16책의 방대한 분량으로 다양한 주제를 정리한 『계림창화집』

에도막부 초기의 일본 지식인은 주로 승려였기에, 당연히 승려들이 통신사를 접대하고, 필담에 참여하였다. 그 다음으로 유자(儒者)들이 있었는데, 로널드 토비는 이들을 조선의 유학자와 비교해 "일본의 유학자는 국가에 이용가치를 인정받은 일종의 전문 지식인에 지나지 않았다"고 규정하였다. 그 가운데 상당수는 의원이었으므로 흔히 유의(儒醫)라고 하는데, 한문으로 된 의서를 읽다보니 유학에도 관심을 가지게 된 것이다. 이노 작스이(稻生若水)가 물고기 한 마리를 가지고 제술관 이현과 서기 홍순연 일행을 찾아가서 필담을 나눈 기록이『계림창화집』권5에 실려 있다.

> 이 현 : 이 물고기는 우리나라의 송어입니다. 조령의 동남 지방에 많이 있어, 아주 귀하지는 않습니다.
> 홍순연 : 이 물고기는 우리나라의 농어와 매우 닮았습니다. 귀국에도 농어가 있는지 모르겠지만, 이것과 같지 않습니까? 농어가 아니라면 내가 아는 물고기가 아닙니다.
> 남성중 : 이 물고기는 우리나라 송어입니다. 연어와 성질이 같으나 몸집이 작으며, 우리나라 동해에서 납니다. 7~8월 사이에 바다에서 떼를 지어 강으로 올라가는데, 몸이 바위에 갈려 비늘이 다 떨어져 나가 죽기까지 하니 그 성질을 모르겠습니다.

그는 일본산 물고기의 습성을 자세히 설명하고 조선에도 있는지 물었지만, 조선 문인들은 이 방면의 전문가들이 아니어서 이름 정도나

추정했을 뿐이다. 홍순연은 농어라고 엉뚱하게 대답하기까지 하였다. 조선 문인이라면 모든 것을 알 수 있을 것이라고 기대했기에 생긴 결과인데, 아직 의학필담으로 분화되기 이전의 형태다. 이 필담 말미에 이노 작스이는 이런 기록을 덧붙여 마무리했다.

> 『동의보감』을 살펴보니 "송어는 성질이 태평하고 맛이 달며 독이 없다. 맛이 진기하고 살지다. 색은 붉으면서 선명하다. 소나무 마디 같아서 이름이 송어이다. 동북쪽 바다에서 난다"고 하였다. 지금 남성중의 대답에 『동의보감』의 설명을 참고하니, '鮏'은 송어와 같은 것이다. 그러나 '송어'라는 이름은 조선의 방언이지, 중화에서 부르는 이름이 아니다. 『팔민통지(八閩通志)』『(줄임)』『해징현지(海澄縣志)』 등의 책에 모두 송어가 실려 있으나, 모습이 이것과 매우 다르다. 다른 종류인데, 이름이 같을 뿐이다.

기록에서 보듯, 이노 작스이는 다수의 의견에 따라 이 물고기를 '송어'라고 추정한 후, 비교적 자세한 남성중의 대답과 『동의보감』의 기록을 비교하여 '송어'로 결론 내렸다. 그런 뒤에 조선의 '송어'가 중국의 송어와 같은 것인지 확인하기 위해 중국의 여러 지방지를 조사한 후, '송어'는 정확한 명칭이 아니라 그저 조선의 방언인 것으로 결론지었다. 양의(良醫) 기두문(奇斗文)에게는 약초를 가지고 가서 필담을 시도하였다.

> 稻生若水 : 이 나뭇잎은 세 개의 뾰족한 끝이 있고 겨울에 시들지 않으며, 봄에 가느다란 꽃이 핍니다. 열매의 크기는 대두만하고, 모여서 둥글게 공처럼 되며, 생길 때는 파랗고, 익으면 자흑색이 됩니다. 나무

에 진액이 있어 엉기면 향이 나고, 색이 붉습니다. 이름은 선인장 나무
입니다. (줄임)

　　기두문 : 이것이 진짜 백부자(白附子)입니다.

　제술관이나 서기들이 경험에 의존해 대답한 것과 달리, 기두문은
의원이었으므로 자신의 지식을 바탕으로 확실하게 대답하였다. 구지
현박사의 연구에 의하면 이노 작스이는 『서물류찬(庶物類纂)』이라는
박물지를 편찬하기 위해 방대한 자료를 수집·고증하고 있었는데, 문
화 선진국 조선의 문인에게 서문을 부탁하여, 제술관 이현이 써 주었
다. 1,054권이나 되는 일본 최대의 백과사전에 조선 문인이 서문을 써
주어 권위를 얻게 된 것이다.

출판사 주인이 상업적인 출판을 위해 직접 필담에 참여하다

　초기의 필담 창화집은 일본의 시인, 유학자, 의원 등 전문 지식인이
번주(藩主)의 명령이나 자신의 정보욕, 명예욕에 따라 필담에 나선 결
과물이지만, 『계림창화집』 16권 16책은 출판사 주인이 직접 전국 각
지역에서 발생한 필담 창화 원고들을 수집하여 출판한 것이다. 따라
서 필담 창화 인원도 수십 명에 이르며, 많은 자본을 들여서 출판하였
다. 막부(幕府)의 어용 서적을 공급하던 게이분칸(奎文館) 주인 세오겐
베이(瀨尾源兵衛, 1691~1728)가 21세 청년의 몸으로 교토지역 필담에
참여해『계림창화집』권6을 편집하고, 다른 지역의 필담 창화 원고까
지 모두 수집해 16권 16책을 출판했을 뿐 아니라, 여기에 빠진 원고들

까지 수집해 『칠가창화집(七家唱和集)』 10권 10책을 출판하였다.

『칠가창화집』은 『계림창화속집』이라고도 불렸는데, 7차 사행 때의 최대 필담 창화집인 『화한창수집(和韓唱酬集)』 4권 7책의 갑절 규모에 해당한다. 규모가 이러하니 자본 또한 막대하게 소요되어, 고쇼모노도 코로(御書物所)인 이즈모지 이즈미노조(出雲寺 和泉掾) 쇼하쿠도(松栢堂) 와 공동 투자하여 출판하였다. 게이분칸(奎文館)에서는 9차 사행 때에 도 『상한창화훈지집(桑韓唱和塤篪集)』 11권 11책을 출판하여, 세오겐베 이(瀨尾源兵衛)는 29세에 이미 대표적인 출판업자로 자리매김하게 되 었다. 그러나 안타깝게도 38세에 세상을 떠나, 더 이상의 거질 필담 창화집은 간행되지 못했다.

필담창화집 178책을 수집하여 원문을 입력하고 번역한 결과물

나는 조선시대 한문학 연구가 조선 국경 안의 한문학만이 아니라 국경 너머를 오가며 외국인들과 주고받은 한자 기록물까지 연구해야 한다는 생각으로, 첫 번째 박사논문을 지도하면서 '통신사 필담창화집' 을 과제로 주었다. 구지현 선생은 1763년에 파견된 11차 통신사 구성 원들이 기록한 사행록 9종과 필담창화집 30종을 수집하여 분석했는 데, 박사학위를 받은 뒤에도 필담창화집을 계속 수집하여 2008년 한국 학술진흥재단의 토대연구에 『조선후기 통신사 필담창수집의 수집, 번 역 및 데이터베이스 구축』이라는 과제를 신청하였다. 이 과제를 진행 하면서 우리 팀에서 수집한 필담창화집 178책의 목록과, 우리가 예상

한 작업진도 및 번역 분량은 다음과 같다.

1) 1차년도(2008. 7.~2009. 6.) : 1607년(1차 사행)에서 1711년(8차 사행)까지

연번	필담창화집 책 제목	면 수	1면 당 행수	1행 당 글자 수	예상되는 원문 글자 수
001	朝鮮筆談集	44	8	15	5,280
002	朝鮮三官使酬和	24	23	9	4,968
003	和韓唱酬集首	74	10	14	10,360
004	和韓唱酬集一	152	10	14	21,280
005	和韓唱酬集二	130	10	14	18,200
006	和韓唱酬集三	90	10	14	12,600
007	和韓唱酬集四	53	10	14	7,420
008	和韓唱酬集(결본)				
009	韓使手口錄	94	10	21	19,740
010	朝鮮人筆談幷贈答詩(國圖本)	24	10	19	4,560
011	朝鮮人筆談幷贈答詩(東京都立本)	78	10	18	14,040
012	任處士筆語	55	10	19	10,450
013	水戶公朝鮮人贈答集	65	9	20	11,700
014	西山遺事附朝鮮使書簡	48	9	16	6,912
015	木下順菴稿	59	7	10	4,130
016	鷄林唱和集1	96	9	18	15,552
017	鷄林唱和集2	102	9	18	16,524
018	鷄林唱和集3	128	9	18	20,736
019	鷄林唱和集4	122	9	18	19,764
020	鷄林唱和集5	110	9	18	17,820
021	鷄林唱和集6	115	9	18	18,630
022	鷄林唱和集7	104	9	18	16,848
023	鷄林唱和集8	129	9	18	20,898
024	觀樂筆談	49	9	16	7,056
025	廣陵問槎錄上	72	7	20	10,080
026	廣陵問槎錄下	64	7	19	8,512
027	問槎二種上	84	7	19	11,172

028	問槎二種中	50	7	19	6,650
029	問槎二種下	73	7	19	9,709
030	尾陽倡和錄	50	8	14	5,600
031	槎客通筒集	140	10	17	23,800
032	桑韓醫談	88	9	18	14,256
033	辛卯唱酬詩	26	7	11	2,002
034	辛卯韓客贈答	118	8	16	15,104
035	辛卯和韓唱酬	70	10	20	14,000
036	兩東唱和錄上	56	10	20	11,200
037	兩東唱和錄下	60	10	20	12,000
038	兩東唱和後錄	42	10	20	8,400
039	正德韓槎諭禮	16	10	18	2,880
040	朝鮮客館詩文稿(내용 중복)	0	0	0	0
041	坐間筆語附江關筆談	44	10	20	8,800
042	七家唱和集-班荊集	74	9	18	11,988
043	七家唱和集-正德和韓集	89	9	18	14,418
044	七家唱和集-支機閒談	74	9	18	11,988
045	七家唱和集-朝鮮客館詩文稿	48	9	18	7,776
046	七家唱和集-桑韓唱酬集	20	9	18	3,240
047	七家唱和集-桑韓唱和集	54	9	18	8,748
048	七家唱和集-賓館縞紵集	83	9	18	13,446
049	韓客贈答別集	222	9	19	37,962
예상 총 글자수					589,839
1차년도 예상 번역 매수 (200자원고지)					약 8,900매

2) 2차년도(2009. 7.~2010. 6.) : 1719년(9차 사행)에서 1748년(10차 사행)까지

연번	필담창화집 책 제목	면수	1면 당 행수	1행 당 글자 수	예상되는 원문 글자 수
050	客館璀璨集	50	9	18	8,100
051	蓬島遺珠	54	9	18	8,748
052	三林韓客唱和集	140	9	19	23,940
053	桑韓星槎餘響	47	9	18	7,614

054	桑韓星槎答響	106	9	18	17,172
055	桑韓唱酬集1권	43	9	20	7,740
056	桑韓唱酬集2권	38	9	20	6,840
057	桑韓唱酬集3권	46	9	20	8,280
058	桑韓唱和塤篪集1권	42	10	20	8,400
059	桑韓唱和塤篪集2권	62	10	20	12,400
060	桑韓唱和塤篪集3권	49	10	20	9,800
061	桑韓唱和塤篪集4권	42	10	20	8,400
062	桑韓唱和塤篪集5권	52	10	20	10,400
063	桑韓唱和塤篪集6권	83	10	20	16,600
064	桑韓唱和塤篪集7권	66	10	20	13,200
065	桑韓唱和塤篪集8권	52	10	20	10,400
066	桑韓唱和塤篪集9권	63	10	20	12,600
067	桑韓唱和塤篪集10권	56	10	20	11,200
068	桑韓唱和塤篪集11권	35	10	20	7,000
069	信陽山人韓館倡和稿	40	9	19	6,840
070	兩關唱和集1권	44	9	20	7,920
071	兩關唱和集2권	56	9	20	10,080
072	朝鮮人對詩集1권	160	8	19	24,320
073	朝鮮人對詩集2권	186	8	19	28,272
074	韓客唱和/浪華唱和合章	86	6	12	6,192
075	和韓唱和	100	9	20	18,000
076	來庭集	77	10	20	15,400
077	對麗筆語	34	10	20	6,800
078	鳴海驛唱和	96	7	18	12,096
079	蓬左賓館集	14	10	18	2,520
080	蓬左賓館唱和	10	10	18	1,800
081	桑韓醫問答	84	9	17	12,852
082	桑韓鏘鏗錄1권	40	10	20	8,000
083	桑韓鏘鏗錄2권	43	10	20	8,600
084	桑韓鏘鏗錄3권	36	10	20	7,200
085	桑韓萍梗錄	30	8	17	4,080
086	善隣風雅1권	80	10	20	16,000
087	善隣風雅2권	74	10	20	14,800
088	善隣風雅後篇1권	80	9	20	14,400

089	善隣風雅後篇2권	74	9	20	13,320
090	星軺餘轟	42	9	16	6,048
091	兩東筆語1권	70	9	20	12,600
092	兩東筆語2권	51	9	20	9,180
093	兩東筆語3권	49	9	20	8,820
094	延享五年韓人唱和集1권	10	10	18	1,800
095	延享五年韓人唱和集2권	10	10	18	1,800
096	延享五年韓人唱和集3권	22	10	18	3,960
097	延享韓使唱和	46	8	14	5,152
098	牛窓錄	22	10	21	4,620
099	林家韓館贈答1권	38	10	20	7,600
100	林家韓館贈答2권	32	10	20	6,400
101	長門戊辰問槎상권	50	10	20	10,000
102	長門戊辰問槎중권	51	10	20	10,200
103	長門戊辰問槎하권	20	10	20	4,000
104	丁卯酬和集	50	20	30	30,000
105	朝鮮筆談(元丈)	127	10	18	22,860
106	朝鮮筆談1권(河村春恒)	44	12	20	10,560
107	朝鮮筆談1권(河村春恒)	49	12	20	11,760
108	韓客對話贈答	44	10	16	7,040
109	韓客筆譚	91	8	18	13,104
110	韓人唱和詩	16	14	21	4,704
111	韓人唱和詩集1권	14	7	18	1,764
112	韓人唱和詩集1권	12	7	18	1,512
113	和韓文會	86	9	20	15,480
114	和韓唱和錄1권	68	9	20	12,240
115	和韓唱和錄2권	52	9	20	9,360
116	和韓唱和附錄	80	9	20	14,400
117	和韓筆談薰風編1권	78	9	20	14,040
118	和韓筆談薰風編2권	52	9	20	9,360
119	鴻臚傾蓋集	28	9	20	5,040
예상 총 글자수					723,730
2차년도 예상 번역 매수 (200자원고지)					약 10,850매

3) 3차년도(2010. 7.～ 2011. 6.) : 1763년(11차 사행)에서 1811년(12차 사행)까지

연번	필담창화집 책 제목	면수	1면당 행수	1행당 글자수	예상되는 원문 글자수
120	歌芝照乘	26	10	20	5,200
121	甲申槎客萍水集	210	9	18	34,020
122	甲申接槎錄	56	9	14	7,056
123	甲申韓人唱和歸國1권	72	8	20	11,520
124	甲申韓人唱和歸國2권	47	8	20	7,520
125	客館唱和	58	10	18	10,440
126	鷄壇嚶鳴 간본 부분	62	10	20	12,400
127	鷄壇嚶鳴 필사부분	82	8	16	10,496
128	奇事風聞	12	10	18	2,160
129	南宮先生講餘獨覽	50	9	20	9,000
130	東渡筆談	80	10	20	16,000
131	東槎餘談	104	10	21	21,840
132	東游篇	102	10	20	20,400
133	問槎餘響1권	60	9	20	10,800
134	問槎餘響2권	46	9	20	8,280
135	問佩集	54	9	20	9,720
136	賓館唱和集	42	7	13	3,822
137	三世唱和	23	15	17	5,865
138	桑韓筆語	78	11	22	18,876
139	松菴筆語	50	11	24	13,200
140	殊服同調集	62	10	20	12,400
141	快快餘響	136	8	22	23,936
142	兩東鬪語乾	59	10	20	11,800
143	兩東鬪語坤	121	10	20	24,200
144	兩好餘話상권	62	9	22	12,276
145	兩好餘話하권	50	9	22	9,900
146	倭韓醫談(刊本)	96	9	16	13,824
147	倭韓醫談(寫本)	63	12	20	15,120
148	栗齋探勝草1권	48	9	17	7,344
149	栗齋探勝草2권	50	9	17	7,650
150	長門癸甲問槎1권	66	11	22	15,972

151	長門癸甲問槎2권	62	11	22	15,004
152	長門癸甲問槎3권	80	11	22	19,360
153	長門癸甲問槎4권	54	11	22	13,068
154	萍遇錄	68	12	17	13,872
155	品川一燈	41	10	20	8,200
156	表海英華	54	10	20	10,800
157	河梁雅契	38	10	20	7,600
158	和韓醫談	60	10	20	12,000
159	韓客人相筆話	80	10	20	16,000
160	韓館應酬錄	45	10	20	9,000
161	韓館唱和1권	92	8	14	10,304
162	韓館唱和2권	78	8	14	8,736
163	韓館唱和3권	67	8	14	7,504
164	韓館唱和續集1권	180	8	14	20,160
165	韓館唱和續集2권	182	8	14	20,384
166	韓館唱和續集3권	110	8	14	12,320
167	韓館唱和別集	56	8	14	6,272
168	鴻臚摭華	112	10	12	13,440
169	鷄林情盟	63	10	20	12,600
170	對禮餘藻	90	10	20	18,000
171	對禮餘藻(明遠館叢書 57)	123	10	20	24,600
172	對禮餘藻(明遠館叢書 58)	132	10	20	26,400
173	三劉先生詩文	58	10	20	11,600
174	辛未和韓唱酬錄	80	13	19	19,760
175	接鮮瘖語(寫本)1	102	10	20	20,400
176	接鮮瘖語(寫本)2	110	11	21	25,410
177	精里筆談	17	10	20	3,400
178	中興五侯詠	42	9	20	7,560
예상 총 글자수					786,791
3차년도 예상 번역 매수 (200자원고지)					약 11,800매

1차년도에는 하우봉(전북대) 교수와 유경미(일본 나가사키국립대학) 교수를 공동연구원으로 하여 고운기, 구지현, 김형태, 허은주, 김용흠 박

사가 전임연구원으로 번역에 참여하였다. 3년 동안 기태완, 이지양, 진영미, 김유경, 김정신, 강지희 박사가 연구원으로 교체되어, 결국 35,000매나 되는 번역원고를 마무리하였다.

일본식 한문이 중국식 한문과 달라서 특히 인명이나 지명 번역이 힘들었는데, 번역문에서는 독자들이 읽기 쉽도록 한국식 한자음으로 표기하고, 첫 번째 각주에서만 일본식 한자음을 표기하였다. 원문을 표점 입력하는 방법은 고전번역원에서 채택한 방법을 권장했지만, 번역자마다 한문을 교육받고 번역해온 과정이 다르기 때문에 재량을 인정하였다. 원본 상태를 확인하려는 연구자를 위해 영인본을 뒤에 편집하였는데, 모두 국내외 소장처의 사용 승인을 받았다.

원문과 번역문을 합하여 200자원고지 5만 매 분량의『조선후기 통신사 필담창화집 번역총서』를 12,000면의 이미지와 함께 편집하고 4차에 나누어 10책씩 출판하는 과정이 복잡하고 힘들었기에, 연세대학교 정갑영 총장에게 편집비 지원을 신청하였다.『조선후기 통신사 필담창수집 번역본 30권 편집』정책연구비(2012-1-0332)를 지원해주신 정갑영 총장에게 감사드린다.

『조선후기 통신사 필담창화집 번역총서』를 편집하는 과정에 문화재청으로부터『통신사기록 조사 및 번역, 데이터베이스 구축』연구용역을 발주받게 되어, 필담창화집을 비롯한 통신사 관련 기록을 세계기록유산으로 등재하는 작업에 참여하게 된 것도 기쁜 일이다. 통신사 관련 기록들이 모두 데이터베이스로 구축되어 국내외 학자들이 한일문화교류, 나아가서는 동아시아문화교류 연구에 손쉽게 참여하게 된다면『통신사 필담창화집 번역총서』의 사명을 다하는 것이라고 생각한다.

조선후기 통신사가 동아시아 문화교류 연구에 중요한 이유는 임진

왜란 이후에 중국(청나라)과 일본의 단절된 외교를 통신사가 간접적으로 이어주었기 때문이다. 통신사 필담창화집 번역총서 60권 출판이 마무리되면 조선후기에 한국(조선)과 중국(청나라) 지식인들이 주고받은 척독집 40여 권도 데이터베이스로 구축하여, 일본에서 조선을 거쳐 청나라로 이어지는 '동아시아 문화교류의 길' 데이터베이스를 국내외 학자들에게 제공하고자 한다.

▌진영미(晉永美)

성균관대학교 국어국문학과 졸업.
성균관대학교 대학원 석·박사.
성균관대학교 시간강사 및 대동문화연구원 선임연구원.
중국 북경대학교 중국고문헌연구중심 객원교수.
연세대학교 국학연구원 연구교수를 거쳐
현재 선문대학교 인문과학연구소 학술연구교수.
주요 논문으로는 「『問槎餘響』과 『日觀唱酬』 所載 南玉의 酬應詩 比較 硏究」(2011), 「갑신사행시 필담창수집과 『日觀唱酬』의 誤記 문제」(2011), 「原作과 改作 漢詩 비교 연구―필담창화집과 『日觀唱酬』 所載 南玉의 수응시를 중심으로―」(2013), 「誠信交隣의 表象性과 淸見寺의 매화―使行錄을 중심으로―」(2014), 「『日觀記』「唱酬諸人」의 인명 표기 유형과 특성」(2017) 등이 있다.

조선후기 통신사 필담창화집 번역총서 35

長門癸甲問槎 坤下·三世唱和·殊服同調集

2017년 6월 23일 초판 1쇄 펴냄

역 자 진영미
발행인 김흥국
발행처 도서출판 보고사

등록 1990년 12월 13일 제6-0429호
주소 경기도 파주시 회동길 337-15 보고사 2층
전화 031-955-9797(대표), 02-922-5120~1(편집), 02-922-2246(영업)
팩스 02-922-6990
메일 kanapub3@naver.com / bogosabooks@naver.com
http://www.bogosabooks.co.kr

ISBN 979-11-5516-680-2 94810
　　　979-11-5516-055-8 (세트)
ⓒ 진영미, 2017

정가 34,000원